新疆鸟类分布名录

马 鸣 编著

科学出版社

北 京

内 容 简 介

本书是一部新疆鸟类种和亚种分类与分布的专著。编写过程参考了30多年来的考察成果和近10年的观鸟记录。书中共收录鸟类453种（约598种及亚种），隶属于21目，65科，196属，占中国鸟类种数的34%。另外，对于有疑问的94种鸟类单独列在正文之后，以备参考。正文给出每个种的中文名、拉丁名（学名）、英文名、地理分布（至县级地名及主要地理单元）、生态习性等。每科附有形态照片对应，文图并茂。书后罗列参考文献、新疆地名中英文对照、考察年表、新疆鸟类数量统计与比较、中文名索引、学名索引、英文名索引和致谢等。

新疆占据国土面积约六分之一，与八国接壤，鸟类资源极其丰富。本书是一部最完整的边疆野鸟名录，可供生物教学、科学研究以及从事农业、畜牧、林业、环境、野生动物管理、自然保护区、艺术创作、国际交流、旅游和观鸟等人士使用。

图书在版编目（CIP）数据

新疆鸟类分布名录/马鸣编著. —北京：科学出版社，2011
ISBN 978-7-03-030046-1

Ⅰ.①新… Ⅱ.①马… Ⅲ.①鸟类-分布-新疆-名录 Ⅳ.①Q959.708-62

中国版本图书馆 CIP 数据核字（2011）第 009928 号

责任编辑：张会格　侯俊琳/责任校对：张　林
责任印制：钱玉芬/封面设计：耕者设计工作室

科 学 出 版 社 出版
北京东黄城根北街 16 号
邮政编码：100717
http://www.sciencep.com

源海印刷有限责任公司 印刷

科学出版社发行　各地新华书店经销
*
2011年1月第　一　版　　开本：B5（720×1000）
2011年1月第一次印刷　　印张：16 1/4
印数：1—1 800　　　　字数：307 000

定价：**66.00 元**

（如有印装质量问题，我社负责调换）

A Checklist on the Distribution of the Birds in Xinjiang

Chief Editor   Ming Ma

Science Press
Beijing

主要贡献者

苟 军　徐 捷　Paul Holt　王传波　文志敏　林超英

邢 睿　赵 勃　Jesper Hornskov　陈 莹　丁 鹏

Geoff Carey　刘哲青　张国强　向文军　徐 峰

祝贺中国鸟类学会和兽类学会
成立 30 周年

资 助 项 目

国家科技支撑项目"中国重要生物物种资源监测和保育关键技术与应用示范"（2008BAC39B04）

国家自然科学基金项目（30470262，30970340）

全球绿色资助基金（Global Greengrants Fund/Tides Foundation）

国家科技部"国家重点基础研究发展规划项目"（G1999043509）

灰雀（雄） 张国强

前　言

新　疆　概　况

新疆古称西域，是中国面积最大的一个省份。土地面积 165 多万平方公里，约占国土面积的六分之一。境内自然景观奇特，绵延数千公里的天山山脉将新疆分割为南疆和北疆。天山、昆仑山、阿尔泰山、塔里木盆地、准噶尔盆地，构成了新疆"三山＋两盆"的基本地貌轮廓。这里既有世界第二高峰乔戈里峰（海拔 8611m），又有世界第二低地吐鲁番盆地（海拔－154m）。自然环境除了有南北差异，垂直变化更是非常显著。动物的栖息生境包括高山冻原、草甸、山地草原、森林、湿地、戈壁、荒漠、平原绿洲和沙漠等。

新疆位于亚欧大陆的中部，俗称"亚心"。其东部和南部与甘肃、青海、西藏相连，西部和北部与八个国家为邻，分别是印度、巴基斯坦、阿富汗、塔吉克斯坦、吉尔吉斯斯坦、哈萨克斯坦、俄罗斯和蒙古，有长达 5300 多公里的国境线。新疆的全称是新疆维吾尔自治区，辖 3 个直辖市、5 个自治州、8 个地区、80 多个县（市）和 200 多个兵团的团场（相当于县级）。首府是乌鲁木齐市。

鸟　类　研　究

天高任鸟飞。在脊椎动物之中，鸟类是具有飞行能力的一类，较少受地理环境的局限。因此，鸟类的分布就更加扑朔迷离。近 20 年来，每年都有一些新纪录被发现就是一个很好的证明。要编写一本完整的鸟类名录是十分困难的。本名录主要参考了 Scully（1876）、Ludlow 和 Kinnear（1933；1934）、郑作新（1976；1987；2000）、钱燕文等（1965）、周永恒等（1989；2009）、袁国映（1991）、赵正阶（1995；2001）、马敬能等（2000）、马鸣（1995；2001d）、郑光美（2005）等的分类著作。

本书分类系统基本上沿用郑作新（2000）的《中国鸟类种和亚种分类名录大全》（*A complete checklist of species and subspecies of the Chinese birds*）和郑光美（2005）主编的《中国鸟类分类与分布名录》（*A checklist on the classification and distribution of the birds of China*）。个别种或亚种的名称和顺序有所不同，参考了邻国的一些志书。

编 写 宗 旨

为了便于人们了解新疆的鸟类资源，从空间分布［水平的与垂直的、行政区域的与自然栖息环境的（地理单元）］和时间分布（包括居留型、物候、观察季节或者日期），解释人们关心的基本问题：这种鸟在哪里活动以及什么季节出现？

名录中每个种的编写内容包括：

1）名称：中文名称、拉丁名称（学名）、定名人、英文名称等；个别种类附有别名或俗名。

2）分布：涉及新疆的五大地理单元：昆仑山、塔里木盆地、天山、准噶尔盆地、阿尔泰山。分布地点由南向北，由西至东，一般标至县或者县级以下。并注明亚种名、居留型（留鸟、旅鸟、夏候鸟、冬候鸟、繁殖鸟、迷鸟、罕见等）。极罕见的种类给出记录的数量、日期、海拔、文献出处等。对于有分类争议的种类给予简要的注释。

3）生态：扼要叙述鸟类的栖息生境、繁殖习性、巢穴、垂直分布范围（海拔）、食物组成等。

种 类 评 述

本书录入鸟类 453 种（另 143 个亚种），隶属于 21 目，65 科，196 属。这相当于中国鸟类种数的 34%。对于有疑问的 94 种鸟类，则单独以补遗的形式说明。最后，整理出 576 篇鸟类研究文献附于书后。值得一提的是本名录是迄今最为完整的一部新疆鸟类分布名录。以下列出历次考察的结果，可以供大家比较。

作者	年代	考察区域	鸟类种数
Scully	1876	南疆喀什等地	156
Ludlow and Kinnear	1933，1934	喀什地区、天山等地	约 248
钱燕文等	1965	新疆南部（北部）	242（127）
郑作新	1976，1987	新疆	320
周永恒等	1989	新疆	363（另 72 亚种）
袁国映等	1991	新疆	387（另 95 亚种）
马鸣	1995	新疆	420
马鸣	2001	新疆	422（另约 100 亚种）
高行宜等	2005	新疆	423（? 396 亚种）
郑光美	2005	新疆	409（另 81 亚种）
周永恒等	2009	新疆	402（另 78 亚种）

编 写 心 得

　　十年前，我们试编了第一本《新疆鸟类名录》。自那以后观鸟事业在中国风起云涌、蓬勃发展。2004 年，新疆也成立了观鸟会，分类知识和环境保护理念得到了推广普及，许多户外爱好者和喜欢摄影的朋友加入到了观鸟活动之中。随着互联网时代的到来，为鸟友在网络上交流和发表最新的观察记录或照片提供了便利条件。在博客或论坛里，他们就像专家一样探讨分类问题，编写自己的年报和新纪录。高清晰的"羽毛版"图像，完全颠覆了传统的鉴定方式。你只要轻轻敲打电脑键盘，就可能得到任何一个地区的鸟类资源名录。

　　若干年后，人们应该没有必要去编写这种相对笨重、滞后而简陋的纸质名录了吧！

马　鸣

2010 年 12 月于乌鲁木齐

大天鹅　王和平

大白鹭　王和平

FOREWORD

The vast expanses of central Asia, spanning from the Caspian Sea, through the former republics of the southern Soviet Union and northern China to Mongolia, have been little explored by ornithologists. The region consists mainly of deserts and high mountain ranges, but there are many lakes and rivers that provide suitable habitat for birds. To what extend these are actually used by birds for breeding or staging is unknown.

Xinjiang is the westernmost region of China. It borders Mongolia, Russia, Kazakhstan, Kirghizstan, Tadzhikistan, Afghanistan, Pakistan, India (Kashmir) and Qinghai, Gansu, Tibet of China. With an area of over 1.6 million square km, it is the largest province in China. Most of this area consists of deserts (Taklimakan Deserts and Gurban Tunggut Deserts) and mountains (Altay Mountains, Tianshan Mountains and Kunlun Mountains). Several large rivers cut through these, namely the Tarim, Ili, Irtys and Ulungur Rivers. Only one of these, the Irtys, runs to sea. The others feed lakes, many of which, such as Ebinur and Lop Nur, are now dry or saline due to irrigation. The two largest lakes, Bosten and Ulungur Lakes, are still fresh.

A total of 453 bird species (+143 subspecies, about 34% of Chinese birds), belongs to 21 orders, 65 families and 196 genera, have been recorded in Xinjiang, for about half of which there is very little information. This checklist summaries recent observations of birds in the province, including the Chinese name, science name, English name, subspecies name, the counties distributional data, ecology, nests, elevation, and food of birds. For doubtful or questions about the 94 species of birds are listed and described in the appendix. All the literature related to the Xinjiang avifauna has been checked in the appendix. Some sources and distribution points are from Scully (1876), Ludlow and Kinnear (1933; 1934), Tso-hsin Cheng (1976; 1987; 2000), Yan-wen Qian et al. (1965), Yong-heng Zhou et al. (1989; 2009), Guo-ying Yuan et al. (1991), Zheng-jie Zhao (1995; 2001), MacKinnon et al. (2000), Ming Ma (1995; 2001) and Guang-mei Zheng (2005). Finally, the inspections of the 576 references are attached to the book.

Many thanks are due to my friends such as Paul Holt, Jun Gou, Jie Xu, Chuanbo Wang, Rui Xing, Jesper Hornskov, C. Y. Lam, Richard Lewthwaite, Simba Chan, H. F. Cheung, K. Kraaijeveld, H. K. Kwok, P. Leader, Geoff Carey, Zhimin Wen, Bo Zhao, Eugene Potapov and Andrew Dixon for their commitment, inspiring, discussion, detailed comments, some reports and lists of bird-watching in Xinjiang.

And special thanks also are due to the following for their assistance: Science Supporting Project of National Ministry of Science and Technology (2008BAC39B04), Chinese Academy of Sciences, Global Greengrants Fund / Tides Foundation, National Natural Sciences Foundation of China (No. 30470262, No. 30970340), Department of Science and Technology of China, China Ornithological Society, National Bird Banding Center, Wild Bird Society of Japan, Hong Kong Bird Watching Society and HKBWS China Conservation Fund.

Ming Ma

16th Dec. 2010

Xinjiang Institute of Ecology and Geography

Chinese Academy of Sciences

No 818 Beijing Road

Urumqi 830011

Xinjiang, P. R. China

maming@ms. xjb. ac. cn

目　　录

渔鸥　王和平

一、潜鸟目 GAVIIFORMES

1. 潜鸟科 Gaviidae（1属1种）

黑喉潜鸟 *Gavia arctica* (Linnaeus)，Black-throated Loon（新疆鸟类新纪录）

分布：新疆北部（冬候鸟）。克拉玛依（候兰新和蒋卫，1986）、赛里木湖（博乐）、石河子、玛纳斯、哈纳斯湖（指名亚种 *Gavia arctica arctica* 或普通亚种 *Gavia arctica suschkini*？8月20日记录4只成鸟。Dissing，1989）、福海、青河（冬候鸟，偶然出现）。

生态：繁殖地在北极圈附近苔原区的水泡、湖泊、沼泽和泰加林区。通常在沿海地区越冬。海拔400～2100 m。食物为鱼类和水生昆虫。

二、䴙䴘目 PODICIPEDIFORMES

2. 䴙䴘科 Podicipedidae（2属5种）

小䴙䴘 *Tachybaptus (Podiceps) ruficollis* (Pallas)，Little Grebe

分布：新疆南部和中部（留鸟）。若羌（冬候鸟）、于田、和田、墨玉、喀什地区、克孜勒苏自治州（克州）、阿瓦提、阿克苏、阿拉尔、塔里木河、温宿、库尔勒（巴州）、铁门关、尉犁、博湖、罗布泊、和静、巩留、察布查尔、伊宁、伊犁河谷（新疆亚种 *Tachybaptus ruficollis capensis*）、艾比湖、精河（博州）、乌苏、奎屯、沙湾、石河子、昌吉、五家渠、乌鲁木齐、青格达湖、阜康、准噶尔盆地、克拉玛依、哈密（？普通亚种 *Tachybaptus ruficollis poggei*）。

生态：栖息于湖泊、沼泽、河道及水田。善于游泳和潜水。海拔200～1500 m。主食鱼类和水生昆虫。

角䴙䴘 *Podiceps auritus* (Linnaeus)，Horned Grebe (Slavonian Grebe)

分布：天山和阿尔泰山（夏候鸟）。库车、大龙池、天山巴音布鲁克、和静（巴州）、开都河、伊犁河谷、赛里木湖、博乐（博州）、艾比湖、精河、沙湾、蘑菇湖、石河子、五家渠（11月7日）、北屯、阿尔泰山、福海、哈纳斯湖（繁殖鸟）、布尔津、青河（指名亚种 *Podiceps auritus auritus*）。

生态：繁殖地在海拔1500～2500m 的高山水域（湖泊、沼泽、河道）。食物有鱼类和其他无脊椎动物，亦食水草（马鸣和才代，1993a）。

黑颈䴙䴘 *Podiceps nigricollis* Brehm，Black-necked Grebe（图2-1）

分布：新疆各地水域（夏候鸟）。洛浦、和田（冬候鸟或旅鸟）、墨玉、疏附、喀什、疏勒、麦盖提、阿图什（克州）、阿克陶、喀拉库勒、乌什、阿克苏、阿拉尔、阿瓦提、塔里木河流域（繁殖鸟）、沙雅、库尔勒（巴州）、普惠、尉犁、和硕、天山、伊犁河谷、新源、伊宁、察布查尔、赛里木湖、博乐（博州）、精河、乌苏、奎屯、沙湾、蘑菇湖、石河子、玛纳斯、昌吉、五家渠（11月7日）、乌鲁木齐、米泉、阜康、准噶尔盆地、塔城（南湖）、裕民、克拉玛依、乌伦古湖、福海、巴里坤（指名亚种 *Podiceps nigricollis nigricollis*）。

生态：繁殖期常见于新疆南部河流附近的水泡、池塘、水库、湖沼。巢浮于水面。善潜水，不见上岸活动。海拔 370～2100 m。食物以昆虫为主，亦食蛙、蝌蚪、小鱼、甲壳类及水草。

凤头䴙䴘 *Podiceps cristatus* (Linnaeus)，Great Crested Grebe（图 2-2）

分布：全疆各水库和湖泊（夏候鸟）。若羌、昆仑山、阿尔金山、民丰、洛浦、和田、墨玉、皮山、叶城、阿图什、阿克陶、克孜勒苏自治州（克州）、布伦口、英吉沙、莎车、麦盖提、喀什、巴楚、小海子、图木舒克、西克尔水库、伽师、岳普湖、阿克苏、阿拉尔、胜利水库、阿瓦提、拜城、木扎特河流域、克孜尔水库、沙雅、塔里木河、轮台、库尔勒（巴州）、普惠、和静、尉犁、恰拉水库、大西海子、罗布泊、博斯腾湖、焉耆、和硕、巴音布鲁克、新源、伊犁河谷、霍城、博乐（博州）、艾比湖、精河、乌苏、奎屯、安集海、沙湾、石河子、玛纳斯、昌吉、五家渠、乌鲁木齐、青格达湖、米泉、阜康、吉木萨尔、准噶尔盆地、裕民、塔城、和布克赛尔（和丰）、克拉玛依、乌尔禾、艾里克湖、哈巴河、布尔津、阿尔泰、福海、乌伦古湖、北屯、吐尔洪（野鸭湖、可可托海）、富蕴、哈密、南湖、伊吾、淖毛湖（指名亚种 *Podiceps cristatus cristatus*）。

生态：栖息于大的湖泊、水库，喜在明水区游弋。营浮巢。海拔 200～3700 m。食物为小鱼、蛙类、水生无脊椎动物，胃内亦有水草，甚至有羽毛。

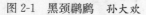

图 2-1　黑颈䴙䴘　孙大欢　　　　　图 2-2　凤头䴙䴘　杜利民

赤颈䴙䴘 *Podiceps grisegena* (Boddaert)，Red-necked Grebe（新疆鸟类新纪录）

分布： 新疆北部（旅鸟）。特克斯河谷（指名亚种 *Podiceps grisegena   grisegena*，繁殖鸟？de Schauensee，1984）、赛里木湖、博乐（博州）、阿拉山口（精河）、沙湾、石河子、五家渠、八一水库（11 月 7 日）、青格达湖、克拉玛依（罕见旅鸟，冬候鸟）、塔城（许可芬等，1992）、昌吉（北方亚种 *Podiceps grisegena holboellii* ？）。

生态： 生活在俄罗斯水草茂盛的水域。同其他鸊鷉一样营浮巢。极善于游泳和潜水。海拔 210～2100 m。食物为水生生物。

三、鹈形目 PELECANIFORMES

3. 鹈鹕科 Pelecanidae（1 属 2 种）

白鹈鹕 *Pelecanus onocrotalus* Linnaeus，Great White Pelican（Rosy Pelican）（图 3-1）

分布： 新疆西部及天山（夏候鸟）。叶城（昆仑山）、英吉沙、沙雅、塔里木河下游、博斯腾湖（巴州）、伊犁河谷、伊宁、博乐（博州）、艾比湖、精河、甘家湖（见于 6～7 月，繁殖鸟）、乌苏、玛纳斯、石河子、昌吉、五家渠、乌鲁木齐、青格达湖、蔡家湖（11 月 11 日）、准噶尔盆地、额敏、吉木乃、阿尔泰、福海、乌伦古湖、北屯、额尔齐斯河（夏候鸟，旅鸟）。

生态： 栖息于大的湖泊、水库、河流、苇沼，喜欢集群捕食（扎特卡柏耶夫和卡德尔，1990）。海拔 200～2500m。食物以鱼类为主。

卷羽鹈鹕 *Pelecanus crispus* Bruch，Dalmatian Pelican（图 3-2）

图 3-1 白鹈鹕 邢睿   图 3-2 卷羽鹈鹕 杜利民

分布： 新疆西部（旅鸟，冬候鸟？）。尉犁、罗布泊、博斯腾湖（巴州）、焉耆、开都河、伊宁、博乐（博州）、艾比湖、精河、奎屯（文志敏，2007）、昌吉、五家渠（11 月）、青格达湖、塔城、额敏、福海、乌伦古湖、北屯、额尔齐斯河（繁殖鸟?）。

注：或被记载为斑嘴鹈鹕（新疆亚种）*Pelecanus philippensis crispus*。

生态：栖息于江河、湖泊、水库。海拔190～1100m。食物为鱼类、两栖类、甲壳类，有时亦食蜥蜴和蛇。

4. 鸬鹚科　Phalacrocoracidae（1属1种）

鸬鹚 *Phalacrocorax carbo* Linnaeus，Great Cormorant（图4-1、图4-2）

分布：分布广泛（繁殖鸟、旅鸟）。若羌、瓦石峡、且末、安迪尔河、民丰、尼雅河、于田、克里雅河、策勒、墨玉、和田、洛浦、皮山、叶城、莎车、叶尔羌河、麦盖提、喀什、阿图什（克州）、西昆仑山、英吉沙、伽师、巴楚、小海子水库、图木舒克、阿克苏、阿拉尔、阿瓦提、塔里木河、上游水库、拜城、木扎特河流域、克孜尔水库、沙雅、新和、库车、轮台、库尔勒（巴州）、普惠、焉耆、和硕、博斯腾湖、和静、尉犁、恰拉水库、罗布泊、和静、巴音布鲁克、天山、开都河、巩留、新源、特克斯、伊犁河谷、伊宁、察布查尔、博乐（博州）、艾比湖、精河、乌苏、奎屯、安集海、沙湾、石河子、玛纳斯、呼图壁、昌吉、五家渠、乌鲁木齐、柴窝堡湖、米泉、阜康、吉木萨尔、奇台、准噶尔盆地、塔城、额敏、和布克赛尔（和丰）、克拉玛依、乌尔禾、艾里克湖、布尔津、哈巴河、阿尔泰、额尔齐斯河流域、北屯、福海、乌伦古湖、恰库尔图、富蕴、吐尔洪（野鸭湖、可可托海）、青河、布尔根河流域、哈密、南湖、伊吾、淖毛湖（中国亚种 *Phalacrocorax carbo sinensis*）。

生态：栖息于大的湖泊、水库、河流。集群营巢在胡杨树上、小岛的地面或水边岩崖上（戴昆和马鸣，1991；马鸣等，1995）。海拔190～4100 m。食物主要是鱼类，危害养殖业。

图4-1　鸬鹚　王尧天　　　　　图4-2　鸬鹚（幼鸟与巢）　马鸣

四、鹳形目　CICONIIFORMES

5. 鹭科　Ardeidae（7 属 7 种）

苍鹭　*Ardea cinerea* Linnaeus，Grey Heron（图 5-1）

分布：分布于新疆各地（指名亚种 *Ardea cinerea cinerea*）。若羌、且末、安迪尔河、民丰、尼雅河、于田、克里雅河、洛浦、和田、墨玉、皮山、叶城、克孜勒苏自治州（克州）、阿图什、塔什库尔干、喀什、英吉沙、莎车、巴楚、图木舒克、小海子、阿合奇、阿瓦提、阿克苏、阿拉尔、温宿、托木尔峰南坡（琼台兰河）、拜城、木扎特河流域、克孜尔水库、塔里木河、沙雅、库车、轮台、塔中石油基地（旅鸟）、库尔勒（巴州）、普惠、尉犁、恰拉水库（1 月）、罗布泊、焉耆、博斯腾湖、和硕、和静、巴音布鲁克、新源、伊犁河、巩留、察布查尔、伊宁、昭苏、霍城、赛里木湖、博乐（博州）、艾比湖、精河、甘家湖、乌苏、奎屯、安集海、沙湾、石河子、蘑菇湖、玛纳斯、昌吉、五家渠、乌鲁木齐、青格达湖、米泉、阜康、吉木萨尔、奇台、准噶尔盆地、裕民、托里、塔

图 5-1　苍鹭　冯萍

城、额敏、和布克赛尔（和丰）、克拉玛依、乌尔禾、艾里克湖、哈巴河、布尔津、阿尔泰、福海、北屯、乌伦古湖（河）、富蕴、吐尔洪（野鸭湖、可可托海）、恰库尔图、额尔齐斯河、青河、吐鲁番、鄯善、巴里坤、哈密、伊吾、淖毛湖（繁殖鸟、冬候鸟、旅鸟）。

生态：涉禽。栖息于湖泊、鱼塘、稻田、水库、河流、沼泽。营巢于大树上或苇丛之中。海拔 0～2800 m。食物有鱼类和其他水生小动物。

牛背鹭　*Bubulcus ibis*（Linnaeus），Cattle Egret（新疆鸟类新纪录）

分布：石河子蘑菇湖（2007 年 9 月 12 日。Holt，2007；Holt *et al.*，2010）。

生态：栖息于湖边、水田、鱼池、草地。海拔 375m。食物包括小鱼、蚱蜢等。

池鹭　*Ardeola bacchus*（Bonaparte），Chinese Pond Heron（新疆鸟类新纪录）

分布：2001 年 6 月 11 日记录于塔克拉玛干沙漠腹地一水坑附近（塔中石油基地，北纬 39°10′，东经 83°40′。马鸣等，2001b）。

生态：栖息于苇丛、池塘、稻田、湖沼、水库。海拔 1100m。食物为小鱼、蛙类、昆虫。

大白鹭　*Casmerodius alba*（Linnaeus），Great Egret

分布：广布于新疆各地水域、湿地（繁殖鸟）。昆仑山、阿尔金山、若羌、且末、民丰、塔中、和田河流域、克孜勒苏自治州（克州）、喀什、莎车、泽普、麦盖提、巴楚、图木舒克、小海子、阿瓦提、阿克苏、阿拉尔、温宿、拜城、木扎特河流域、克孜尔水库、塔里木河（冬候鸟）、沙雅、轮台、库尔勒（巴州）、普惠、尉犁、恰拉水库、大西海子、罗布泊、博湖（县）、焉耆、和硕、博斯腾湖、和静、开都河、巴音布鲁克、天山、新源、伊犁河、巩留、察布查尔、伊宁、昭苏、霍城、博乐（博州）、艾比湖、精河、乌苏、甘家湖、奎屯、沙湾、石河子、玛纳斯、昌吉、五家渠、乌鲁木齐、青格达湖、米泉、阜康、吉木萨尔、奇台、准噶尔盆地、裕民、塔城（南湖）、和布克赛尔（和丰）、克拉玛依、艾里克湖、乌尔禾、哈巴河、布尔津、阿尔泰、乌伦古湖、福海、北屯、富蕴、额尔齐斯河、乌伦古河流域（繁殖鸟）、托克逊、吐鲁番、鄯善、哈密、伊吾、淖毛湖（指名亚种 *Casmerodius alba alba*）。

注：或为白鹭属（*Egretta*）。此亚种或被升格为独立种，以西大白鹭（*Casmerodius alba*）或欧大白鹭冠名，区别于中国东部的大白鹭（*Casmerodius modesta*）。

生态：大型涉禽。见于湖沼、水田、池塘和近水的林区。营巢于大树上或苇丛中（胡宝文等，2010）。海拔 0～2500 m。食物为小鱼和昆虫。

夜鹭　*Nycticorax nycticorax*（Linnaeus），Black-crowned Night Heron（新疆鸟类新纪录）

分布：新疆西部（夏候鸟）。洛浦、和田、墨玉、莎车、喀什（指名亚种 *Nycticorax nycticorax nycticorax*）、沙雅、帕满（马鸣等，1992c）、塔里木河、阿克苏、阿瓦提、阿拉尔、上游水库（繁殖鸟，2000 年 4 月 12 日）、库尔勒（巴州）、艾比湖、精河（博州）、沙湾、石河子、五家渠、乌鲁木齐、青格达湖（繁殖鸟）。

生态：栖息于苇丛、湖沼、水库和胡杨林中。喜夜间活动。海拔 200～1500m。食物为小鱼、虾、蛙、水生昆虫。

小苇鳽　*Ixobrychus minutus*（Linnaeus），Little Bittern（图 5-2）

分布：新疆西部和北部（夏候鸟）。民丰、皮山、帕米尔高原、克孜勒苏自治州（克州）、叶尔羌河、疏附、喀什、疏勒、英吉沙、麦盖提、塔里木河、阿克苏、阿拉尔、上游水库、沙雅、帕满、库车、轮台、库尔勒（巴州）、尉犁、焉耆、恰拉水库、博斯腾湖、和硕、天山地区、伊犁河、特克斯、昭苏、伊宁、察布查尔、艾比湖、精河（博州）、甘家湖、乌苏、奎屯、沙湾、石河子、玛纳斯、昌吉、五家渠、乌鲁木齐、青格达湖、米泉、阜康、准噶尔盆地、塔城（南湖）、裕民、克拉玛依、福海、阿尔泰、富蕴、乌伦古河（湖）、青河（指名亚种 *Ixobrychus minutus minutus* ，繁殖鸟）。

生态：栖息于苇丛、池塘、水库和水淹的灌丛之中（马鸣和巴吐尔汗，1992）。晨昏活动。海拔 200～1500m。食物为小鱼、蛙类、昆虫。

大麻鳽　*Botaurus stellaris*（Linnaeus），Great Bittern

分布：新疆西部和北部（夏候鸟）。莎车、巴楚、喀什、麦盖提、喀拉玛水库、克孜勒苏自治州（克州）、温宿、阿克苏、阿拉尔、塔里木河、罗布泊、尉犁、恰拉水库、博斯腾湖、莲花湖、焉耆、和硕、和静（巴州）、巴音布鲁克、新源、巩留、伊犁河、霍城、艾比湖、精河（博州）、沙湾、石河子、玛纳斯、

图 5-2　小苇鳽　马鸣

昌吉、五家渠、乌鲁木齐、米泉、阜康、准噶尔盆地、和丰（塔城地区）、克拉玛依、吉木乃、哈巴河、布尔津、阿尔泰、北屯、福海、乌伦古湖、富蕴（指名亚种 *Botaurus stellaris stellaris*，繁殖鸟）。

生态：栖息于茂密的苇丛、草地、水田、池塘、湖沼。拟态，行为诡秘。海拔 200～2500m。食物有小鱼、蛙类和昆虫（周永恒等，1993）。

6. 鹳科　Ciconiidae（1 属 2 种）

白鹳　*Ciconia ciconia*（Linnaeus），White Stork

分布：历史上曾分布在新疆西部（夏候鸟）。皮山（桑株）、叶城、泽普、莎车、英吉沙、疏勒、喀什地区（繁殖鸟）、天山、伊犁（伊宁?）（新疆亚种 *Ciconia ciconia asiatica*）。曾经是常见的大型涉禽（Scully，1876），估计在 1980 年前后在新疆绝迹（马鸣等，1997a；马鸣，2001b；2002）。

生态：营巢于大树、屋顶、电杆及水塔上。活动于浅水的池塘和湖沼。海拔 600～1100 m。食物有鱼、蛙和昆虫等。

黑鹳　*Ciconia nigra*（Linnaeus），Black Stork（图 6-1、图 6-2）

分布：分布较广的大型涉禽（夏候鸟）。若羌、瓦石峡、且末、车尔臣河、

民丰、尼雅河、于田、克里雅河、洛浦、和田、墨玉、皮山、昆仑山（繁殖鸟）、叶城、喀喇昆仑山、红其拉甫（马鸣等，2004c）、塔什库尔干、克孜勒苏自治州（克州）、阿克陶、吉根、乌恰、阿图什、喀什、疏勒、莎车、英吉沙、麦盖提、喀拉玛水库、巴楚、小海子水库、图木舒克、伽师、西克尔库勒、乌什、阿合奇、阿克苏、阿瓦提、阿拉尔、温宿、塔里木盆地（马鸣等，2004c；Ma et al.，2006）、木扎特河流域、拜城、克孜尔水库、沙雅、帕满、塔里木河流域（繁殖鸟）、新和、库车、大龙池、轮台、库尔勒（巴州）、普惠、尉犁、恰拉、罗布泊地区、博斯腾湖、和硕、焉耆、和静、天山、巴音布鲁克、开都河、新源、巩乃斯、巩留、特克斯、尼勒克、昭苏、伊犁河、伊宁、霍城、赛里木湖、博乐（博州）、艾比湖（繁殖鸟）、精河、甘家湖、乌苏、奎屯、沙湾、石河子、玛纳斯、雀儿沟（4月11日）、呼图壁、昌吉、五家渠、乌鲁木齐、米泉、阜康、吉木萨尔、奇台、木垒、准噶尔盆地、托里、克拉玛依、哈巴河、布尔津、阿尔泰、北屯、富蕴、青河、托克逊、吐鲁番（艾丁湖）、哈密、南湖（繁殖鸟）。

　　生态：栖息于开阔的水域、草原、沼泽和水淹的胡杨林之中。营巢于大树或峭壁上（魏顺德和马鸣，1990；Ma et al.，2006b）。海拔－150 ～ 3000 m。食物主要是鱼、两栖类、昆虫等。

图 6-1　黑鹳　才代　　　　图 6-2　黑鹳　刘哲青

7. 鹮科　Threskiornithidae（1 属 1 种）

　　白琵鹭　*Platalea leucorodia* Linnaeus，Eurasian Spoonbill（图 7-1）

　　分布：迁徙期见于北疆各地（旅鸟）。天山、艾比湖、精河（博州）、甘家湖（繁殖鸟）、乌苏、蘑菇湖、石河子、夹河子、玛纳斯、昌吉、五家渠（八一水库，11月7日）、乌鲁木齐、青格达湖、阜康、托里、青河、查汗郭楞、哈密（南湖）（指名亚种 *Platalea leucorodia leucorodia*）。

　　生态：集群栖息于浅水滩、苇丛、湖沼之中。海拔 200～1500m。食物有两栖类、昆虫和鱼类。

图 7-1　白琵鹭　丁鹏

五、红鹳目 PHOENICOPTERIFORMES

8. 红鹳科　Phoenicopteridae（1 属 1 种）

大红鹳（火烈鸟）　*Phoenicopterus ruber* Linnaeus，Greater Flamingo（中国鸟类新纪录）（图 8-1）

分布：沙湾、石河子、乌鲁木齐、哈密五堡（欧亚亚种 *Phoenicopterus ruber roseus*）（旅鸟或迷鸟。Ma，1999b；马鸣等，2000b）。

生态：群栖于湿地，特别是咸水湖。喜涉水或游泳。海拔 200～800m。取食时将嘴伸入水中，左右摆动，其舌头如同活塞吸食水中的食物，喙边的栉齿和舌上的两排刚毛起着过滤水藻及浮游生物的作用。

图 8-1　大红鹳　马鸣

六、雁形目　ANSERIFORMES

9. 鸭科　Anatidae（13 属 32 种）

疣鼻天鹅（鹄）　*Cygnus olor*（Gmelin），Mute Swan

分布： 新疆西北部（夏候鸟，偶然冬候鸟）。天山、伊犁河、巩留、伊宁、察布查尔、霍城、赛里木湖、博乐（博州）、艾比湖、精河、乌苏、奎屯河、玛纳斯、昌吉、乌鲁木齐（2月）、准噶尔盆地、克拉玛依、福海、乌伦古湖、吉力湖（繁殖鸟）。

生态： 大型水禽。见于北疆水草茂密的湖泊、水库、河道等。海拔 190～2400m。以植物性食物为主。

图 9-1　大天鹅　雷洪

大天鹅（鹄）　*Cygnus cygnus*（Linnaeus），Whooper Swan（图 9-1）

分布： 新疆各地（夏候鸟）。若羌、且末、车尔臣河、于田、克里雅河、策勒、洛浦、和田、墨玉、喀什地区、阿瓦提、阿克苏、阿拉尔、塔里木河、拜城、木扎特河、新和、库车、大龙池、沙雅、塔里木河、轮台、肖塘、罗布泊、库尔勒（巴州）、孔雀河、尉犁、东河滩、博斯腾湖、焉耆、和静、巴音布鲁克（才代等，1993；Ma & Cai，2000）、天鹅湖（繁殖鸟）、开都河、天山、新源、特克斯、察布查尔、尼勒克、昭苏、伊宁、伊犁河、赛里木湖、博乐（博州）、89 团、艾比湖、精河、甘家湖、古尔图、乌苏、奎屯、沙湾、石河子（旅鸟，冬候鸟）、玛纳斯、昌吉、五家渠、乌鲁木齐、青格达湖、阜康、准噶尔盆地、塔城、克拉玛依、阿拉哈克、阿尔泰、科克苏、福海、乌伦古湖、吉力湖、青河、布尔根河、鄯善、巴里坤、伊吾、淖毛湖。

生态： 大型水禽。栖息于开阔的湖泊、水库、河流、苇沼及其附近的草原。海拔 200～3000m。以植物性食物为主。

短嘴天鹅（小天鹅）　*Cygnus bewickii*（Yarrell），Bewick's Swan

分布： 新疆北部（冬候鸟）。天山尤尔都斯、火烧山（10月）、五彩湾（卡拉麦里。邢睿，2010）、乌伦古湖（罕见种，偶然冬候鸟）。

生态： 夏季栖息于北极圈附近的湖泊、水塘、河流及沼泽草原（苔原）。通常在沿海地区越冬。海拔 400～2400m。以植物性食物为主。

鸿雁 *Anser cygnoides* (Linnaeus)，Swan Goose

分布：新疆北部（旅鸟）。西天山（罕见旅鸟）、精河、甘家湖、乌苏、沙湾、石河子、蘑菇湖、昌吉、青格达湖、准噶尔盆地、布尔津、阿尔泰、福海。

生态：大型珍稀水禽。栖息于开阔的湖泊、水库、河流、苇沼、草原。海拔 200～2500m。以植物性食物为主。

豆雁（大雁）　*Anser fabalis* (Latham)，Bean Goose

分布：新疆西部（旅鸟）。莎车、喀什、阿图什（克州）、英吉沙（2 月）、麦盖提、巴楚、阿瓦提、塔里木盆地（冬候鸟，旅鸟）、库车、尉犁（巴州）、新源（旅鸟）、巩留、昭苏、伊犁河谷（9～10 月）、察布查尔、天山、博乐（博州）、赛里木湖（西伯利亚亚种 *Anser fabalis sibricus*）、艾比湖（9 月）、精河、乌苏、沙湾、石河子、玛纳斯、昌吉、五家渠、乌鲁木齐、青格达湖、米泉、准噶尔盆地（新疆亚种 *Anser fabalis rossicus* 或陕西亚种 *Anser fabalis johanseni*）。

注：有人建议将豆雁的几个亚种独立分成 2～3 种，其中的泰加豆雁（*Anser fabalis*）、苔原豆雁或短嘴豆雁（*Anser serrirostris*）等迁徙时分布至新疆。严格地说，只有在繁殖期或者繁殖地才有可能将它们区分开，这里依然并为 1 种。

生态：繁殖地在苔原或泰加林区的湿地，迁徙季节出现在湖泊、草原、河流、沼泽。海拔 190～2500m。以植物性食物为主。

白额雁 *Anser albifrons* (Scopoli)，White-fronted Goose

分布：新疆西部（旅鸟）。帕米尔高原、喀什、巴楚、塔里木河上游（罕见旅鸟）、博乐（10 月 31 日）、艾比湖、乌苏、安集海、沙湾、石河子、五家渠、青格达湖、阜康（指名亚种 *Anser albifrons albifrons*）。

生态：栖息于水域和沼泽草地。繁殖地在北极苔原地区。海拔 200～600m。以杂草为食。

小白额雁 *Anser erythropus* (Linnaeus)，Lesser White-fronted Goose（新疆鸟类新纪录）

分布：博乐五一水库（2006 年 10 月 31 日。Holt，2008）。

生态：栖息于水域、沼泽、草地。海拔 510 m。以杂草、草籽为食。

灰雁（野鹅）　*Anser anser* (Linnaeus)，Greylag Goose（图 9-2）

分布：见于新疆各地（旅鸟，夏候鸟）。民丰、尼雅河、洛浦、和田、墨玉、皮山、塔什库尔干、莎车、叶尔羌河、喀什、阿图什（克州）、巴楚、图木舒克、乌什、阿瓦提、阿克苏、阿拉尔、上游水库、温宿、塔里木河、沙雅、库车、大

图 9-2　灰雁　邢睿

龙池、库尔勒（巴州）、铁门关、普惠、尉犁、博斯腾湖、和硕、焉耆、和静、巴音布鲁克（繁殖鸟）、大尤尔都斯、开都河、天山、那拉提、新源、尼勒克、巩留、特克斯、昭苏、伊宁、察布查尔、霍城、伊犁河、博乐（博州）、艾比湖、精河、乌苏、奎屯、沙湾、石河子、玛纳斯、昌吉、五家渠、乌鲁木齐、青格达湖、米泉、阜康、准噶尔盆地、塔城、裕民、克拉玛依、哈巴河、布尔津、阿尔泰、额尔齐斯河流域、北屯、乌伦古湖、福海（繁殖鸟）、伊吾、淖毛湖（旅鸟）。

生态： 在杂草丛生的湖泊、水库、河道、苇沼、草原之中筑巢。海拔 190～3100m。以植物性食物为主（马鸣和才代，1997b）。

斑头雁 *Anser indicus* (Latham)，Bar-headed Goose

分布： 新疆南部和中部山区（夏候鸟）。阿尔金山、若羌（山区）、且末、和田、昆仑山、叶城、喀喇昆仑山、帕米尔高原、塔什库尔干、布伦口、阿克陶（克州）、沙雅、塔里木河（旅鸟）、和静（巴州）、天山、开都河、巴音布鲁克、天鹅湖（繁殖鸟）、特克斯、昭苏、伊犁河谷、赛里木湖、博乐（博州）、乌苏、乌鲁木齐、乌拉泊（4 月 1 日）、阜康、巴里坤、伊吾（繁殖鸟）。

生态： 典型的高原水鸟。喜欢集群在小岛上营巢和栖息（傅春利和谷景和，1988；马鸣和才代，1996a；1997a；Ma & Cai，1999）。海拔 710～4500m。以植物性食物为主。

赤麻鸭（黄鸭）　*Tadorna ferruginea* (Pallas)，Ruddy Shelduck

分布： 广泛分布至新疆各县的湿地和草原（夏候鸟）。昆仑山、阿尔金山、阿牙克库木湖、若羌、车尔臣河、瓦石峡、塔他让、且末、安迪尔河、民丰、尼雅河、于田、克里雅河、洛浦、和田、墨玉、皮山、叶城、帕米尔高原、喀喇昆仑山、塔什库尔干、明铁盖、喀拉库勒、布伦口、阿克陶、阿图什（克州）、木吉、乌恰、喀什、莎车、叶尔羌河、麦盖提、英吉沙、伽师、巴楚、小海子水库、图木舒克、阿合奇、阿克苏、阿瓦提、阿拉尔、塔里木河（繁殖鸟）、温宿、沙雅、新和、库车、大龙池、拜城、木扎特河流域、轮台、塔中、库尔勒（巴州）、铁门关、普惠、尉犁、恰拉水库、罗布泊（罗钾）、和硕、焉耆、博湖、开都河、和静、巴音布鲁克、天山、巩乃斯、新源、巩留、昭苏、尼勒克、伊犁河、特克斯、伊宁、霍城、察布查尔、博乐（博州）、赛里木湖、精河、艾比湖（9～10 月，上万只集群）、甘家湖（3 月 9 日）、乌苏、奎屯、沙湾、玛纳斯、石河子、昌吉、五家渠、乌鲁木齐、青格达湖、米泉、阜康、奇台、北塔山、芨芨湖、木垒、准噶尔盆地、裕民、塔城、和布克赛尔（和丰）、克拉玛依、吉木乃、哈巴河、布尔津、阿尔泰、福海、乌伦古湖、北屯、额尔齐斯河、富蕴、恰库尔图、乌伦古河、吐尔洪、青河、布尔根河、托克逊、吐鲁番、鄯善、巴里坤、伊吾、淖毛湖、哈密（繁殖鸟）。

生态： 栖息于水域和草原。在树洞或岩洞中筑巢。海拔 0～4500m。以植物性食物为主，偶然亦食水生昆虫、小鱼等（马鸣等，1991a）。

翘鼻麻鸭　*Tadorna tadorna*（Linnaeus），Common Shelduck
分布： 新疆各地（旅鸟，夏候鸟）。若羌、且末、车尔臣河（塔他让）、安迪尔、民丰、和田、墨玉、英吉沙（2 月 9 日）、塔里木河、沙雅（旅鸟）、轮台、库尔勒（巴州）、普惠、尉犁、罗布泊地区、台特马湖、和硕、博斯腾湖、焉耆、和静、巴音布鲁克、开都河、天山、新源、尼勒克、伊犁河、霍城、赛里木湖、博乐（博州）、艾比湖（9～10 月，数万只集聚）、精河、乌苏、甘家湖、奎屯、沙湾、石河子、玛纳斯、昌吉、五家渠、乌鲁木齐、青格达湖、米泉、阜康、准噶尔盆地（旅鸟）、塔城、和布克赛尔（和丰）、克拉玛依、福海、乌伦古湖、布尔津、阿尔泰、额尔齐斯河、伊吾、淖毛湖（繁殖鸟、旅鸟）。

生态： 迁徙时见于咸水的或淡水的湖泊、河流、苇沼。海拔 190～2500m。食昆虫、蜗牛、蜥蜴、小鱼、植物等。

针尾鸭　*Anas acuta* Linnaeus，Northern Pintail
分布： 迁徙期见于新疆各地（旅鸟）。若羌、塔中（石油基地）、且末、安迪尔河、民丰、尼雅河、于田、洛浦、和田、墨玉、皮山、莎车、叶尔羌河、疏附、疏勒、喀什、阿克陶（克州）、喀拉库勒、帕米尔高原、英吉沙、巴楚、阿瓦提、阿克苏、阿拉尔、塔里木河、库车、大龙池、沙雅、轮台、库尔勒（巴州）、尉犁、罗布泊、焉耆、博斯腾湖、和硕、和静、巴音布鲁克、天山、开都河、巩留、特克斯、昭苏、伊犁河、伊宁、霍城、察布查尔、赛里木湖（旅鸟）、博乐（博州）、艾比湖、精河、奎屯、安集海、沙湾、蘑菇湖、石河子、玛纳斯（3 月 23 日）、呼图壁、昌吉、五家渠、乌鲁木齐、乌拉泊、青格达湖、米泉、阜康、吉木萨尔、木垒、奇台、北塔山、准噶尔盆地、塔城、和布克赛尔（和丰）、克拉玛依、哈巴河、哈纳斯湖、布尔津、福海、乌伦古湖、阿尔泰（繁殖鸟）、北屯、额尔齐斯河流域、恰库尔图、富蕴、青河、哈密、伊吾（指名亚种 *Anas acuta acuta*）。

生态： 见于大的湖泊、缓慢流动的河流和浅水苇沼。海拔 200～3400m。食植物和小型无脊椎动物等。

绿翅鸭（小凫）　*Anas crecca* Linnaeus，Common Teal

分布：迁徙期见于新疆各地水域（旅鸟）。昆仑山区、且末、安迪尔河、民丰、于田、克里雅河、洛浦、和田、墨玉、叶城、皮山、莎车、叶尔羌河、克孜勒苏自治州（克州）、喀什、英吉沙、巴楚、阿克苏、塔里木河、阿拉尔、轮台、塔中、库尔勒（巴州）、普惠、尉犁、东河滩、博斯腾湖、和硕、焉耆、和静、巴音布鲁克、天山、新源、巩留、特克斯、昭苏、伊宁、霍城、察布查尔、伊犁河、赛里木湖、博乐（博州）、艾比湖、精河、乌苏、奎屯、安集海、沙湾、石河子、玛纳斯、昌吉、五家渠、乌鲁木齐、青格达湖、米泉、阜康、五彩湾、吉木萨尔、奇台、北塔山、准噶尔盆地、额敏、和布克赛尔（和丰）、克拉玛依、哈巴河、哈纳斯湖、布尔津、阿尔泰、额尔齐斯河流域、福海、乌伦古湖、富蕴、恰库尔图、吐尔洪（野鸭湖、可可托海）、青河、布尔根河流域、哈密（指名亚种 *Anas crecca crecca*，旅鸟）。

生态：迁徙时见于湖泊、河流、水田和沼泽。海拔 190～4000m。食水生植物和农田作物等。

绿头鸭（野鸭）　*Anas platyrhynchos* Linnaeus，Mallard

分布：全疆水域广泛分布（夏候鸟）。昆仑山、阿尔金山、若羌、且末、民丰、尼雅河、于田、克里雅河、洛浦、和田、墨玉、皮山、阿克陶（克州）、乌恰、疏附、喀什、疏勒、英吉沙、莎车、泽普、麦盖提、巴楚、小海子、图木舒克、乌什、阿合奇、阿克苏、阿瓦提、阿拉尔、塔里木河（留鸟）、温宿、拜城、木扎特河流域、克孜尔水库、沙雅、新和、库车、轮台、塔中、库尔勒（巴州）、铁门关、普惠、尉犁、恰拉水库、罗布泊、和硕、焉耆、博湖、博斯腾湖、和静、天山、巴音布鲁克、新源、巩留、昭苏、尼勒克、伊犁河、特克斯、伊宁、察布查尔、霍城、赛里木湖、温泉、博乐（博州）、艾比湖、精河、甘家湖、乌苏、奎屯、独山子、沙湾、石河子、玛纳斯、昌吉、五家渠、乌鲁木齐、青格达湖、米泉、阜康、吉木萨尔、奇台、北塔山、木垒、准噶尔盆地、裕民、塔城、克拉玛依、哈巴河、哈纳斯湖、布尔津、阿尔泰、福海、乌伦古湖、北屯、富蕴、吐尔洪、恰库尔图、乌伦古河、青河、布尔根河流域、托克逊、吐鲁番、巴里坤、伊吾、淖毛湖、哈密（指名亚种 *Anas platyrhynchos platyrhynchos*，冬候鸟，繁殖鸟）。

生态：栖息于湖泊、河流、苇沼。海拔 0～3700m。采食植物的叶片、种子和水生昆虫等。

斑嘴鸭　*Anas poecilorhyncha* Forster，Spot-billed Duck（新疆鸟类新纪录）

分布：库尔勒（孔雀河）、五家渠、乌鲁木齐（逃逸?）、青格达湖。

生态：偶见于湖泊、河流。海拔 400～1100m。采食植物叶片、种子、昆虫。

赤膀鸭　*Anas strepera* Linnaeus，Gadwall

分布：见于新疆各地水域（夏候鸟）。且末、安迪尔河、民丰、尼雅河、于田、洛浦、和田、墨玉、皮山、塔什库尔干、喀拉库勒（5 月）、布伦口、阿克陶、阿图什（克州）、喀什、莎车、麦盖提、巴楚、小海子、图木舒克、阿克苏、阿拉尔、塔里木河、阿瓦提、温宿、沙雅、库车、大龙池、轮台、塔中（石油基地）、库尔勒（巴州）、普惠、尉犁、东河滩、罗布泊、焉耆、博斯腾湖、和硕、和静、巴音布鲁克、天山、新源、伊犁河、巩留、特克斯、伊宁、察布查尔、霍城、博乐（博州）、艾比湖、精河、乌苏、奎屯、安集海、沙湾、石河子、玛纳斯、昌吉、五家渠、乌鲁木齐、青格达湖、米泉、阜康、吉木萨尔、奇台、准噶尔盆地、裕民、塔城（南湖）、额敏、和布克赛尔（和丰）、克拉玛依、哈巴河、布尔津、额尔齐斯河、阿尔泰、乌伦古湖、福海、北屯、富蕴、吐尔洪（野鸭湖、可可托海）、恰库尔图、乌伦古河流域、青河、布尔根河（指名亚种 *Anas strepera strepera* ，繁殖鸟）。

生态：见于湖泊、河流、沼泽、水塘和水田。海拔 190～3500m。食物为水生植物和陆地植物等。

赤颈鸭　*Anas penelope* Linnaeus，Eurasian Wigeon

分布：新疆各地水域（旅鸟）。民丰、尼雅河、于田、洛浦、和田、墨玉、皮山、帕米尔高原、塔什库尔干、喀喇昆仑山、阿图什（克州）、喀拉库勒（5 月）、阿克陶、莎车、麦盖提、叶尔羌河、巴楚、阿瓦提、阿克苏、阿拉尔、拜城、木扎特河流域、克孜尔水库、库车、大龙池、塔里木河、沙雅、尉犁、罗布泊、和静（巴州）、巴音布鲁克、天山、开都河、巩留、特克斯、伊犁河、昭苏、察布查尔、霍城、赛里木湖、博乐（博州）、艾比湖、精河、甘家湖、乌苏、奎屯、沙湾、石河子、莫索湾、玛纳斯、昌吉、五家渠、乌鲁木齐、青格达湖、乌拉泊、米泉、阜康、五彩湾、吉木萨尔、奇台、北塔山、木垒、准噶尔盆地、克拉玛依、哈巴河、哈纳斯湖、布尔津、阿尔泰、额尔齐斯河流域、乌伦古、福海、吐尔洪（野鸭湖、可可托海）、富蕴、青河（旅鸟）。

生态：繁殖地在欧亚大陆北部。栖息于大的湖泊、河流、沼泽。海拔 190～3400m。食物以水生植物为主。

白眉鸭（巡凫）　*Anas querquedula* Linnaeus，Garganey

分布：迁徙期见于新疆各地（旅鸟）。昆仑山、且末、塔他让、车尔臣河、安迪尔、民丰、塔中、洛浦、和田、墨玉、皮山、塔什库尔干、阿克陶、帕米尔高原、喀喇昆仑山、克孜勒苏自治州（克州）、阿图什、莎车、叶尔羌河、喀什、英吉沙、巴楚、小海子水库、图木舒克、阿瓦提、阿克苏、阿拉尔、托什罕河（阿合奇）、沙雅、塔里木河、库尔勒（巴州）、普惠、尉犁、博斯腾湖、和硕、焉耆、和静、巴音布鲁克、天山、开都河、伊犁河、新源、尼勒克、特克斯、昭苏、伊宁、察布查尔、霍城、赛里木湖、博乐（博州）、艾比湖、精河、乌苏、奎屯、沙湾、石河子、蘑菇湖、玛纳斯、昌吉、青格达湖、乌鲁木齐、五家渠、米泉、阜康、吉木萨尔、奇台、准噶尔盆地、和丰（塔城地区）、克拉玛依、哈巴河、布尔津、哈纳斯湖、额尔齐斯河、阿尔泰、乌伦古湖、福海、北屯、富蕴、青河、巴里坤（繁殖鸟，旅鸟）。

生态：分布于开阔的湖泊、河流、沼泽和水田。海拔 190～3500m。食物为植物的叶、茎、种子等。喜欢在夜间觅食。

琵嘴鸭 *Anas clypeata* Linnaeus，Northern Shoveler

分布：迁徙期见于新疆各地（旅鸟）。若羌、米兰、阿尔金山、安迪尔河、民丰、尼雅河、于田、克里雅河、洛浦、和田、墨玉、皮山、昆仑山、喀喇昆仑山、塔什库尔干、阿克陶、喀拉库勒、莎车、叶尔羌河、麦盖提、喀什、阿图什（克州）、巴楚、小海子、图木舒克、阿瓦提、阿克苏、阿拉尔、托什罕河、阿合奇、库车、大龙池、塔里木河（旅鸟）、库尔勒（巴州）、普惠、尉犁、罗布泊地区、焉耆、博斯腾湖、和硕、和静、巴音布鲁克、天山、巩留、特克斯、昭苏、伊犁河、察布查尔、赛里木湖、博乐（博州）、艾比湖、精河、乌苏、独山子、奎屯、沙湾、石河子、玛纳斯、昌吉、五家渠（3 月 23 日）、乌鲁木齐、青格达湖、米泉、阜康（繁殖鸟）、天池、吉木萨尔、奇台、北塔山、准噶尔盆地、和布克赛尔、克拉玛依、哈巴河、布尔津、阿尔泰、额尔齐斯河流域、福海、乌伦古湖、富蕴、恰库尔图、青河、伊吾。

生态：见于湖泊、河流、沼泽、水塘和水田。海拔 500～2500m。食物为水生生物。

云石斑鸭 *Marmaronetta（Anas）angustirostris* Menetries，Marbled Duck（中国鸟类新纪录）

分布：克拉玛依（8 只，6 月 18 日。Harvey，1986a。夏候鸟？迷鸟？可能是个错误记录，怀疑是赤嘴潜鸭 *Netta rufina* 的幼鸟？）。

生态：据报道，见于电站附近的人工水池，周围是戈壁荒漠。海拔 270 m。食物有植物和小型无脊椎动物。

赤嘴潜鸭 *Netta rufina*（Pallas），Red-crested Pochard

分布：见于新疆各地（夏候鸟）。阿尔金山、若羌、车尔臣河（塔他让）、且末、昆仑山、安迪尔、民丰、尼雅河、于田、克里雅河、洛浦、和田、墨玉、皮山、阿克陶、乌恰、喀什、阿图什（克州）、英吉沙、萨罕水库、莎车、叶尔羌河、麦盖提、喀拉玛水库、伽师、西克尔水库、巴楚、小海子水库、图木舒克、阿合奇、阿克苏、阿拉尔、塔里木河、阿瓦提、温宿、沙雅、新和、库车、轮台、塔克拉玛干沙漠腹地（塔中）、库尔勒（巴州）、普惠、尉犁、恰拉水库、罗布泊洼地、博斯腾湖、和硕、焉耆、博湖、和静、巴音布鲁克、开都河、天山、巩留、新源、尼勒克、伊犁河、特克斯、伊宁、霍城、察布查尔、赛里木湖、博乐（博州）、艾比湖、精河、乌苏、奎屯（3 月 23 日）、沙湾、蘑菇湖、石河子、玛纳斯、昌吉、五家渠、乌鲁木齐、青格达湖、米泉、阜康、吉木萨尔、奇台、准噶尔盆地、塔城、托里、和布克赛尔、克拉玛依、哈巴河、布尔津、阿尔泰、乌伦古湖、福海、北屯、富蕴、吐尔洪（野鸭湖、可可托海）、恰库尔图、乌伦古河、青河、吐鲁番、托克逊、巴里坤、哈密（繁殖鸟）。

生态：栖息于内陆荒漠之中的湖泊、河流、沼泽。海拔 0～2500m。喜欢潜水觅食。食物以植物为主。

红头潜鸭　*Aythya ferina* (Linnaeus)，Common Pochard
分布：迁徙季节见于新疆各地（旅鸟）。若羌、民丰、尼雅河、于田、克里雅河、和田、皮山、阿克陶、喀拉库勒、塔什库尔干、莎车、叶尔羌河、喀什、英吉沙、麦盖提、克孜勒苏自治州（克州）、阿图什、伽师、西克尔水库、巴楚、阿瓦提、阿克苏、阿拉尔、塔里木河、沙雅、博斯腾湖、焉耆、和硕、和静（巴州）、巴音布鲁克、开都河、天山、巩留、特克斯、尼勒克、伊犁河、伊宁、察布查尔、霍城、赛里木湖、博乐（博州）、奎屯、安集海、沙湾、石河子、玛纳斯、昌吉、五家渠、乌鲁木齐、青格达湖、103 团（11 月 11 日）、米泉（3 月 23 日）、阜康、吉木萨尔、奇台、准噶尔盆地、塔城（8 月）、和布克赛尔（和丰）、克拉玛依、哈纳斯湖、布尔津、阿尔泰、福海、乌伦古湖、北屯、富蕴、青河、巴里坤、哈密、伊吾、淖毛湖（繁殖鸟）。

生态：栖息于水草密集的湖泊、河流、沼泽。海拔 190～2500m。繁殖地在欧亚大陆北部。食物有植物和无脊椎动物。

白眼潜鸭　*Aythya nyroca* (Guldenstadt)，Ferruginous Pochard
分布：见于新疆各地（夏候鸟）。阿尔金山、若羌、且末、昆仑山、民丰、于田、和田、皮山、阿克陶、喀什、阿图什（克州）、莎车、叶尔羌河、麦盖提、巴楚、阿瓦提、阿克苏、阿拉尔、塔里木河、轮台、塔中石油基地（2 月）、库尔勒（巴州）、普惠、尉犁、罗布泊地区、大西海子、博湖（繁殖鸟）、焉耆、博斯腾湖、和硕、和静、巴音布鲁克、开都河、天山、巩留、新源、伊犁河、伊宁、察布查尔、霍城、赛里木湖、博乐（博州）、艾比湖（繁殖鸟）、精河、甘家湖、乌苏、奎屯、沙湾、蘑菇湖、石河子、玛纳斯、昌吉、五家渠、乌鲁木齐、青格达湖（11 月 11 日）、蔡家湖（103 团）、米泉、阜康、吉木萨尔、奇台、准噶尔盆地、托里、塔城（南湖）、克拉玛依、额尔齐斯河、布尔津、科克苏、阿尔泰、北屯、福海、乌伦古湖、哈密（繁殖鸟，旅鸟）。

生态：栖息于开阔的湖泊、河流、沼泽、水田。海拔190～2500m。杂食性，以植物为主。

凤头潜鸭 *Aythya fuligula*（Linnaeus），Tufted Duck

分布：见于新疆各地（旅鸟）。若羌、且末、民丰、尼雅河、于田、皮山、塔什库尔干、帕米尔高原、阿克陶、喀拉库勒、阿图什（克州）、喀什、巴楚、小海子、图木舒克、阿瓦提、阿克苏、阿拉尔、塔里木河（旅鸟）、温宿、沙雅、库车、轮台、塔中（石油基地）、库尔勒（巴州）、孔雀河、尉犁、罗布泊、焉耆、和静、巴音布鲁克、新源、那拉提、巩留、伊犁河、伊宁、察布查尔、霍城、赛里木湖、博乐（博州）、艾比湖、精河、奎屯、安集海子、沙湾、蘑菇湖、石河子、玛纳斯、昌吉、五家渠、乌鲁木齐、青格达湖、米泉、阜康、吉木萨尔、奇台、北塔山、准噶尔盆地（旅鸟）、克拉玛依、哈纳斯湖、布尔津、阿尔泰、福海、乌伦古湖、北屯、吐尔洪（野鸭湖、可可托海）、富蕴、恰库尔图、青河、布尔根河流域（繁殖鸟）。

生态：迁徙季节见于大的水域和沼泽。海拔200～3500m。繁殖于欧亚大陆北部。食物有虾、鱼、昆虫、蝌蚪和水草。

斑背潜鸭 *Aythya marila* Linnaeus，Greater Scaup（新疆鸟类新纪录）

分布：赛里木湖（博乐）、艾比湖（精河）、石河子（Holt，2008）。

生态：偶然出现在湖泊、水库。海拔190～2100m。采食植物性食物、浮游生物。

长尾鸭 *Clangula hyemalis*（Linnaeus），Long-tailed Duck（新疆鸟类新纪录）

分布：新疆北部（冬候鸟）。赛里木湖（博乐）（Holt，2008）、艾比湖（精河）、米泉（马鸣和梅宇，2007）。

生态：初冬偶然出现在湖泊、水库。海拔190～2100m。善于潜水觅食，采食植物性食物。

斑脸海番鸭 *Melanitta fusca* Linnaeus，White-winged Scoter（新疆鸟类新纪录）

分布：新疆北部（冬候鸟）。艾比湖（10～11月）、青格达湖、布尔津、哈纳斯湖（2♀，1987年7月。周永恒和王伦，1989）、福海、吉力湖、阿尔泰（罕见种类，繁殖鸟，冬候鸟？）。

生态：栖息于沿海湿地和泰加林区。繁殖地在西伯利亚北部。海拔200～2100m。食物主要为鱼类、昆虫、甲壳类等，也食水生植物。

鹊鸭 *Bucephala clangula*（Linnaeus），Common Goldeneye（图9-3）

分布：新疆西部和北部（夏候鸟）。若羌、喀什、阿克陶（克州）、阿克苏、阿拉尔、塔里木河（冬候鸟）、博斯腾湖、尉犁、恰拉、博湖、和静（巴州）、巴音布鲁克、伊犁河、霍城、赛里木湖（繁殖鸟）、博乐（博州）、艾比湖、精河、奎屯、安集海、沙湾、蘑菇湖、石河子、玛纳斯、呼图壁、昌吉、五家渠、乌鲁木齐、乌拉泊（2月1日）、鸿雁池、阜康（11月）、准噶尔盆地（指名亚种 *Bucephala clangula clangula*）、克拉玛依、哈巴河、哈纳斯湖、布尔津、阿尔泰、北屯、福海、额尔齐斯河、青河、布尔根河（繁殖鸟，旅鸟）。

生态：在新疆栖息于高原溪流、湖泽及森林，在树洞和岩隙中筑巢。海拔200～3000m。食物以小型水生动物为主。

白头硬尾鸭　*Oxyura leucocephala*（Scopoli），White-headed Stiff-tailed Duck（图9-4）

图9-3　鹊鸭　王勇　　　　　图9-4　白头硬尾鸭　邢睿

分布：散见于北疆的一些水域（夏候鸟）。天山、克孜勒苏自治州（克州）、阿克陶、博斯腾湖、焉耆、和硕（巴州）、博乐（博州）、五一水库、艾比湖、精河、阿拉山口、奎屯、蘑菇湖、石河子（10月16日）、昌吉、乌鲁木齐（4月4日。张德衡和夏咏，2008）、五家渠、青格达湖（10月）、米泉、吉木萨尔、准噶尔盆地、吉力湖、福海（繁殖鸟，旅鸟）。

生态：栖息于植物茂密的湖泊和沼泽（荀军和张耀东，2007b；Gou & Zhang，2007；马鸣和梅宇，2007）。喜欢潜水。海拔200～1100m。食物包括眼子菜、昆虫、小鱼和其他水生生物。

白秋沙鸭（斑头秋沙鸭）　*Mergellus albellus*（Linnaeus），Smew

分布：新疆西部和北部（旅鸟，夏候鸟）。若羌、且末、车尔臣河（冬候鸟）、民丰、阿克陶、喀什、克孜勒苏自治州（克州）、库尔勒（巴州）、塔里木河（冬候鸟）、尉犁、恰拉（1月）、天山山脉、赛里木湖、博乐（博州）、艾比湖、精河、甘家湖、乌苏、安集海、沙湾、蘑菇湖、石河子、玛纳斯、昌吉、五家渠、八一水库（11 月 7 日）、乌鲁木齐、鸿雁池（冬候鸟）、乌拉泊（2 月 1日）、阜康、准噶尔盆地、哈巴河、布尔津、阿尔泰、额尔齐斯河、北屯、乌伦古湖、福海、吐尔洪（野鸭湖、可可托海）、富蕴、恰库尔图、青河、布尔根河流域（繁殖鸟）。

生态：栖息于湖泊、河流、沼泽。海拔 200～2100m。潜水觅食，食物以小鱼和其他水生动物为主，偶然也食水草。

红胸秋沙鸭　*Mergus serrator* Linnaeus，Red-breasted Merganser

分布：库尔勒、天山（旅鸟）、博乐（五一水库）、赛里木湖（Holt，2006）、乌鲁木齐、乌拉泊（指名亚种 *Mergus serrator serrator*，罕见旅鸟）。

生态：迁徙期见于湖泊、河口及浅水沼泽。海拔 510～2100m。潜水觅食，食物以小鱼为主，亦食其他水生动物和植物。

普通秋沙鸭　*Mergus merganser* Linnaeus，Common Merganser

分布：见于新疆各地（旅鸟，夏候鸟）。阿尔金山、若羌、昆仑山（中亚亚种 *Mergus merganser comatus*，新疆鸟类亚种新纪录）、于田、克里雅河、和田、皮山、叶城（昆仑山区）、帕米尔高原、塔什库尔干、喀拉库勒、喀喇昆仑山、布伦口、阿克陶、乌恰、乌鲁克恰提、克孜勒苏河、阿图什（克州）、喀什、英吉沙（2 月）、阿克苏、温宿、托木尔峰地区、拜城、木扎特河、库车、塔里木河、塔中（旅鸟）、铁门关、尉犁、恰拉（1 月）、和静（巴州）、巴音布鲁克、天山（繁殖鸟）、开都河、巩乃斯河、昭苏、新源、那拉提、巩留、特克斯、尼勒克、伊犁河、伊宁、察布查尔、霍城、温泉、赛里木湖、博乐（博州）、阿拉山口、精河、乌苏、奎屯、安集海、沙湾、蘑菇湖、石河子、莫索湾、玛纳斯、昌吉、五家渠、乌鲁木齐、青格达湖、米泉、阜康、吉木萨尔、奇台、准噶尔盆地（旅鸟）、和布克赛尔（和丰）、克拉玛依、哈巴河、布尔津、哈纳斯湖、阿尔泰、福海、额尔齐斯河、富蕴、乌伦古河、青河（指名亚种 *Mergus merganser merganser*，繁殖鸟）。

生态：夏季栖息于山地林缘的溪流、湖泊和沼泽。营巢于树洞或岩洞里。海拔 300～3500m。食物以小鱼和其他水生动物为主，也食水草。

七、隼形目　FALCONIFORMES

10. 鹗科　Pandionidae（1 属 1 种）

鹗（鱼鹰）　*Pandion haliaetus*（Linnaeus），Osprey（图 10-1、图 10-2）

分布：偶见于新疆各地（夏候鸟）。皮山、英吉沙、萨罕水库、喀什、麦盖提、巴楚、阿瓦提、阿克苏、阿拉尔、新和、沙雅、帕满、塔里木河（繁殖鸟）、拜城、木扎特河流域、克孜尔水库、库车、轮台、库尔勒（巴州）、普惠、尉犁、恰拉、焉耆、博斯腾湖、和硕、天山、特克斯、昭苏、伊犁河、奎屯、沙湾、石河子、昌吉、五家渠、乌鲁木齐、米泉、阜康（4月）、奇台、北塔山、准噶尔盆地、克拉玛依、布尔津、阿尔泰、福海、乌伦古河、青河（指名亚种 *Pandion haliaetus haliaetus*，繁殖鸟）、吐鲁番（旅鸟）。

　　生态：见于开阔的水库、湖泊、河流、沼泽、水域及附近的森林和草原。海拔 0～1500m。主要捕捉鱼类为食，也食其他动物（马鸣和巴吐尔汗，1993）。

图 10-1　鹗　杜利民　　　　　　　图 10-2　鹗　马鸣

11. 鹰科　Accipitridae（12 属 28 种）

　　凤头蜂鹰　*Pernis ptilorhyncus* (Temminck)，Oriental Honey-buzzard (Crested Honey-buzzard)

　　分布：新疆西部和北部（旅鸟）。喀什（东方亚种 *Pernis ptilorhynchus orientalis*）、和硕、博湖（巴州）、天山、新源（种羊场）、伊犁、博乐（博州）、精河（艾比湖）、布尔津、阿尔泰、北塔山（偶然出现，旅鸟）。

　　注：凤头蜂鹰或者与蜂鹰（*Pernis apivorus*）合并为一个种。

　　生态：栖息于针叶林、阔叶林和混交林中。营巢于树上。海拔 250～1050m。喜欢以黄蜂和其他蜂类及其蜂蜜、蜂蜡和幼虫为食。

　　蜂鹰　*Pernis apivorus* (Linnaeus)，Honey Buzzard

　　分布：喀什地区（旅鸟）、库车林场、阿尔泰地区（2只，贾登峪林场附近，6月28日。罕见夏候鸟或旅鸟？邓杰等，1995）。

生态：偶见于北方林区和草原。有迁徙行为。捕食大黄蜂和其他蜂类，偶然也食昆虫、啮齿类和蛙类。

黑鸢 *Milvus migrans* Boddaert，Black Kite

分布：广泛分布于全疆各地（繁殖鸟，旅鸟）。若羌、且末、昆仑山、阿尔金山、民丰、于田、策勒、洛浦、和田、墨玉、皮山、叶城、喀喇昆仑山、塔什库尔干、阿克陶、帕米尔高原、乌恰（克州）、喀什、莎车、麦盖提、巴楚、图木舒克、阿合奇、阿克苏、阿瓦提、阿拉尔、温宿、沙雅、新和、拜城、克孜尔、库车、塔中、轮台、库尔勒（巴州）、普惠、塔里木盆地（旅鸟）、尉犁、罗布泊洼地、和硕、焉耆、博湖、和静、巴音布鲁克、天山、新源、那拉提、巩留、伊犁河、特克斯、尼勒克、昭苏、伊宁、察布查尔、霍城、清水河、果子沟、赛里木湖、温泉、博乐（博州）、艾比湖、精河、乌苏、独山子、奎屯、沙湾、石河子、玛纳斯、呼图壁、昌吉、五家渠、乌鲁木齐（普通亚种 *Milvus migrans lineatus*）、米泉、阜康、天池、博格达山、吉木萨尔、奇台、茇茇湖、北塔山、木垒、准噶尔盆地（旅鸟）、裕民、托里、塔城、额敏、和布克塞尔（和丰）、克拉玛依、白哈巴、哈巴河、铁列克、哈纳斯湖、布尔津、阿尔泰（繁殖鸟）、福海、乌伦古湖、北屯、富蕴、吐尔洪（野鸭湖、可可托海）、乌伦古河流域、恰库尔图、青河、布尔根河流域、托克逊、吐鲁番、巴里坤、伊吾、哈密。

生态：见于居民区、绿洲、荒漠、水域、山地林区和草原。海拔－90～3100m。捕食家禽、野鸟、鼠、蛇、鱼、蜥蜴等。

苍鹰 *Accipiter gentilis* (Linnaeus)，Northern Goshawk

分布：偶见于南北疆（旅鸟）。且末、民丰、于田、策勒、洛浦、和田、墨玉、喀什、阿克苏、温宿、托木尔峰地区、沙雅、塔里木盆地（冬候鸟）、和静（巴州）、西天山（新疆亚种 *Accipiter gentilis buteoides*，旅鸟）、新源、那拉提、昭苏、特克斯河、伊犁河谷、察布查尔、温泉、博乐（博州）、精河、乌苏、石河子、夹河子、玛纳斯、昌吉、乌鲁木齐（3 月 26 日）、吉木萨尔、准噶尔盆地、卡拉麦里山、托里、白哈巴、哈巴河、布尔津、哈纳斯湖、阿尔泰、富蕴、青河、巴里坤、口门子（普通亚种 *Accipiter gentilis schvedowi*，旅鸟）。

注：现在普遍认为亚种 *schvedowi* 与 *khamensis* 为同物异名（Mayr & Cottrell，1976；杨岚等，1995）。

生态：见于山地林区和平原绿洲。主要繁殖地在俄罗斯。海拔 190～2800m。捕食野兔、鼠类、雉类、野鸭等。可驯化为猎鹰。

褐耳鹰 *Accipiter badius* (Gmelin)，Shikra

分布：新疆西北地区（留鸟）。喀什、伊宁、霍城、天山（留鸟）、艾比湖、精河、乌苏、甘家湖、奎屯河下游、昌吉、乌鲁木齐、准噶尔盆地（新疆亚种

Accipiter badius cenchroides）、裕民、塔城、克拉玛依（聂延秋，2010）、艾里克湖、乌尔禾、阿尔泰。

生态：见于荒漠、绿洲、居民区、山地林区和草原。海拔 200～1100 m。以小鸟、蛙、蜥蜴、老鼠等为食。

雀鹰　*Accipiter nisus* (Linnaeus)，Eurasian Sparrowhawk

分布：见于新疆各地（留鸟）。若羌、民丰、于田、策勒、洛浦、和田、墨玉、皮山、喀什、莎车（北方亚种 *Accipiter nisus nisosimilis* 或新疆亚种 *Accipiter nisus dementjevi*）、巴楚、图木舒克、阿克苏、阿拉尔、阿瓦提、塔里木盆地、温宿、拜城、克孜尔、库车、沙雅、轮台、塔中、塔里木河绿洲、铁门关、尉犁、博湖（巴州）、天山、新源、巩乃斯、那拉提、巩留、特克斯、尼勒克、昭苏、伊宁、察布查尔、霍城、温泉、博乐（博州）、艾比湖、精河、奎屯、独山子（12 月 16 日）、沙湾、夹河子、石河子、玛纳斯、昌吉、五家渠、乌鲁木齐、米泉、阜康、天池、博格达山、吉木萨尔、奇台、芨芨湖、北塔山、木垒、准噶尔盆地、塔城、克拉玛依、哈巴河、铁列克、哈纳斯湖、布尔津、阿尔泰、福海、富蕴、青河（6 月）、托克逊、哈密、巴里坤（繁殖鸟）。

生态：见于居民区、绿洲、荒漠、灌丛、山地林区等。海拔－40～2500m。以雀形目小鸟、鼠类和昆虫等为食。

日本松雀鹰　*Accipiter gularis* (Temmink et Schlegel)，Japanese Sparrowhawk

分布：偶然分布至阿尔泰山（马敬能等，2000）。

注：据郑作新（1976），常与松雀鹰 *Accipiter virgatus* 同归于一种。

生态：栖息于山地针叶林和混交林。捕食野鸟、鼠、昆虫和蜥蜴等。

棕尾鵟　*Buteo rufinus* (Cretzschmar)，Long-legged Buzzard

分布：中亚干旱地区广泛分布种（夏候鸟，或留鸟）。若羌、且末、安迪尔、民丰、于田、策勒、洛浦、和田、墨玉、皮山、阿克陶、阿图什（克州）、乌恰、喀什、莎车、麦盖提、伽师、巴楚、图木舒克、阿合奇、乌什、阿克苏、阿瓦提、阿拉尔、温宿、托木尔峰（琼台兰河河谷）、拜城、克孜尔、沙雅、新和、库车、轮台、塔中、塔里木河流域、尉犁、库尔勒（巴州）、普惠、尉犁、恰拉、大西海子、罗布泊、和硕、焉耆、博斯腾湖、和静、巴音布鲁克、天山、巩乃斯、新源、那拉提、尼勒克、昭苏、伊宁、察布查尔、霍城、果子沟、赛里木湖、博乐（博州）、艾比湖、精河、乌苏、独山子、奎屯、沙湾、石河子、莫索湾、玛纳斯、呼图壁、昌吉、五家渠、乌鲁木齐、米泉、阜康、五彩湾、吉木萨尔、卡拉麦里（繁殖鸟）、奇台、芨芨湖、北塔山、木垒、准噶尔盆地、裕民、托里、塔城、额敏、和布克塞尔（和丰）、克拉玛依、乌尔禾、吉木乃、哈巴河、布尔津、阿尔泰、北屯、乌伦古湖、福海、喀木斯特、富蕴、乌伦古河、青河、北塔山、托克逊、吐鲁番、鄯善、巴里坤、伊吾、淖毛湖、哈密（指名亚种 *Buteo rufinus rufinus*）。

生态：栖息于荒漠、绿洲、山前戈壁、草原、雅丹（时磊，2004；吴逸群等，2006b）。营巢于土崖上。海拔－90～4000m。食物为野兔、啮齿类、蜥蜴、鸟类等。

大鵟 *Buteo hemilasius* Temminck et Schlegel，Upland Buzzard
分布：新疆各地（冬候鸟，留鸟）。阿尔金山、且末、策勒、昆仑山（繁殖鸟）、阿图什、克孜勒苏自治州（克州）、喀什（冬候鸟）、天山、巴音布鲁克、和静（巴州）、巩留、特克斯、昭苏、伊犁谷地、尼勒克、伊宁、察布查尔、阿拉套山、博乐（博州）、艾比湖、精河、乌苏、独山子、奎屯、沙湾、石河子、莫索湾、玛纳斯、呼图壁、昌吉、五家渠、乌鲁木齐（冬候鸟）、米泉、阜康、吉木萨尔、北塔山（繁殖鸟）、奇台、芨芨湖、将军戈壁、卡拉麦里、木垒、准噶尔盆地（冬候鸟）、塔尔巴哈台山、额敏、和布克赛尔（和丰）、克拉玛依、布尔津、阿尔泰（留鸟）、福海、富蕴、吐尔洪、青河、托克逊、吐鲁番、巴里坤。
生态：见于高原荒漠、戈壁、山地林区和草原。营巢于峭壁或大树上。海拔－90～4000m（梅宇等，2008）。捕食啮齿类、鸟类、爬行类等。

普通鵟 *Buteo buteo* (Linnaeus)，Common Buzzard
分布：冬季见于新疆各地（冬候鸟）。若羌、喀什（新疆亚种 *Buteo buteo vulpinus*）、阿图什（克州）、疏附、麦盖提、阿克苏、拜城、库车、焉耆、尉犁（1月）、博斯腾湖、和硕、和静（巴州）、天山（普通亚种 *Buteo buteo japonicus*）、巩乃斯、新源、那拉提、巩留、特克斯、尼勒克、昭苏、伊宁、察布查尔、温泉、赛里木湖、博乐（博州）、精河、乌苏、独山子、奎屯、沙湾、石河子、玛纳斯、昌吉、芳草湖、五家渠、乌鲁木齐、米泉、阜康、吉木萨尔、北塔山、奇台、木垒、准噶尔盆地、克拉玛依、哈巴河（白哈巴）、哈纳斯湖、布尔津、乌伦古河、阿尔泰地区、托克逊、伊吾（冬候鸟）。
注：有人建议将上述亚种分别独立为种，即欧亚鵟（*Buteo buteo*）或草原鵟（*Buteo buteo vulpinus*）、普通鵟（*Buteo japonicus*）。在新疆都有分布。
生态：见于绿洲、荒漠、居民区、山地丘陵等。海拔 0～2500m。以鼠类、小鸟、爬行类和大型昆虫等为食。

毛脚鵟 *Buteo lagopus* (Pontoppidan)，Rough-legged Buzzard
分布：冬季见于新疆各地（冬候鸟）。若羌、昆仑山、阿尔金山、喀什（指名亚种 *Buteo lagopus lagopus*）、温宿、罗布泊地区、和静（巴州）、巴音布鲁克、天山（北方亚种 *Buteo lagopus menzbieri*）、巩留、特克斯、昭苏、伊宁、察布查尔、霍城、温泉、精河（博州）、奎屯、独山子、沙湾、石河子、呼图壁、昌吉、芳草湖、五家渠（1月）、乌鲁木齐、米泉、阜康、吉木萨尔、奇台、准噶尔盆地、额敏、克拉玛依、青河、吐鲁番、伊吾、七角井、哈密（? *Buteo lagopus kamtschatkensis*）。

生态：繁殖地在北方苔原地带和泰加林区。秋冬季见于新疆的平原和山地。海拔 0～2000m。以鼠类和鸟类为食。

金雕　*Aquila chrysaetos* (Linnaeus)，Golden Eagle
分布：见于新疆各地山区（留鸟）。若羌、阿尔金山、于田、昆仑山、策勒、和田、墨玉、叶城、喀喇昆仑山、红其拉甫、明铁盖、塔什库尔干、吉根、帕米尔高原、乌恰、阿图什（克州）、莎车、巴楚、阿合奇、温宿、托木尔峰南坡、木扎特河谷、拜城、克孜尔、库车、大龙池、铁门关、和硕、和静（巴州）、巴伦台、天山山脉、巴音布鲁克、巩乃斯、那拉提、新源、巩留、特克斯、尼勒克、伊宁、阿拉套山（夏尔希里）、博乐（博州）、赛里木湖、沙湾、石河子、莫索湾、玛纳斯、呼图壁、昌吉、乌鲁木齐、后峡、米泉、阜康、天池、博格达山、吉木萨尔、卡拉麦里山、奇台、北塔山、木垒、准噶尔盆地、裕民、托里、塔尔巴哈台山、额敏、布尔津、阿尔泰山、福海、富蕴、喀木斯特、青河、巴里坤、哈密、伊吾、沁城（华北亚种 *Aquila chrysaetos daphanea* ）。

生态：大型猛禽。栖息于高山草原和森林地带。海拔 500～4000m。食物为较大型的兽类和鸟类（Ma *et al.*，2010）。

白肩雕　*Aquila heliaca* Savigny，Imperial Eagle
分布：见于北疆（留鸟）。天山、巴音布鲁克（天鹅湖）、新源、巩留、准噶尔阿拉套山、玛纳斯、昌吉、火烧山、阜康、吉木萨尔、卡拉麦里山、准噶尔盆地、哈纳斯湖、布尔津、阿尔泰、乌伦古河北岸、福海、巴里坤（指名亚种 *Aquila heliaca heliaca*，夏候鸟，旅鸟）。

生态：见于山地林区和草原等。营巢于高大的松树或崖上。海拔 500～2500m。以鼠类、野兔和鸟类等为食。

草原雕　*Aquila nipalensis* (Hodgson)，Steppe Eagle
分布：见于新疆各地（旅鸟，夏候鸟）。于田（旅鸟）、民丰（2月）、洛浦、昆仑山、和田、墨玉、喀什、乌恰（克州）、托什罕河、阿克苏、和静、天山、巴音布鲁克、那拉提、新源、巩留、伊犁谷地、赛里木湖、博乐（博州）、阿拉山口、精河、乌苏、奎屯、沙湾、石河子、莫索湾、玛纳斯、昌吉、乌鲁木齐、阜康、吉木萨尔、卡拉麦里山、奇台、芨芨湖、北塔山、木垒、准噶尔盆地、塔城、托里、克拉玛依、阿尔泰、额尔齐斯河流域、福海、北屯、乌伦古河流域、富蕴、青河、哈密、沁城（指名亚种 *Aquila nipalensis nipalensis*，夏候鸟）。

生态：常见于山地草原、丘陵和荒漠草地等。营巢于悬崖上。海拔 500～2500m。捕捉兽类、爬行类和鸟类等为食。

乌雕 *Aquila clanga* Pallas，Greater Spotted Eagle

分布：天山和阿尔泰山（留鸟）。和硕、博湖（巴州）、天山、伊犁地区、巩留、那拉提、新源、赛里木湖、博乐（博州）、艾比湖、精河、奎屯、昌吉、卡拉麦里、吉木萨尔、准噶尔盆地、塔城、托里、和布克赛尔（和丰）、阿尔泰、福海、富蕴、喀木斯特、青河（留鸟或夏候鸟）。

生态：栖息于开阔的草原、山地、丘陵。营巢于大树上。海拔 190～2500m。以鼠类、野兔和野鸭等为食，有时吃死尸。

靴隼雕（小雕）　　*Hieraaetus* (*Aquila*) *pennatus* (Gmelin)，Booted Eagle

分布：见于新疆各地（夏候鸟）。和田、皮山、喀什、塔里木盆地、库车、新和、沙雅、轮台、塔里木河流域、库尔楚、库尔勒（巴州）、普惠、尉犁、和静、巩乃斯、新源、那拉提、西天山、伊犁河、伊宁、赛里木湖、阿拉套山、博乐（博州）、精河、乌苏、奎屯、沙湾、石河子、玛纳斯、昌吉、五家渠、乌鲁木齐、青格达湖（10 月）、米泉、阜康、天池、博格达山、木垒、准噶尔盆地、白哈巴、哈巴河、哈纳斯湖、布尔津、阿尔泰、乌伦古湖、福海、北屯（繁殖鸟）、富蕴、恰库尔图、乌伦古河、吐尔洪（野鸭湖、可可托海）、青河、吐鲁番（北方亚种 *Aquila　pennatus milvoides*）。

生态：见于山地森林、草原、平原绿洲和荒漠等。营巢于大树上。海拔 0～3000m。以鼠类、鸟类和爬行类等为食。

玉带海雕 *Haliaeetus leucoryphus* (Pallas)，Pallas's Fish Eagle

分布：新疆西部和北部（旅鸟，夏候鸟）。和田、墨玉、帕米尔高原、阿克陶（克州）、布伦口、喀什、巴楚、小海子、图木舒克、塔里木河、阿克苏、多浪水库、阿瓦提、沙雅、库尔勒（巴州）、普惠、尉犁、恰拉水库、大西海子、和静、巴音布鲁克、尤尔都斯草原、天山、新源、那拉提、伊宁、奎屯、沙湾、石河子（9 月）、昌吉、五家渠、蔡家湖（11 月 11 日）、乌鲁木齐、青格达湖、阜康、准噶尔盆地、哈纳斯湖、布尔津、阿尔泰、福海、乌伦古湖、额尔齐斯河、富蕴、哈密南湖（夏候鸟）。

生态：栖息地为水域附近的林区、荒漠和草原。营巢于高大树上。海拔 190～4000m。极善于捕捉水禽和鱼类。

白尾海雕 *Haliaeetus albicilla* (Linnaeus)，White-tailed Sea Eagle（新疆鸟类新纪录）

分布：新疆西部和北部（旅鸟，夏候鸟）。民丰、尼雅河、阿图什（克州）、阿克苏、沙雅、帕满（繁殖鸟）、塔里木河（指名亚种 *Haliaeetus albicilla albi-*

cilla，马鸣等，1992b)、博斯腾湖、尉犁、大西海子、和静（巴州）、巴音布鲁克、尤尔都斯草原、开都河流域、天山、巩留、伊犁河、伊宁、霍城（64团）、博乐（博州）、艾比湖、精河、乌苏、奎屯、安集海、沙湾、石河子、蘑菇湖（11月）、五家渠（11月）、乌鲁木齐、乌拉泊、准噶尔盆地（旅鸟）、哈纳斯湖、布尔津、阿尔泰、吉力湖（2月）、福海、额尔齐斯河（夏候鸟）。

生态：见于湖泊、河流及其附近的林区和草原。营巢胡杨树上（塔里木河）。海拔190～2500m。以鱼类、哺乳类和水鸟为食（马鸣等，1993a）。

秃鹫 *Aegypius monachus* (Linnaeus)，Cinereous Vulture
分布：见于新疆各地山区（留鸟）。昆仑山、阿尔金山、若羌、民丰、洛浦、和田、墨玉、皮山、叶城、帕米尔高原、喀喇昆仑山、喀什、莎车、克孜勒苏自治州（克州）、乌恰、乌鲁克恰提、阿合奇、塔里木河上游、温宿、托木尔峰地区、拜城、沙雅（塔里木）、库车（山区）、尉犁（1月）、和硕、和静（巴州）、天山山脉、巴音布鲁克（天鹅湖）、新源、巩乃斯、那拉提、伊犁、阿拉套山（夏尔希里）、博乐（博州）、精河、乌苏、沙湾、昌吉、乌鲁木齐、阜康、北沙窝（冬季）、吉木萨尔、卡拉麦里、奇台、北塔山、木垒、准噶尔盆地（2月）、塔城、布尔津、阿尔泰山、福海、富蕴、恰库尔图、乌伦古河、喀木斯特、青河、巴里坤、哈密、口门子、沁城。
生态：大型猛禽。栖息于丘陵、山地草原和高山裸岩带。海拔400～5500m。以大型动物的尸体为食。

兀鹫 *Gyps fulvus* (Hablizl)，Eurasian Griffon
分布：阿图什、和静、天山（Судиловская，1936）、巴音布鲁克（Dissing，1989）、新源、阿拉套山、卡拉麦里、北塔山、奇台、塔城、塔尔巴哈台山、额敏、哈巴河、白哈巴、阿尔泰山、青河（留鸟）。
生态：大型猛禽。见于山地草原和裸岩带。海拔1100～4500m。以大型动物的尸体为食。

高山兀鹫 *Gyps himalayensis* Hume，Himalayan Griffon（图11-1、图11-2）
分布：见于新疆各地山区（留鸟）。阿尔金山、昆仑山、若羌、且末、民丰、叶亦克、于田、策勒、洛浦、和田、墨玉、叶城、帕米尔高原、喀喇昆仑山、红其拉甫、塔什库尔干、吉根、乌恰（克州）、乌鲁克恰提、阿合奇、阿克苏、温宿、托木尔峰地区（琼台兰河）、拜城、库车、大龙池、轮台、和硕、和静（巴州）、巴音布鲁克、天山山脉、新源、那拉提、巩留、特克斯、尼勒克、昭苏、伊宁、察布查尔、阿拉套山、博乐（博州）、乌苏、沙湾、石河子、玛纳斯、呼图壁、昌吉、乌鲁木齐（南山）、阜康、天池、博格达山、吉木萨尔、奇台、北塔山、木垒、准噶尔盆地（冬季）、和布克塞尔（和丰）、布尔津、阿尔泰山、富蕴、青河、巴里坤、哈密、口门子。

生态：大型猛禽。栖息于高山草原和裸岩带。海拔 700～6500m。以自然死亡的大型动物的腐尸为食。

图 11-1　高山兀鹫　邢睿　　　　　　图 11-2　高山兀鹫　夏咏

胡兀鹫　*Gypaetus barbatus* (Linnaeus)，Lammergeier

分布：见于新疆各地山区（留鸟）。昆仑山、阿尔金山、若羌、民丰、叶亦克、策勒、和田、皮山、叶城、库地、喀喇昆仑山（北方亚种 *Gypaetus barbatus aureus*）、帕米尔高原、明铁盖、克克吐鲁克、塔什库尔干、红其拉甫、乌恰（克州）、温宿、托木尔峰地区（琼台兰河）、库车（山区）、和静（巴州）、巴伦台、天山（留鸟）、巴音布鲁克、巩乃斯、那拉提、新源、特克斯、尼勒克、昭苏、伊犁谷地、赛里木湖、博乐（博州）、乌苏、沙湾、呼图壁、昌吉、乌鲁木齐（南山）、阜康、卡拉麦里、奇台、北塔山（9 月）、木垒、准噶尔盆地（冬季）、阿尔泰、富蕴、青河。

生态：生活于高原和山区。海拔 1500～6000m。喜食较为新鲜的动物尸体（包括从高空中摔碎的骨头），也捕食活物（才代等，1994）。

白兀鹫　*Neophron percnopterus* (Linnaeus)，Egyptian Vulture（中国鸟类新纪录）

分布：可能分布至新疆西部的天山山区（Судиловская，1936；de Schauensee 1984）。据 Hornskov 等 2001 年 5 月 30 日在新源至伊犁之间（巩乃斯种羊场以西，属于巩留、新源、尼勒克交界处），记录到一只成鸟。

生态：活动于山区、丘陵及山前荒漠。海拔 800～3050m。食物包括动物尸体、屠宰场的垃圾及爬行动物等。

白尾鹞 *Circus cyaneus* (Linnaeus)，Hen Harrier

分布：见于新疆各县湿地（夏候鸟）。新疆西部（指名亚种 *Circus cyaneus cyaneus*）、若羌（1 月，冬候鸟）、民丰、于田、策勒、和田、皮山、喀什、麦盖提、叶尔羌河、乌什、阿克苏、阿拉尔、塔里木河、轮台、塔中公路、博湖、和静（巴州）、天山、巴音布鲁克、巩乃斯、那拉提、巩留、特克斯、新源、伊犁河、昭苏、尼勒克、伊宁、察布查尔、霍城、博乐（博州）、艾比湖、精河、乌苏、奎屯、安集海、沙湾、蘑菇湖、石河子、夹河子、玛纳斯、昌吉、五家渠、乌鲁木齐、青格达湖、米泉、阜康（1 月）、吉木萨尔、准噶尔盆地、塔城、额敏、吉木乃、哈巴河、哈纳斯湖、布尔津、阿尔泰、福海、额尔齐斯河流域、吐尔洪（野鸭湖、可可托海）、富蕴。

生态：栖息于开阔的沼泽、水域及其附近的草原和农田。营巢于苇丛或灌丛间。海拔 200～2500m。极善于低空飞行。捕捉小鸟、蛙类、鼠类和大型昆虫。

草原鹞 *Circus macrourus* (Gmelin)，Pallid Harrier

分布：新疆西部和北部（夏候鸟）。昆仑山、阿尔金山、喀喇昆仑山、卡拉古龙口（海拔 1900 m）、巴楚（旅鸟）、天山、和静、博湖、伊犁河谷、艾比湖、独山子（迁徙）、安集海、沙湾、乌鲁木齐、哈巴河、布尔津、哈纳斯湖、阿拉哈克、阿尔泰、福海、富蕴。

生态：活动于草原、沼泽和水域附近的荒漠。海拔 200～3000m。捕捉鼠类、蜥蜴、蝗虫、小鸟、蛙类。

乌灰鹞 *Circus pygargus* (Linnaeus)，Montagu's Harrier

分布：新疆北部（旅鸟，夏候鸟）。天山、和静（旅鸟）、巴音布鲁克（天鹅湖）、新源、巩乃斯河、巩留、特克斯、察布查尔、昭苏、伊犁河、乌鲁木齐、塔城、塔尔巴哈台山（界山）、哈巴河、布尔津、科克苏湿地、阿尔泰、福海、富蕴（夏候鸟）。

生态：出没于低山丘陵、开阔的沼泽、草原和农田。营巢于苇丛中。海拔 480～2500m。善于低飞。捕捉鼠、蛙、蜥蜴、鸟等小型动物。

白头鹞 *Circus aeruginosus* (Linnaeus)，Eurasian Marsh Harrier

分布：见于新疆各县湿地（夏候鸟）。且末、民丰、于田、克里雅河、和田、墨玉、皮山、喀什（冬候鸟）、克州、科克铁列克、莎车、麦盖提、喀拉玛水库、叶尔羌河流域、巴楚、阿瓦提、阿克苏、阿拉尔、塔里木河流域、轮台、塔中（旅鸟）、库尔勒（巴州）、普惠、尉犁、恰拉水库、东河滩、焉耆、博斯腾湖、和硕、和静、巴音布鲁克、天山、新源、那拉提、巩留、特克斯、伊犁河流域、察布查尔、博乐（博州）、艾比湖（繁殖）、精河、沙湾、石河子、昌吉、五家渠、乌鲁木齐、青格达湖、准噶尔盆地、塔城、克拉玛依、哈巴河、布尔津、阿尔泰（夏候鸟）、额尔齐斯河流域、福海、乌伦古湖、富蕴、吐尔洪（野鸭湖、可可托海）、吐鲁番、哈密（指名亚种 *Circus aeruginosus aeruginosus*）。

生态：低飞于湖泊、沼泽、草原和水田上空。海拔 200~2400m。捕捉小型鸟类、啮齿类和两栖、爬行动物。

短趾雕 *Circaetus gallicus* Gmelin，Short-toed［Snake］Eagle

分布：天山（天山亚种 *Circaetus gallicus heptneri*）、伊犁地区、巩乃斯河谷、新源、艾比湖、精河、石河子（121 团）、阜康、北沙窝、阿尔泰地区、青河（夏候鸟，留鸟）。

生态：活动范围广阔，从森林、草原到荒漠。海拔 200~600m。以各种蛇类为食，亦食蜥蜴、蛙类等。

12. 隼科　Falconidae（1 属 10 种）

猎隼 *Falco cherrug* J. E. Gray，Saker Falcon（图 12-1）

图 12-1　猎隼　马鸣

分布：见于新疆各地（留鸟）。昆仑山（羌塘地区）、阿尔金山、若羌、土房子（1983 年 7 月，一窝 3 幼，4100 m，食物：沙鸡）、且末、吐拉、民丰、和田地区、皮山、叶城、喀喇昆仑山、乌恰（克州）、吉根、帕米尔高原、喀什、温宿、托木尔峰地区、木扎特河流域、库车（独库公路）、罗布泊、博斯腾湖、和静（巴州）、巴伦台、巴音布鲁克、天山、伊犁河谷、伊宁、赛里木湖、博乐（博州）、阿拉山口、精河、甘家湖、乌苏、沙湾、石河子、呼图壁、昌吉、五家渠、乌鲁木齐、米泉、阜康、吉木萨尔、卡拉麦里（繁殖鸟）、奇台、北塔山、木垒、准噶尔盆地、裕民、塔城、额敏、塔尔巴哈台山、和布克赛尔（和丰）、克拉玛依、布尔津、阿尔泰（指名亚种 *Falco cherrug cherrug*）、额尔齐斯河流域、福海、乌伦古湖、富蕴、吐尔洪（野鸭湖、可可托海）、喀木斯特、青河、托克逊、吐鲁番、巴里坤、东天山、三塘湖（北方亚种 *Falco cherrug milvipes*）。

生态：多见于丘陵、少树木的旷野或岩石地带。巢位于悬崖上。海拔 300~4800m。取食鼠类和鸟类。面临被捕捉和贸易的噩运（Ma，1999；马鸣等，

2005b；2007；殷守敬等，2005a；吴逸群等，2006a；2007）。

矛隼（极地隼）　*Falco rusticolus* Linnaeus，Gyrfalcon

分布：新疆西部、天山、伊犁谷地、昌吉、乌鲁木齐、木垒、准噶尔盆地、福海、阿尔泰（普通亚种 *Falco rusticolus obsoletus* 或 *Falco rusticolus altaicus*，冬候鸟）。

注：分类学家或将矛隼阿尔泰亚种独立为阿尔泰隼（*Falco altaicus*）。

生态：栖息于北极海岸线、岛屿、苔原和泰加林区。捕食小型哺乳类和鸟类（鹬类、野鸭、鸥类、鸡类等）。

游隼　*Falco peregrinus* Tunstall，Peregrine Falcon

分布：见于新疆各地（冬候鸟）。桑珠、皮山、喀什、莎车、乌恰（克州）、阿克苏、阿拉尔、胜利水库、轮台以南沙漠公路附近（3 月）、巴州、罗布泊、博湖、天山山脉（留鸟，冬候鸟）、新源、昭苏、霍城、赛里木湖、博乐（博州）、艾比湖、精河、独山子、沙湾、蘑菇湖、石河子（150 团）、昌吉、五家渠、乌鲁木齐、青格达湖（11 月 11 日）、米泉、阜康、吉木萨尔、卡拉麦里、奇台、哈巴河、哈纳斯湖、布尔津、布伦托海（乌伦古湖）、福海、阿尔泰地区（指名亚种 *Falco peregrinus peregrinus*）、富蕴、乌伦古河北岸、巴里坤。

生态：活动于山地、草原、湿地、丘陵、荒漠、农区等。海拔 190～2500m。捕食野鸭、鸠鸽类、鸡类和鼠类。

拟游隼　*Falco pelegrinoides* Temminck，Barbary Falcon（Red-capped Falcon）

分布：新疆西部（留鸟）。阿尔金山、若羌、且末、昆仑山北麓、民丰、于田、皮山、塔什库尔干（Holt，2005）、喀什、拜城、木扎特河流域（岸壁上营巢）、新和、库车（马鸣等，2003b）、库尔勒（巴州）、罗布泊、和静、天山、巩留、独山子（独库公路）、乌鲁木齐（1 月 15 日）、阜康（天池）、吉木萨尔、卡拉麦里（Angelov *et al.*，2006）、奇台、准噶尔盆地、克拉玛依、魔鬼城（新疆亚种 *Falco pelegrinoides babylonicus*）。

注：拟游隼曾经是游隼的一个亚种（*Falco peregrinus babylonicus*）。

生态：栖息于山前戈壁、荒漠草原、绿洲边缘等。海拔 400～3500m。捕食家禽、鸠鸽类、野鸭和鼠类（马鸣等，2003b）。

燕隼　*Falco subbuteo* Linnaeus，Eurasian Hobby（图 12-2、图 12-3）

分布：见于新疆各地（夏候鸟）。阿尔金山、若羌、昆仑山、且末、民丰、洛浦、和田、皮山、叶城、塔什库尔干、莎车、疏附、疏勒、喀什、阿图什（克州）、阿克苏、温宿、托木尔峰北坡、沙雅、塔里木河、轮台、塔中基地、库尔勒（巴州）、普惠、尉犁、罗布泊、博斯腾湖、焉耆、和硕、和静、天山、巴音布鲁克、巩乃斯、那拉提、新源、昭苏、巩留、伊犁河谷、伊宁、霍城、63团、果子沟、赛里木湖、博乐（博州）、精河、乌苏、奎屯、沙湾、三道河子、宁加河、石河子、玛纳斯、昌吉、五家渠、乌鲁木齐、米泉、阜康、吉木萨尔、奇台、芨芨湖、木垒、准噶尔盆地、塔城、克拉玛依、吉木乃、哈巴河、白哈巴、铁列克、布尔津、阿尔泰、额尔齐斯河流域、乌伦古湖、福海、富蕴、恰库尔图、乌伦古河流域、吐尔洪、可可托海、青河、布尔根河流域、鄯善、巴里坤、伊吾、下马崖、淖毛湖（指名亚种 *Falco subbuteo subbuteo*，夏候鸟）。

生态：活动于山地、草原、森林、平原、绿洲、农区等。海拔200～3000m。主要捕食小鸟和昆虫。

图12-2　燕隼　孙大欢　　　　　图12-3　燕隼　王传波

灰背隼　*Falco columbarius* Linnaeus，Merlin
分布：见于新疆各地（旅鸟）。喀什、乌什、沙雅、和静（巴州）、天山（普通亚种 *Falco columbarius insignis*）、巴音布鲁克（繁殖鸟）、巩留、伊犁（伊宁）、昭苏、赛里木湖、博乐（博州）、艾比湖、精河、安集海（北方亚种 *Falco columbarius pallidus*）（Holt，2006）、沙湾、石河子、昌吉、芳草湖、五家渠、乌鲁木齐（4月7日）、米泉、阜康（11月）、吉木萨尔、卡拉麦里、奇台、准噶尔盆地、克拉玛依、哈巴河、布尔津、阿尔泰、乌伦古河、青河、二台、巴里坤、哈密（新疆亚种 *Falco columbarius lymani*）。
生态：分布于山地草原、荒漠、丘陵等。海拔200～2500m。捕食鸟类、昆虫和鼠类。

黑龙江隼（阿穆尔隼）　*Falco amurensis* Radde，Amur Falcon（新疆鸟类新纪录）

分布：新疆北部（旅鸟）。乌鲁木齐（南山）、吉木萨尔、卡拉麦里、准噶尔盆地、阿尔泰（旅鸟）。

注：黑龙江隼曾经被认为是红脚隼（*Falco vespertinus*）的一个亚种（郑作新，1976；1987；2000）。

生态：活动于低山疏林、丘陵、农区等。黑龙江隼（包括红脚隼）在非洲越冬，迁徙时途经新疆。海拔 400～700m。捕食昆虫、野鸟、蜥蜴和鼠类。

红脚隼　*Falco vespertinus* Linnaeus，Red-footed Falcon（新疆鸟类新纪录）

分布：新疆西部和北部（夏候鸟）。喀什（旅鸟）、沙雅、和静、巴音布鲁克（天鹅湖）、奎屯（Dissing，1989）、五家渠、卡拉麦里、准噶尔盆地、克拉玛依、艾里克湖、阿尔泰、克兰河（繁殖鸟）、北屯（7 月）、额尔齐斯河、乌伦古河。

注：中文名或为"西红脚隼"（郑光美，2005）。

生态：活动于山地、平原、丘陵等。海拔 300～600m。主要捕食昆虫，也食小鸟、鼠类和蜥蜴（高玮，2002）。

黄爪隼　*Falco naumanni* Fleischer，Lesser Kestrel

分布：新疆西北地区（夏候鸟）。阿图什（克州）、拜城、木扎特河流域、库车、天山、和静（巴州）、新源、巩留、昭苏、尼勒克、伊犁地区（旅鸟）、察布查尔、赛里木湖、博乐（博州）、精河、乌苏、沙湾、宁加河、石河子、玛纳斯、昌吉、乌鲁木齐（5 月）、阜康、卡拉麦里（繁殖鸟）、奇台、木垒、北塔山、准噶尔盆地、塔城、和布克赛尔、吉木乃、哈巴河、哈纳斯湖、布尔津、阿尔泰、额尔齐斯河流域、北屯、乌伦古湖、福海、富蕴、青河、巴里坤、三塘湖（夏候鸟，旅鸟）。

生态：生活于山前丘陵、荒漠草原、突兀岩石地带等。集群繁殖。海拔 200～2100m。捕食昆虫、小鸟和鼠类。

红隼　*Falco tinnunculus* Linnaeus，Common Kestrel（图 12-4）

分布：广泛分布于新疆各地（留鸟）。阿尔金山、若羌、且末、昆仑山、民丰、于田、策勒、洛浦、和田、墨玉、皮山、叶城、喀喇昆仑山、塔什库尔干、阿克陶、布伦口、木吉、帕米尔高原、阿图什（克州）、乌恰、康苏、乌鲁克恰提、喀什、疏勒、泽普、莎车、麦盖提、英吉沙、伽师、巴楚、图木舒克、阿合奇、柯坪、乌什、阿克苏、阿拉尔、阿瓦提、温宿、拜城、木扎特河流域、塔里

图 12-4　红隼　赵勃

木河流域、沙雅、新和、库车、轮台、塔中、库尔勒（巴州）、尉犁、罗布泊地区、和硕、焉耆、博湖、和静、巴音布鲁克、天山、那拉提、新源、巩留、特克斯、尼勒克、昭苏、伊犁河谷、伊宁、霍城、察布查尔、赛里木湖、温泉、博乐（博州）、艾比湖、精河、甘家湖、乌苏、独山子、奎屯、沙湾、石河子、莫索湾、玛纳斯、呼图壁、昌吉、五家渠、乌鲁木齐、柴窝堡湖、达坂城、米泉、阜康、天池、博格达山、吉木萨尔、卡拉麦里、奇台、芨芨湖、北塔山、木垒、准噶尔盆地、裕民、托里、塔城、和布克塞尔、克拉玛依、乌尔禾、艾里克湖、吉木乃、白哈巴、哈巴河、布尔津、额尔齐斯河流域、阿尔泰、乌伦古湖、福海、北屯、富蕴、乌伦古河、青河、布尔根河流域、托克逊、吐鲁番、鄯善、七角井、巴里坤、三塘湖、伊吾、口门子、哈密、沁城（指名亚种 *Falco tinnunculus tinnunculus* 和普通亚种 *Falco tinnunculus interstinctus* ，留鸟）。

生态：栖息于山地、森林、草原、丘陵、荒漠、绿洲、农区等。海拔－90～3500m。捕食鼠类、小鸟、蜥蜴和昆虫等。

八、鸡形目　GALLIFORMES
13. 松鸡科　Tetraonidae（4 属 5 种）

松鸡　*Tetrao urogallus*　Linnaeus，Western Capercaillie
分布：新疆北部（留鸟）。白哈巴、哈巴河、哈纳斯湖、禾木、贾登峪、布尔津、阿尔泰、福海（山区）（阿尔泰亚种 *Tetrao urogallus taczanowskii* ，留鸟）。

生态：活动于山地针叶林及其林间空地上。海拔 1500～2500m。以植物的叶、花、果实为食，冬季主要食松针（赵志刚和许设科，1989）。

黑琴鸡　*Lyrurus tetrix*（Linnaeus），Black Grouse（图 13-1）
分布：天山和阿尔泰山（留鸟）。喀什（北部山区：阿合奇?）、天山、巩乃斯、新源、那拉提、巩留、特克斯、昭苏、伊犁山区、尼勒克、乔尔玛（独库公路）、霍城、乌苏（依连哈比尔尕山）、塔城地区、裕民、额敏河谷地、准噶尔西部山地、白哈巴（张耀东，2009）、哈巴河、哈纳斯湖、布尔津、阿尔泰、乌伦古河、福海（山区）、富蕴（蒙古亚种 *Lyrurus tetrix mongolicus*，留鸟）。

生态：典型的山地林区鸟类，栖息于针叶林、阔叶林及混交林中。海拔 1500～2800m。食植物叶、果实和少量昆虫。

图 13-1　黑琴鸡　邢睿

柳雷鸟　*Lagopus lagopus*（Linnaeus），Willow Ptarmigan

分布：新疆北部（罕见）。哈巴河、哈纳斯湖、布尔津、阿尔泰山（Dissing，1989）。

生态：栖息于低矮的桦树和柳树灌丛中。海拔 1500～3000m。以植物叶、花、果实为食，夏季也食昆虫。

岩雷鸟　*Lagopus mutus*（Montin），Rock Ptarmigan

分布：新疆北部（留鸟）。巴尔鲁克山（塔城地区）、哈巴河、布尔津、阿尔泰、福海（山区）、富蕴、青河（新疆亚种 *Lagopus mutus nadezdae*，留鸟）。

生态：羽毛的颜色随着季节和环境的颜色而变化，冬季全身几乎是纯白色，夏季则是褐色。活动于山地针叶林、高山草甸和灌丛。海拔 1500～3000m。以多种植物的嫩枝、叶、花、浆果、种子为食。

花尾榛鸡　*Bonasa bonasia*（Linnaeus），Hazel Grouse

分布：新疆北部（留鸟）。白哈巴、哈巴河、布尔津、阿尔泰、福海山区（北方亚种 *Bonasa bonasia sibiricus*，留鸟）。

生态：典型的山地森林鸟类。海拔 1500～2500m。以植物性食物为主，也食昆虫。

14. 雉科　Phasianidae（5 属 9 种）

藏雪鸡（淡腹雪鸡）　*Tetraogallus tibetanus* Gould，Tibetan Snowcock

分布：青藏高原特有种（留鸟）。东昆仑山库木库勒盆地（青海亚种 *Tetraogallus tibetanus przewalskii*）、若羌、且末、阿尔金山、于田、策勒、和田（疆南亚种 *Tetraogallus tibetanus tschimenensis*）、昆仑山、桑珠、皮山、叶城、乌夏巴什、克孜塔克、帕米尔高原、喀喇昆仑山、塔什库尔干、乌恰、墓士塔格、阿克陶（指名亚种 *Tetraogallus tibetanus tibetanus*）。

生态：栖息于高山灌丛至雪线附近。海拔 2500～6000m。营巢地为灌丛下或岩隙中。食物为高山植物的叶、花、果实。

暗腹雪鸡（高山雪鸡、喜马拉雅雪鸡）　*Tetraogallus himalayensis* G. R. Gray，Himalayan Snowcock

分布：高山地区（留鸟）。若羌、且末、阿尔金山、民丰、于田、和田、皮山、昆仑山、叶城（青海亚种 *Tetraogallus himalayensis koslowi*）、喀喇昆仑山、塔什库尔干、帕米尔高原（喀什地区）、明铁盖、布伦口、阿克陶、木吉、莎车（南疆亚种 *Tetraogallus himalayensis grombszewskii*）、乌恰（克州）、阿合奇、温宿、木扎特河、天山托木尔峰地区（疆西亚种 *Tetraogallus himalayensis sewerzowi*）、拜城、库车、和静（巴州）、巴音布鲁克、天山、巩乃斯、艾尔肯达坂、新源、巩留、尼勒克、昭苏、伊犁、特克斯、察布查尔、赛里木湖、博乐（博州）、乌苏、沙湾、宁加河、玛纳斯、呼图壁、昌吉（山区）、乌鲁木齐、达坂城、阜康（博格达峰地区）、吉木萨尔、奇台、木垒（指名亚种 *Tetraogallus himalayensis himalayensis*）、塔城、裕民、吉木乃（界山亚种 *Tetraogallus himalayensis sauricus*。Potapov, 1993）、哈密、巴里坤、伊吾（东天山，留鸟）。

生态：栖息于高山裸岩带、草甸带及其雪线附近。海拔 2000～5500m。食物有草本植物的球茎、花朵、果实、茎叶等（黄人鑫等，1990；Ma, 1997b）。

阿尔泰雪鸡 *Tetraogallus altaicus* (Gebler)，Altai Snowcock（中国鸟类新纪录）（图 14-1）

分布：新疆北部山区（留鸟）。阿尔泰山脉（指名亚种 *Tetraogallus altaicus altaicus*，留鸟）、青河（张国强，2009）、北塔山（东部亚种 *Tetraogallus altaicus orientalis*，留鸟。位于青河与奇台交界。马鸣等，1991c；黄人鑫，1992）。

生态：栖息于高山地区的苔原、草甸草原和裸岩地带。海拔 1500～3000m。采食植物的花、果实、嫩叶、球茎等。

图 14-1　阿尔泰雪鸡　张国强　　　　图 14-2　石鸡　刘哲青

石鸡（嘎哒鸡）　*Alectoris chukar* J. E. Gray，Chukar（图 14-2）

分布：见于新疆各地（留鸟）。若羌、阿尔金山、且末、民丰、于田、策勒、昆仑山、洛浦、和田、墨玉、皮山、叶城、喀喇昆仑山、帕米尔高原（疆边亚种 *Alectoris chukar pallescens*）、塔什库尔干、布伦口、塔合满、阿克陶、阿图什（克州）、乌鲁恰克提、乌恰、托云、喀什、莎车、英吉沙、麦盖提、伽师、巴楚、阿合奇、乌什、阿克苏（南疆亚种 *Alectoris chukar pallida*）、阿瓦提、温宿、托木尔峰地区、拜城、克孜尔、沙雅、新和、库车、大龙池、轮台、库尔勒（巴州）、铁门关、和硕、焉耆、尉犁、博湖、和静、巴音布鲁克、巴伦台、天山山脉（疆西亚种 *Alectoris chukar falki*）、新源、巩留、特克斯、昭苏、尼勒克、伊犁河谷、伊宁、察布查尔、霍城、赛里木湖、博乐（博州）、艾比湖、精河、乌苏、独山子、沙湾、石河子、莫索湾、玛纳斯、呼图壁、昌吉、乌鲁木齐、阜康、天池、博格达山、卡拉麦里、吉木萨尔、奇台、北塔山（青河与奇台交界）、木垒、准噶尔盆地、塔城、托里、裕民、额敏、和布克塞尔、准噶尔阿拉套山脉（北疆亚种 *Alectoris chukar dzungarica*）、克拉玛依、布尔津、阿尔泰、福海、乌伦古河、富蕴、青河、布尔根河、吐鲁番、托克逊、巴里坤、三塘湖、伊吾、哈密、沁城、星星峡（甘肃亚种 *Alectoris chukar potanini*）。

注：有人习惯将新疆的石鸡分成两个种：*Alectoris chukar* 和 *Alectoris graeca*。

生态：见于山谷灌丛、低山丘陵、荒漠草原、山前戈壁和农区。海拔 550～3000m。采食植物性食物，也食昆虫。

灰山鹑　*Perdix perdix* (Linnaeus)，Grey Partridge
分布：新疆北部（留鸟）。准噶尔盆地西部山地、博乐、天山北部、塔尔巴哈台山、阿拉套山、裕民、额敏、和布克赛尔、准噶尔盆地、吉木乃、阿尔泰、福海山区（北疆亚种 *Perdix perdix robusta*，留鸟）。

生态：栖息于山地灌丛、草地、乱石荒坡。海拔 600～2000m。以植物的嫩枝、叶、花、果实为食，亦食昆虫。

斑翅山鹑　*Perdix dauuricae* (Pallas)，Daurian Partridge
分布：见于新疆各地（留鸟）。帕米尔北部（克州）、阿克苏、沙雅、拜城、木扎特河流域、库尔勒（巴州）、和静、巴音布鲁克、新源、巩留、特克斯、昭苏、伊犁河谷、伊宁、察布查尔、博乐（博州）、阿拉山口（11 月 3 日）、精河、奎屯、沙湾、玛纳斯、呼图壁、昌吉、五家渠、乌鲁木齐、达坂城、阜康、吉木萨尔、奇台、茇茇湖、北塔山、木垒、准噶尔盆地、裕民、塔城、克拉玛依、小拐、阿尔泰、福海（乌伦古河）、富蕴、青河、托克逊、七角井、哈密、沁城（指名亚种 *Perdix dauuricae dauuricae*，留鸟）。

生态：出没于山地草原、丘陵灌丛、戈壁荒漠、农区荒地。海拔 500～2500m。喜食植物种子、嫩叶，也食谷物和昆虫。

高原山鹑　*Perdix hodgsoniae* (Hodgson)，Tibetan Partridge
分布：青藏高原特有种（留鸟）。喀喇昆仑山、昆仑山（西藏亚种 *Perdix hodgsoniae caraganae*）。

注：以往许多新疆北部的记录纯属鉴定错误（郑宝赉，1965；马鸣，1996）。
生态：栖息于高山裸岩带、高原矮灌丛和草甸地带。海拔 2500～5000m。以植物为食，也食昆虫。

鹌鹑　*Coturnix coturnix* (Linnaeus)，Common Quail
分布：见于新疆各地（夏候鸟）。阿尔金山、昆仑山区、若羌、于田、克里雅河、和田、墨玉、叶城、喀喇昆仑山、塔什库尔干、喀什、疏附、莎车、叶尔羌河流域、巴楚、阿克苏、阿拉尔、塔里木河流域、库尔勒（巴州）、博斯腾湖、尉犁、罗布泊、和静、巴音布鲁克、天山北麓、那拉提、新源、特克斯、尼勒克、昭苏、伊犁谷地、伊宁、察布查尔、霍城、赛里木湖、博乐（博州）、精河、甘家湖、乌苏、沙湾、石河子、玛纳斯、昌吉、五家渠、乌鲁木齐、地窝堡、米泉、阜康、奇台、木垒、准噶尔盆地、裕民、托里、塔城、额敏、吉木乃、白哈巴、哈巴河、铁列克、哈纳斯湖、布尔津、阿尔泰、乌伦古湖、福海、富蕴、乌伦古河流域、恰库尔图、吐尔洪（野鸭湖、可可托海）、青河、布尔根河流域、巴里坤、口门子、哈密绿洲、沁城、伊吾、淖毛湖（指名亚种 *Coturnix coturnix coturnix*，夏候鸟）。

注：中文名或为"西鹌鹑"（郑光美，2005）。

生态：见于山地沼泽化草原、河谷灌丛、农田。本地唯一具有迁徙习性的鸡形目鸟类。海拔 200～2500m。主要食野生植物的种子和叶，也食庄稼和昆虫。

图 14-3　环颈雉　杜利民

环颈雉（雉鸡，野鸡）　*Phasianus colchicus* Linnaeus，Common Pheasant（图14-3）

分布：见于新疆各地（留鸟）。民丰、洛浦、和田、墨玉、皮山、叶城、喀什、莎车、麦盖提、叶尔羌河流域（莎车亚种 *Phasianus colchicus shawii*，留鸟）、伽师、巴楚、图木舒克、阿合奇、阿克苏、阿瓦提、阿拉尔、塔里木河流域、温宿、沙雅、新和、库车、轮台、库尔勒（巴州）、普惠、焉耆、博斯腾湖、和硕、尉犁、孔雀河、恰拉水库、东河滩、罗布泊、若羌、且末（车尔臣河流域）、和静、吐鲁番盆地（塔里木亚种 *Phasianus colchicus tarimensis*，留鸟）、新源、巩留、特克斯、昭苏、尼勒克、伊犁河谷、伊宁、霍城、察布查尔、博乐（博州）、艾比湖、精河、甘家湖、古尔图、乌苏、奎屯、沙湾、石河子、玛纳斯、昌吉、乌鲁木齐、准噶尔盆地、裕民、塔城、额敏河流域、克拉玛依、艾里克湖、阿尔泰、大哈拉苏（准噶尔亚种 *Phasianus colchicus mongolicus*，留鸟）。

生态：栖息于低山丘陵、红柳灌丛、农区、湖沼苇丛、绿洲及河岸胡杨林中。海拔 200～1500m。植食性或杂食性。

九、鹤形目　GRUIFORMES

15. 鹤科　Gruidae（2 属 4 种）

灰鹤　*Grus grus* (Linnaeus)，Common Crane（图 15-1）

分布：见于新疆各地（夏候鸟，旅鸟）。民丰（10 月）、喀什（旅鸟）、叶尔羌河、麦盖提、巴楚、柯坪、和静（巴州）、天山、巴音布鲁克（繁殖鸟）、新源、巩留、尼勒克、昭苏、伊犁河谷、察布查尔、霍城（63 团）、温泉、赛里木湖、博乐（博州）、艾比湖、精河、甘家湖、乌苏（128 团）、奎屯、安集海、沙湾、石河子、玛纳斯、昌吉、乌鲁木齐（3 月 21 日）、达坂城、阜康、吉木萨尔、准噶尔盆地、裕民、塔城、克拉玛依、吉木乃、哈巴河、布尔津、阿尔泰、乌伦古湖、福海、富蕴、青河、托克逊（4 月 9 日）、伊吾（普通亚种 *Grus grus lilfordi*，繁殖鸟，旅鸟）。

生态：营巢于近水的草丛之中，如山地湖泊、沼泽、草甸和草原上。海拔 200~3000m。以杂草籽、叶和昆虫等为食（马鸣等，1993c）。

图 15-1　灰鹤　马鸣

黑颈鹤　*Grus nigricollis* (Przevalski)，Black-necked Crane

分布：青藏高原特有种（夏候鸟）。昆仑山（繁殖鸟）、阿尔金山、若羌、罗布泊（海拔 790m，5 月 18 日）、依协克帕提沼泽、东昆仑山库木库勒盆地、且末、吐拉、和田（阿克塞钦湖）、墨玉、喀拉喀什河、皮山、叶城、叶尔羌河、喀喇昆仑山。

注：在天山与阿尔泰山（向礼陔和黄人鑫，1986）的分布记录值得怀疑。

生态：栖息于高原湖沼、河流、草原、草甸（马鸣，2003；李筑眉和李凤山，2005）。海拔 790～5000m。以植物叶、根、茎、种子为食。

白鹤　*Grus leucogeranus* Pallas，Siberian Crane

分布：估计新疆种群已经绝灭。曾经分布于喀什、天山（罕见旅鸟）、伊犁（霍尔果斯?）、吉木萨尔（旅鸟）。

生态：繁殖于西伯利亚。迁徙期见于低山丘陵、耕地、湖沼、河流及附近草原。海拔 400～1500m。食性为植物或昆虫。

蓑羽鹤　*Anthropoides virgo*（Linnaeus），Demoiselle Crane（图 15-2）

分布：见于新疆各地（夏候鸟，旅鸟）。昆仑山、洛浦、和田、墨玉、喀什、拜城、木扎特河流域、库尔勒（巴州）、博湖、罗布泊、天山、和静、巴音布鲁克（繁殖鸟）、新源、巩留、尼勒克、昭苏（9 月，数万只集群）、伊犁河谷、伊宁、察布查尔、霍城、赛里木湖、博乐（博州）、八十四团、艾比湖、精河、乌苏（127 团）、独山子、奎屯、沙湾、石河子、玛纳斯、昌吉、乌鲁木齐近郊、米泉、阜康、吉木萨尔、奇台、北塔山、木垒（繁殖鸟，旅鸟）、准噶尔盆地、裕民、塔城、额敏、和布克赛尔（和丰）、克拉玛依、吉木乃、哈巴河、布尔津、额尔齐斯河流域、阿尔泰、乌伦古湖（繁殖鸟）、福海、北屯、富蕴、青河、巴里坤、哈密、伊吾（旅鸟）。

生态：繁殖或栖息于湖沼、河流、草原、草甸。海拔 190～2800m。以植物叶、根、茎、种子、昆虫、小鱼、蛙等为食（马鸣等，1993c）。

图 15-2　蓑羽鹤　孙大欢

16. 秧鸡科　Rallidae（5 属 7 种）

普通秧鸡　*Rallus aquaticus* Linnaeus，Water Rail（图 16-1）

分布：见于新疆各地（留鸟）。且末、安迪尔、民丰、疏附、喀什、疏勒、托什罕河、阿瓦提、阿克苏、阿拉尔、温宿、托乎拉、沙雅、塔里木河、铁门关、巴州（库尔勒）、博湖、孔雀河、尉犁、罗布泊地区、大西海子、昭苏、巩留、伊犁河、伊宁、霍城（64 团）、天山、博乐（博州）、艾比湖、精河、奎屯、沙湾、石河子、玛纳斯、昌吉、五家渠、乌鲁木齐、乌拉泊、米泉、准噶尔盆地、哈巴河、福海、乌伦古湖、富蕴、吐尔洪（新疆亚种 *Rallus aquaticus korejewi*，繁殖鸟）。

生态： 栖息于水田、湖沼、河流、草地和灌丛。海拔 200～2000m。以昆虫、软体动物、小鱼、植物或农作物为食。

长脚秧鸡　*Crex crex*（Linnaeus），Corn Crake（图 16-2）

分布： 新疆西部和北部（夏候鸟）。帕米尔高原（旅鸟）、塔什库尔干（5月）、阿克陶（苏巴什）、喀什地区、克孜勒苏自治州（克州）、巩乃斯（和静）、新源、尼勒克、唐布拉（徐捷，2006）、特克斯（科克铁列克）、穷克木玉尼、巩留、昭苏、伊犁河、伊宁、霍城、石河子（5月）、玛纳斯、乌鲁木齐、地窝堡、阜康（天山北麓）、塔城、哈巴河、铁列克、布尔津、哈纳斯湖、阿尔泰山、青河（繁殖鸟。马鸣和王岐山，2000a；Ma & Wang，2002）。

生态： 栖息于山区湖沼、河流、林间草丛、胡麻地、麦地和苜蓿地。海拔400～2500m。食物有多种昆虫、草籽和谷物。

图 16-1　普通秧鸡　李金亮　　　　图 16-2　长脚秧鸡　马鸣

姬田鸡　*Porzana parva* Scopoli，Little Crake

分布： 新疆西部（夏候鸟）。且末、民丰、和田、洛浦、阿克苏、阿拉尔、塔里木河、塔中（石油基地，9月21日，旅鸟）、伊犁河、天山、乌苏、奎屯（繁殖鸟）。

生态： 栖息于湖沼、苇丛、水田。海拔 300～2500m。捕食小型水生动物、昆虫、蜗牛等，也食植物的叶片和种子。

小田鸡　*Porzana pusilla* (Pallas)，Baillon's Crake

分布：新疆西部（夏候鸟）。于田、克里雅河、喀什、莎车、叶城、塔里木河、天山、巴音布鲁克、察布查尔、伊犁河、五家渠、巴里坤（指名亚种 *Porzana pusilla pusilla*，繁殖鸟）。

生态：见于稻田、湖沼、河流等湿地之中。行为诡秘。海拔 400~2500m。以水生昆虫、虾、软体动物为食。

斑胸田鸡　*Porzana porzana* (Linnaeus)，Spotted Crake

分布：新疆西部（罕见夏候鸟，旅鸟）、塔什库尔干（达不大）、阿克陶、哈巴河、富蕴（5月）、可可托海（Holt，2007）。

生态：分布于湖沼、苇丛、草地和农田。海拔 500~4000m。食物为水生昆虫、软体动物和植物叶片、种子等。

黑水鸡（红骨顶）　*Gallinula chloropus* (Linnaeus)，Common Moorhen

分布：见于新疆各地水域（夏候鸟）。昆仑山、若羌、且末、车尔臣河（塔他让）、安迪尔河、民丰、尼雅河、于田、克里雅河、策勒、洛浦、和田、墨玉、皮山、喀喇昆仑山、阿克陶、帕米尔高原、阿图什（克州）、喀什、疏附、疏勒、莎车、叶尔羌河、麦盖提、巴楚、图木舒克、阿克苏、阿瓦提、阿拉尔、温宿、塔里木河、沙雅、新和、库车、轮台、塔中、库尔勒（巴州）、普惠、尉犁、恰拉水库、东河滩、博湖、和硕、焉耆、博斯腾湖、和静、巴音布鲁克、天山、新源、巩留、伊犁河、伊宁、察布查尔、霍城、博乐（博州）、艾比湖、精河、乌苏、奎屯、沙湾、石河子、莫索湾、玛纳斯、昌吉、五家渠、乌鲁木齐、青格达湖、米泉、阜康、准噶尔盆地、塔城、和布克赛尔（和丰）、克拉玛依、布尔津、阿尔泰地区、福海、恰库尔图、富蕴、吐鲁番、哈密南湖（指名亚种 *Gallinula chloropus chloropus*，繁殖鸟）。

生态：栖息于苇丛、湖沼、水田及其附近的灌丛。海拔 0~2500m。以植物叶、根茎、种子、昆虫、软体动物等为食。

骨顶鸡（白骨顶）　*Fulica atra* Linnaeus，Common Coot

分布：广泛分布于新疆各地水域（夏候鸟）。昆仑山、若羌、瓦石峡、且末、民丰、于田、克里雅河、洛浦、和田、墨玉、皮山、喀拉库勒、帕米尔高原、阿克陶、喀喇昆仑山、喀什、阿图什（克州）、莎车、麦盖提、英吉沙、伽师、西克尔水库、巴楚、图木舒克、阿合奇、乌什、阿克苏、阿拉尔、阿瓦提、塔里木河流域、温宿、沙雅、新和、拜城、克孜尔、库车、轮台、库尔勒（巴州）、普惠、尉犁、恰拉水库、东河滩、罗布泊地区、和静、巴音布鲁克、开都河流域、和硕、焉耆、博湖、天山、伊犁河、那拉提、新源、巩留、昭苏、伊宁、霍城、察布查尔、博乐（博州）、艾比湖、精河、甘家湖、乌苏、奎屯、沙湾、蘑菇湖、石河子、莫索湾、玛纳斯、昌吉、五家渠、乌鲁木齐、乌拉泊、青格达湖、米泉、阜康、吉木萨尔、准噶尔盆地、塔城、和布克赛尔（和丰）、克拉玛依、乌尔禾、艾里克湖、哈巴河、布尔津、额尔齐斯河、阿尔泰、布伦托海（乌伦古湖）、福海、北屯、富蕴、乌伦古河、吐尔洪（野鸭湖、可可托海）、青河、布尔根河、巴里坤、伊吾、哈密（指名亚种 *Fulica atra atra*，繁殖鸟）。

生态： 俗称"水鸡"。喜欢出没于苇丛、池塘、湖泊、河湾、水田及其附近的灌丛和草地。海拔 200～3900m。采食小鱼、虾、水生昆虫、软体动物，也食植物嫩叶、根茎、种子和藻类等。

17. 鸨科 Otididae（3 属 3 种）

小鸨 *Tetrax tetrax* Linnaeus，Little Bustard

分布： 新疆西部（夏候鸟）。帕米尔高原、塔什库尔干、喀什、阿克陶、乌恰、叶城、桑珠（皮山）、天山、科克铁列克、特克斯、准噶尔盆地、昌吉、塔城（Kamp *et al.* 2010）、福海、阿尔泰（新疆亚种 *Tetrax tetrax orientalis*，夏候鸟）。

生态： 栖息于山前丘陵、开阔的麦田、荒漠草原及矮灌丛。海拔 400～1500m。食物包括植物和小型无脊椎动物。

大鸨 *Otis tarda* Linnaeus，Great Bustard（图 17-1）

分布： 新疆北部（夏候鸟）。喀什（指名亚种 *Otis tarda tarda*）、新和、天山、伊犁河流域、尼勒克、昭苏、察布查尔（繁殖）、赛里木湖、博乐、独山子（11 月 25 日）、昌吉、五家渠（陈莹等，2010）、乌鲁木齐、青格达湖（11 月 7 日）、北塔山、奇台、木垒、准噶尔盆地、塔城（166 团、167 团）、额敏（繁殖鸟）、克拉玛依、布尔津、阿尔泰、唐巴湖（9 月 27 日）、福海、青河、吐鲁番盆地（旅鸟）。

生态： 见于荒漠草原、开阔的农田、湿地边缘。海拔 0～2000m。以植物叶、根茎、种子、昆虫、蛙类等为食（田秀华和王进军，2001）。

图 17-1 大鸨 马鸣

波斑鸨　*Chlamydotis macqueenii*（J. E. Gray），Houbara Bustard（McQueen's Bustard）

分布：新疆北部（夏候鸟）。阿克苏（Aqal，Grimmett 1992）、西天山、伊犁河流域、精河、艾比湖、古尔图（5月18日）、乌苏（甘家湖）、独山子（4月14日）、奎屯（旅鸟）、昌吉、阜康、吉木萨尔（苟军，2006）、卡拉麦里保护区、奇台、北塔山、将军戈壁、木垒、准噶尔盆地（繁殖鸟）、塔城、和布克赛尔（和丰）、阿尔泰、青河、托克逊、库米什、巴里坤。

注：Gaucher等（1996）建议将原波斑鸨新疆亚种 *Chlamydotis undulata macqueenii* 升格为种 *Chlamydotis macqueenii*。根据是各亚种的炫耀行为、鸣声等有显著不同；DNA序列也不同。本文拟采纳这个建议。

生态：栖息于开阔的草原、荒漠及其附近的农田和灌丛。海拔200～1500m。食植物叶、种子、昆虫、蜥蜴等（杨维康等，2005；2009）。

十、鸻形目　CHARADRIIFORMES

18. 蛎鹬科　Haematopodidae（1属1种）

蛎鹬　*Haematopus ostralegus* Linnaeus，Eurasian Oystercatcher（图18-1、图18-2）

图 18-1　蛎鹬　马鸣　　　　　　图 18-2　蛎鹬　邢睿

分布：北疆各地（夏候鸟，旅鸟）。伊犁河、新源、伊宁、察布查尔（5

月）、霍城、天山、博乐、阿拉山口、艾比湖、精河、沙湾、石河子、昌吉、五家渠、乌鲁木齐、米泉、准噶尔盆地、塔城、塔尔巴哈台山、布尔津、哈巴河、阿尔泰、克兰河（繁殖鸟）、北屯、乌伦古湖、福海、乌伦古河、富蕴、恰库尔图（普通亚种 *Haematopus ostralegus osculans*）。

　　注：据 Peters（1934）和 Vaurie（1965），西部分布有中亚亚种 *Haematopus ostralegus longipes*（王岐山等，2006）。

　　生态：迁徙季节见于沙石河滩、湖岸、沼泽、水田。海拔 400～1500m。以甲壳类、小鱼、昆虫为食。

19. 鹮嘴鹬科　Ibidorhynchidae（1 属 1 种）

鹮嘴鹬 *Ibidorhyncha struthersii* Vigors，Ibis-bill（图 19-1）

　　分布：新疆西部山区（留鸟）。喀什地区、托什罕河（阿合奇、阿克苏）、天山托木尔峰地区（温宿）、木扎特河流域、拜城、铁门关（1 月）、巴音布鲁克（和静与库车交界地区）、新源、那拉提（巩乃斯河流域）、昭苏、伊犁河谷。

　　生态：栖息于山谷溪流或高原多砾石的河滩。海拔 1500～4500m。食物为多种昆虫、小鱼、软体动物。营巢于沙地上。

图 19-1　鹮嘴鹬　王尧天

20. 反嘴鹬科　Recurvirostridae（2 属 2 种）

黑翅长脚鹬 *Himantopus himantopus*（Linnaeus），Black-winged Stilt（图 20-1）

　　分布：分布比较广泛，见于新疆各县的湿地（夏候鸟）。昆仑山、若羌、且末、安迪尔、民丰、尼雅河、洛浦、和田、墨玉、皮山、叶城、喀喇昆仑山、莎车、叶尔羌河（11 月）、喀什、英吉沙、麦盖提、喀拉玛水库、巴楚、小海子水库、图木舒克、阿瓦提、阿克苏、阿拉尔、塔里木河流域（繁殖鸟）、拜城、克孜尔、新和、沙雅、库车、大龙池、轮台、塔中、库尔勒（巴州）、普惠、尉犁、恰拉水库、东河滩、罗布泊、和硕、博湖、焉耆、博斯腾湖、和静、天山、巴音布鲁克、新源、那拉提、巩留、昭苏、

图 20-1　黑翅长脚鹬　曾源

伊犁河、伊宁、察布查尔、霍城、博乐（博州）、阿拉山口、艾比湖、精河、乌苏、独山子、奎屯、沙湾、石河子、玛纳斯、昌吉、五家渠、乌鲁木齐、青格达湖、米泉、阜康、吉木萨尔、准噶尔盆地、托里、和布克赛尔、克拉玛依、小拐、哈巴河、布尔津、阿尔泰、额尔齐斯河、北屯、福海、乌伦古湖、富蕴、吐尔洪、巴里坤、哈密、伊吾、淖毛湖（指名亚种 *Himantopus himantopus himantopus*）。

生态：见于湖泊、沼泽、盐碱滩、水田。集群营巢于地面。海拔 200～2500m。以甲壳类、水生昆虫、软体动物为食（赵梅，1994；马鸣等，1995；王岐山等，2006）。

反嘴鹬 *Recurvirostra avosetta* Linnaeus, Pied Avocet（图 20-2、图 20-3）

分布：见于新疆各地（夏候鸟）。若羌、台特马湖、且末、民丰、尼雅河、洛浦、和田、墨玉、莎车、阿图什（克州）、阿克苏、胜利水库、阿拉尔、塔里木河、沙雅、轮台、塔中石油基地、库尔勒（巴州）、和静、和硕、博斯腾湖、焉耆、博湖、天山山脉、巴音布鲁克、开都河、伊宁、伊犁河、博乐（博州）、阿拉山口、精河、艾比湖（10 月，数万只）、奎屯、沙湾、石河子、玛纳斯、昌吉、五家渠、乌鲁木齐、青格达湖、米泉、阜康、准噶尔盆地、裕民、克拉玛依（繁殖鸟）、哈巴河、布尔津、阿尔泰、北屯、福海、乌伦古湖、富蕴、乌伦古河、巴里坤（83 只，8 月 10 日，繁殖鸟）、三塘湖、伊吾、淖毛湖。

生态：见于山地或平原沼泽、湖泊、盐碱地、水田和池塘。海拔 200～2500m。食昆虫、小型软体动物和甲壳类等。

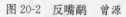

图 20-2　反嘴鹬　曾源　　　　　图 20-3　反嘴鹬　马鸣

21. 石鸻科　Burhinidae（1 属 1 种）

欧石鸻 *Burhinus oedicnemus* Linnaeus, Stone Curlew (Eurasian Thick-knee)（中国鸟类新纪录）（图 21-1）

分布：见于北疆各地（夏候鸟）。天山、巩乃斯（和静、新源交界处，1♀，1984 年 6 月，海拔 1500m。周永恒等，1987）、巩留、伊犁河谷、艾比湖（王传波，2007）、精河、甘家湖、乌苏、奎屯、沙湾、石河子、昌吉、五家渠、乌鲁木齐、头屯河（繁殖鸟）、青格达湖、阜康、北沙窝（繁殖）、准噶尔盆地、塔城地区、克拉玛依（赵勃，2006）、福海、额尔齐斯河（指名亚种 *Burhinus oedicnemus oedicnemus* 或新疆亚种 *Burhinus oedicnemus astutus* ？繁殖鸟）。

图 21-1　欧石鸻　马鸣

生态：见于荒漠灌木区、弃耕地、砾石河滩。海拔 200～2000m。喜欢黄昏和夜晚活动，吃昆虫、蜥蜴、蜗牛、鼠类等。

22. 燕鸻科　Glareolidae（1 属 2 种）

领燕鸻 *Glareola pratincola*（Linnaeus），Collared Pratincole（中国鸟类新纪录）（图 22-1）

图 22-1　领燕鸻　马鸣

分布：新疆西北地区（夏候鸟）。喀什（Grimmett & Jones，1992）、新源（巩乃斯种羊场）、巩留、伊犁河谷、精河、艾比湖、甘家湖、乌苏、奎屯、沙湾、石河子、昌吉、五家渠（马鸣，2005）、青格达湖（繁殖鸟）、阜康、裕民、塔城、南湖、克拉玛依、福海（指名亚种 *Glareola pratincola pratincola*）。

生态：栖息于开阔的弃耕地、季节性河道、荒漠、草地、农田、沼泽和湖泊附近。海拔200～1500m。飞行似燕鸥，捕食各种昆虫。

黑翅燕鸻 *Glareola nordmanni* Fischer，Black-winged Pratincole（中国鸟类新纪录？）

分布：天山（Судиловская，1936）、阿尔泰地区（Peters，1934）、新疆西部（邓杰等，1995）。

生态：活动于沼泽、荒漠草原、盐碱滩和农区。食昆虫。

23. 鸻科　Charadriidae（3 属 12 种）

凤头麦鸡 *Vanellus vanellus*（Linnaeus），Northern Lapwing（图 23-1）

分布：广泛分布于新疆各地的湿地（夏候鸟）。若羌、且末、民丰、于田、克里雅河、琼麻扎、洛浦、和田、墨玉、皮山、阿克陶、克孜勒苏自治州（克州）、疏附、喀什、疏勒、英吉沙、萨罕水库、莎车、叶尔羌河、麦盖提、喀拉

图 23-1　凤头麦鸡　秦云峰

玛水库、伽师、巴楚、小海子、图木舒克、乌什、阿克苏、阿瓦提、上游水库、阿拉尔、温宿、塔里木河、沙雅、新和、库车、轮台、巴州、尉犁、恰拉水库、东河滩、和硕、焉耆、博斯腾湖、和静、巴音布鲁克（繁殖鸟）、天山、开都河、新源、巩留、特克斯、伊犁河、昭苏、伊宁、察布查尔、霍城、赛里木湖、温泉、博尔塔拉河、博乐（博州）、艾比湖、精河、乌苏、独山子（3月23日）、奎屯、沙湾、石河子、莫索湾、玛纳斯、昌吉、五家渠、乌鲁木齐、青格达湖、米泉、阜康、吉木萨尔、奇台、木垒、准噶尔盆地、裕民、塔城、额敏、和布克赛尔（和丰）、克拉玛依、吉木乃、哈巴河、布尔津、额尔齐斯河流域、阿尔泰、北屯、福海、乌伦古湖、恰库尔图、富蕴、乌伦古河、吐尔洪（野鸭湖、可可托海）、青河、巴里坤、伊吾、淖毛湖、哈密。

生态：夏季见于湖泊、沼泽、河道、农田、草地。海拔 200～3000m。以昆虫、虾、蜗牛等为主食，也食杂草籽和嫩叶。

黄颊麦鸡（长脚麦鸡）　*Vanellus gregarius* （Pallas），Sociable Lapwing（新疆鸟类新纪录）

分布：新疆西北部（夏候鸟）。西天山（Судиловская，1936）、塔城与额敏之间（Kamp *et al.*，2010）。

生态：偶见于干旱区零星的湿地、草地、弃耕地。过度放牧和农业开垦使其栖息地丧失，种群数量日趋减少。采食昆虫。

灰斑鸻（灰鸻）　*Pluvialis squatarola* （Linnaeus），Grey Plover

分布：新疆西部（旅鸟）。叶城、莎车、阿克陶、喀什、赛里木湖、博乐、艾比湖（9月）、精河（盐场）、沙湾、昌吉、五家渠、青格达湖、准噶尔盆地、阿尔泰、阿拉哈克。

生态：繁殖地在北极苔原地区。迁徙季节见于草地、湖泊、沼泽、河口、水田。海拔 190～2100m。以昆虫、虾、蜗牛等为食。

金斑鸻（金鸻）　*Pluvialis fulva* （Muller），Pacific Golden Plover

分布：新疆西北部（旅鸟）。且末、民丰、于田、克里雅河、和田、墨玉、喀什、英吉沙（5月）、麦盖提、喀拉玛水库、莎车、雅浦泉、轮台、塔里木河、库尔勒（巴州）、尉犁、罗布泊、和硕、博斯腾湖、伊犁河、察布查尔、赛里木湖、博乐（博州）、精河、艾比湖、奎屯、沙湾、石河子、昌吉、五家渠、青格达湖、米泉、阜康、吉木萨尔、准噶尔盆地（旅鸟）、克拉玛依、布尔津、阿尔泰、额尔齐斯河流域、吐尔洪、富蕴。

注：西部可能分布有欧亚金斑鸻（欧金鸻）*Pluvialis apricaria*（Судиловская，1936；王岐山等，2006）。

生态：见于盐碱滩、湖边、沼泽灌丛、河道、荒漠草地和农田。海拔 190～2500m。以各种昆虫、小螺、虾等为食。

剑鸻 *Charadrius hiaticula* Linnaeus，Ringed Plover（新疆鸟类新纪录）

分布：迁徙期见于北疆（旅鸟）。艾比湖、阿拉山口（10 月）、精河、奎屯（8 月）、夹河子（Holt，2008）、玛纳斯河、蘑菇湖、石河子、玛纳斯、哈巴河、布尔津（5 月）、阿拉哈克、阿尔泰（邢睿等，2010）。

生态：偶见于内陆湖泊、河流、水田、沼泽、草地。海拔 190～700m。采食昆虫、水生生物。

金眶鸻（黑领鸻）　*Charadrius dubius* Scopoli，Little Ringed Plover

分布：广泛分布于新疆各地（夏候鸟）。若羌、瓦石峡、且末、车尔臣河（塔他让）、阿尔金山、民丰、于田、克里雅河、洛浦、和田、墨玉、皮山、固玛、阿克陶、克孜勒苏自治州（克州）、阿图什、乌恰、喀什、疏附、疏勒、英吉沙、萨罕水库、莎车、叶尔羌河、麦盖提、伽师、巴楚、小海子水库、图木舒克、阿合奇、乌什、阿克苏、阿瓦提、阿拉尔、温宿、拜城、木扎特河流域、克孜尔水库、塔里木河流域、沙雅、新和、库车、轮台、塔中（石油基地）、库尔勒（巴州）、普惠、孔雀河、尉犁、恰拉水库、东河滩、罗布泊地区、博斯腾湖、和硕、焉耆、博湖（县）、和静、巴音布鲁克、开都河、巩乃斯、新源、昭苏、伊犁河谷、霍城、察布查尔、赛里木湖、温泉、博乐（博州）、艾比湖、精河、乌苏、独山子（3 月 22 日）、奎屯、沙湾、石河子、莫索湾、玛纳斯、昌吉、五家渠、乌鲁木齐、青格达湖、米泉、阜康、吉木萨尔、奇台、菠菠湖、北塔山、木垒、准噶尔盆地、裕民、塔城、额敏、和布克赛尔（和丰）、克拉玛依、吉木乃、哈巴河、布尔津、阿尔泰、布伦托海（乌伦古湖）、福海、北屯、乌伦古河、富蕴、恰库尔图、青河、托克逊、吐鲁番、鄯善、巴里坤、三塘湖、伊吾、淖毛湖、哈密、沁城（普通亚种 *Charadrius dubius curonicus* ）。

生态：繁殖季节见于湖泊滩地、浅水沼泽、河道、水田、荒漠草地。营巢于干旱沙质滩地上。海拔 0～3000m。食多种昆虫。

环颈鸻（白领鸻）　*Charadrius alexandrinus* Linnaeus，Kentish Plover

分布：见于新疆各地（繁殖鸟）。阿尔金山、若羌、瓦石峡、且末、塔中、安迪尔、民丰、于田、克里雅河、和田、墨玉、塔什库尔干、喀什、阿图什（克州）、英吉沙、萨罕水库、莎车、皮山、麦盖提、巴楚、图木舒克、乌什、阿瓦提、阿克苏、阿拉尔、拜城、木扎特河流域、塔里木河、轮台、库尔勒（巴州）、尉犁、罗布泊地区、焉耆、博斯腾湖、和硕、和静、巴音布鲁克、天山、新源、伊犁河、察布查尔、博乐（博州）、艾比湖、精河、乌苏、奎屯、沙湾、石河子、玛纳斯、昌吉、五家渠、乌鲁木齐、青格达湖、米泉、阜康、奇台、北塔山、木垒、准噶尔盆地、和布克赛尔（和丰）、克拉玛依、哈巴河、布尔津、阿尔泰、北屯、额尔齐斯河流域、福海、乌伦古河流域、青河、鄯善、哈密、巴里坤、三塘湖、伊吾、淖毛湖（指名亚种 *Charadrius alexandrinus alexandrinus*；夏候鸟）。

生态：栖息于荒漠草地、湖岸、沼泽、河道、弃耕农田和盐碱滩。海拔190～2400m。以昆虫、甲壳类等为食。

蒙古沙鸻 *Charadrius mongolus* Pallas，Lesser Sand Plover

分布：阿尔金山、若羌、和田、墨玉、昆仑山、塔什库尔干（繁殖鸟）、帕米尔高原（克州）、塔合满、喀什、英吉沙（50 只，9 月 14 日）、库车、轮台、塔里木河、库尔勒（巴州）、和静、巴音布鲁克（青海亚种 *Charadrius mongolus schaeferi*）、天山、伊犁河（新疆亚种 *Charadrius mongolus pamirensis*）、艾比湖、精河（博州）、奎屯、沙湾、石河子、昌吉、五家渠、青格达湖、奇台、北塔山、准噶尔盆地、克拉玛依、巴里坤、伊吾（旅鸟）。

生态：见于高山草地、沼泽、河道滩地、弃耕农田和荒漠。海拔 200～4000m。取食昆虫、软体动物类等。

铁嘴沙鸻 *Charadrius leschenaultii* Lesson，Greater Sand Plover

分布：且末、车尔臣河、塔他让、皮山、帕米尔高原、苏巴什、塔合满、阿克陶（克州）、喀什、博斯腾湖（巴州）、天山、伊犁河、艾比湖、精河（博州）、奎屯、沙湾、石河子、昌吉、五家渠、阜康、吉木萨尔、准噶尔盆地、和布克赛尔（和丰）、克拉玛依、哈巴河、布尔津、阿尔泰（旅鸟）。

生态：迁徙季节见于开阔的沼泽草地、湖岸、河滩、盐碱地。海拔 200～3000m。食昆虫、虾、蜗牛等。

红胸鸻 *Charadrius asiaticus* Pallas，Caspian Plover

分布：伊犁河、天山、温泉、博乐、石河子、昌吉、准噶尔盆地（罕见旅鸟）。

生态：栖息于荒漠草地、盐碱滩、湖泊岸边、沼地和灌丛。海拔 400～1200m。以昆虫及其他无脊椎动物等为食。

东方鸻 *Charadrius veredus* Gould，Oriental Plover（新疆鸟类新纪录）

分布：木垒（邢睿等，2010）。

生态：栖息于干旱草原、弃耕地、盐泽。食物有甲壳类、昆虫。

小嘴鸻　*Charadrius morinellus* Linnaeus，Eurasian Dotterel

分布：天山（罕见旅鸟）、阿拉套山、塔尔巴哈台山、布尔津（张国强，2009）、阿尔泰（Peters，1934）。

生态：繁殖于西伯利亚和北极地带。迁徙期见于湖泊、沼泽、盐碱地、草原和荒地。以昆虫、小型软体动物为食。

24. 鹬科　Scolopacidae（14 属 31 种）

丘鹬　*Scolopax rusticola* Linnaeus，Eurasian Woodcock

分布：新疆西北部（夏候鸟）。塔什库尔干、阿克陶（克州）、铁门关、天山、那拉提、新源、巩留、特克斯、昭苏、尼勒克、伊犁河、独山子、石河子、昌吉、乌鲁木齐（6 月）、克拉玛依、巴里坤（三叉口，6 月 22 日，指名亚种 *Scolopax rusticola rusticola*，繁殖鸟）。

生态：见于阴暗潮湿的山溪、林间沼泽、水田、草地。海拔 400～2000m。喜夜间活动，以昆虫、蜗牛、草籽为食。

姬鹬　*Lymnocryptes minimus* (Brunnich)，Jack Snipe

分布：新疆西部、喀什、天山、昌吉（罕见，旅鸟）。

生态：迁徙季节出现于林间湿地、沼泽、湖泊、河流岸边、水田。以蠕虫、昆虫和软体动物为食。

孤沙锥　*Gallinago solitaria*（Hodgson），Solitary Snipe（图 24-1）

分布：喀什、阿克陶、帕米尔高原、乌什、天山、巩留、特克斯、昭苏、伊犁河、昌吉、乌鲁木齐、乌拉泊（冬季）、准噶尔盆地（夏候鸟）、塔尔巴哈台山、阿尔泰（指名亚种 *Capella solitaria solitaria*）。

图 24-1　孤沙锥　苟军

生态：出没于山谷溪流、林间湿地、沼泽和水田。行为诡秘。海拔 700m。以昆虫、软体动物、甲壳类为食，也吃植物种子。

针尾沙锥　*Gallinago stenura* (Bonaparte)，Pintail Snipe

分布：叶城（旅鸟）、阿克陶、天山、巴音布鲁克、奎屯、沙湾、石河子、玛纳斯、昌吉、克拉玛依、喀纳斯湖、布尔津、乌伦古湖、福海、富蕴、吐尔洪。

生态：见于杂草丛生的河道、林间湿地、沼泽、水田和池塘。海拔 500～2500m。在泥土中探食昆虫、甲壳类等。

大沙锥　*Gallinago megala* (Swinhoe)，Swinhoe's Snipe

分布: 新疆北部(旅鸟)。布尔津喀纳斯湖(1♀,1987年7月,海拔1400m。周永恒和王伦,1989)、乌伦古湖(Dissing,1989)。

生态: 繁殖地在西伯利亚。迁徙季节见于沼泽湿地。行动诡秘。以昆虫、软体动物、甲壳类等无脊椎动物为食。

扇尾沙锥 *Gallinago gallinago* (Linnaeus),Common Snipe

分布: 见于新疆各地沼泽(夏候鸟)。若羌、阿尔金山、和田、墨玉、帕米尔高原(基莱木、塔合满)、塔什库尔干、阿克陶(克州)、莎车、叶尔羌河、麦盖提、温宿、库尔勒(巴州)、博斯腾湖、天山、和静、开都河、巴音布鲁克(天鹅湖)、新源、巩留、尼勒克、昭苏、伊宁、伊犁河(繁殖鸟)、霍城、博乐(博州)、艾比湖、精河、奎屯、沙湾、石河子、昌吉、五家渠、乌鲁木齐、米泉、阜康、吉木萨尔、奇台、北塔山、准噶尔盆地、克拉玛依、哈巴河、哈纳斯湖、布尔津、阿拉哈克(繁殖鸟)、阿尔泰、乌伦古湖、福海、北屯、富蕴、吐尔洪、可可托海、青河、巴里坤、伊吾(指名亚种 *Capella gallinago gallinago*)。

生态: 繁殖季节出没于山谷溪流、林间湿地、沼泽、水田和灌丛。海拔200～3000m。食昆虫、软体动物、甲壳类。

半蹼鹬 *Limnodromus semipalmatus* (Blyth),Asian Dowitcher (新疆鸟类新纪录)(图24-2)

分布: 奎屯(2010年8月28日。文志敏等,2010)。

图24-2　半蹼鹬　文志敏

生态: 迁徙期见于内陆湖泊、盐田、河岸。捕食软体动物、甲壳类、昆虫。

黑尾塍鹬 *Limosa limosa* (Linnaeus),Black-tailed Godwit

分布: 见于新疆各地(旅鸟,夏候鸟)。且末、安迪尔、民丰(9月24日,旅鸟)、和田河、喀什、阿克苏、上游水库、沙雅、塔里木河(旅鸟)、尉犁、恰拉水库、焉耆、博斯腾湖、和静(巴州)、天山(繁殖鸟)、巴音布鲁克(天鹅湖)、昭苏、伊犁河、艾比湖、精河(博州)、奎屯、沙湾、昌吉、五家渠、乌鲁木齐、青格达湖、阜康、木垒、准噶尔盆地、和布克赛尔(和丰)、克拉玛依、哈巴河(21只,8月22日)、布尔津、阿尔泰、额尔齐斯河、乌伦古湖、福海、巴里坤、伊吾（普通亚种 *Limosa limosa melanuroides* 或指名亚种 *Limosa limosa limosa*）（王岐山等，2006）。

生态：迁徙季节出没于山区或平原的湖漫滩、污水池、沼泽、草原。海拔 190～2400m。以昆虫、小型软体动物、甲壳类为食。

斑尾塍鹬　*Limosa lapponica*（Linnaeus），Bar-tailed Godwit

分布：新疆西部天山（罕见种，偶见旅鸟）（普通亚种 *Limosa lapponica novaezealandiae* 或 *Limosa lapponica baueri*）。

生态：繁殖于北极苔原。迁徙季节经过湖泊滩地、沼泽、草原。取食昆虫、环节动物、甲壳类、小型软体动物等。

小杓鹬　*Numenius minutus*　Gould，Little Curlew（新疆鸟类新纪录）

分布：五家渠八一水库（2007 年 9 月 10 日。Holt，2007；Holt *et al.*，2010）。

生态：栖息于湖边、沼泽、水田、草地。海拔 470m。食物有昆虫、小蟹、草籽。

中杓鹬　*Numenius phaeopus*（Linnaeus），Whimbrel（新疆鸟类新纪录）

分布：新疆西部和北部（旅鸟）。叶城、库地（9 月 26 日）、克孜勒苏自治州（克州）、西克尔水库（伽师县，1♂，1985 年 6 月 1 日，海拔 1200m。周永恒等，1987）、和静（巴州）、天山、巴音布鲁克、博乐（博州）、艾比湖、精河、乌苏、奎屯、石河子、昌吉、五家渠、乌鲁木齐（5 月）、青格达湖、准噶尔盆地、克拉玛依、布尔津（5 月 15 日）、额尔齐斯河、阿尔泰、富蕴（指名亚种 *Numenius phaeopus phaeopus*，旅鸟）。

生态：繁殖地在北极苔原和泰加林区。迁徙季节出没于湖泊滩地、沼泽、草原。海拔 250～2500m。以昆虫、甲壳类、软体动物等为食。

白腰杓鹬　*Numenius arquata*　Linnaeus，Eurasian Curlew（图 24-3）

分布：见于新疆各地（旅鸟，夏候鸟）。皮山、克孜勒苏自治州（克州）、喀什、莎车（9 月 13 日，旅鸟）、巴楚、焉耆、和硕、博斯腾湖（巴州）、昭苏、伊犁河、赛里木湖、博乐（博州）、艾比湖、精河、奎屯（4 月）、沙湾、蘑菇湖、石河子、呼图壁、昌吉、五家渠、乌鲁木齐、青格达湖、米泉（9 月 2 日）、准噶尔盆地、塔城、哈巴河、阿尔泰、布尔津、额尔齐斯

图 24-3　白腰杓鹬　文志敏

河（繁殖鸟）、福海、乌伦古湖、富蕴、恰库尔图、巴里坤、伊吾（盐湖：62只，8月4日）、淖毛湖（7只，7月29日，普通亚种 *Numenius arquata orientalis*，夏候鸟）。

生态： 迁徙季节出没于河浜、湖泊、沼泽、林间草地。海拔 200～2500m。在泥水中探食甲壳类、软体动物和昆虫等。

鹤鹬 *Tringa erythropus* (Pallas)，Spotted Redshank

分布： 新疆西部和北部（旅鸟）。和田河、莎车、叶尔羌河、喀什噶尔河、巴楚、小海子水库、图木舒克、阿克苏、上游水库、阿拉尔、博斯腾湖、焉耆、和硕、和静（巴州）、天山（繁殖鸟，旅鸟）、开都河、巴音布鲁克、伊犁河（旅鸟）、博乐（博州）、艾比湖、精河、奎屯、沙湾、石河子、昌吉、五家渠、青格达湖、米泉、阜康、哈巴河、布尔津、阿尔泰、额尔齐斯河、福海、艾比山（青河）。

生态： 迁徙季节出没于湖岸滩地、沼泽、草原和荒地。海拔 190～2500m。以昆虫、软体动物、甲壳类等为食。

红脚鹬 *Tringa totanus* (Linnaeus)，Common Redshank

分布： 广泛分布于新疆各地水域和湿地（夏候鸟）。昆仑山、阿尔金山、若羌、瓦石峡、且末、车尔臣河、安迪尔河、民丰、于田、克里雅河、策勒、洛浦、和田、墨玉、皮山、叶城、喀喇昆仑山、帕米尔高原、塔什库尔干、布伦口、喀拉库勒（繁殖鸟）；木吉、阿克陶、阿图什（克州）、乌恰、疏附、喀什、疏勒、莎车、叶尔羌河、麦盖提、伽师、巴楚、图木舒克、阿合奇、乌什、阿克苏、阿拉尔、阿瓦提、温宿、沙雅、塔里木河、新和、库车、轮台、塔中（石油基地）、库尔勒（巴州）、普惠、尉犁、恰拉水库、东河滩、罗布泊洼地、和硕、焉耆、博湖、和静、开都河、巴音布鲁克（繁殖鸟）、天山、那拉提、新源、巩留、尼勒克、昭苏、伊犁河、伊宁、察布查尔、霍城、赛里木湖、博乐（博州）、艾比湖、精河、乌苏、独山子、奎屯、沙湾、石河子、莫索湾、玛纳斯、昌吉、五家渠、乌鲁木齐（3月15日）、青格达湖、米泉、阜康、吉木萨尔、奇台、木垒、准噶尔盆地、塔城、和布克塞尔（和丰）、克拉玛依、吉木乃、额尔齐斯河（繁殖鸟）、哈巴河、布尔津、阿尔泰、乌伦古湖、吉力湖、北屯、福海、乌伦古河、富蕴、恰库尔图、吐尔洪（野鸭湖，可可托海）、青河、托克逊、巴里坤、三塘湖、老爷庙、伊吾、淖毛湖、哈密（指名亚种 *Tringa totanus totanus* 或新疆亚种 *Tringa totanus craggi*）（王岐山等，2006）。

生态： 繁殖期见于湖泊滩地、沼泽、河流、草原和盐碱湿地。海拔 0～4000m。喜食昆虫、环节动物、软体动物等。

泽鹬 *Tringa stagnatilis* (Bechstein)，Marsh Sandpiper

分布：新疆西北部（旅鸟）。焉耆、和硕（巴州）、博斯腾湖（20 只，5 月 24 日，Hornskov，2001）、天山、艾比湖、精河（博州）、奎屯、石河子、玛纳斯、昌吉、阜康、准噶尔盆地、布尔津、阿尔泰、乌伦古湖、福海、青河（旅鸟）。

生态：迁徙季节出没于山区或平原的湖漫滩、沼泽、草原。海拔 190～2000m。啄食昆虫、小鱼、软体动物和甲壳类。

青脚鹬　*Tringa nebularia*（Gunnerus），Common Greenshank（图 24-4）

图 24-4　青脚鹬　文志敏

分布：见于新疆各地（旅鸟）。且末、塔中、民丰、于田、克里雅河（9 月 24 日）、洛浦、和田、和田河、墨玉、皮山、桑珠、阿图什、克孜勒苏自治州（克州）、喀什、疏附、疏勒、莎车（9 月 12 日）、叶尔羌河、英吉沙（9 月 14 日）、伽师、西克尔库勒、巴楚、图木舒克、乌什、阿瓦提、阿克苏、阿拉尔（7 只，9 月 9 日）、塔里木河、轮台、库尔勒（巴州）、普惠、尉犁、和硕、焉耆、博斯腾湖、和静、天山、巴音布鲁克、新源、伊犁河、伊宁、博乐（博州）、艾比湖、精河、乌苏、奎屯、沙湾、石河子、玛纳斯、昌吉、五家渠、乌鲁木齐、阜康、准噶尔盆地、额敏、克拉玛依、乌尔禾、艾里克湖、哈巴河、布尔津、额尔齐斯河、乌伦古湖、福海、阿尔泰、哈密（旅鸟）。

生态：繁殖地在北方泰加林区和极地。迁徙期见于各湿地。海拔 190～2400m。喜在浅水中捕食小虾、小鱼、昆虫等。

白腰草鹬　*Tringa ochropus* Linnaeus，Green Sandpiper

分布：见于新疆各地（夏候鸟）。阿尔金山、若羌、瓦石峡、车尔臣河（塔他让）、且末、安迪尔、塔中、民丰、昆仑山、尼雅河、于田、克里雅河、洛浦、和田、墨玉、皮山、叶城、库地、麻扎、塔什库尔干、喀喇昆仑山、克克吐鲁克、喀拉库勒、布伦口、帕米尔高原、克孜勒苏自治州（克州）、阿克陶、喀什、疏附、疏勒、莎车、巴楚、图木舒克、乌什、阿瓦提、阿克苏、阿拉尔、塔里木河、胜利水库、恰瓦合、温宿、拜城、木扎特河流域、轮台、库尔勒（巴州）、尉犁、恰拉、罗布泊、焉耆、和硕、和静、博斯腾湖、天山、巴音布鲁克、开都河、那拉提、新源、伊犁河、巩留、伊宁、察布查尔、温泉、赛里木湖、博乐（博州）、艾比湖、精河、奎屯、沙湾、石河子、玛纳斯、昌吉、五家渠、乌鲁木齐、青格达湖、米泉、阜康、吉木萨尔、奇台、准噶尔盆地、塔城、和布克塞尔（和丰）、克拉玛依、乌尔禾、艾里克湖、哈巴河、布尔津、阿尔泰、布伦托海

（乌伦古湖）、福海、北屯、富蕴、恰库尔图、青河（繁殖鸟）、布尔根河流域、吐鲁番、巴里坤、哈密、沁城、伊吾、淖毛湖。

生态： 繁殖季节出没于山区或平原的小溪、沼泽、水田、林间湿地和草原。海拔 0～3500m。以昆虫、虾、螺为食。

林鹬 *Tringa glareola* Linnaeus，Wood Sandpiper

分布： 见于新疆各地（旅鸟）。于田、洛浦（3 只，9 月 25 日）、和田、皮山、塔什库尔干、喀喇昆仑山、昆仑山、帕米尔高原、阿图什（克州）、喀什、莎车、巴楚、图木舒克、小海子、阿克苏、阿拉尔、塔里木河、尉犁、恰拉、博斯腾湖、和静（巴州）、巴音布鲁克、天山、艾比湖、精河（博州）、甘家湖、乌苏、奎屯、沙湾、石河子、五家渠、乌鲁木齐、阜康、奇台、北塔山、准噶尔盆地、乌伦古湖、阿尔泰山、富蕴、福海、青河、哈密、伊吾（旅鸟）。

生态： 迁徙季节出没于山谷溪流、林间湿地、沼泽、水田、草地和灌丛。喜单独活动。海拔 190～3500m。以昆虫、蜘蛛、软体动物、甲壳类为食。

矶鹬 *Actitis*（*Tringa*）*hypoleucos* Linnaeus，Common Sandpiper

分布： 分布于新疆各水域（夏候鸟）。若羌、且末、阿尔金山、塔中、民丰、洛浦、和田、墨玉、皮山、叶城、库地、昆仑山、喀喇昆仑山、帕米尔高原、塔什库尔干、明铁盖、木吉、布伦口、阿克陶（克州）、乌恰、乌鲁克恰提、科克铁列克、喀什、疏附、疏勒、英吉沙、莎车、阿合奇、阿克苏、托什罕河、温宿、木扎特河流域、拜城、库车、轮台、博斯腾湖、和静（巴州）、巴音布鲁克、开都河、天山、那拉提、伊犁河（繁殖鸟）、巩乃斯河、新源、巩留、特克斯、尼勒克、昭苏、伊宁、察布查尔、温泉、博乐（博州）、艾比湖、精河、奎屯、独山子、沙湾、石河子、玛纳斯、昌吉、五家渠、乌鲁木齐、青格达湖、米泉、阜康、天池、博格达山、吉木萨尔、奇台、北塔山、准噶尔盆地、托里、塔城、额敏、和布克赛尔（和丰）、克拉玛依、乌尔禾、哈巴河、哈纳斯湖、布尔津、额尔齐斯河、阿尔泰、福海、乌伦古湖、富蕴、乌伦古河流域、青河、布尔根河流域、巴里坤、伊吾、淖毛湖、哈密、南湖、沁城、星星峡（繁殖鸟）。

生态： 出没于湖边、林间湿地、沼泽、水田、溪流及邻近的草地。海拔 0～3500m。食昆虫、螺、蝌蚪和小鱼。

翘嘴鹬 *Xenus cinereus*（Gudldenstadt），Terek Sandpiper

分布： 见于新疆西部和北部（旅鸟）。皮山、固玛、喀什、英吉沙（1 只，萨罕水库，5 月 25 日）、巴楚、小海子、图木舒克、阿克苏、阿拉尔、博斯腾湖（45 只，5 月 24 日。Hörnskov，2001）、焉耆、和硕、和静（巴州）、天山、巴音布鲁克、艾比湖、精河（博州）、奎屯、沙湾、石河子、玛纳斯、五家渠、乌鲁木齐、青格达湖、米泉、阜康、北塔山、奇台、准噶尔盆地、克拉玛依、布尔津、阿尔泰、额尔齐斯河流域（8月23日）、北屯、乌伦古湖、福海、青河、巴里坤（30只，8月10日，旅鸟）。

生态：繁殖地在北极冻原和冻原森林带。迁徙季节出现于内陆湖泊、沼泽、污水池、河漫滩和水田。海拔190～2500m。以昆虫、软体动物、甲壳类等无脊椎动物为食。

翻石鹬 *Arenaria interpres* （Linnaeus），Ruddy Turnstone（新疆鸟类新纪录）

分布：新疆西部和北部（旅鸟）。且末、车尔臣河、塔什库尔干、阿克陶（克州）、喀拉库勒（8月29日。马鸣 等，2000）、帕米尔高原、疏勒、英吉沙、萨罕水库（9月14日）、博斯腾湖（巴州）、和静、天山、巴音布鲁克（6只，5月18日）、艾比湖、精河（博州）、奎屯、石河子、五家渠、乌鲁木齐、青格达湖（9月2日）、福海（指名亚种 *Arenaria interpres interpres*）。

生态：迁徙季节出没于湖泊岸边、沼泽、水田。海拔200～3700m。喜欢啄食软体动物、甲壳类、蜘蛛和昆虫。

三趾鹬 *Crocethia alba* （Pallas），Sanderling

分布：新疆西部（旅鸟）。民丰（渔湖）、莎车、博乐（博州）、艾比湖、阿拉山口（9月）、精河、奎屯、沙湾、石河子（9月）、昌吉、五家渠、准噶尔盆地（旅鸟）。

生态：繁殖地在北极冻原地带。迁徙季节见于沙洲、沼泽、河边。海拔190～1500m。食甲壳类、昆虫、蜘蛛等。

红胸滨鹬 （红颈滨鹬） *Calidris ruficollis* （Pallas），Red-necked Stint（新疆鸟类新纪录）

分布：新疆西部和北部（旅鸟）。皮山（固玛。Dissing *et al.*，1989）、英吉沙、阿克苏、轮台、塔中（见1999年 *OBC Bull.*，29：51）、塔里木盆地、博斯腾湖（巴州）、艾比湖、精河（博州）、奎屯、五家渠、阜康（旅鸟）。

生态：繁殖地在西伯利亚北部冻原地带。迁徙季节见于湖岸、沼泽、河边。海拔200～1500m。食昆虫、软体动物等。

小滨鹬 *Calidris minuta* （Leisler），Little Stint（新疆鸟类新纪录）

分布：新疆北部（旅鸟）。博斯腾湖、赛里木湖、博乐、艾比湖、精河、奎屯、石河子、五家渠、青格达湖、米泉、准噶尔盆地、克拉玛依、布尔津、阿拉哈克、阿尔泰、福海、乌伦古湖、吉力湖。

生态：繁殖地在北极圈苔原区附近，迁徙期见于湖泊岸线、沼泽、草地。海拔200～2100m。以甲壳类、昆虫为食。

乌脚滨鹬（青脚滨鹬）　*Calidris temminckii* (Leisler)，Temminck's Stint

分布：迁徙季节见于新疆各地（旅鸟）。若羌、且末、安迪尔、塔中、民丰、于田、克里雅河、洛浦、和田、墨玉、皮山、叶城、塔什库尔干、阿图什（克州）、英吉沙、麦盖提、喀拉玛水库、巴楚、乌什、阿克苏、阿拉尔、拜城、木扎特河流域、轮台、库尔勒（巴州）、普惠、尉犁、东河滩、恰拉、罗布泊、博斯腾湖、和静、巴音布鲁克、开都河、天山（旅鸟）、伊犁河、昭苏、伊宁、博乐（博州）、艾比湖、精河、奎屯、沙湾、石河子、昌吉、五家渠、乌鲁木齐、青格达湖、米泉、阜康、吉木萨尔、奇台、北塔山（5月）、准噶尔盆地、克拉玛依、哈巴河、哈纳斯湖、布尔津、阿尔泰、额尔齐斯河、乌伦古湖、福海、富蕴、吐尔洪、可可托海、青河、巴里坤、三塘湖、伊吾、淖毛湖。

生态：繁殖地在欧亚大陆北部。迁徙季节见于内陆河流、湖岸和浅水沼泽等。海拔200～3000m。食昆虫等。

长趾滨鹬　*Calidris subminuta* (Middendorff)，Long-toed Stint（新疆鸟类新纪录）

分布：奎屯（文志敏等，2010）、卡拉麦里、克拉玛依（2007年5月19日。Holt *et al.*，2010）。

生态：繁殖地在西伯利亚北部，迁徙期见于水田、池塘、湖边、小水坑。海拔200～500m。采食水边小虫。

尖尾滨鹬　*Calidris acuminata* (Horsfield)，Sharp-taild Stint（新疆鸟类新纪录）

分布：奎屯（文志敏等，2010）、柴窝堡湖。

生态：迁徙期见于盐田、污水池、湖泊边、沼泽泥地。海拔400～800m。以软体动物、昆虫为食。

弯嘴滨鹬　*Calidris ferruginea* (Pontoppidan)，Curlew Sandpiper

分布：新疆西部和北部（旅鸟）。帕米尔高原、塔合曼、英吉沙（10只，9月14日）、阿瓦提、阿拉尔、阿克苏、和硕、博斯腾湖、艾比湖、精河、奎屯、沙湾、石河子、昌吉、五家渠、乌鲁木齐（8月）、柴窝堡湖（8月）、青格达湖（7月18日）、米泉、阜康、准噶尔盆地、额敏、克拉玛依、布尔津、阿尔泰、福海、哈密南湖（17只，7月8日，旅鸟）。

生态：繁殖地在西伯利亚北部。迁徙季节见于浅水沼泽、湖岸、河口。海拔190～3000m。食昆虫、软体动物等。

黑腹滨鹬　*Calidris alpina* Linnaeus，Dunlin（图24-5）

分布：新疆西部和北部（旅鸟）。洛浦、和田、墨玉、和田河、喀什、阿瓦提、阿克苏、阿拉尔、塔里木河、博斯腾湖、和静（巴州）、巴音布鲁克、开都河、天山、赛里木湖、博乐（博州）、阿拉山口、艾比湖、精河、奎屯、沙湾、蘑菇湖、石河子、昌吉（旅鸟）、五家渠（11 月 7 日）、乌鲁木齐、柴窝堡湖、青格达湖、米泉、阜康、准噶尔盆地、额敏、克拉玛依、布尔津、阿尔泰（北方亚种 *Calidris alpina centralis*）（向余劲攻等，2009）。

图 24-5　黑腹滨鹬　文志敏

生态：繁殖地在西伯利亚。迁徙季节见于湖岸、沼泽、河边。海拔 190～2500m。食甲壳类、昆虫、软体动物等。

阔嘴鹬 *Limicola falcinellus* (Pontoppidan)，Broad-billed Sandpiper

分布：新疆西部（旅鸟）。喀什、阿拉尔、阿克苏、博斯腾湖、天山（旅鸟）、奎屯、昌吉、五家渠（指名亚种 *Limicola falcinellus falcinellus*）。

生态：繁殖地在欧亚大陆北部冻原。迁徙季节见于湖、河、沼泽。400～1100m。食甲壳类、环节动物、昆虫，也食植物种子等。

流苏鹬 *Philomachus pugnax* (Linnaeus)，Ruff and Reeve

分布：见于新疆各地（旅鸟）。且末、塔中、民丰、皮山（固玛）、帕米尔高原、苏巴什、公格尔山、阿克陶（克州）、和静（巴州）、巴音布鲁克天鹅湖（5♂5♀，1999 年 5 月 20 日）、开都河、天山、察布查尔、赛里木湖、博乐（博州）、艾比湖、精河、奎屯、沙湾、石河子、昌吉、蔡家湖、五家渠（11 月）、乌鲁木齐、青格达湖（7 月 18 日）、米泉、阜康、准噶尔盆地（旅鸟）、克拉玛依、哈巴河（2♂，2001 年 8 月 22 日）、布尔津、科克苏、阿尔泰、乌伦古湖、福海、额尔齐斯河流域、哈密。

生态：见于山地或平原沼泽、草地、水泡。海拔 190～2500m。食昆虫、软体动物等，亦食植物种子。

25. 瓣蹼鹬科　Phalaropodidae（1 属 2 种）

红颈瓣蹼鹬 *Phalaropus lobatus* (Linnaeus)，Red-necked Phalarope （图 25-1）

图 25-1　红颈瓣蹼鹬　文志敏

分布：新疆北部（旅鸟）。天山、阿拉山口（300～500 只）、艾比湖、精河、奎屯、沙湾、石河子、昌吉、五家渠、乌鲁木齐（一号冰川，3500m）、青格达湖（10 月 13 日）、米泉、准噶尔盆地、和布克塞尔（和丰，11 只，1998 年 8 月 22 日）、哈巴河、布尔津（4只，2001年8月22日）、阿尔泰、乌伦古湖、福海（旅鸟）。

生态：繁殖于北极地区。迁徙期出现在湖泊、河流、污水池、水库等。海拔190～3500m。喜欢在水面旋转觅食，吃水生昆虫等。

灰瓣蹼鹬 *Phalaropus fulicarius* （Linnaeus），Grey Phalarope

分布：塔里木盆地、天山（罕见旅鸟）。

生态：繁殖地在北极苔原。迁徙期见于湖泊、沼泽、池塘。善急速转圈游水，食昆虫和浮游生物等。

十一、鸥形目　LARIFORMES

26. 贼鸥科　Stercorariidae（1属1种）

短尾贼鸥 *Stercorarius parasiticus* （Linnaeus），Parasitic Jaeger（新疆鸟类新纪录）

分布：沙湾安集海（2007年9月13日。Holt，2007；Holt *et al.*，2010）。

生态：贼鸥属于海洋性鸟类，极少出现在内陆。行为特点是飞行中抢掠其他鸥类的食物。主要以鱼为食，也吃甲壳类和软体动物（王岐山等，2006）。

27. 鸥科　Laridae（1属9种）

海鸥 *Larus canus* Linnaeus，Common Gull（Mew Gull）（新疆鸟类新纪录）

分布：新疆西部（旅鸟）。伊犁河（Holt，2008）、蘑菇湖（9月）、石河子（11月）、八一水库（11月6日）、五家渠（东部亚种 *Larus canus heinei*）。

生态：迁徙期见于湖泊、河流。海拔300～600m。食鱼、虾、昆虫、软体动物。

黄脚银鸥 *Larus (argentatus) cachinnans* Pallas，Yellow-legged Gull

分布：见于新疆各地（夏候鸟，旅鸟）。若羌、和田、喀什、英吉沙、阿克苏、拜城、木扎特河流域、木扎特河、沙雅、塔里木河、库车、轮台、库尔勒（巴州）、普惠、尉犁、恰拉水库、东河滩、罗布泊洼地、和硕、焉耆、博斯腾湖、和静、巴音布鲁克、天山、巩留、伊宁、伊犁河谷、察布查尔、赛里木湖（繁殖鸟）、博乐（博州）、艾比湖、精河、甘家湖、乌苏、奎屯、沙湾、蘑菇湖（指名亚种 *Larus cachinnans cachinnans*）、石河子、玛纳斯、昌吉、五家渠、乌鲁木齐、柴窝堡湖、青格达湖、米泉、阜康、吉木萨尔、奇台、准噶尔盆地、塔城、和布克赛尔（和丰）、克拉玛依、乌尔禾、艾里克湖、哈巴河、布尔津、阿尔泰、额尔齐斯河流域、北屯、福海、乌伦古湖、富蕴、恰库尔图、吐尔洪、可可托海、青河、巴里坤、哈密、伊吾。

注：有分类学者建议将此种分成多个独立种，诸如西伯利亚银鸥（*Larus vegae*）、蒙古银鸥（*Larus mongolicus*）、黄脚银鸥（*Larus cachinnans*）、草原银鸥（*Larus barabensis*）、灰林银鸥（*Larus heuglini*）或小黑背银鸥（*Larus fuscus heuglini*）。这几种都可能在新疆出现。

生态：栖息于湖泊、池塘、河流。海拔200～3500m。主要吃鱼和水生动物，也食蜥蜴、老鼠、雏鸟及卵。

灰林银鸥 *Larus heuglini*，Heuglin's Gull（新疆鸟类新纪录）

分布：新疆北部（旅鸟）。石河子、青格达湖、乌伦古湖（指名亚种 *Larus heuglini heuglini*；见1999年 *OBC Bull.*，29：51）。

注：或为小黑背银鸥的一个亚种（*Larus fuscus heuglini*）。

生态：栖息于湖泊、鱼塘、河流。海拔400～500m。食鱼、动物尸体、垃圾。

渔鸥 *Larus ichthyaetus* Pallas，Great Black-headed Gull（Pallas's Gull）

分布：见于新疆各地（夏候鸟，旅鸟）。安迪尔河、民丰、尼雅河、于田、克里雅河、策勒、洛浦、和田、墨玉、叶城、阿克陶、喀拉库勒、布伦口、莎车、喀什、阿图什（克州）、英吉沙、麦盖提、伽师、西克尔库勒、巴楚、小海子、图木舒克、阿克苏、阿拉尔、阿瓦提、塔里木河（旅鸟）、博湖、和硕、尉犁、博斯腾湖、和静（巴州）、天山、巴音布鲁克、昭苏、伊犁河谷、伊宁、察布查尔、赛里木湖、博乐（博州）、艾比湖、精河、甘家湖、乌苏、奎屯、安集海、沙湾、石河子、玛纳斯、昌吉、五家渠、乌鲁木齐、青格达湖、米泉、阜康、吉木萨尔、准噶尔盆地、塔城、和布克赛尔、克拉玛依、吉木乃、哈巴河、阿尔泰（夏候鸟）、额尔齐斯河、布伦托海（乌伦古湖）、福海、北屯、富蕴、青河、巴里坤、伊吾。

生态：繁殖于高原湖泊。海拔200～3500m。食鱼为主，也食鸟卵、雏鸟、蜥蜴、昆虫、甲壳类。

红嘴鸥 *Larus ridibundus* Linnaeus，Black-headed Gull（图27-1）

分布：广泛分布于新疆各地的湖泊、河流、水田等（夏候鸟）。若羌、且末、车尔

图27-1 红嘴鸥 曾源

臣河（塔他让）、民丰、尼雅河、于田、克里雅河、策勒、洛浦、和田、墨玉、皮山、叶城、阿克陶、布伦口、阿图什（克州）、喀什、疏附、疏勒、岳普湖、莎车、喀群、叶尔羌河、泽普、英吉沙、麦盖提、伽师、西克尔水库、巴楚、图木舒克、阿合奇、阿瓦提、阿克苏、阿拉尔、塔里木河流域（繁殖鸟）、新和、沙雅、库车、轮台、库尔勒（巴州）、尉犁、恰拉水库、东河滩、罗布泊洼地、焉耆、博斯腾湖、和硕、和静、天山巴音布鲁克（繁殖鸟）、新源、尼勒克、昭苏、伊犁河谷、伊宁、霍城、赛里木湖、博乐（博州）、艾比湖、精河、乌苏、独山子、奎屯（繁殖鸟）、沙湾、石河子、玛纳斯、呼图壁、昌吉、米泉、五家渠、乌鲁木齐、柴窝堡湖、青格达湖、米泉、阜康、吉木萨尔、准噶尔盆地、塔城、额敏、克拉玛依、额尔齐斯河流域、布尔津、阿尔泰、乌伦古河（湖）、福海、北屯、富蕴、青河、巴里坤、哈密、伊吾。

生态：见于各种水域。营巢于地面或水草丛上（马鸣和才代，1996b）。海拔 200～3000m。吃鱼、虾、水生昆虫和甲壳类，也食蜥蜴、老鼠。

细嘴鸥 *Larus genei* Breme，Slender-billed Gull（新疆鸟类新纪录）
分布：艾比湖（夏候鸟）。
生态：栖息于盐田、湖泊、草地。海拔 200m。食物主要有鱼类、昆虫（李飞，2008；马鸣等，2010b）。

遗鸥 *Larus relictus* Lonnberg，Relict Gull（图 27-2）

图 27-2　遗鸥　马鸣

分布：新疆西北部（夏候鸟）。克孜勒苏自治州（克州）、阿克苏、上游水库、塔里木河、阿拉山口、艾比湖（Ma et al.，2010）、精河（博州）、沙湾、石河子（蘑菇湖）、克拉玛依（Duff et al.，1991）、科克苏、阿拉哈克、阿尔泰（夏候鸟）。

生态：栖息于内陆荒漠地区咸水或淡水的湖泊之中（Ma et al.，2010b；马鸣等，2010b）。海拔 190～1100m。主要吃鱼、昆虫等。

棕头鸥 *Larus brunnicephalus* Jerdon，Brown-headed Gull
分布：青藏高原特有种（夏候鸟）。昆仑山、阿尔金山（夏候鸟）、且末、若羌、洛浦、和田、墨玉、叶城、喀喇昆仑山、布伦口（繁殖鸟）、帕米尔高原、塔什库尔干、阿克陶（克州）、喀什地区、塔里木河（库尔勒）、博斯腾湖（?）。

生态：栖息于高原湖泊。喜欢集群营巢于地面。海拔 2000～5000m。主要吃鱼、卤虫、昆虫等。

小鸥　*Larus minutus* Pallas，Little Gull

分布：新疆西部和北部（夏候鸟，旅鸟）。皮山、固玛（第二年的亚成鸟。Dissing，1989）、塔里木河、博斯腾湖（巴州）、天山、伊犁河谷、赛里木湖、博乐（博州）、艾比湖、精河、泉沟、奎屯、沙湾、石河子、昌吉、乌鲁木齐、准噶尔盆地、布尔津、阿尔泰地区、阿拉哈克（20 只，6 月 24 日；繁殖鸟）、福海、北屯。

生态：栖息于内陆荒漠之中的咸水或淡水湖泊和沼泽（马鸣和王岐山，2000b；Ma & Wang，2001）。海拔 200～1500m。以昆虫、甲壳类、软体动物为食。

28. 燕鸥科　Sternidae（4 属 7 种）

鸥嘴噪鸥　*Gelochelidon nilotica*（Gmelin），Gull-billed Tern

分布：新疆西部和北部（夏候鸟，旅鸟）。喀什地区、疏附、疏勒、和硕、尉犁、博斯腾湖（巴州）、焉耆、天山、巴音布鲁克、伊宁、伊犁河谷（旅鸟）、艾比湖、精河（博州）、沙湾、石河子、昌吉、准噶尔盆地、哈巴河、布尔津、阿拉哈克、阿尔泰地区（繁殖鸟）、北屯、乌伦古湖、福海、青河（指名亚种*Gelochelidon nilotica nilotica*）。

生态：出现于咸水或淡水湖泊、沼泽。海拔 200～2500m。喜欢在戈壁滩上低飞，寻找爬行动物。主要吃昆虫、蜥蜴、小鱼、甲壳类和软体动物。

红嘴巨鸥　*Hydroprogne caspia*（Pallas），Caspian Tern

分布：新疆北部（夏候鸟，旅鸟）。喀什、博斯腾湖（巴州）、艾比湖、精河（博州）、奎屯、沙湾、石河子、昌吉、五家渠、乌鲁木齐、青格达湖、准噶尔盆地、克拉玛依（旅鸟，夏候鸟）、布尔津、阿尔泰、额尔齐斯河流域、福海、布伦托海（乌伦古湖）、青河、乌伦古河流域（指名亚种 *Hydroprogne caspia caspia*）。

生态：见于湖泊、河流附近。海拔 200～1500m。主要吃小鱼、甲壳类和其他水生动物。

普通燕鸥　*Sterna hirundo* Linnaeus，Common Tern

分布：广泛分布于新疆各地水域和湿地（夏候鸟）。阿尔金山（西藏亚种*Sterna hirundo tibetana*）、若羌、且末、民丰、尼雅河、于田、克里雅河、策勒、洛浦、和田、墨玉、皮山、固玛、帕米尔高原（繁殖）、塔什库尔干、喀拉库勒、阿克陶、布伦口、阿图什（克州）、乌恰、疏附、喀什、疏勒、英吉沙、莎车、喀群、叶尔羌河、麦盖提、伽师、西克尔水库、巴楚、小海子水库、图木舒克、阿合奇、乌什、阿克苏、阿瓦提、塔里木河、阿拉尔、温宿、拜城、木扎特河流域、沙雅、新和、库车、轮台、库尔勒（巴州）、普惠、尉犁、恰拉水库、东河滩、罗布泊洼地、和硕、焉耆、博湖、和静、天山、巴音布鲁克（天鹅湖）、开都河、新源、巩乃斯河流域、那拉提、昭苏、伊犁河谷、伊宁、霍城、察布查尔、赛里木湖、博乐（博州）、艾比湖、精河、甘家湖、乌苏、奎屯、沙湾、石河子、莫索湾、玛纳斯、昌吉、五家渠、乌鲁木齐、青格达湖、米泉、阜康、吉木萨尔、奇台、木垒、准噶尔盆地（指名亚种 *Sterna hirundo hirundo*）、塔城、克拉玛依、哈巴河、哈纳斯湖、布尔津、阿尔泰、额尔齐斯河、布伦托海（乌伦古湖）、福海、北屯、富蕴、乌伦古河、青河、托克逊、巴里坤、伊吾、淖毛湖、哈密。

生态： 栖息于湖泊、沼泽、河流、池塘。营巢于水边潮湿的地面。海拔 0～3500m。主要吃小鱼、虾和其他水生动物。

白额燕鸥（小燕鸥） *Sterna albifrons* Pallas，Little Tern

分布： 见于新疆各地（夏候鸟）。若羌、民丰、于田、克里雅河、策勒、和田、墨玉、皮山、喀什（指名亚种 *Sterna albifrons albifrons*）、疏附、疏勒、麦盖提、喀拉玛水库、阿图什（克州）、阿克苏、阿拉尔、塔里木河流域、沙雅、轮台、库尔勒（巴州）、尉犁、恰拉水库、东河滩、和硕、博斯腾湖、焉耆、天山、新源、巩留、伊宁、伊犁河谷、察布查尔、霍城、艾比湖（繁殖鸟）、精河（博州）、乌苏、奎屯、沙湾、石河子、玛纳斯、昌吉、五家渠、乌鲁木齐、青格达湖（繁殖鸟）、米泉、阜康、准噶尔盆地、和布克赛尔（和丰）、克拉玛依、阿尔泰、额尔齐斯河流域、福海、乌伦古湖、哈密（南湖）。

生态： 栖息于开阔的湖泊、沼泽、河流附近。海拔 200～1500m。喜欢频繁飞行于水面上空，主要吃小鱼、昆虫等。

须浮鸥 *Chlidonias hybrida* (Pallas)，Whiskered Tern

分布： 见于新疆各地（夏候鸟）。阿克苏、阿拉尔、胜利水库、塔里木河流域、沙雅、库尔勒（巴州）、普惠（繁殖鸟）、尉犁、大西海子、焉耆、和硕、博斯腾湖、天山、艾比湖、精河（博州）、乌苏、奎屯、沙湾、石河子、昌吉、五家渠、青格达湖、阜康（繁殖鸟）、准噶尔盆地、克拉玛依、乌伦古河（湖）、福海（指名亚种 *Chlidonias hybrida hybrida* 或普通亚种 *Chlidonias hybrida swinhoei*）。

生态： 栖息于开阔的湖泊、沼泽、河流附近。海拔 190～1500m。主要吃小鱼、虾和其他水生生物。

白翅浮鸥　*Chlidonias leucopterus*（Temminck），White-winged Tern（图 28-1、图 28-2）

分布：新疆西部和北部（夏候鸟）。阿图什（克州）、沙雅、塔里木河、尉犁、恰拉、博斯腾湖、和静（巴州）、开都河、天山、巴音布鲁克（繁殖鸟）、新源、巩留、伊犁河谷、博乐（博州）、艾比湖、精河、乌苏、沙湾、石河子、玛纳斯、昌吉、五家渠、乌鲁木齐、青格达湖、米泉、阜康（繁殖鸟）、吉木萨尔、奇台、北塔山、准噶尔盆地、裕民、塔城、克拉玛依、哈巴河、哈纳斯湖、布尔津、额尔齐斯河流域、阿尔泰、乌伦古湖、福海、北屯、富蕴、青河、巴里坤、哈密、南湖、伊吾、淖毛湖。

生态：栖息于湖泊、沼泽、河流。海拔 190～2500m。多在水面低飞觅食，捕食小鱼、虾、昆虫等。

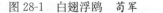

图 28-1　白翅浮鸥　苟军　　　　　图 28-2　白翅浮鸥　邢睿

黑浮鸥　*Chlidonias niger*（Linnaeus），Black Tern

分布：新疆北部（夏候鸟）。天山、阿克苏、温宿、伊犁河谷、艾比湖、精河（博州）、奎屯、沙湾、石河子、玛纳斯、昌吉、五家渠（王传波，2005）、乌鲁木齐、青格达湖、阜康（繁殖鸟）、准噶尔盆地、额敏、克拉玛依、乌伦古河、吉力湖、阿尔泰、布尔津、哈巴河（繁殖鸟）、北屯、福海、乌伦古湖、富蕴（指名亚种 *Chlidonias niger niger*）。

生态：见于水草茂盛的湖泊、沼泽、河流。海拔 190～1500m。主要吃水生无脊椎动物，亦吃小鱼。

十二、沙鸡目　PTEROCLIFORMES

29. 沙鸡科　Pteroclididae（2 属 3 种）

毛腿沙鸡 *Syrrhaptes paradoxus* (Pallas)，Pallas's Sandgrouse（图 29-1）

图 29-1　毛腿沙鸡　邢睿

分布：见于新疆各地（留鸟）。阿尔金山、若羌、昆仑山、且末、塔中、民丰、于田、克里雅河、策勒、和田、皮山、叶城、克孜勒苏自治州（克州）、阿克陶、喀什、莎车、巴楚、阿瓦提、阿克苏、阿拉尔、轮台、库尔勒（巴州）、普惠、尉犁、博湖、罗布泊洼地、察布查尔、伊犁河谷、博乐（博州）、精河、甘家湖、乌苏、独山子、沙湾、莫索湾、石河子、昌吉、乌鲁木齐、米泉、阜康、吉木萨尔、卡拉麦里、奇台、莍莍湖、将军戈壁、北塔山、木垒、准噶尔盆地、裕民、托里、和布克塞尔（和丰）、克拉玛依、吉木乃、哈巴河、布尔津、阿尔泰、额尔齐斯河流域、乌伦古湖、福海、北屯、富蕴、喀木斯特、恰库尔图、青河、布尔根河流域、巴里坤、三塘湖、哈密、沁城、雅满苏、星星峡、伊吾、下马崖、淖毛湖（留鸟）。

生态：栖息于荒漠草原、戈壁滩、弃耕地附近（马鸣，1998a）。海拔 200～1500m。食物有植物的细芽、嫩叶、种子、浆果。

西藏毛腿沙鸡 *Syrrhaptes tibetanus* (Gould)，Tibetan Sandgrouse

分布：青藏高原特有种（留鸟）。昆仑山、阿尔金山、若羌、阿其克湖地区、且末、木孜塔格（东昆仑）、洛浦、和田、墨玉、叶城、喀喇昆仑山、帕米尔高原、阿克陶、塔什库尔干。

生态：栖息于高原荒漠、草原和裸岩区。在地面做巢。海拔 2500～5500m。食物有植物的嫩叶、种子和昆虫等。

黑腹沙鸡 *Pterocles orientalis* Linnaeus，Black-bellied Sandgrouse

分布：新疆北部（夏候鸟）。博斯坦铁列克、喀什（旅鸟?）、塔里木河上游、乌什、新源（巩乃斯种羊场）、特克斯、察布查尔、伊犁谷地、伊宁、西天山、博乐（博州）、精河、艾比湖、独山子、沙湾、乌鲁木齐（?）、吉木萨尔、准噶尔盆地、托里、塔城地区、裕民、额敏、和布克塞尔（和丰）、克拉玛依、塔叉口、哈巴河、布尔津、阿尔泰、额尔齐斯河流域、北屯、福海（新疆亚种 *Pterocles orientalis arenarius*，繁殖鸟）。

生态： 见于低山丘陵、荒漠草原、戈壁滩和弃耕地附近。海拔 200～1500m。吃植物的种子、嫩叶和昆虫。

十三、鸽形目　COLUMBIFORMES

30. 鸠鸽科　Columbidae（2 属 10 种）

原鸽（野鸽）　*Columba livia* Gmelin，Rock Pigeon（Rock Dove）

分布： 广泛分布于新疆各地（留鸟）。若羌、且末、塔什库尔干、乌恰、乌鲁克恰提、阿克陶、阿图什（克州）、喀什、乌什、阿合奇、阿克苏、温宿、托木尔峰地区、新和、拜城、木扎特河谷、库车、轮台、库尔勒（巴州）、尉犁、罗布泊、和硕、焉耆、博湖、和静、新源、巩留、特克斯、昭苏、尼勒克、伊犁谷地、伊宁、察布查尔、霍城、温泉、博乐（博州）、精河、乌苏、独山子、奎屯、沙湾、石河子、玛纳斯、昌吉、五家渠、乌鲁木齐、达坂城、阜康、吉木萨尔、奇台、北塔山、木垒、准噶尔盆地、裕民、托里、塔城、额敏、和布克塞尔（和丰）、克拉玛依、吉木乃、哈巴河、布尔津、阿尔泰、福海、富蕴、青河、布尔根河、托克逊、巴里坤、伊吾（新疆亚种 *Columba livia neglecta*，留鸟）。

生态： 栖息于平原绿洲、低山丘陵、山地峭壁。海拔 500～3500m。喜欢集群活动，主要以植物种子和农作物为食。

岩鸽　*Columba rupestris* Pallas，Blue Hill Pigeon

分布： 广泛分布于新疆各地山区（留鸟）。阿尔金山、昆仑山、若羌、且末、民丰、于田、克里雅河、策勒、洛浦、和田、墨玉、皮山、叶城、喀喇昆仑山、帕米尔高原、红其拉甫、塔什库尔干、麻扎种羊场、吉根、阿克陶、布伦口、阿图什（克州）、乌恰、乌鲁克恰提、喀什地区（新疆亚种 *Columba rupestris turkestanica*）、巴楚、阿合奇、乌什、阿克苏、温宿、托木尔峰地区、琼台兰河谷、木扎特河谷、新和、拜城、库车、轮台、库尔勒（巴州）、焉耆、和硕、博湖、和静、巴音布鲁克、天山、巩乃斯、新源、巩留、昭苏、尼勒克、伊犁地区、霍城、察布查尔、赛里木湖、博乐（博州）、精河、乌苏、独山子、奎屯、沙湾、石河子、玛纳斯、昌吉（山区）、乌鲁木齐、后峡、达坂城、阜康、吉木萨尔、奇台、北塔山、木垒、裕民、塔城、和布克赛尔（和丰）、克拉玛依、哈巴河、布尔津、阿尔泰、福海、富蕴、青河、托克逊、巴里坤、伊吾、哈密、口门子、沁城、星星峡、下马崖（指名亚种 *Columba rupestris rupestris*）。

生态： 多见于山区岩石绝壁上。海拔 500～5000m。以植物种子、球茎、块根为食，也食农作物的种子。

雪鸽 *Columba leuconota* Vigors，Snow Pigeon（新疆鸟类新纪录）
分布：青藏高原特有种（留鸟）。分布于帕米尔高原、红其拉甫（1♀，1♂，1981 年 7 月 3 日，海拔 4100m）、塔什库尔干（繁殖鸟）（指名亚种 *Columba leuconota leuconota*）。
生态：栖息于高山悬崖、河谷草地。海拔 2500～5200m。以杂草籽、浆果为食。

欧鸽 *Columba oenas* Linnaeus，Stock Pigeon
分布：见于新疆各地（留鸟）。若羌、瓦石峡、且末、民丰、于田、策勒、和田、墨玉、皮山、桑珠、喀什、莎车、叶尔羌河流域（新疆亚种 *Columba oenas yarkandensis*）、阿拉尔、阿克苏、沙雅、轮台、塔里木河流域胡杨林、肖塘、塔中（石油基地）、罗布泊地区、库尔勒（巴州）、普惠、尉犁、巴音布鲁克、那拉提、新源、巩留、特克斯、昭苏、尼勒克、伊宁、察布查尔、霍城、赛里木湖、博乐（博州）、精河、乌苏、沙湾、石河子（11 月）、玛纳斯、昌吉、五家渠、乌鲁木齐、吉木萨尔、克拉玛依、哈巴河、铁列克、布尔津、阿尔泰、福海、富蕴、喀木斯特、青河。
生态：常见于塔里木胡杨林和农区绿洲附近。海拔 375～2500m。以植物性食物为主，也食昆虫及其他小型无脊椎动物。

中亚鸽 *Columba eversmanni* Bonaparte，Eastern Stock Pigeon（Pale-backed or Yellow-eyed Pigeon）
分布：新疆西北部（留鸟）。喀什地区（繁殖鸟）、罗布泊、和静、沙湾、玛纳斯（谷景和，1991）、天山、阿尔泰山（?）。
生态：栖息于低山丘陵、荒漠、林区岩石绝壁附近。海拔 800～1400m。吃植物的种子（包括农作物）。

斑尾林鸽 *Columba palumbus* Linnaeus，Wood Pigeon
分布：新疆西北部（留鸟）。喀什、塔里木河上游、天山、那拉提、新源、巩留、昭苏、尼勒克、伊犁谷地（新疆亚种 *Columba palumbus casiotis*）、伊宁、霍城、博乐、精河、独山子、石河子（11 月）、玛纳斯、乌鲁木齐、奇台、北塔山、准噶尔盆地、克拉玛依、艾里克湖（苟军，2010a）、阿尔泰（指名亚种 *Columba palumbus palumbus*）。
生态：栖息于河谷阔叶林、混交林和针叶林及其附近的农区。海拔 400～2000m。采食植物果实、种子和农作物。

欧斑鸠 *Streptopelia turtur*（Linnaeus），Turtle Dove（European Turtle

Dove）

分布：广泛分布于新疆各地（留鸟）。阿尔金山、昆仑山、若羌、阿拉干、且末、民丰、于田、洛浦、和田、墨玉、皮山、叶城、帕米尔高原、塔什库尔干、布伦口、阿克陶、阿图什（克州）、乌恰、疏勒、喀什、莎车、英吉沙、麦盖提、伽师、巴楚、图木舒克、阿合奇、乌什、阿克苏、阿瓦提、阿拉尔、温宿、沙雅、塔里木、新和、拜城、库车、轮台、尉犁、恰拉水库、东河滩、罗布泊地区、库尔勒（巴州）、普惠、焉耆、和硕、博湖、和静、伊犁谷地、那拉提、新源、伊宁、察布查尔、霍城、博乐（博州）、精河、奎屯、沙湾、莫索湾、石河子、玛纳斯、昌吉、五家渠、乌鲁木齐、米泉、阜康、吉木萨尔、奇台、木垒、准噶尔盆地、裕民、塔城、额敏、克拉玛依、布尔津、阿尔泰、福海、富蕴、青河、托克逊、吐鲁番、鄯善、巴里坤、伊吾、淖毛湖、哈密（新疆亚种 *Streptopelia turtur arenicola*）。

生态：栖息于山地林区、草原、低山丘陵、荒漠、绿洲。海拔－90～3500m。以植物种子和果实为食，偶食昆虫。

山斑鸠 *Streptopelia orientalis* （Latham），Oriental Turtle Dove（图30-1）

分布：见于新疆各地（留鸟）。阿尔金山、若羌、昆仑山、皮山、叶城、帕米尔高原、塔什库尔干、明铁盖、乌恰、阿克陶（克州）、莎车、阿合奇、乌什、阿克苏、托木尔峰地区、温宿、拜城、木扎特河流域、库车、轮台、库尔勒（博州）、尉犁、罗布泊、和硕、博斯腾湖、焉耆、和静、巴音布鲁克、那拉提、特克斯、天山（新疆亚种 *Streptopelia orientalis meena*）、新源、巩乃斯、巩留、昭苏、伊犁谷地、尼勒克、伊

图30-1　山斑鸠　马鸣

宁、察布查尔、霍城、温泉、赛里木湖、博乐（博州）、精河、乌苏、独山子、奎屯、沙湾、石河子、玛纳斯、昌吉、五家渠、乌鲁木齐、米泉、阜康、吉木萨尔、奇台、木垒、准噶尔盆地、塔城、额敏、白哈巴、哈巴河、布尔津、阿尔泰、福海、富蕴、青河（繁殖鸟）、布尔根河流域、吐鲁番、哈密、巴里坤、口门子、伊吾。

生态：见于山地或平原林区、农区。海拔0～3500m。食植物的种子、叶片，还有稻谷、麦子、玉米、高粱、黄豆等。

灰斑鸠 *Streptopelia decaocto* （Frivaldszky），Collared Turtle Dove

分布：广布于新疆各绿洲（留鸟）。若羌、瓦石峡、且末、民丰、于田、策

勒、墨玉、和田、洛浦、皮山、桑株、昆仑山、叶城、塔什库尔干、喀喇昆仑山、帕米尔高原、阿克陶、阿图什（克州）、喀什、疏勒、疏附、英吉沙、莎车、麦盖提、伽师、巴楚、图木舒克、阿合奇、乌什、阿克苏、阿拉尔、阿瓦提、天山托木尔峰地区、温宿、塔里木盆地、拜城、新和、库车、沙雅、轮台、塔中（石油基地）、库尔勒（巴州）、铁门关、尉犁、罗布泊地区、和硕、焉耆、博斯腾湖、和静、巴音布鲁克、天山、新源、巩留、昭苏、伊犁谷地、伊宁、察布查尔、霍城、清水河、温泉、赛里木湖、博乐（博州）、精河、甘家湖、乌苏、奎屯、沙湾、石河子、玛纳斯、呼图壁、昌吉、五家渠、乌鲁木齐、米泉、吉木萨尔、奇台、木垒、准噶尔盆地、裕民、塔城、额敏、克拉玛依、乌尔禾、哈巴河、布尔津、阿尔泰、福海、富蕴、青河、托克逊、吐鲁番、鄯善、巴里坤、哈密、南湖、沁城、雅满苏、伊吾、淖毛湖（指名亚种 *Streptopelia decaocto decaocto* 或新疆亚种 *Streptopelia decaocto stoliczkae*？del Hoyo *et al.*，1996）。

生态：多见于村庄、园林、农田和胡杨林区。海拔－90～2500m。食多种植物种子，包括谷物、黄豆等，也食昆虫。

棕斑鸠　*Streptopelia senegalensis*（Linnaeus），Laughing Dove（Palm Dove）

分布：新疆南部（留鸟）。若羌、且末、民丰、于田、克里雅河、琼麻扎、策勒、洛浦、和田、昆仑山区、皮山、叶城、喀喇昆仑山、帕米尔高原、乌恰、吉根、阿图什（克州）、喀什（留鸟）、英吉沙、莎车、麦盖提、伽师、巴楚、小海子、图木舒克、温宿、拜城、克孜尔、库车、新和、沙雅、轮台、塔中（石油基地）、库尔勒（博州）、铁门关、普惠、博湖、和静、巴音布鲁克、天山、昭苏、伊犁谷地、伊宁、察布查尔、霍城、独山子、奎屯、沙湾、石河子（143团）、乌鲁木齐、克拉玛依、托克逊、吐鲁番（新疆亚种 *Streptopelia senegalensis ermanni* 或 *Streptopelia senegalensis cambayensis*？del Hoyo *et al.*，1996）。

注：这个物种有向东扩张之趋势。早期只见于新疆西部（Ludlow & Kinnear，1934；钱燕文等，1965），后来出现在塔里木盆地中部（马鸣等，2000a），2001 年 8 月记录于吐鲁番地区。直线东扩距离超过 1000 km。是否人为引入，尚不能肯定。

生态：出没于居民区、绿洲、农区。海拔－90～2500m。食野生植物的果实、种子，还有各种农作物的果实等。

十四、鹃形目　CUCULIFORMES

31. 杜鹃科　Cuculidae（1 属 2 种）

大杜鹃（布谷鸟）　*Cuculus canorus* Linnaeus，Common Cuckoo（图 31-1）

分布：广泛分布于新疆各绿洲（夏候鸟）。
阿尔金山、米兰、若羌、且末、民丰、于田、
洛浦、和田、墨玉、皮山、叶城、帕米尔高原、
塔什库尔干、明铁盖、阿克陶、阿图什（克
州）、乌恰、喀什、莎车、麦盖提、伽师、巴
楚、图木舒克、阿合奇、乌什、阿克苏、阿瓦
提、阿拉尔、温宿、托木尔峰地区、拜城、克

图 31-1　大杜鹃　吕荣华

孜尔、木扎特河流域、沙雅、塔里木盆地（新
疆亚种 *Cuculus canorus subtelephonus*）、新和、库车、轮台、库尔勒（巴州）、
普惠、尉犁、恰拉水库、东河滩、罗布泊地区、和硕、焉耆、博湖、和静、巴音
布鲁克、天山、新源、巩留、尼勒克、特克斯、昭苏、伊犁谷地、伊宁、察布查
尔、霍城、清水河、果子沟、温泉、赛里木湖、博乐（博州）、精河、甘家湖、
乌苏、独山子、奎屯、沙湾、石河子、玛纳斯、昌吉、五家渠、乌鲁木齐（繁殖
鸟）、达坂城、米泉、阜康、吉木萨尔、奇台、木垒、准噶尔盆地、裕民、塔城、
和布克赛尔（和丰）、克拉玛依、白哈巴、哈巴河、布尔津、阿尔泰、北屯、乌
伦古湖、福海、富蕴、恰库尔图、青河、布尔根河流域（指名亚种 *Cuculus
canorus canorus*）、托克逊、吐鲁番、鄯善（繁殖鸟）、巴里坤、伊吾、淖毛湖、
哈密、沁城。
　　生态：见于山地林区、平原绿洲、城镇、农区林网。寄生性，产卵于紫翅椋
鸟、荒漠伯劳、蓝点颏、巨嘴沙雀、大苇莺、麻雀、褐头鹀等小型雀类的巢里。
海拔-130～3500m。捕食昆虫。

　　中杜鹃　*Cuculus saturatus* Blyth，Oriental Cuckoo（新疆鸟类新纪录）
　　分布：新疆北部山区（夏候鸟）。奇台（北塔山）、白哈巴、哈纳斯湖（白
湖）、阿尔泰地区（繁殖鸟）、富蕴、巴里坤（华北亚种 *Cuculus saturatus hors-
fieldi*）。
　　注：或者分立为单型种霍氏杜鹃 *Cuculus horsfieldi* F. Moore（del Hoyo *et
al.*, 1996）。
　　生态：偶见于山地针叶林、阔叶林或平原林区。海拔 1500～2000m。喜食鳞
翅目、鞘翅目的昆虫等。

十五、鸮形目　STRIGIFORMES

32. 鸱鸮科　Strigidae（9 属 12 种）

纵纹角鸮　*Otus brucei*（Hume），Striated Scops Owl（Pallid Scops Owl）
　　分布：新疆西部（留鸟）。塔什库尔干、疏勒、喀什、乌什、阿克苏、阿拉

尔、沙雅、拜城、克孜尔、轮台、博湖（巴州）、巩留（?）、伊犁谷地、霍城（?）。

生态： 栖息于荒漠绿洲、农区、园林、红柳灌丛和胡杨林区。夜行性。海拔800～1500m。主食昆虫，也食鼠和鸟。

红角鸮 *Otus scops* （Linnaeus），Scops Owl（Eurasian Scops Owl）
分布： 新疆西部和北部（留鸟）。喀什地区、天山、昭苏、特克斯、伊犁地区、博乐（博州）、独山子、沙湾、石河子、玛纳斯、昌吉、谢家沟、乌鲁木齐南山、奇台、北塔山、克拉玛依、哈巴河、布尔津、阿尔泰、北屯、青河（新疆亚种 *Otus scops pulchellus* ，留鸟）。

生态： 见于山地林区。夜行性。海拔1500～2700m。食昆虫，亦食啮齿类、两栖类、爬行类、鸟类。

雕鸮 *Bubo bubo* （Linnaeus），Eagle Owl
分布： 新疆各地（留鸟）。阿尔金山、若羌、民丰、尼雅河、昆仑山、叶城、喀喇昆仑山、帕米尔高原、克孜勒苏自治州（克州）、阿图什、喀什、阿合奇、阿克苏、阿拉尔、温宿（天山亚种 *Bubo bubo hemachalana*）、塔里木盆地、轮台、塔中、罗布泊地区（塔里木亚种 *Bubo bubo tarimensis*）、和静（巴州）、巴音布鲁克、天山山脉（繁殖鸟）、巩乃斯、新源、特克斯、昭苏、伊犁谷地、察布查尔、霍城、温泉、阿拉套山（夏尔希里）、精河（博州）、奎屯、沙湾、石河子、昌吉、五家渠、乌鲁木齐、达坂城、阜康、吉木萨尔、卡拉麦里山（繁殖鸟）、奇台、北塔山、木垒、准噶尔盆地（准噶尔亚种 *Bubo bubo auspicabilis*）、塔城、阿尔泰山（北疆亚种 *Bubo bubo yenisseensis*）、福海（山区）、青河、吐鲁番（冬候鸟）、巴里坤、三塘湖、哈密（留鸟）。

生态： 栖息于山地林区、草原阶地、平原绿洲、荒野灌丛。海拔－90～4500m。捕食各种鼠类、野兔、刺猬、野鸡等。

雪鸮 （极地鸮） *Nyctea scandiaca* （Linnaeus），Snowy Owl
分布： 新疆西北地区（冬候鸟）。喀什北部、天山、伊犁谷地、博乐、芳草湖、昌吉、乌鲁木齐（南山）、准噶尔盆地、塔城（罕见冬候鸟）、吉木乃、布尔津、喀纳斯湖、阿尔泰、福海、巴里坤（1969年4月见于针叶林。郑作新等，1991）。

生态： 繁殖地在北极冻原（苔原）。冬季出现于山地森林、旷野树丛。海拔500～3000m。白天活动。捕食鼠类、野兔和鸟类。

猛鸮 *Surnia ulula* （Linnaeus），Hawk Owl
分布： 新疆北部（留鸟）。新源、那拉提、巩留、特克斯、昭苏、西天山（留鸟）、巩乃斯（和静-库车-新源交界地区）、玛纳斯（天山）、昌吉（天山亚种

Surnia ulula tianschanica ）、塔城、阿尔泰地区、哈密。

生态：栖息于山地原始针叶林、混交林中。海拔 1700～2700m。昼行性。食啮齿类，也捕食野鸡和野兔。

花头鸺鹠 *Glaucidium passerinum* （Linnaeus），Pigmy Owlet（新疆鸟类新纪录）

分布：新疆北部（留鸟）。喀纳斯湖（1♂，1980 年 7 月 1 日，海拔 1400m。指名亚种 *Glaucidium passerinum passerinum*，留鸟）、阿尔泰山（高行宜等，1987）。

生态：栖息于山地针叶林、混交林和灌丛之中。海拔 1300～1500m。食鼠类、昆虫、小鸟和蜥蜴。

纵纹腹小鸮（小鸮） *Athene noctua* （Scopoli），Little Owl（图 32-1）

分布：广泛分布于新疆各地（留鸟）。阿尔金山、若羌、且末、昆仑山、民丰、于田、策勒、洛浦、和田、墨玉、木吉、皮山、叶城、库地、普萨、喀喇昆仑山（西藏亚种 *Athene noctua ludlowi* ?）、帕米尔高原、红其拉甫、塔什库尔干、明铁盖、阿克陶、阿图什（克州）、乌恰、疏勒、喀什、莎车、英吉沙、麦盖提、伽师、巴楚、图木舒克、阿合奇、乌什、阿克苏、阿瓦提、塔里木盆地、温宿、托木尔峰地区、沙雅、新和、拜城、库车、轮台、塔中石油基地、库尔勒（巴州）、普惠、塔里木河胡杨林、尉犁、东河滩、恰拉、和静、和硕、焉耆、博湖、天山（新疆亚种 *Athene noctua oriental-is* ）、新源、特克斯、尼勒克、伊犁谷地、巩

图 32-1　纵纹腹小鸮　秦云峰

留、昭苏、伊宁、察布查尔、霍城、温泉、博乐（博州）、精河、乌苏、独山子、奎屯、沙湾、石河子、玛纳斯、呼图壁、昌吉、五家渠、乌鲁木齐、后峡、米泉、阜康、天池、吉木萨尔、火烧山、卡拉麦里、奇台、北塔山（1♀，1984 年 9 月 4 日，海拔 2580m，普通亚种 *Athene noctua plumipes* ?）、木垒、准噶尔盆地、塔城、额敏、和布克赛尔、克拉玛依、哈巴河、布尔津、阿尔泰、福海、北屯、富蕴、恰库尔图、青河、托克逊、吐鲁番洼地（海拔－100～－70m）、鄯善、巴里坤、伊吾、哈密、雅满苏。

生态：栖息于山地裸露岩石区、草原、荒漠绿洲、戈壁。白天或夜间活动

（马鸣等，1999）。海拔 −90～4500m。食老鼠、蜥蜴和昆虫。

长尾林鸮 *Strix uralensis* Pallas，Ural Owl（Ural Wood Owl）（新疆鸟类新纪录）

分布： 新疆北部（留鸟）。额尔齐斯河谷、哈纳斯湖（Dissing *et al*. 1989）、布尔津、阿尔泰（1♀，1♂，1 幼，1987 年 7 月，海拔 1400～1500m。留鸟。周永恒和王伦，1989）（叶尼塞亚种 *Strix uralensis yenisseensis* 或指名亚种 *Strix uralensis uralensis*？）。

生态： 栖息于山地林区。海拔 1000～2500m。夜行性。食老鼠、鸟类和昆虫。

乌林鸮 *Strix nebulosa* Forster，Dark Wood Owl（Great Grey Owl）（新疆鸟类新纪录）

分布： 新疆西北地区（留鸟）。温泉、阿拉套山（1♀，1986 年 7 月，海拔 1800m。周永恒等，1987）、额敏（许可芬等，1992）、塔尔巴哈台山、塔城（东北亚种 *Strix nebulosa lapponica*，留鸟）。

生态： 出现于山地针叶林、混交林。海拔 1000～2500m。白天或夜间活动。食老鼠和鸟类。

长耳鸮（猫头鹰）　*Asio otus*（Linnaeus），Long-eared Owl（图 32-2）

分布： 新疆各地（冬候鸟）。若羌（1 月 28 日）、于田、策勒、克孜勒苏自治州（克州）、莎车（2 月）、喀什、阿合奇、乌什、阿克苏、阿拉尔、温宿、和静（巴州）、天山、巴音布鲁克、特克斯、新源、伊犁谷地、尼勒克、伊宁市（有繁殖记录）、察布查尔、霍城、精河（博州）、乌苏、独山子、石河子、玛纳斯、呼图壁、昌吉、五家渠（4 月 1 日）、乌鲁木齐、米泉、阜康、吉木萨尔、卡拉麦里山、奇台、北塔山、准噶尔盆地（指名亚种 *Asio otus otus*）、和布克赛尔（唐跃和贾泽信，1997）、布尔津、哈纳斯湖、阿尔泰、福海、恰库尔图、富蕴、乌伦古河流域（繁殖鸟）、青河、吐鲁番（冬候鸟）。

生态： 栖息于山地或平原林区、荒漠绿洲、城乡园林。海拔−90～2500m。夜间活动。食老鼠、小鸟和昆虫。

短耳鸮 *Asio flammeus*（Pontoppidan），Short-eared Owl

分布： 见于北疆（冬候鸟）。若羌（1 月）、喀什、尼勒克、昭苏、伊犁谷地、伊宁、沙湾、石河子、昌吉、五家渠、乌鲁木齐、青格达湖、阜康、奇台、北塔山、木垒、准噶尔盆地（冬候鸟）、塔城、巴里坤、哈密（指名亚种 *Asio flammeus flammeus*）。

生态： 冬季见于开阔的平原绿洲、荒漠草地和灌丛。海拔 400～1500m。以鼠类为食，亦食小鸟和昆虫。

鬼鸮　*Aegolius funereus*（Linnaeus），Tengmalm's Owl（Boreal Owl）（图 32-3）

分布：阿克苏（郑作新等，1991；赵正阶，1995）、天山、新源、巩乃斯、特克斯、伊犁地区、昌吉、奇台、塔城、阿尔泰山区、青河（新疆亚种 *Aegolius funereus pallens*，留鸟）。

生态：栖息于山地针叶林、混交林。海拔 1500～2500m。夜间活动。食老鼠、小鸟和昆虫。

图 32-2　长耳鸮　杜利民　　　　　　图 32-3　鬼鸮　马鸣

十六、夜鹰目　CAPRIMULGIFORMES

33. 夜鹰科　Caprimulgidae（1 属 3 种）

欧夜鹰　*Caprimulgus europaeus* Linnaeus，European Nightjar（Eurasian Nightjar）（图 33-1）

分布：新疆各地（夏候鸟）。博斯坦铁列克、喀什、阿克陶（克州）、疏勒、莎车、叶尔羌河流域（疆西亚种 *Caprimulgus europaeus unwini*）、麦盖提、伽师、西克尔库勒、巴楚、阿瓦提、阿克苏、阿拉尔、塔里木河流域、沙雅、轮台、库尔勒（巴州）、普惠、尉犁、和硕、焉耆、博斯腾湖、天山、特克斯、伊犁谷地、伊宁、霍城、艾比湖、精河（博州）、乌苏、独山子、奎屯、沙湾、石河子、莫索湾、玛纳斯河流域、昌吉、头屯河（马鸣等，2008b）、五家渠、地窝堡、乌鲁木齐、米泉、阜康、北沙窝、吉木萨尔、卡拉麦里、奇台、北塔山、芨芨湖、木垒、准噶尔盆地、裕民、托里、塔城、克拉玛依、艾里克湖、布尔津

（指名亚种 *Caprimulgus europaeus europaeus*)、阿尔泰、福海、乌伦古河流域、富蕴、恰库尔图、青河、吐鲁番、托克逊、干沟、巴里坤、三塘湖、伊吾、淖毛湖、哈密（疆东亚种 *Caprimulgus europaeus plumipes*，繁殖鸟）。

生态： 栖息于荒漠草地、农田绿洲、弃耕地、戈壁荒滩（马鸣等，2008b）。海拔－90～2100m。夜行性。飞行捕食蚊、蛾、甲虫等。

图 33-1　欧夜鹰　马鸣

中亚夜鹰　*Caprimulgus centralasicus* Vaurie，Central Asian Nightjar（Vaurie's Nightjar)

分布： 皮山（固玛）。（经过 1985～1999 年多年的调查，此种的存在值得怀疑。马鸣，1999c)。

生态： 不详。标本采集地区记录海拔 1000～1500m。

埃及夜鹰　*Caprimulgus aegyptius* Lichtenstein，Egyptian Nightjar

分布： 皮山（仅有一号标本，**亚洲亚种** *Caprimulgus aegyptius arenicolor*? Scully，1876；Vaurie，1960)。

生态： 栖息于干燥的草原、灌木丛和平原荒漠地区。海拔 1000～1500m。夜行性。食飞虫。

十七、雨燕目　APODIFORMES

34. 雨燕科　Apodidae（1 属 2 种）

楼燕（雨燕）　*Apus apus*（Linnaeus），Common Swift（图 34-1)

分布： 广泛分布于新疆各地（夏候鸟）。昆仑山、阿尔金山、若羌、且末、塔中、民丰、于田、洛浦、和田、墨玉、皮山、叶城、喀喇昆仑山、帕米尔高原、塔什库尔干、塔合曼、木吉、阿克陶、阿图什（克州）、乌恰、疏附、疏勒、喀什、莎车、英吉沙、麦盖提、伽师、巴楚、阿合奇、乌什、阿克苏、阿拉尔、阿瓦提、温宿、沙雅、塔里木河胡杨林、新和、拜城、木扎特河流域、克孜尔、库车、轮台、肖塘、库尔勒（巴州）、普惠、尉犁、罗布泊、和硕、焉耆、博湖、和静、巴音布鲁克、天山、那拉提、新源、特克斯、昭苏、伊犁河谷、尼勒克、伊宁、察布查尔、霍城、清水河、果子沟、温泉、赛里木湖、博乐（博州）、精河、乌苏、独山子、奎屯、沙湾、石河子、玛纳斯、呼图壁、昌吉、五家渠、乌鲁木齐（繁殖鸟）、达坂城、米泉、阜康、天池、吉木萨尔、卡拉麦里、奇台、北塔山、木垒、准噶尔盆地、裕民、塔城、和布克塞尔（和丰）、克拉玛依、吉木乃、哈纳斯湖、布尔津、阿尔泰、北屯、福海、乌伦古湖、富蕴、青河、托克逊、吐鲁番、鄯善、巴里坤、伊吾、哈密、星星峡（北京亚种 *Apus apus pekinensis*）。

生态：栖息于各类生境，如山地或平原地区的森林、草原、城乡、灌木丛和荒漠地区。海拔−90～3500m。食飞虫。

白腰雨燕　*Apus pacificus*（Latham），Larger White-rumped Swift（Fork-tailed Swift）（图 34-2）

分布：新疆北部（夏候鸟）。天山、布尔津、哈纳斯湖（繁殖鸟）、阿尔泰（向礼陔等，1986）、福海、青河（指名亚种 *Apus pacificus pacificus*，旅鸟）。

生态：栖息于有岩壁的林区、草原，附近通常有河流、湖泊或水库。海拔1000～2500m。食飞虫。

图 34-1　楼燕　邢睿　　　　　图 34-2　白腰雨燕　邢睿

十八、佛法僧目　CORACIIFORMES

35. 翠鸟科　Alcedinidae（1 属 1 种）

普通翠鸟（小鱼狗）　*Alcedo atthis*（Linnaeus），Common Kingfisher（图 35-1）

图 35-1　普通翠鸟　冯萍

分布：新疆各地（夏候鸟）。于田、克里雅河、洛浦、和田、墨玉、皮山、固玛、叶城、克孜勒苏自治州（克州）、阿克陶、布伦口、阿图什、疏附、喀什绿洲、疏勒、莎车、叶尔羌河、麦盖提、阿合奇、阿瓦提、阿克苏、阿拉尔、塔里木河、拜城、木扎特河流域、沙雅、库车、轮台、库尔勒（巴州）、铁门关、博湖、和静、天山、那拉提、新源、巩留、特克斯、昭苏、伊犁河谷、伊宁、察布查尔、霍城、温泉、博乐（博州）、艾比湖、精河、乌苏、奎屯、沙湾、石河子、玛纳斯、昌吉、五家渠（2 月）、乌鲁木齐、青格达湖、米泉、准噶尔盆地、裕民、塔城、额敏、克拉玛依、哈巴河、阿尔泰、福海、富蕴、青河（指名亚种 *Alcedo atthis atthis*，繁殖鸟）。

生态：栖息于林区溪流、平原湖泊、河流、水田、鱼塘。在田埂或河岸上打洞做巢。海拔 200～1500m。善潜水食鱼。

36. 蜂虎科　Meropidae（1 属 1 种）

黄喉蜂虎（食蜂鸟）　*Merops apiaster* Linnaeus，European Bee-eater（图 36-1、图 36-2）

分布：见于北疆（夏候鸟）。新源、巩留、尼勒克、特克斯、天山、伊犁河谷（繁殖鸟）、伊宁、霍城、温泉、博乐（博州）、精河、艾比湖区、古尔图、甘家湖、乌苏、奎屯、沙湾、石河子、玛纳斯、昌吉、阜康、准噶尔盆地、裕民、塔城、额敏、和布克赛尔、克拉玛依、吉木乃、哈巴河、布尔津、北屯、阿尔泰、福海、额尔齐斯河流域、富蕴、恰库尔图（乌伦古河流域）、青河、布尔根河流域（指名亚种 *Merops apiaster apiaster*）。

生态：见于河谷林区、荒漠灌丛、农区。在土坡或河岸上掏洞营巢。海拔 200～1500m。在空中捕食昆虫，如蜂类。

图 36-1　黄喉蜂虎　苟军　　　　图 36-2　黄喉蜂虎　徐捷

37. 佛法僧科　Coraciidae（1 属 1 种）

蓝胸佛法僧　*Coracias garrulus* Linnaeus，European Roller（图 37-1）

分布：新疆西部和北部（夏候鸟）。民丰（旅鸟）、策勒（9 月 24 日）、洛浦、和田、墨玉、帕米尔高原、乌恰、阿图什（克州）、喀什、塔里木盆地、新源、巩留、尼勒克、昭苏、伊犁河谷（繁殖鸟）、伊宁、察布查尔、霍城、清水河、果子沟、温泉、博乐（博州）、精河、古尔图、甘家湖、乌苏、独山子、奎屯、沙湾、石河子、玛纳斯、昌吉、乌鲁木齐、阜康（彩南油田）、北沙窝、吉木萨尔、准噶尔盆地、裕民、塔城、托里、额敏、克拉玛依、吉木乃、哈巴河、布尔津、阿尔泰、克兰河、北屯、福海、乌伦古湖、富蕴、青河（新疆亚种 *Coracias garrulus semenowi*，繁殖鸟）。

图 37-1　蓝胸佛法僧　马鸣

生态：栖息于平原林区、荒漠、绿洲、农区。营巢于土洞或树洞内。海拔 300～1500m。主要食昆虫，也食蜥蜴、雏鸟等。

十九、戴胜目　UPUPIFORMES

38. 戴胜科　Upupidae（1 属 1 种）

戴胜　*Upupa epops* Linnaeus，Hoopoe（图 38-1）

分布：广泛分布于新疆各地（夏候鸟）。阿尔金山、若羌、且末、安迪尔、

图 38-1　戴胜　杜利民

民丰、于田、策勒、洛浦、和田、墨玉、皮山、叶城、帕米尔高原、昆仑山（指名亚种 *Upupa epops epops*）、喀喇昆仑山、塔什库尔干、红其拉甫、乌鲁克恰提、布伦口、阿克陶、阿图什（克州）、乌恰、疏勒、疏附、喀什、莎车、英吉沙、麦盖提、伽师、巴楚、图木舒克、阿合奇、乌什、阿克苏、阿瓦提、阿拉尔、塔里木盆地、温宿、托木尔峰地区、拜城、木扎特河流域、沙雅、新和、库车、轮台、塔中石油基地、库尔勒（巴州）、普惠、尉犁、罗布泊地区、和硕、焉耆、博湖、和静、巴音布鲁克、新源、巩留、昭苏、特克斯、尼勒克、伊犁谷地、伊宁、察布查尔、霍城、清水河、果子沟、温泉、博乐（博州）、精河、甘家湖、乌苏、奎屯、独山子、沙湾、石河子、玛纳斯、呼图壁、昌吉、五家渠（3 月 24 日）、乌鲁木齐、米泉、阜康、天池、吉木萨尔、奇台、北塔山、木垒、准噶尔盆地、裕民、托里、塔城、额敏、和布克塞尔（和丰）、克拉玛依、吉木乃、哈巴河、哈纳斯湖、布尔津、阿尔泰、北屯、乌伦古湖、福海、富蕴、青河、吐鲁番、托克逊、鄯善、巴里坤、伊吾、哈密、沁城（普通亚种 *Upupa epops saturata* 或华南亚种 *Upupa epops longirostris*?）。

生态： 栖息于山区森林、河谷灌丛、平原绿洲、荒漠草地。营巢于树洞、岩壁隙或墙洞里。海拔 0～5500m。食昆虫（许设科和许山，1997；许设科等，2000）。

二十、䴕形目　PICIFORMES

39. 啄木鸟科　Picidae（5 属 8 种）

蚁䴕 *Jynx torquilla* Linnaeus，Eurasian Wryneck
分布： 迁徙季节见于新疆各地（夏候鸟，旅鸟）。塔里木盆地（旅鸟）、民丰、于田、策勒、塔什库尔干、克孜勒苏自治州（克州）、莎车、阿克苏（普通亚种 *Jynx torquilla chinensis*? 钱燕文等，1965）、西天山、新源、伊犁地区、温泉（博州）、石河子、乌鲁木齐、阜康、准噶尔盆地、白哈巴、哈巴河、哈纳斯湖（繁殖鸟）、布尔津、额尔齐斯河、阿尔泰、克兰河、福海、富蕴、恰库尔图、乌伦古河流域、青河（指名亚种 *Jynx torquilla torquilla*）。

生态： 见于山地针叶林、混交林、河谷灌丛、农区园林。营巢于树洞。海拔 400～2500m。行动诡秘。喜食蚂蚁和蚁卵。

灰头绿啄木鸟 *Picus canus* Gmelin，Grey-headed Woodpecker

分布：阿尔泰山（留鸟）。察布查尔（?）、福海、哈巴河、白哈巴、喀纳斯湖、布尔津、阿尔泰、青河（东北亚种 *Picus canus jessoensis*，新疆亚种 *Picus canus biedermanni* 或指名亚种 *Picus canus canus*，留鸟）。

生态：栖息于低山阔叶林、混交林和人工林。营树洞巢。海拔 500～1500m。食蚂蚁、小蠹虫、天牛等多种昆虫。

黑啄木鸟 *Dryocopus martius* （Linnaeus），Black Woodpecker（图 39-1）

图 39-1　黑啄木鸟　王音明

分布：阿尔泰山区（留鸟）。白哈巴、哈巴河、布尔津、喀纳斯湖、福海、阿尔泰、北屯、额尔齐斯河流域、富蕴、青河（指名亚种 *Dryocopus martius martius*，留鸟）。

生态：栖息于山地针叶林、混交林、阔叶林。树洞巢。海拔 600～2500m。食各种昆虫。

大斑啄木鸟 *Dendrocopos major* （Linnaeus），Great Spotted Woodpecker（Great Pied Woodpecker）

分布：北疆山区（留鸟）。天山山脉（新疆亚种 *Dendrocopos major tianshanicus*）、新源、巩留、尼勒克、伊犁谷地、伊宁、察布查尔、阿拉套山（夏尔希里）、精河（博州）、乌苏、独山子、沙湾、玛纳斯、昌吉（山区）、乌鲁木齐、裕民、塔城、克拉玛依、哈巴河、阿尔泰（指名亚种 *Dendrocopos major major*）。

生态：栖息于山地林区及人工园林。发情期常用喙猛烈敲击树干（领域行为）。营树洞巢。海拔 600～2500m。食多种昆虫。

白翅啄木鸟 *Dendrocopos leucopterus* （Salvadori），White-winged Woodpecker

分布：塔里木盆地和准噶尔盆地（留鸟）。若羌、车尔臣河、且末、安迪尔、民丰、尼雅河流域、于田、策勒、洛浦、和田、墨玉、皮山、桑珠、喀什、莎车、叶尔羌河流域、巴楚、图木舒克、阿克苏、阿瓦提、阿拉尔、沙雅、塔里木河胡杨林、轮台、肖塘、库尔楚、库尔勒（巴州）、普惠、尉犁、铁干里克（34团）、罗布泊地区（指名亚种 *Dendrocopos leucopterus leucopterus*，留鸟）、尼勒克、昭苏（?）、察布查尔、霍城（侯兰新等，1996a）、温泉、艾比湖（北侧）、精河（博州）、甘家湖、乌苏（北疆亚种 *Dendrocopos leucopterus leptorhyn-*

chus，留鸟）、奎屯、沙湾、石河子、莫索湾、玛纳斯、昌吉、五家渠、米泉、阜康、奇台、准噶尔盆地中部（玛纳斯湖区）、托里、额敏、和布克赛尔、白杨河、乌尔禾、克拉玛依、布尔津、乌伦古河流域、吐鲁番。

生态：见于平原林、荒漠胡杨林、灌木丛和绿洲人工林。树洞巢。海拔 0～1500m。食鳞翅目、鞘翅目昆虫，也食植物种子。

白背啄木鸟 *Dendrocopos leucotos* (Bechstein)，White-backed Woodpecker（图 39-2）

分布：新疆北部山区（留鸟）。那拉提（?）、哈巴河、哈纳斯湖、布尔津、阿尔泰、福海、额尔齐斯河流域、富蕴、恰库尔图、青河、布尔根（指名亚种 *Dendrocopos leucotos leucotos*，留鸟）。

生态：栖息于山地针叶林、阔叶林、混交林、平原人工林。树洞巢。海拔 500～2500m。食多种昆虫。

小斑啄木鸟　*Dendrocopos minor* (Linnaeus)，Lesser Pied Woodpecker (Lesser Spotted Woodpecker)

分布：阿尔泰山（留鸟）。哈巴河、布尔津、阿尔泰、克兰河、北屯、额尔齐斯河流域林区、福海、富蕴、青河（新疆亚种 *Dendrocopos minor kamtschat-kensis*，留鸟）、准噶尔盆地（北缘?）。

生态：见于低山阔叶林和人工园林。营树洞巢。海拔 500～1300m。食多种昆虫。

三趾啄木鸟　*Picoides tridactylus* (Linnaeus)，Three-toed Woodpecker（图 39-3）

图 39-2　白背啄木鸟　马鸣　　　　图 39-3　三趾啄木鸟　秦云峰

分布：北疆山区（留鸟）。喀什地区、温宿、托木尔峰地区、拜城、木扎特河上游、天山、和静（巴州）、巩乃斯、那拉提、新源、巩留、特克斯、尼勒克、昭苏、博乐（博州）、沙湾、石河子、玛纳斯、昌吉（山区）、乌鲁木齐（南山）、阜康、天池（天山亚种 *Picoides tridactylus tianschanicus* ，留鸟）、白哈巴、哈巴河、哈纳斯湖、布尔津、阿尔泰山、福海、青河（指名亚种 *Picoides tridactylus tridactylus* ，留鸟）、巴里坤、哈密。

生态：出没于山地针叶林、混交林和阔叶林。树洞巢。海拔 1500～2500m。食昆虫，冬季亦食松子。

二十一、雀形目　PASSERIFORMES

40. 百灵科　Alaudidae（5 属 12 种）

草原百灵 *Melanocorypha calandra* Pallas，Calandra Lark（中国鸟类新纪录）

分布：新疆西部（夏候鸟）。天山（Судиловская，1936）、伊犁谷地（繁殖鸟）、伊宁、新源、巩乃斯种羊场、尼勒克（中亚亚种 *Melanocorypha calandra psammochroa*）。

生态：栖息于山间草原、弃耕地和人工草场。营地面巢。海拔 800～1400m。食昆虫、杂草籽等。

二斑百灵　*Melanocorypha bimaculata*（Menetries），Bimaculated Lark（Eastern Calandra Lark）

分布：新疆西北地区（冬候鸟）。塔里木盆地、喀什地区、天山、新源、尼勒克、霍城、独山子、奎屯、沙湾、石河子（繁殖鸟）、博格多山（旅鸟）、乌鲁木齐、吉木萨尔、卡拉麦里山、准噶尔盆地、塔城、克拉玛依、福海、北屯、富蕴（指名亚种 *Melanocorypha bimaculata bimaculata*）。

生态：栖息于植被稀疏的荒野、荒漠草原、丘陵戈壁、弃耕地。营地穴巢。海拔 300～1500m。食草籽和昆虫。

长嘴百灵　*Melanocorypha maxima* Blyth，Tibetan Lark（Long-billed Calandra Lark）（新疆鸟类新纪录）

分布：青藏高原特有种（留鸟）。阿尔金山、土房子、沙子泉、昆仑山、若羌、库木库勒盆地（2♂，1 幼，1984 年 5 月 20 日，7 月 6～10 日，海拔 3800～3850m。青海亚种 *Melanocorypha maxima holdereri* ，繁殖鸟）。

生态：栖息于高原草地、湖周荒漠和盐泽草甸。营巢于草丛中。海拔 2500～4500m。食植物叶片、种子和昆虫。

白翅百灵 *Melanocorypha leucoptera* （Pallas），White-winged Lark

分布： 天山、托里、卡拉麦里（罕见冬候鸟、旅鸟）。

生态： 栖息于干旱荒漠草地、湖泽草丛、盐碱滩。营巢于地面凹坑内。食甲虫、直翅目、鳞翅目昆虫，也食草籽。

黑百灵 *Melanocorypha yeltoniensis* （Forster），Black Lark（中国鸟类新纪录）（图 40-1）

分布： 新疆北部（冬候鸟）。天山（Судиловская，1936）、乌苏、沙湾（14 ♂，1♀，1988 年 3 月，海拔 300～400m。蒋卫等 1991）、石河子、吉木萨尔、卡拉麦里（冬候鸟，漂泊鸟）、准噶尔盆地（1 月）、裕民、和布克赛尔（和丰）、吉木乃、布尔津、阿尔泰地区、福海、富蕴、额尔齐斯河谷（王春芳，2008）。

生态： 冬季见于开阔的荒漠草地、山前戈壁和农区弃耕地。海拔 200～1000m。食杂草籽和昆虫。

图 40-1 黑百灵 夏咏

图 40-2 短趾百灵 王尧天

短趾百灵 *Calandrella brachydactyla* Leisler，Greater Short-toed Lark（图 40-2）

分布： 新疆各地（夏候鸟）。喀喇昆仑山、昆仑山、塔什库尔干、阿尔金山、若羌、罗布泊地区、塔克拉玛干沙漠、且末、民丰、和田、阿克苏、博湖、和静、天山、巴音布鲁克、尼勒克（?）、温泉、博乐、精河、沙湾、石河子、昌吉、乌鲁木齐、阜康、吉木萨尔、奇台、木垒、塔城、托里、和布克赛尔（和丰）、克拉玛依、布尔津、阿尔泰、福海、准噶尔盆地、富蕴、青河、布尔根河流域、哈密、伊吾（新疆亚种 *Calandrella brachydactyla longipennis* ）。

生态：栖息于高山草地、丘陵戈壁、平原荒漠和开阔的农区。营地面巢。海拔 500～3500m。食昆虫、杂草籽。

细嘴短趾百灵 *Calandrella acutirostris* Hume，Hume's Short-toed Lark

分布：新疆南部（夏候鸟）。昆仑山、阿尔金山、若羌、且末、民丰、和田、三十里营房、皮山、叶城、麻扎、喀喇昆仑山（西藏亚种 *Calandrella acutirostris tibetana* ?）、红其拉甫、塔什库尔干、塔合曼、帕米尔高原、乌恰、阿克陶、布伦口、阿图什、喀什、莎车、叶尔羌河上游、巴楚、阿合奇、天山（指名亚种 *Calandrella acutirostris acutirostris* ）、特克斯（?）、准噶尔盆地、博格达山（繁殖鸟）、吐鲁番。

生态：栖息于山区草地、荒漠、丘陵、干旱平原。营地面巢。海拔 500～4500m。食多种昆虫和杂草籽。

亚洲短趾百灵（小沙百灵）　*Calandrella cheleensis* （*rufescens*）（Swinhoe），Asian Short-toed Lark

分布：新疆各地（留鸟）。昆仑山、阿尔金山（青海亚种 *Calandrella cheleensis kukunoorensis* ）、若羌、且末、民丰、安迪尔、于田、克里雅河、和田、皮山、叶城、阿克陶、阿图什（克州）、喀什、疏附、疏勒、英吉沙、麦盖提、莎车、伽师、巴楚、图木舒克、乌什、阿克苏、库车、拜城、沙雅、轮台、塔克拉玛干沙漠（塔中）、库尔勒（巴州）、普惠、尉犁、东河滩、罗布泊地区、博斯腾湖、焉耆、和静、伊宁、察布查尔、博乐（博州）、精河、乌苏、独山子、奎屯、沙湾、石河子、玛纳斯、昌吉、五家渠、乌鲁木齐、达坂城、阜康、吉木萨尔、卡拉麦里、奇台、北塔山、木垒、准噶尔盆地、托里、和布克赛尔、克拉玛依、阿尔泰地区、乌伦古湖、北屯、福海、富蕴、青河、吐鲁番、鄯善、七角井、哈密、雅满苏、伊吾、淖毛湖（新疆亚种 *Calandrella cheleensis seebohmi* ，留鸟）。

生态：栖息于沙漠、荒漠、戈壁、旱草原、弃耕地和盐碱滩。营地穴巢。海拔 0～1500m。食杂草籽、农作物和昆虫。

凤头百灵　*Galerida cristata* （Linnaeus），Crested Lark （图 40-3）

分布：广泛分布于新疆各地（留鸟）。米兰、若羌、且末、塔中、民丰、于田、策勒、洛浦、和田、墨玉、皮山、叶城、阿克陶、阿图什（克州）、乌恰、疏附、疏勒、喀什、莎车、喀群、英吉沙、

图 40-3　凤头百灵　马鸣

麦盖提、伽师、巴楚、图木舒克、阿合奇、乌什、阿克苏、阿拉尔、阿瓦提、温宿、托木尔峰南坡、琼台兰河谷、沙雅、新和、拜城、克孜尔、库车、轮台、库尔勒（巴州）、尉犁、恰拉水库、东河滩、罗布泊地区、和硕、焉耆、博湖、和静、巴音布鲁克、新源、巩留、昭苏、察布查尔、尼勒克、伊犁谷地、伊宁、霍城、赛里木湖、博乐（博州）、精河、甘家湖、乌苏、独山子、奎屯、沙湾、石河子、莫索湾、玛纳斯、昌吉、五家渠、乌鲁木齐、达坂城、米泉、阜康、吉木萨尔、奇台、芨芨湖、北塔山、木垒、准噶尔盆地、裕民、托里、塔城、额敏、克拉玛依、乌伦古湖、福海、阿尔泰、富蕴、青河、托克逊、吐鲁番、鄯善、巴里坤、三塘湖、老爷庙、哈密、伊吾、淖毛湖（新疆亚种 *Galerida cristata magna*）。

生态：见于荒漠、戈壁、农区、城郊、草原、盐碱地。海拔－90～2500m。喜食农作物种子、杂草籽和各种昆虫等。

云雀 *Alauda arvensis* Linnaeus，Skylark

分布：新疆各地（夏候鸟）。帕米尔高原、喀什、叶城、阿克陶（克州）、乌恰、阿合奇、和静（巴州）、巴音布鲁克、天山、那拉提、新源、尼勒克、特克斯、昭苏、巩留、伊犁谷地、伊宁、察布查尔、霍城、阿拉套山、博乐（博州）、精河、独山子、沙湾、石河子、玛纳斯、昌吉、五家渠、乌鲁木齐、阜康、吉木萨尔、奇台、北塔山、木垒、准噶尔盆地、裕民、托里、额敏、和布克赛尔（和丰）、克拉玛依、哈巴河、布尔津、阿尔泰山（北方亚种 *Alauda arvensis kiborti* ?）、北屯、福海、富蕴、吐尔洪、青河、巴里坤、哈密、沁城、伊吾、淖毛湖（新疆亚种 *Alauda arvensis dulcivox*，繁殖鸟）。

生态：栖息于山地草原、湖边沼泽、人工草地和盐碱滩。营巢于草丛中。海拔370～3500m。食杂草籽、谷物和昆虫。

小云雀 *Alauda gulgula* Franklin，Lesser Skylark

分布：新疆西部（夏候鸟）。且末、若羌、叶城、喀喇昆仑山、昆仑山、阿尔金山（西北亚种 *Alauda gulgula inopinata* ，繁殖鸟）、天山（新疆亚种 *Alauda gulgula inconspicua*）（Судиловская，1936）。

生态：栖息于高山荒漠草原、湖边滩地、砾石戈壁。海拔2500～4500m。以草籽、谷物和昆虫为食。

角百灵 *Eremophila alpestris* (Linnaeus)，Horned Lark

分布：广泛分布于新疆各地（留鸟）。若羌、阿尔金山、昆仑山（南疆亚种 *Eremophila alpestris teleschowi* ）、且末、民丰、于田、克里雅河、策勒、洛浦、和田、墨玉、皮山、叶城、麻扎、帕米尔高原、喀喇昆仑山、塔什库尔干、麻扎种羊场、苏巴什、喀拉库勒、布伦口、木吉、吉根、阿克陶、阿图什（克

州）、乌恰、喀什（昆仑亚种 *Eremophila alpestris argalea*）、莎车、巴楚、阿
合奇、乌什、阿克苏、温宿、托木尔峰地区、拜城、克孜尔、天山木扎特河流域
（新疆亚种 *Eremophila alpestris albigula*）、库车、轮台、塔中（2月）、库尔勒
（巴州）、和硕、焉耆、博湖、和静、巴音布鲁克、天山山脉、新源、巩留、昭
苏、特克斯、伊犁、察布查尔、霍城、赛里木湖、温泉、博乐（博州）、精河、
乌苏、甘家湖、独山子、沙湾、石河子、玛纳斯、昌吉、五家渠、乌鲁木齐、后
峡、米泉、阜康、博格达山、吉木萨尔、奇台、北塔山、木垒、准噶尔盆地、塔
城、裕民、托里、和布克塞尔（和丰）、克拉玛依、吉木乃、布尔津、阿尔泰
（北方亚种 *Eremophila alpestris flava*）、北屯、福海、乌伦古湖、富蕴、青河、
鄯善、巴里坤、伊吾、淖毛湖、哈密、沁城、星星峡（东北亚种 *Eremophila
alpestris brandti*）。

生态：栖息于高山草原、荒漠草地、丘陵戈壁、弃耕地和盐碱地。冬季降至
平原。营地面巢。海拔 500～4500m。食草籽和虫子。

41. 燕科　Hirundinidae（4属5种）

崖沙燕（灰沙燕）　*Riparia riparia*（Linnaeus），Sand Martin（图 41-1）

分布：新疆各地（夏候鸟）。阿尔金山、
若羌、昆仑山、叶城、塔什库尔干、帕米尔高
原、喀什地区、基莱木、疏附、疏勒、莎车、
英吉沙、阿克苏、阿拉尔、轮台、库尔勒（巴
州）、和静、巴音布鲁克、开都河、天山（繁
殖鸟）、新源、昭苏、伊犁谷地、尼勒克、伊
宁、察布查尔、赛里木湖、温泉、博尔塔拉
河、博乐（博州）、艾比湖、精河、乌苏、奎
屯、沙湾、石河子、玛纳斯、昌吉、乌鲁木

图 41-1　崖沙燕　吕荣华

齐、米泉、阜康、北沙窝、吉木萨尔、五彩湾、奇台、木垒、准噶尔盆地、裕民、
塔城、克拉玛依、哈巴河、哈纳斯湖、布尔津、阿尔泰、北屯、福海、乌伦古湖、
富蕴、恰库尔图、青河、伊吾（新疆亚种 *Riparia riparia diluta*，夏候鸟）。

注：据郑光美（2005），崖沙燕被拆分成崖沙燕 *Riparia riparia* 和淡色沙燕
Riparia diluta（Pale Martin）。二者在新疆都有分布。

生态：巢洞群见于湿地（沼泽、水田、河流和湖泊）附近砂质陡壁上（侯兰
新等，1996c）。海拔 200～2500m。食飞行中的昆虫。

岩燕　*Ptyonoprogne rupestris*（Scopoli），Crag Martin
分布：新疆各地山区（夏候鸟）。若羌、阿尔金山、昆仑山、皮山、叶城、
喀喇昆仑山、帕米尔高原、塔什库尔干、盖孜、阿克陶（克州）、乌恰、乌鲁克

恰提、喀什、莎车、乌什、阿合奇、阿克苏、拜城、木扎特河流域、克孜尔、新和、库车、和硕、和静（巴州）、天山山脉、巴音布鲁克、巩乃斯、新源、伊犁地区、尼勒克、赛里木湖、博乐（博州）、精河、乌苏、沙湾、玛纳斯、昌吉、乌鲁木齐、阜康、天池、博格达山、北塔山、奇台、托里、哈纳斯湖、阿尔泰、富蕴、青河、托克逊（干沟）、巴里坤、伊吾、下马崖、哈密、沁城（指名亚种 *Ptyonoprogne rupestris rupestris*，繁殖鸟）。

生态：见于高山峡谷地带及附近的绝壁上。营巢于壁隙中。海拔 1500～5000m。捕食金龟子、蚊、蝇、蜂等昆虫。

图 41-2　家燕　文翠华

家燕　　*Hirundo rustica* Linnaeus，House Swallow（Barn Swallow）（图41-2）

分布：夏季广泛分布于新疆各地（夏候鸟）。若羌、且末、阿尔金山、昆仑山、民丰、于田、策勒、洛浦、和田、墨玉、皮山、叶城、喀喇昆仑山、塔什库尔干、帕米尔高原、阿克陶、阿图什（克州）、乌恰、疏勒、疏附、喀什、泽普、莎车、英吉沙、麦盖提、伽师、岳普湖、巴楚、图木舒克、柯坪、阿合奇、乌什、阿克苏、阿拉尔、塔里木河、阿瓦提、温宿、沙雅、新和、拜城、木扎特河流域、库车、轮台、塔里木盆地、塔中（石油基地）、库尔勒（巴州）、尉犁、和硕、焉耆、博湖、和静、巴音布鲁克、那拉提、新源、巩留、昭苏、特克斯、尼勒克、天山（? 普通亚种 *Hirundo rustica gutturalis*，旅鸟）、伊犁谷地、伊宁、察布查尔、霍城、清水河、果子沟、温泉、赛里木湖、博乐（博州）、艾比湖、精河、甘家湖、乌苏、独山子、奎屯、沙湾、石河子、玛纳斯、呼图壁、昌吉、五家渠、乌鲁木齐、米泉、阜康、吉木萨尔、奇台、北塔山、木垒、准噶尔盆地、塔城、裕民、额敏、托里、和布克塞尔、克拉玛依、乌尔禾、吉木乃、哈巴河、铁列克、布尔津、阿尔泰、北屯、乌伦古湖、福海、富蕴、青河、托克逊、吐鲁番、鄯善、巴里坤、三塘湖、老爷庙、伊吾、淖毛湖、哈密（指名亚种 *Hirundo rustica rustica*，繁殖鸟）。

生态：人类伴栖种。见于乡村、城市及邻近的原野。海拔－90～3500m。衔泥草营巢于墙壁上。食昆虫。

金腰燕　*Hirundo daurica* Linnaeus，Golden-rumped Swallow（新疆鸟类新纪录）

分布：新疆西北部（夏候鸟）。伊犁（清水河）、额尔齐斯河流域、阿尔泰山（指名亚种 *Hirundo daurica daurica*）（夏候鸟，旅鸟）。

生态：见于山区和平原地带。营巢于桥洞和屋檐下。捕食双翅目、膜翅目、半翅目、鞘翅目的昆虫。

毛脚燕　*Delichon urbica* (Linnaeus)，House Martin
分布：新疆各地（繁殖鸟）。若羌、瓦石峡、昆仑山、叶城、塔什库尔干、塔合曼、吉根、阿克陶、帕米尔高原、喀喇昆仑山、喀什、阿图什（克州）、巴楚、乌恰、阿合奇、乌什、阿克苏、温宿、托木尔峰地区、拜城、木扎特河流域、克孜尔、库车、库尔勒（巴州）、博斯腾湖、焉耆、和硕、和静、天山、巴伦台、巴音布鲁克、那拉提、新源、巩留、尼勒克、特克斯、伊犁谷地、伊宁、霍城、温泉、赛里木湖、博乐（博州）、精河、乌苏、独山子、奎屯、沙湾、石河子、玛纳斯、昌吉、五家渠、乌鲁木齐、后峡、米泉、阜康、天池、博格达山、吉木萨尔、奇台、北塔山、木垒、准噶尔盆地、裕民、托里、塔城、额敏、和布克塞尔、克拉玛依、吉木乃、哈巴河、哈纳斯湖、布尔津、阿尔泰、北屯、福海、乌伦古湖、吐尔洪、富蕴、青河、布尔根河流域、吐鲁番、托克逊、鄯善、哈密、口门子、沁城、巴里坤、伊吾（指名亚种 *Delichon urbica urbica*）。
生态：栖息于山地草原、河谷悬壁、平原村落。营巢于崖壁、岩洞、桥涵、屋檐和天花板。海拔 0～3100m。食昆虫。

42. 鹡鸰科　Motacillidae（2 属 15 种）

黄鹡鸰　*Motacilla flava* Linnaeus，Yellow Wagtail
分布：新疆各地（夏候鸟，旅鸟）。且末、民丰（旅鸟）、皮山、塔什库尔干、喀什、温宿、轮台、塔中、库尔勒（巴州）、天山、南木扎特河谷、那拉提、新源、巩留、昭苏、伊犁谷地、尼勒克、伊宁、察布查尔（天山亚种 *Motacilla flava melanogrisea*，繁殖鸟）、霍城、清水河、精河（博州）、乌苏、独山子、奎屯、沙湾、石河子、莫索湾、玛纳斯、昌吉、五家渠、乌鲁木齐、米泉、阜康、吉木萨尔、奇台、北塔山、木垒、准噶尔盆地（准噶尔亚种 *Motacilla flava leucocephala*，旅鸟）、托里、塔城、额敏、和布克赛尔（和丰）、克拉玛依、乌尔禾、艾里克湖、吉木乃、布尔津、额尔齐斯河（北方西部亚种 *Motacilla flava beema* 或斋桑亚种 *Motacilla flava zaissanensis*，旅鸟，繁殖鸟）、哈巴河、阿尔泰、布伦托海（乌伦古湖）、福海、北屯、富蕴、吐尔洪、乌伦古河流域、恰库尔图、青河、布尔根河流域、哈密。
注：有建议此黄鹡鸰一分为二种：西黄鹡鸰（*Motacilla flava*）和黄鹡鸰（*Motacilla tschutschensis*）。也有更甚者，分成蓝头黄鹡鸰（*Motacilla flava*）、黄头黄鹡鸰（*Motacilla lutea*）、灰头黄鹡鸰（*Motacilla thunbergi*）、黑头黄鹡鸰（*Motacilla feldegg*）、白头黄鹡鸰（*Motacilla leucocephala*）、黄鹡鸰或东黄鹡鸰（*Motacilla tschutschensis*）等，比较混乱。在迁徙期都可能出现在新疆。

生态：见于平原农区、绿洲、沼泽湿地、丘陵和高山草地。营巢于河边草丛。海拔 280～4000m。捕食昆虫。

黄头鹡鸰 *Motacilla citreola* Pallas，Yellow-headed Wagtail（Citrine Wagtail）（图 42-1）

分布：新疆各地（夏候鸟，旅鸟）。若羌、阿尔金山、瓦石峡、昆仑山、车尔臣河流域（塔他让）、且末、安迪尔河、民丰、于田、克里雅河、策勒、洛浦、和田、墨玉、皮山、叶城、帕米尔高原、喀喇昆仑山、红其拉甫、塔什库尔干、喀拉库勒（西南亚种 *Motacilla citreola calcarata*，繁殖鸟）、吉根、阿克陶、阿图什（克州）、乌恰、喀什地区、莎车、叶尔羌河、疏附、疏勒、英吉沙、麦盖提、伽师、巴楚、小海子水库、图木舒克、阿合奇、乌什、阿克苏、阿瓦提、阿拉尔、塔里木河、温宿、拜城、木扎特河流域、沙雅、轮台、阳霞、塔中石油基地、库尔勒（巴州）、普惠、尉犁、恰拉水库、东河滩、罗布泊洼地、和硕、焉耆、博湖、和静、巴音布鲁克、天山、那拉提、新源、巩留、尼勒克、昭苏、伊犁河谷、伊宁、察布查尔、霍城、清水河、赛里木湖、博乐（博州）、艾比湖、精河、乌苏、独山子、奎屯、沙湾、石河子、玛纳斯、五家渠、昌吉、乌鲁木齐（3 月 15 日）、米泉、阜康、吉木萨尔、奇台、准噶尔盆地、塔城、额敏、和布克赛尔（和丰）、克拉玛依、乌伦古湖、哈巴河、哈纳斯湖、布尔津、阿尔泰（指名亚种 *Motacilla citreola citreola*）、福海、乌伦古湖、北屯、富蕴、恰库尔图、青河、托克逊、吐鲁番（艾丁湖）、鄯善、哈密、沁城、巴里坤、伊吾（新疆亚种 *Motacilla citreola werae* 或 *sindzianicus*，繁殖鸟。侯兰新，1986b）。

生态：见于高山草地、河谷、沼泽、水田等。海拔－150～5000m。捕食鳞翅目、鞘翅目、双翅目、膜翅目和半翅目昆虫。

图 42-1　黄头鹡鸰　马鸣

图 42-2　灰鹡鸰　马鸣

灰鹡鸰 *Motacilla cinerea* Tunstall，Grey Wagtail（图 42-2）

分布：新疆各地（夏候鸟，旅鸟）。若羌、塔中、且末、民丰（旅鸟）、和田、叶城、塔什库尔干、喀什、巴楚、小海子、图木舒克、阿克苏、温宿、托木尔峰地区、拜城、库车、铁门关、罗布泊地区、和硕、博湖、和静（巴州）、巴伦台、巴音布鲁克、天山山脉（繁殖鸟）、巩乃斯、新源、那拉提、巩留、特克斯、昭苏、南木扎特河谷、伊犁河谷、伊宁、察布查尔、霍城、果子沟、温泉、赛里木湖、博乐（博州）、精河、乌苏、独山子、奎屯、沙湾、石河子、玛纳斯、昌吉、五家渠、乌鲁木齐、达坂城、米泉、阜康、天池、博格达山、吉木萨尔、奇台、北塔山、木垒、准噶尔盆地、托里、额敏、克拉玛依、白哈巴、哈巴河、铁列克、哈纳斯湖、布尔津、额尔齐斯河、阿尔泰、乌伦古湖、福海、北屯、富蕴、恰库尔图、青河、哈密、口门子、巴里坤（普通亚种 *Motacilla cinerea robusta*）。

生态：栖息于溪流、河谷、湖泊、水塘、沼泽及附近的草地和农田。海拔200～3000m。食昆虫。

白鹡鸰　*Motacilla alba* Linnaeus，White Wagtail

分布：广泛分布于新疆各地（夏候鸟，旅鸟）。若羌、阿尔金山、昆仑山、且末、安迪尔、民丰、尼雅河、于田、克里雅河、策勒、洛浦、和田、墨玉、皮山、叶城、喀喇昆仑山、塔什库尔干、阿克陶、盖孜、阿图什（克州）、乌恰、康苏、帕米尔高原、乌鲁克恰提、疏勒、疏附、喀什、泽普、莎车、英吉沙、麦盖提、伽师、岳普湖、巴楚、图木舒克、柯坪、阿合奇、乌什、阿克苏、阿拉尔、阿瓦提、塔里木河、温宿、沙雅、新和、拜城、木扎特河流域、克孜尔、库车、轮台、塔中（石油基地）、阳霞、库尔勒（巴州）、尉犁、恰拉水库、东河滩、罗布泊地区、和硕、焉耆、博湖、和静、巴音布鲁克、天山（西方亚种 *Motacilla alba dukhunensis* 或指名亚种 *Motacilla alba alba*）、那拉提、新源、巩留、昭苏、特克斯、尼勒克、伊犁谷地、伊宁、察布查尔、霍城、清水河、果子沟、赛里木湖、温泉、博乐（博州）、精河、艾比湖（东西伯利亚亚种 *Motacilla alba ocularis*）、沙湾、乌苏、独山子、石河子、玛纳斯、呼图壁、昌吉、五家渠、乌鲁木齐（3月9日）、达坂城、米泉、阜康、天池、博格达山、吉木萨尔、奇台、芨芨湖、北塔山、木垒、准噶尔盆地、裕民、托里、塔城、额敏、和布克塞尔（和丰）、克拉玛依、艾里克湖、吉木乃、白哈巴、哈巴河、铁列克、哈纳斯湖、布尔津、阿尔泰、北屯、福海、布伦托海（乌伦古湖）、富蕴、恰库尔图、青河、托克逊、鄯善、吐鲁番（新疆亚种 *Motacilla alba personata*，繁殖鸟）、巴里坤、伊吾、淖毛湖、哈密（普通亚种 *Motacilla alba leucopsis*，旅鸟）。

生态：出现于山地和平原的各种生境，包括城市和乡村。海拔－150～4000m。食各种昆虫，偶然也食植物种子和浆果。

田鹨（理氏鹨）*Anthus richardi* Vieillot，Richard's Pipit

分布：新疆各地（夏候鸟）。且末、塔中、民丰、喀什、乌什、托什罕河、屈拉克铁列克、阿克苏、阿拉尔、库尔勒（巴州）、和静、博湖、罗布泊、天山

（新疆亚种 *Anthus richardi centralasiae* ，夏候鸟）、那拉提、新源、巩留、尼勒克、特克斯、昭苏、伊犁河谷、伊宁、霍城、精河（博州）、乌苏、奎屯、安集海、沙湾、石河子、玛纳斯、昌吉、五家渠、乌鲁木齐、米泉、阜康、奇台、北塔山、准噶尔盆地、塔城、塔尔巴哈台山、克拉玛依、乌尔禾、艾里克湖、哈巴河、布尔津、额尔齐斯河流域、阿尔泰、北屯、福海、乌伦古湖、富蕴、吐尔洪（野鸭湖、可可托海）、青河、布尔根河、鄯善、巴里坤、三塘湖、哈密、伊吾、淖毛湖（指名亚种 *Anthus richardi richardi* ，繁殖鸟，旅鸟）。

生态：栖息于溪流、草地、河谷灌丛、沼泽及附近的农田。营巢于地面。海拔 370～2000m。食昆虫。

图 42-3　平原鹨　吕荣华

平原鹨 *Anthus campestris* Linnaeus，Tawny Pipit（图 42-3）

分布：新疆各地（夏候鸟）。民丰、尼雅河、安迪尔、且末、轮台、塔中（石油基地）、屈拉克铁列克、博湖（巴州）、新源、特克斯、尼勒克、伊犁地区、霍城、西天山、赛里木湖、博乐（博州）、精河、乌苏、独山子、奎屯、沙湾、石河子、玛纳斯、昌吉、五家渠、乌鲁木齐、地窝堡、吉木萨尔、北塔山、奇台、木垒、准噶尔盆地、塔城、裕民、托里、和布克赛尔（和丰）、克拉玛依、白哈巴、铁列克、哈巴河、布尔津、阿尔泰、乌伦古湖、福海、北屯、富蕴、恰库尔图、青河、布尔根河流域、鄯善、戈顺戈壁、巴里坤（新疆亚种 *Anthus campestris griseus* ，夏候鸟）。

生态：栖息于草原、沼泽和林间草地。海拔 190～2100m。食昆虫，偶然也食少量植物性食物。

布氏鹨 *Anthus godlewskii* （Taczanowskii），Blyth's Pipit

分布：塔中基地（9 月 21 日，旅鸟）。

注：有争议的物种，通常是平原鹨的一个亚种（*Anthus campestris godlewskii*）。

生态：栖息于草地、灌丛、沼泽及其附近的农田和荒漠。海拔 1000～2000m。食昆虫。

林鹨 *Anthus trivialis* （Linnaeus），Tree Pipit

分布：新疆各地（夏候鸟，旅鸟）。且末、塔中（旅鸟）、民丰、叶城、库地、帕米尔高原、喀什、阿图什（克州）、乌什、阿克苏、温宿、托木尔峰地区、木扎特河流域、拜城、博斯腾湖、焉耆、和硕、和静（巴州）、巩乃斯河流域、那拉提、新源、天山（天山亚种 *Anthus trivialis haringtoni* ，繁殖鸟）、昭苏、伊犁地区、尼勒克、霍城、果子沟、赛里木湖、博乐（博州）、乌苏、独山子、沙湾、石河子、玛纳斯、昌吉、五家渠、乌鲁木齐、米泉、阜康、天池、博格达山、吉木萨尔、准噶尔盆地、裕民、克拉玛依、乌尔禾、艾里克湖、白哈巴、哈巴河、铁列克、哈纳斯湖、布尔津、阿尔泰、额尔齐斯河流域、乌伦古湖、福海、北屯、富蕴、吐尔洪（野鸭湖、可可托海）、青河、布尔根河流域、巴里坤、哈密（指名亚种 *Anthus trivialis trivialis*，旅鸟，繁殖鸟）。

生态：见于山地森林、林间草地、灌丛、沼泽、河岸林及附近的荒漠草地。海拔 370～4000m。食昆虫，偶然食草籽。

树鹨　*Anthus hodgsoni* Richmond，Olive-backed Pipit

分布：新疆北部（旅鸟）。和静（巴州）、新源、昭苏、赛里木湖、博乐（博州）、乌苏、石河子、富蕴、阿尔泰山（夏候鸟）、哈纳斯（2♂，2 幼，1980 年7 月 22～28 日，海拔 1380～1400m）、哈密地区（旅鸟?）（普通亚种 *Anthus hodgsoni yunnanensis*）。

生态：栖息于高山森林、灌丛、草地、溪流、沼泽。海拔 500～3000m。食昆虫和杂草籽。

北鹨　*Anthus gustavi* Swinhoe，Pechora Pipit（新疆鸟类新纪录）

分布：哈密雅满苏（2010 年 9 月 15 日，旅鸟。丁鹏等，2010）。

生态：繁殖于欧亚大陆北部，喜开阔的草地和低山地带，迁徙期出现在林缘、河滩、沼泽、草地及居民点附近。海拔 1143m。食物主要为昆虫。

草地鹨　*Anthus pratensis* （Linnaeus），Meadow Pipit

分布：新疆西部（旅鸟，冬候鸟）。且末、塔中、西天山（旅鸟）、和静（巴州）、新源、伊宁、察布查尔、艾比湖、精河（博州）、沙湾、玛纳斯、昌吉、五家渠、五彩湾、吉木萨尔、卡拉麦里、和布克赛尔（指名亚种 *Anthus pratensis pratensis*，旅鸟）。

生态：见于溪流、湖泊、水塘、沼泽及附近的草地和荒漠。海拔 500～1500m。食昆虫。

红喉鹨　*Anthus cervinus* （Pallas），Red-throated Pipit（新疆鸟类新纪录）

分布：罗布泊（旅鸟）、石河子（Holt，2008）、蘑菇湖（10 月）、昌吉、五家渠（青格达湖）、阜康、吉木萨尔。

生态：繁殖地在北方苔原。迁徙期见于草地、沼泽、水田。海拔 400～900m。食昆虫。

粉红胸鹨　*Anthus roseatus* Blyth，Roseate Pipit（Hodgson's Pipit）

分布：新疆西南山地（夏候鸟）。昆仑山、和田、皮山、喀喇昆仑山、塔什库尔干、喀什、乌恰、和静（巴州）、巴伦台、巴音布鲁克、艾肯达坂（繁殖鸟）、天山、巩乃斯、那拉提、新源、石河子、天池、博格达山、阜康。

生态：栖息于高山溪流、草原、灌木丛、草甸、冻土沼泽。海拔 2500～4500m。繁殖期食昆虫，其他时间也食杂草籽。

水鹨　*Anthus spinoletta* Linnaeus，Water Pipit

分布：新疆各地（旅鸟，夏候鸟）。帕米尔高原、喀什、莎车、乌什、阿合奇、温宿、托木尔峰地区、琼台兰河谷、木扎特河流域、拜城、和硕、和静（巴州）、巴音布鲁克、天山、巩乃斯（繁殖鸟）、新源、巩留、特克斯、昭苏、伊犁河谷、尼勒克、伊宁、察布查尔、霍城、赛里木湖、博乐（博州）、艾比湖、精河、奎屯、沙湾、石河子、玛纳斯、昌吉、五家渠、乌鲁木齐、乌拉泊、后峡、青格达湖、阜康、吉木萨尔、奇台、北塔山、准噶尔盆地、白哈巴、哈巴河、布尔津、阿尔泰、福海、富蕴、巴里坤、哈密（新疆亚种 *Anthus spinoletta coutellii*，留鸟）。

生态：栖息于山地草原、溪流、河谷台地、沼泽及农田。营巢于地面草丛。海拔 200～3200m。食昆虫及草籽。

黄腹鹨　*Anthus rubescens* (Tunstall)，Buff-bellied Pipit（新疆鸟类新纪录）

分布：新疆北部（旅鸟）。精河（旅鸟）、艾比湖、石河子（Holt，2008）、昌吉、五家渠（10 月）、阜康、吉木萨尔、布尔津、富蕴（普通亚种 *Anthus rubescens japonicus* 或指名亚种 *Anthus rubescens rubescens* ?）。

注：通常是水鹨的一个亚种（*Anthus spinoletta rubescens*），详见郑作新（1987）和赵正阶（2001）。

生态：繁殖于西伯利亚。迁徙期见于草地、溪流、水田、沼泽。海拔 200～700m。食昆虫及草籽。

43. 太平鸟科　Bombycillidae（1 属 1 种）

太平鸟　*Bombycilla garrulus* (Linnaeus)，Bohemian Waxwing（图 43-1）

分布：新疆西部和北部（冬候鸟，旅鸟）。若羌、考干、民丰、且末、喀什、阿瓦提、阿克苏、阿拉尔、轮台、塔中（石油基地）、塔里木盆地、独山子、沙湾、石河子、玛纳斯、昌吉、五家渠（1 月 26 日）、乌鲁木齐、天山、火烧山、阜康、卡拉麦里山、奇台、准噶尔盆地、塔城、和布克赛尔（和丰）、克拉玛依、布尔津、阿尔泰、哈密（普通亚种 *Bombycilla garrulus centralasiae*）。

图 43-1　太平鸟　马尧

生态：冬季偶然出现于城乡园林、干旱绿洲、山谷森林、荒漠灌丛。海拔500～1500m。食物为植物种子、浆果及昆虫。

44. 伯劳科　Laniidae（1 属 7 种）

荒漠伯劳（棕尾伯劳）　*Lanius isabellinus* Hemprich et Ehrenberg，Rufous-tailed Shrike（Isabelline Shrike）

分布：广泛分布于新疆各地的荒漠和绿洲（夏候鸟）。若羌、罗布泊地区、米兰、阿尔金山（青海亚种 *Lanius isabellinus tsaidamensis*，旅鸟）、昆仑山、且末、安迪尔河、民丰、于田、克里雅河、策勒、洛浦、和田、墨玉、皮山、叶城、阿克陶、阿图什（克州）、乌恰、疏勒、疏附、喀什、泽普、莎车、喀群、英吉沙、麦盖提、伽师、岳普湖、巴楚、图木舒克、柯坪、阿合奇、乌什、阿克苏、阿拉尔、阿瓦提、温宿、塔里木盆地（指名亚种 *Lanius isabellinus isabellinus*）、沙雅、新和、拜城、克孜尔、木扎特河流域、库车、轮台、塔克拉玛干沙漠（塔中）、库尔勒（巴州）、普惠、尉犁、恰拉水库、东河滩、罗布泊、和硕、焉耆、博湖、和静、巴音布鲁克、新源、巩留、特克斯、昭苏、尼勒克、伊犁河谷、伊宁、察布查尔、霍城、清水河、温泉、赛里木湖、博乐（博州）、精河、甘家湖、乌苏、独山子、奎屯、沙湾、石河子、玛纳斯、呼图壁、昌吉、五家渠、乌鲁木齐、米泉、阜康、吉木萨尔、卡拉麦里、奇台、芨芨湖、北塔山、木垒、准噶尔盆地（天山亚种 *Lanius isabellinus phoenicuroides*）、裕民、托里、塔城、额敏、和布克塞尔（和丰）、克拉玛依、艾里克湖、乌尔禾、哈巴河、布尔津、阿尔泰、福海、北屯、乌伦古湖、富蕴、恰库尔图、吐尔洪、青河、吐鲁番、托克逊、鄯善、巴里坤、伊吾、哈密、雅满苏、星星峡。

注：有人建议将上述伯劳一分为二种：荒漠伯劳（*Lanius isabellinus*）、棕尾伯劳（*Lanius phoenicuroides*）。二者在新疆均有分布。另据陈服官等（1998）和马敬能等（2000），内蒙古亚种 *Lanius isabellinus speculigerus* 分布于新疆北部和东部（旅鸟，繁殖鸟?）。

生态：多见于荒漠、绿洲、弃耕地、干旱草原及灌丛（马鸣，1993；范喜顺，1997a；2008）。营巢于灌木丛。海拔−150～2100m。食昆虫、蜥蜴、鸟和鼠类。

红背伯劳　*Lanius collurio* Johansen，Red-backed Shrike

分布：新疆北部（夏候鸟）。乌苏、奎屯、克拉玛依（旅鸟）、哈巴河、白哈巴（6月）、铁列克、哈纳斯湖、布尔津、阿尔泰山（北疆亚种 *Lanius collurio pallidifrons*，繁殖鸟）、福海（山区）、富蕴、青河、哈密、沁城（东天山）。

生态：栖息于较湿润的山地混交林、林间草地和灌木丛。海拔 1000～2500m。捕食昆虫、小鸟、老鼠等。

棕背伯劳　*Lanius schach* Linnaeus，Rufous-backed Shrike（Long-tailed Shrike）（新疆鸟类新纪录）

分布：新疆南部（夏候鸟）。民丰（昆仑山北麓，1998 年 6 月 12 日，繁殖鸟?）、叶城、库地、塔什库尔干、塔合曼、乌恰、吉根、罗布泊（1○，尉犁与若羌之间，1982 年 6 月 25 日。自 1982～2010 年新疆至少有 6 次野外纪录。指名亚种 *Lanius schach schach* 或西南亚种 *Lanius schach tricolor*）、天山（中亚亚种 *Lanius schach erythronotus*）（Судиловская，1936）。

生态：栖息于低山的林缘草地、荒漠灌丛、农区园林。海拔 780～3100m。食物为昆虫、小鸟、蜥蜴、老鼠和蛙类。

图 44-1　黑额伯劳　徐捷

灰背伯劳 *Lanius tephronotus* （Vigors），Grey-backed Shrike（新疆鸟类新纪录）

分布：新疆西南山地（夏候鸟）。塔什库尔干（指名亚种 *Lanius tephronotus tephronotus*）、达布达尔（5 月）、大同（夏候鸟，旅鸟）。

生态：见于高原灌木丛、耕地、稀疏林地、草地。海拔 2700～3700m（马鸣等，2004b）。采食昆虫，也食小鼠。

黑额伯劳　*Lanius minor* Gmelin，Lesser Grey Shrike（图 44-1）

分布：北疆各地（夏候鸟）。伊犁地区、新源、天山谷地、巩留、尼勒克、伊宁、察布查尔、霍城、清水河、博乐、阿拉套山脉（夏尔希里）、精河、艾比湖地区、甘家湖、奎屯河流域、乌苏、独山子、奎屯、沙湾、石河子、玛纳斯、昌吉、乌鲁木齐、米泉、准噶尔盆地、额敏、塔城、裕民、克拉玛依、哈巴河、布尔津、阿尔泰、福海、富蕴、恰库尔图、乌伦古河流域、青河（新疆亚种 *Lanius minor turanicus*，繁殖鸟）。

生态：栖息于河谷灌丛、荒漠绿洲、树木稀疏的干草地。海拔 200～1000m。捕食昆虫、小鸟和鼠类。

灰伯劳　*Lanius excubitor* Linnaeus，Great Grey Shrike

分布：新疆各地（冬候鸟，旅鸟）。若羌、且末、民丰、皮山、固玛、喀什（新疆亚种 *Lanius excubitor homeyeri*，旅鸟，冬候鸟）、阿图什（克州）、阿克陶、麦盖提、巴楚、阿瓦提、阿克苏、阿拉尔、拜城、库车、轮台、库尔勒（巴州）、普惠、塔里木盆地（有繁殖记录）、尉犁、罗布泊、焉耆、博斯腾湖、和硕、和静、天山（天山亚种 *Lanius excubitor leucopterus*，旅鸟，冬候鸟?）、新源、尼勒克、昭苏、特克斯、伊犁谷地、伊宁、察布查尔、霍城、温泉、赛里木湖、博乐（博州）、准噶尔-阿拉套山、精河、甘家湖、乌苏、独山子、奎屯、沙湾、石河子、昌吉、五家渠、乌鲁木齐、米泉、阜康、吉木萨尔、卡拉麦里（准噶尔亚种 *Lanius excubitor funereus*，繁殖鸟）、奇台、芨芨湖、北塔山、木垒、准噶尔盆地、裕民、托里、塔城、额敏、和布克赛尔、克拉玛依、乌尔禾、艾里克湖、哈巴河、布尔津、阿尔泰、福海、乌伦古湖（周边戈壁）、北屯、富蕴、恰库尔图、青河、托克逊、吐鲁番、艾丁湖（−154m）、巴里坤、三塘湖、老爷庙、哈密、雅满苏、星星峡、伊吾、下马崖、淖毛湖。

注：据 Lefranc 和 Worfolk（1997），该种已被拆分为灰伯劳（*Lanius excubitor*）、草原灰伯劳（*Lanius pallidirostris*）或南灰伯劳（*Lanius meridionalis*）。它们在新疆均有分布。

生态：见于山地灌丛、荒漠草原、平原、绿洲。营巢于小树上（马鸣，1993）。海拔−150 ～ 2000m。食昆虫、蜥蜴、小鸟和鼠类。

草原灰伯劳（南灰伯劳） *Lanius meridionalis* Temminck，Southern Grey Shrike（Steppe Grey Shrike）

分布：新疆东部（夏候鸟，留鸟）。若羌（1989 年 4 月 22 日记录到一巢，有 7 枚卵。马鸣，1993）、罗布泊洼地、阜康、北沙窝、吉木萨尔、卡拉麦里山（繁殖）、奇台、准噶尔盆地、巴里坤、三塘湖、老爷庙、哈密、雅满苏、星星峡、伊吾、下马崖、淖毛湖（宁夏亚种 *Lanius meridionalis pallidirostris*）。

生态：栖息于荒漠梭梭林、红柳灌丛、荒地、胡杨林（吐加依林）。喜在电线杆上停歇。海拔 0～1500m。食物包括小鸟、沙蜥、昆虫。

45. 黄鹂科 Oriolidae （1 属 1 种）

金黄鹂 *Oriolus oriolus*（Linnaeus），Golden Oriole（图 45-1）

分布：见于南疆和北疆（夏候鸟）。昆仑山、民丰、于田、策勒、洛浦、和田、墨玉、桑株、皮山、叶城、喀喇昆仑山、阿克陶、布伦口、吉根、乌恰、康苏、克孜勒苏自治州（克州）、帕米尔高原、塔什库尔干、莎车、麦盖提、英吉沙、喀什、疏附、疏勒、伽师、巴楚、乌什、阿克苏（繁殖鸟）、阿拉尔、温宿、拜城、克孜尔、库车、新和、沙雅、轮台、塔里木盆地、库尔勒（巴州）（南疆亚种 *Oriolus oriolus kundoo*，繁殖鸟）、伊犁谷地、新源、那拉提、巩留、特克斯、伊宁、霍城、博乐（博州）、独山子、沙湾、石河子、玛纳斯、

图 45-1 金黄鹂 邢睿

昌吉、乌鲁木齐、奇台、北塔山、准噶尔盆地、裕民、哈巴河、布尔津、阿尔泰、北屯、福海、乌伦古河流域、青河、吐鲁番（指名亚种 *Oriolus oriolus oriolus*，繁殖鸟）。

生态： 见于山谷阔叶林、平原绿洲、城市园林。巢悬吊于树上。海拔 0 ～ 3300m。食昆虫和植物浆果。

46. 椋鸟科　Sturnidae（3 属 4 种）

粉红椋鸟　*Pastor roseus*（Linnaeus），Rose-colored Starling（图 46-1）

图 46-1　粉红椋鸟　秦云峰

分布： 新疆各地（夏候鸟）。若羌、阿尔金山、且末、民丰、塔什库尔干、乌恰、喀什、阿克陶（克州）、布伦口、阿克苏、轮台、塔中石油基地、库尔勒（巴州）、塔里木河、尉犁、恰拉水库、东河滩、和静、巴音布鲁克、天山、新源、巩留、尼勒克、昭苏、伊犁谷地、伊宁、察布查尔、霍城、温泉、赛里木湖、博乐（博州）、艾比湖、精河、甘家湖、乌苏、独山子、奎屯、沙湾、石河子、玛纳斯、昌吉、乌鲁木齐、博格达山、吉木萨尔、准噶尔盆地、裕民、塔城（郭宏，2005）、托里、和布克赛尔、克拉玛依、吉木乃、哈巴河、布尔津、阿尔泰、额尔齐斯河流域、北屯、乌伦古湖、福海、富蕴、吐尔洪、青河、乌伦古河流域、大河沿、巴里坤、哈密（繁殖鸟）。

生态： 栖息于山地草原、灌丛、丘陵荒漠、平原戈壁。海拔 400 ～ 4000m。营洞穴巢。食蝗虫等草原害虫（王建华等，1998；于非和季荣，2007；李占武等，2009；王晗等，2010），也食草籽。

灰椋鸟　*Sturnus cineraceus* Temminck，White-cheeked Starling（新疆鸟类新纪录）

分布： 沙湾柳树沟（2006 年 11 月 5 日。Holt，2008）。

生态： 与其他椋鸟混群，栖息于林间、草地、绿洲。海拔 400～500m。采食昆虫。

紫翅椋鸟（黑巴）　*Sturnus vulgaris* Linnaeus，Common Starling（图 46-2）

分布： 广泛分布于新疆各地的绿洲（夏候鸟）。若羌（1 月）、瓦石峡、车尔臣河（塔他让）、且末、安迪尔河、民丰、于田、策勒、洛浦、和田、墨玉、皮山、叶城、塔什库尔干、苏巴什、布伦口、阿克陶、阿图什（克州）、乌恰、疏勒、疏附、喀什、泽普、莎车、英吉沙、麦盖提、伽师、岳普湖、巴楚、图木舒克、柯坪、阿合奇、乌什、阿克苏、阿拉尔、塔里木河流域（西疆亚种 *Sturnus vulgaris porphyronotus*，繁殖鸟）、阿瓦提、温宿、托木尔峰地区、沙雅、新和、拜城、木扎特河流域、库车、轮台、塔中石油基地、库尔勒（巴州）、普惠、尉犁、恰拉水库、东河滩、和硕、焉耆、博湖、和静、天山、新源、巩留、尼勒克、昭苏、伊犁谷地、伊宁、察布查尔、霍城、清水河、赛里木湖、温泉、博乐（博州）、甘家湖、精河、乌苏、独山子、奎屯、沙湾、石河子、玛纳斯、呼图壁、昌吉、五家渠、乌鲁木齐、达坂城、米泉、阜康、北沙窝、吉木萨尔、奇台、芨芨湖、北塔山、木垒、准噶尔盆地（北疆亚种 *Sturnus vulgaris poltaratskyi*，繁殖鸟）、裕民、托里、塔城、额敏、和布克塞尔（和丰）、克拉玛依、吉木乃、哈巴河、布尔津、阿尔泰、乌伦古湖、福海、北屯、富蕴、乌伦古河流域、恰库尔图、吐尔洪（野鸭湖、可可托海）、青河、吐鲁番、托克逊、鄯善、巴里坤、伊吾、哈密。

生态：见于山地草原、平原绿洲、荒漠戈壁。营巢于树洞或土洞里。海拔－90～3000 m。食蝗鸟，也食草籽和浆果（马鸣等，1992a）。

图 46-2　紫翅椋鸟　刘哲青　　　图 46-3　家八哥　文志敏

家八哥　*Acridotheres tristis*（Linnaeus），Common Myna（新疆鸟类新纪录）（图 46-3）

分布：新疆北部（留鸟）。乌恰（吉根，斯木哈纳，1 ♂，2 ♀，1987 年 6 月 19～21 日，海拔 2500～2700m。马鸣，1997b）、和静（巴州）、巩乃斯、那拉提、新源、巩留、特克斯、昭苏、尼勒克、察布查尔、伊犁谷地、伊宁、霍城、果子沟、温泉、赛里木湖、博乐（博州）、阿拉山口、精河、乌苏、独山子、沙湾、莫索湾（石河子，1 ♀，1986 年 5 月，海拔 350m。周永恒等，1987）、玛纳斯、昌吉、五家渠、乌鲁木齐、准噶尔盆地、塔城、吉木乃（指名亚种 *Acrido-theres tristis tristis* ，留鸟）。

注：家八哥属于东洋界鸟种，近 30 年来迅速向古北界扩张（马鸣，1997a；侯兰新和刘坪，1998）。从 1986 年首次发现至今，繁殖种群已经形成，并迅速东扩（马鸣，2010b），对当地的土著种类构成严重威胁。

生态：见于山地杂木林、城乡园林、河谷灌丛、绿洲村落。营巢于洞穴。海拔 200 ～ 2800m。食昆虫，也杂食种子。

47. 鸦科　Corvidae（8 属 16 种）

北噪鸦 *Perisoreus infaustus* （Linnaeus），Siberian Jay（新疆鸟类新纪录）

分布：新疆北部（留鸟）。哈巴河、哈纳斯湖、布尔津、福海、阿祖拜、阿尔泰山区（新疆亚种 *Perisoreus infaustus opicus*，留鸟；东北亚种 *Perisoreus infaustus maritimus* ？ 向礼陔和黄人鑫，1986；陈服官等，1998；赵正阶，2001）。

生态：寒带泰加林鸟类。见于山地针叶林及混交林。海拔 1500 ～ 2500m。食昆虫、小鸟和鼠，冬季也食植物果实。

松鸦 *Garrulus glandarius* （Linnaeus），Eurasian Jay

分布：新疆北部（留鸟）。沙湾（天山）、石河子（？）、哈巴河、哈纳斯湖、布尔津、阿尔泰山区（北疆亚种 *Garrulus glandarius brandtii*）。

生态：栖息在山地针叶林、混交林和阔叶林。海拔 1000 ～ 2500m。营巢于高大的乔木上。杂食昆虫和各种果实。

喜鹊 *Pica pica* （Linnaeus），Common Magpie （Black-billed Magpie）

分布：广泛分布于新疆各地（新疆亚种 *Pica pica bactriana* ，留鸟）。昆仑山、民丰、叶城、库地、帕米尔高原、喀喇昆仑山、阿克陶、吉根、乌鲁克恰提、阿图什（克州）、乌恰、疏勒、疏附、喀什、莎车、英吉沙、麦盖提、巴楚、阿合奇、乌什、阿克苏、温宿、拜城、木扎特河流域、库车、轮台、塔中、铁门关、和硕、和静（巴州）、天山山脉、巴音布鲁克、巩乃斯、那拉提、新源、巩留、特克斯、尼勒克、昭苏、伊犁谷地、伊宁、察布查尔、霍城、赛里木湖、精河、温泉、博乐（博州）、乌苏、奎屯、独山子、沙湾、石河子、玛纳斯、呼图壁、昌吉、乌鲁木齐、达坂城、米泉、阜康、吉木萨尔、奇台、北塔山、木垒、准噶尔盆地、裕民、塔城、额敏、和布克塞尔（和丰）、克拉玛依、乌尔禾、吉木乃、哈巴河、布尔津、哈纳斯湖、阿尔泰、乌伦古湖、福海、富蕴、青河、布尔根河（东北亚种 *Pica pica leucoptera* ？）、吐鲁番、托克逊、巴里坤、口门子、伊吾、哈密。

生态：见于山地阔叶林、河谷灌丛、农区园林、平原绿洲。海拔 0～3500m。营巢于树上。食昆虫和植物种子。

黑尾地鸦 *Podoces hendersoni* Hume，Henderson's Ground Jay（Mongolian Ground Jay）

分布：新疆各地（留鸟）。阿尔金山、铁干里克、红柳沟、玉素甫阿里克、若羌、且末、阿羌、昆其布拉克、哈迪勒克、民丰（昆仑山北麓）、于田、策勒、奴尔、达玛沟、昆仑山、皮山、莎车、喀什、阿图什（克州）、巴楚、三岔口、阿瓦提、温宿（扎木台）、库车、拜城、轮台、库尔勒（巴州）、库尔楚、和硕、精河（博州）、艾比湖、昌吉、乌鲁木齐、盐湖、达坂城、米泉、阜康、吉木萨尔、卡拉麦里山（马鸣等，2006）、奇台、北塔山、木垒、准噶尔盆地、和布克赛尔（和丰。Londei，2000）、克拉玛依、福海、乌伦古湖（周边戈壁）、富蕴、喀木斯特、青河、布尔根河（边防站）、鄯善、十三间房、哈密、沁城、星星峡、巴里坤、三塘湖、老爷庙、伊吾、下马崖、淖毛湖（留鸟）。

生态：栖息于山前戈壁、旱草地、弃耕地、荒漠和半荒漠地区。海拔 200～3500m。杂食性，包括昆虫、蜥蜴和植物等（马鸣，2004a；马鸣等，2006）。

白尾地鸦 *Podoces biddulphi* Hume，Xinjiang Ground Jay（Biddulph's Ground Jay）（图 47-1）

分布：新疆塔克拉玛干沙漠特有鸟种（留鸟）。喀什地区、巴楚、莎车、皮山、固玛、墨玉、玛亚克墩、塔瓦克、和田、洛浦、策勒、于田、克里雅河下游、琼麻扎、民丰、阿克墩、安迪尔、且末、塔他让、车尔臣河流域、阿克艾列克、瓦石峡、塔什沙依、若羌、罗布泊地区、阿奇克谷地、库木

图 47-1　白尾地鸦　马鸣

塔格沙漠、阿克苏、阿瓦提、阿拉尔（10 团）、和田河流域、沙雅、拜城（?）、轮台、肖塘、（塔里木）沙漠公路沿线、库尔勒（巴州）、塔里木河流域、普惠、塔克拉玛干沙漠腹地（塔中）、阿尔干、库尔干（考干）、罗布庄、尉犁、恰拉、大西海子。

生态：典型的沙漠鸟类。栖息于松软的流动沙漠腹地和绿洲边缘。营巢于红柳灌丛、小胡杨树上。善于在沙地上奔跑。海拔 800～1500m。杂食性，包括多种昆虫、蜥蜴和植物种子（钱燕文等，1965；Ma，1998b；马鸣，2001a；2004a；殷守敬等，2005c）。

褐背拟地鸦 *Pseudopodoces humilis* Hume，Hume's Ground Chough

(Brown Ground Chough)

分布：青藏高原特有种（留鸟）。阿尔金山、卡尔墩、若羌、且末、吐拉、昆仑山、于田、策勒、洛浦、和田、慕士山、墨玉、皮山、桑株、叶城、库地、喀喇昆仑山、莎车（山区，留鸟）。

注：有人建议将其归入山雀科（Paridae），命名为"地山雀"（James *et al.*，2003；雷富民等，2003a；马鸣，2004a；杨超等，2010）。

生态：见于高原草地、高寒荒漠、峡谷砾石坡。营巢于鼠洞里，所谓"鸟鼠同穴"。海拔 2000～5000m。食昆虫。

图 47-2　星鸦　马鸣

星鸦　*Nucifraga caryocatactes*（Linnaeus），Spotted Nutcracker（图 47-2）

分布：新疆山地针叶林区（留鸟）。帕米尔高原、西昆仑山、阿克陶（克州）、博斯坦铁列克、温宿、托木尔峰地区、库车、拜城、木扎特河谷、和静（博州）、巴音布鲁克、新源、巩乃斯、那拉提、天山山地、伊犁谷地、巩留、特克斯、昭苏、尼勒克、乔尔马（独库公路）、察布查尔、霍城、赛里木湖、博乐（博州）、精河、乌苏、沙湾、石河子、玛纳斯、昌吉（山区）、乌鲁木齐（南山）、后峡、阜康、天池、博格达山（新疆亚种 *Nucifraga caryocatactes rothschildi*，留鸟）、奇台、半截沟、吉木乃、白哈巴、哈巴河、哈纳斯湖、布尔津、阿尔泰（东北亚种 *Nucifraga caryocatactes macrorhynchos*，留鸟）、福海（山区）、富蕴、巴里坤、哈密、伊吾。

生态：栖息于山地针叶林、混交林、阔叶林及灌木林。海拔 1500～3000m。营巢于树上。杂食性，喜食松子和昆虫。

红嘴山鸦　*Pyrrhocorax pyrrhocorax*（Linnaeus），Red-billed Chough

分布：新疆各地山区（留鸟）。阿尔金山、若羌、且末、民丰、于田、策勒、和田、皮山、昆仑山（青藏亚种 *Pyrrhocorax pyrrhocorax himalayanus*，留鸟）、叶城、帕米尔高原、喀喇昆仑山、塔什库尔干、克克吐鲁克、阿克陶、吉根、乌恰、托云、乌鲁克恰提、喀什、阿图什（克州）、乌什、阿合奇、温宿、托木尔峰地区（西疆亚种 *Pyrrhocorax pyrrhocorax centralis*，留鸟）、拜城、木扎特河上游、库车、和硕、和静（巴州）、巴伦台、天山（留鸟）、巴音布鲁克、巩乃斯、新源、巩留、特克斯、尼勒克、昭苏、察布查尔、伊犁地区、伊宁、霍城、果子沟、赛里木湖、博乐（博州）、精河、乌苏、沙湾、石河子、玛纳斯、昌吉（山区）、乌鲁木齐、达坂城、阜康、天池、博格达山、奇台、北塔山、吉木乃、布尔津、白哈巴（?）、青河、吐鲁番（以北天山）、哈密、沁城、巴里坤、伊吾（北方亚种 *Pyrrhocorax pyrrhocorax brachypus*，留鸟）。

生态：见于高原和山区。营巢于岩隙、桥洞、屋檐下。海拔 2000～5000m。杂食性，繁殖季节食大量的昆虫。

黄嘴山鸦 *Pyrrhocorax graculus*（Linnaeus），Yellow-billed Chough（Alpine Chough）

分布：新疆各地高山区（留鸟）。昆仑山、于田、策勒、和田、叶城、喀喇昆仑山、帕米尔高原、塔什库尔干、红其拉甫山口、阿克陶（克州）、盖孜河流域、乌恰、喀什、温宿、托木尔峰地区、库车（山地）、和静（巴州）、天山、巴音布鲁克、巩乃斯、新源、尼勒克、伊犁山区、沙湾、宁加河、玛纳斯、昌吉、乌鲁木齐、后峡、阜康、天池、博格达山（普通亚种 *Pyrrhocorax graculus digitatus* 或 *forsythi*，留鸟）。

生态：栖息于高山草原、高原冻原、峡谷灌丛和裸露岩石地带。海拔3000～5500m（昆仑山）、2500～4000m（天山）、2000～3000m（阿尔泰山）。食昆虫、小鼠、野果、杂草籽等。

秃鼻乌鸦 *Corvus frugilegus* Linnaeus，Rook

分布：新疆西部和北部（冬候鸟）。和田、墨玉、叶城、阿克陶、克孜勒苏自治州（克州）、科克铁列克、喀什地区、塔里木盆地（冬候鸟）、恰瓦合、莎车、泽普（2月）、英吉沙、麦盖提、阿图什、伽师、西克尔库勒、乌什、阿克苏、天山地区、温宿、吐木秀克、托木尔峰地区、新源、巩乃斯、巩留、尼勒克、特克斯、察布查尔、昭苏、伊犁地区、伊宁（指名亚种 *Corvus frugilegus frugilegus*，繁殖鸟）、霍城、赛里木湖、博乐（博州）、精河、乌苏、沙湾、石河子、玛纳斯、昌吉、米泉、准噶尔盆地、裕民、托里、塔城、额敏、白哈巴、哈巴河、哈纳斯湖、布尔津、贾登峪（普通亚种 *Corvus frugilegus pastinater*）、阿尔泰、北屯、乌伦古湖、福海、富蕴。

生态：出没于山谷林区、丘陵荒漠、绿洲和农区附近。在树上营巢。海拔400～2500m。主要食昆虫，也杂食植物果实。

寒鸦 *Corvus monedula* Linnaeus，Jackdaw

分布：新疆西北部（冬候鸟）。喀什、阿克陶（克州）、塔里木盆地（冬候鸟）、拜城、和静（巴州）、巩乃斯、新源、巩留、特克斯、天山山脉、昭苏、尼勒克、伊犁谷地、伊宁、察布查尔、霍城（中亚亚种 *Corvus monedula soemmerringii*，繁殖鸟）、温泉、博乐（博州）、赛里木湖、乌苏、沙湾、三道河子、宁加河、石河子、莫索湾、玛纳斯、昌吉、乌鲁木齐、阜康、天池、博格达山、准噶尔盆地、裕民、巴克图、塔城（留鸟）、额敏、和布克塞尔、吉木乃、白哈巴、哈巴河、铁列克、布尔津、阿尔泰（繁殖鸟）、北屯、福海、乌伦古湖、富蕴、恰库尔图、青河、布尔根河流域、吐鲁番、哈密。

生态：栖息于低山草原、河谷林带、绿洲园林、农耕地带。海拔0～2100m。食昆虫、蜥蜴、小鼠、谷物、草籽等。

达乌里寒鸦 *Corvus dauuricus* Pallas，Daurian Jackdaw

分布：新疆北部和东部（冬候鸟）。塔城、巴克图、哈巴河、青河（繁殖鸟）、鄯善、巴里坤、口门子、哈密、伊吾（冬候鸟）。

生态：出没于山地草原、河岸林、荒漠绿洲和农区附近。在新疆北部，有时与寒鸦（*Corvus monedula*）混群，达乌里寒鸦占5%左右，二者存在杂交。海拔500～2000m。主要食昆虫，也杂食垃圾和植物种子。

大嘴乌鸦 *Corvus macrorhynchos* Wagler，Thick-billed Crow（Large-billed Crow）（新疆鸟类新纪录）

分布：新疆西南山地（留鸟）。塔什库尔干、大同、红其拉甫（7月7日见到3只。Dissing *et al.*，1989）、阿克陶（克州）、奥依塔格、喀喇昆仑山、帕米尔高原（西藏亚种 *Corvus macrorhynchos intermedius* 或青藏亚种 *Corvus macrorhynchos tibetosinensis* ?）。

生态：见于林区、农区附近。海拔2000～4100m。主要食昆虫，也杂食农作物和野生植物果实。

小嘴乌鸦 *Corvus corone* Linnaeus，Carrion Crow

分布：广泛分布于新疆各地（留鸟）。若羌、昆仑山、阿尔金山、且末、民丰、于田、策勒、洛浦、和田、墨玉、皮山、叶城、喀喇昆仑山、塔什库尔干、帕米尔高原、明铁盖、阿克陶、阿图什（克州）、乌恰、康苏、乌鲁克恰提、疏勒、疏附、喀什、泽普、莎车、英吉沙、麦盖提、伽师、岳普湖、巴楚、图木舒克、柯坪、阿合奇、乌什、阿克苏、阿拉尔、阿瓦提、温宿、沙雅、塔里木河流域绿洲、新和、拜城、克孜尔、库车、轮台、肖塘、塔中、库尔勒（巴州）、尉犁、恰拉水库、东河滩、罗布泊地区、和硕、焉耆、博湖、和静、巴音布鲁克、巩乃斯、那拉提、新源、天山山区、巩留、特克斯、昭苏、尼勒克、伊犁谷地、伊宁、察布查尔、霍城、温泉、赛里木湖、博乐（博州）、艾比湖、精河、乌苏、独山子、奎屯、沙湾、石河子、玛纳斯、呼图壁、昌吉、五家渠、乌鲁木齐、达坂城、米泉、阜康、天池、博格达山、吉木萨尔、奇台、北塔山、木垒、准噶尔盆地、托里、塔城、额敏、和布克塞尔（和丰）、克拉玛依、乌尔禾、吉木乃、白哈巴、哈巴河、哈纳斯湖、布尔津、阿尔泰、北屯、福海、乌伦古湖、富蕴、青河、托克逊、吐鲁番、鄯善、巴里坤、口门子、伊吾、哈密、沁城（普通亚种 *Corvus corone orientalis*，留鸟）。

生态：出没于山谷林区、草地、丘陵荒漠、平原绿洲和农区（罗志通和马鸣，1991）。在树上营巢。海拔 0～4000m。杂食性。

冠小嘴乌鸦（巾头乌鸦）　*Corvus*（*corone*）*cornix* Linnaeus，Hooded Crow
　　分布：新疆西部（冬候鸟），与小嘴乌鸦分布区有重叠。莎车、喀什、阿图什（克州）、伽师、西克尔库勒、阿瓦提、乌什（苟军，2006）、阿克苏、巩乃斯、新源、巩留、伊宁、察布查尔、霍城、博乐（博州）、精河、艾比湖、塔城、阿尔泰（新疆亚种 *Corvus cornix sharpii*）。
　　注：也称西小嘴乌鸦，原属于小嘴乌鸦的一个亚种（*Corvus corone sharpii*）（钱燕文等，1965）。冬季常与小嘴乌鸦（*Corvus corone*）混群，二者在新疆交汇，有杂交和过渡类型。
　　生态：冬季出现在南北疆的市郊、绿洲、河谷草地、荒漠和农区。海拔200～2100m。杂食性。

渡鸦　*Corvus corax* Linnaeus，Raven
　　分布：新疆各地（留鸟）。阿尔金山、若羌、策勒、洛浦、和田、墨玉、皮山、昆仑山、喀喇昆仑山、叶城、库地、帕米尔高原、塔什库尔干、明铁盖、阿克陶、苏巴什、乌恰、木吉（青藏亚种 *Corvus corax tibetanus* ，留鸟）、阿图什（克州）、喀什地区、伽师、西克尔库勒、巴楚、三岔口、柯坪、乌什、阿合奇、阿克苏地区、温宿、拜城、木扎特河谷、克孜尔、新和、库车、轮台、库尔勒（巴州）、和硕、库米什、和静、巴伦台、天山、巴音布鲁克、那拉提、新源、伊犁谷地、尼勒克、伊宁、赛里木湖、博乐（博州）、阿拉山口、精河、乌苏、沙湾、莫索湾、石河子、玛纳斯、呼图壁、昌吉、乌鲁木齐、乌拉泊、米泉、阜康、天池、博格达山、奇台、北塔山、木垒、准噶尔盆地、托里、塔城、额敏、和布克赛尔、克拉玛依、白哈巴、哈巴河、哈纳斯湖、布尔津、阿尔泰、福海、富蕴、吐尔洪、青河、吐鲁番、托克逊、鄯善、七角井、巴里坤、老爷庙、哈密、沁城、星星峡、伊吾、下马崖（东北亚种 *Corvus corax kamtschaticus* ，留鸟）。
　　生态：栖息于高山草原、山谷林区、戈壁荒漠和农区附近。海拔0～5000m。杂食性，食小型动物、尸体、垃圾、昆虫、植物。

48. 河乌科　Cinclidae（1属2种）

河乌　*Cinclus cinclus*（Linnaeus），White-throated Dipper（图 48-1）
　　分布：新疆各地山谷溪流（留鸟）。昆仑山、于田、策勒、洛浦、和田、墨玉、皮山、帕米尔高原、塔什库尔干、明铁盖、红其拉甫、喀喇昆仑山、克孜勒苏自治州（克州）、喀什地区、乌什、阿克苏、温宿、托木尔峰地区（12月）、和静（巴州）、巴音布鲁克、天山（新疆亚种 *Cinclus cinclus leucogaster*）、巩乃

图 48-1　河乌　邢睿

斯、那拉提、新源、巩留、特克斯、昭苏、尼勒克、伊宁、伊犁地区（伊犁河流域）、霍城、阿拉套山、博乐（博州）、精河、乌苏、沙湾、玛纳斯、昌吉、乌鲁木齐、乌拉泊（1 月 13 日）、阜康、天池、博格达山、奇台、裕民、塔尔巴哈台山、塔城地区、哈巴河、布尔津（河）、阿尔泰（? *Cinclus cinclus baicalensis*）、额尔齐斯河、福海、吐鲁番。

生态：水栖雀类。见于山溪、多卵石的峡谷河滩、河岸灌丛。营巢于水边岩洞。海拔 700～3500m。食水生昆虫、小鱼等。

褐河乌 *Cinclus pallasii* Temminck, Brown Dipper

分布：塔什库尔干、天山（中亚亚种 *Cinclus pallasii tenuirostris*，留鸟）、伊宁、新源、伊犁地区、昌吉、乌鲁木齐、阜康。

生态：栖息于水流清澈的河谷地带。海拔 1500～3000m。采食各种昆虫、小型软体动物、小鱼和虾。

49. 鹪鹩科　Troglodytidae（1 属 1 种）

鹪鹩 *Troglodytes troglodytes* (Linnaeus), Wren（图 49-1）

分布：新疆各地（留鸟）。若羌、铁干里克、阿尔金山、安迪尔（12 月 4 日）、民丰、策勒、和田、喀拉喀什河（11 月）、昆仑山、叶城、喀喇昆仑山、帕米尔高原、阿克陶（克州）、喀什、巴楚、乌什、温宿、阿克苏、库车、塔里木盆地（越冬）、铁门关、尉犁、大西海子（1 月）、三十四团、博湖、和静（巴州）、天山（留鸟）、巴音布鲁克、巩乃斯、那拉提、新源、巩留、特克斯、伊宁、察布查尔、霍城、伊犁山区、温泉、博乐（博州）、精

图 49-1　鹪鹩　王尧天

河、独山子、奎屯、沙湾、玛纳斯河流域、石河子、玛纳斯（天山亚种 *Troglodytes troglodytes tianschanicus*）、昌吉、五家渠、乌鲁木齐、阜康、天池、博格达山、塔城、塔尔巴哈台山、额敏、克拉玛依、哈巴河、哈纳斯湖、布尔津、阿尔泰、鄯善。

生态：活动于山地森林、林间灌丛、阴暗的沟谷、裸岩区。冬季下降至盆地、绿洲、平原、湖泽附近。海拔 360～3100m。食蚊、蝇、蚂蚁、蝗虫、蜘蛛等。

50. 岩鹨科　Prunellidae（1属5种）

领岩鹨　*Prunella collaris*（Scopoli），Collared Accentor（Alpine Accentor）

分布：新疆西部山区（留鸟）。昆仑山、于田、策勒、喀喇昆仑山、天山、木扎特山隘（温宿-昭苏）、和静（巴州）、昭苏、察布查尔、霍城、沙湾、宁加河、昌吉、乌鲁木齐、后峡（新疆亚种*Prunella collaris rufilata*，留鸟）。

生态：栖息于高山苔原、草地、林间灌木丛、山顶裸岩区。海拔1500～5000m。食昆虫、蜘蛛、植物种子和叶片等。

高原岩鹨　*Prunella himalayana*（Blyth），Himalayan Accentor（Altai Accentor）

分布：新疆西部和北部山区（夏候鸟，留鸟）。昆仑山、于田、策勒、克克吐鲁克、塔什库尔干、麻扎种羊场、喀喇昆仑山、帕米尔高原（留鸟）、喀什、温宿、托木尔峰地区、拜城、木扎特河谷、库车（山区）、和静（巴州）、巴音布鲁克、巩乃斯、艾尔肯达坂（繁殖鸟）、新源、特克斯、昭苏、尼勒克、天山、乌苏、沙湾、石河子、昌吉、乌鲁木齐、后峡、阜康、天池、博格达峰、哈巴河（白哈巴）、阿尔泰山、福海（山区）、哈密。

生态：活动于高山裸岩区、林间灌丛、陡坡草地。营地面巢。海拔2000～5000m。食各种昆虫、植物种子、果实等。

棕眉山岩鹨　*Prunella montanella*（Pallas），Mountain Accentor（新疆鸟类新纪录）（图50-1）

分布：新疆北部（冬候鸟）。五家渠、阜康、火烧山、卡拉麦里山、奇台（北塔山）、准噶尔盆地、阿尔泰山。

生态：繁殖地在西伯利亚。冬季在园林、灌丛、农田、绿洲活动。海拔400～700m。食物有浆果（枸杞）、草籽、昆虫等（马鸣和李维东，2008）。

褐岩鹨　*Prunella fulvescens*（Severtzov），Brown Accentor（图50-2）

分布：新疆各地山区（留鸟）。若羌、罗布泊以南（阿尔金山）、民丰、于田、叶城、库地、昆仑山、喀喇昆仑山（南疆亚种*Prunella fulvescens dresseri*，留鸟）、明铁盖、塔什库尔干、帕米尔高原、布伦口、阿克陶（克州）、喀什、托云、乌恰、莎车、库车（大龙池）、天山（指名亚种*Prunella fulvescens fulvescens*，留鸟）、温宿、托木尔峰地区、琼台兰河谷、拜城、库尔勒（巴州）、铁门关、和静、巴音布鲁克、特克斯、霍城、伊犁地区、温泉、博乐（博州）、乌苏、玛纳斯、昌吉、乌鲁木齐、后峡、阜康（天池）、吉木萨尔、卡拉麦里山、奇台、北塔山、富蕴、青河（东北亚种*Prunella fulvescens dahurica*）、吐鲁番、巴里坤、哈密、伊吾。

　　生态：栖息于高山灌丛、裸岩区、陡峭的草坡地和林缘。海拔 1500～
4500m。食昆虫、植物种子、蜗牛。营巢于草丛中。

　　图 50-1　棕眉山岩鹨　曾源　　　　图 50-2　褐岩鹨　文志敏

　　黑喉岩鹨　*Prunella atrogularis*（Brandt），Black-throated Accentor

　　分布：新疆各地（冬候鸟，留鸟）。若羌、阿尔金山、昆仑山、和田地区
（与克什米尔交界处）、帕米尔高原、喀喇昆仑山、喀什、阿克陶（克州）、阿瓦
提、阿克苏、阿拉尔、库车、铁门关、和静（巴州）、尉犁（隆冬，12 月）、巴
音布鲁克、巩乃斯、那拉提、新源、巩留、特克斯、昭苏、伊犁河谷、天山、察
布查尔、霍城、果子沟（留鸟）、温泉、赛里木湖、博乐（博州）、阿拉套山（夏
尔希里）、精河、乌苏、独山子、奎屯、沙湾、石河子、玛纳斯、昌吉、五家渠
（冬候鸟）、乌鲁木齐、水西沟（2 月 3 日）、阜康、天池、北沙窝、博格多山、
吉木萨尔、奇台、准噶尔盆地、塔城、克拉玛依、喀纳斯湖、白哈巴、哈巴河、
布尔津、阿尔泰、福海、乌伦古河流域、吐鲁番地区、巴里坤（新疆亚种 *Pru-
nella atrogularis huttoni*，夏候鸟，留鸟；或指名亚种 *Prunella atrogularis at-
rogularis*？冬候鸟，旅鸟。陈服官等，1998；郑作新，2000）。

　　生态：出没于山地混交林、灌丛、林缘草地和城乡园林。冬季见于平原、农
区、绿洲、灌木丛。海拔 0～3000m。食物有昆虫、植物种子和果实。

51. 鸫科　Turdidae（13 属 35 种）

　　欧亚鸲（红胸鸲，欧鸲，知更鸟）*Erithacus rubecula*（Linnaeus），Eura-
sian Robin（中国鸟类新纪录）（图 51-1）

　　分布：迁徙时见于新疆各地（旅鸟，冬候鸟）。若羌（1 月 28 日）、皮山
（11 月）、阿图什（1 ♂，1 ♀，1986 年 12 月，海拔 1300m。周永恒等，1987）
（克州）、喀什、阿克苏、阿拉尔、木扎特河谷（温宿-拜城）、塔里木河下游（12

月 10 日）、库尔勒（巴州）、铁门关、天山
（Судиловская，1936）、独山子、奎屯、沙湾、石
河子、玛纳斯、五家渠（11 月 29 日）、乌鲁木齐、
乌拉泊（12 月 16 日）、阜康（11 月）、准噶尔盆
地、克拉玛依、阿尔泰山、鄯善、哈密花园水库
（2 只，3 月 31 日，指名亚种 *Erithacus rubecula*
rubecula 或普通亚种 *Erithacus rubecula tataricus*，
冬候鸟，旅鸟）。

图 51-1　欧亚鸲　王尧天

　　生态：活动于低山林区、林间灌丛、城镇园
林。成功东扩的种类（马鸣，2010b）。海拔 600～1500m。食昆虫、软体动物、
植物种子等。

　　新疆歌鸲（夜莺）　*Luscinia megarhynchos*（Brehm），Nightingale
　　分布：北疆各绿洲（夏候鸟）。且末、塔中、民丰（旅鸟?）、新源、巩留、
特克斯、昭苏、伊犁谷地、尼勒克、伊宁、察布查尔、霍城、清水河、博乐（博
州）、艾比湖、精河、乌苏、独山子、奎屯、沙湾、石河子、玛纳斯、昌吉、五
家渠、乌鲁木齐、达坂城、阜康、吉木萨尔、准噶尔盆地、塔城、额敏、和布克
赛尔（和丰）、克拉玛依、哈巴河、布尔津、阿尔泰、乌伦古湖、福海、北屯、
富蕴、杜热、恰库尔图、乌伦古河流域、青河、吐鲁番、哈密（新疆亚种 *Lus-*
cinia megarhynchos hafizi，繁殖鸟）。
　　生态：出没于平原绿洲、荒漠灌丛、河岸阔叶林和城乡园林。极善于鸣唱。
海拔 0～1500m。食多种昆虫。

　　红点颏（红喉歌鸲）　*Luscinia calliope*（Pallas），Siberian Rubythroat
（新疆鸟类新纪录）
　　分布：新疆北部（旅鸟）。石河子（旅鸟）、哈巴河、阿尔泰（夏候鸟）、贾
登峪（2♂，1♀，1983 年 7 月 11 日，海拔 1400m。向礼陔和黄人鑫，1986）、
富蕴（指名亚种 *Luscinia calliope calliope*，繁殖鸟?）。
　　生态：栖息于山地灌丛、平原次生林、苇丛、荒漠灌木丛和草丛。海拔
400～1500m。食物有昆虫、植物碎片。

　　蓝点颏（蓝喉歌鸲）　*Luscinia svecica*（Linnaeus），Bluethroat
　　分布：广泛分布于新疆各地（夏候鸟，旅鸟）。若羌、昆仑山、且末、民丰、
于田、策勒、洛浦、和田、墨玉、皮山、叶城、库地、喀喇昆仑山（藏西亚种
Luscinia svecica abbotti）、帕米尔高原、塔什库尔干、阿克陶、阿图什（克州）、
乌恰、喀什地区（新疆亚种 *Luscinia svecica kobdensis*，繁殖鸟）、莎车、英吉
沙、疏附、疏勒、麦盖提、巴楚、图木舒克、阿合奇、乌什、阿瓦提、塔里木

河、阿克苏、阿拉尔、温宿、托木尔峰地区、沙雅、拜城、木扎特河流域、轮台、阳霞、库尔勒（巴州）、普惠、尉犁、恰拉水库、东河滩、塔克拉玛干沙漠腹地（塔中石油基地）、和硕、焉耆、博湖、和静、天山山脉、巴音布鲁克、新源、巩留、特克斯、昭苏、尼勒克、伊犁河谷（普通亚种 *Luscinia svecica pallidogularis* ?）、伊宁、察布查尔、霍城、精河（博州）、艾比湖、独山子、奎屯、沙湾、石河子、玛纳斯、昌吉、五家渠、乌鲁木齐、青格达湖、米泉、阜康、天池、博格达山、吉木萨尔、奇台、芨芨湖、木垒、准噶尔盆地、裕民、塔城、和布克赛尔（和丰）、克拉玛依、吉木乃、白哈巴、哈巴河、哈纳斯湖、布尔津、额尔齐斯河、阿尔泰、乌伦古湖、福海、北屯、富蕴、吐尔洪（野鸭湖、可可托海）、乌伦古河流域、青河、布尔根河流域、巴里坤（北疆亚种 *Luscinia svecica saturatior*，繁殖鸟）。

生态：喜湿，栖息于高山灌木丛、草丛、湿地苇丛、沙漠绿洲、平原园林。极善于鸣叫。海拔 200～3500m。食昆虫。

黑胸歌鸲 *Luscinia pectoralis* (Gould)，Himalayan Rubythroat (White-tailed Rubythroat)

分布：新疆西北部（夏候鸟）。帕米尔高原、喀什、温宿、托木尔峰地区、和静（巴州）、天山（新疆亚种 *Luscinia pectoralis ballioni*，繁殖鸟）、新源、巩乃斯河上游（和静）、特克斯、尼勒克（喀什河谷）、温泉、昆得仑、赛里木湖（林区）、博乐（博州）、阿拉套山、昌吉（山区）。

生态：出没于高山草甸、混交林、阔叶林、河谷灌木丛、林缘草地。海拔1800～3000m。善于鸣唱。食昆虫。

橙胁蓝尾鸲（红胁蓝尾鸲） *Tarsiger cyanurus* (Pallas)，Red-flanked Bush Robin（新疆鸟类新纪录）

分布：新疆西部和北部（旅鸟）。民丰、昆仑山、于田、克里雅河上游、和田、皮山（旅鸟，冬候鸟）、塔中、沙湾、石河子、乌鲁木齐、阜康、吉木萨尔、火烧山、喀木斯特、准噶尔盆地（旅鸟）、白哈巴河、哈巴河、布尔津、哈纳斯湖（Dissing，1989）、阿尔泰、富蕴（指名亚种 *Tarsiger cyanurus cyanurus*，繁殖鸟）。

生态：栖息于山地针叶林、阔叶林、河谷灌木丛、人工园林、荒漠绿洲。海拔400～3100m。食昆虫、蜘蛛、蜗牛和少量植物种子。

棕薮鸲 *Cercotrichas galactotes* (Temminck)，Rufous Scrub Robin（中国鸟类新纪录）

分布：新疆西部（天山？ Судиловская，1936）、北沙窝（黄亚惠，2010）、阜康（古尔班通古特沙漠南缘。侯兰新和贾泽信，1998；Ma，1999b；马鸣，

2010a)、准噶尔盆地（中亚亚种 *Cercotrichas galactotes familiaris* ，繁殖鸟）。

生态：栖息于荒漠红柳和梭梭灌木丛、河岸林、沙漠植物丛、准噶尔绿洲和园林。海拔 400～600m。食昆虫。

红背红尾鸲　*Phoenicurus erythronotus* （Eversmann），Eversmann's Redstart（Rufous-backed Redstart）

分布：新疆各地（夏候鸟，旅鸟）。若羌（1 月）、于田、策勒、昆仑山（冬候鸟）、皮山、帕米尔高原、喀喇昆仑山、克孜勒苏自治州（克州）、喀什、麦盖提、乌什、阿克苏、阿拉尔、温宿、托木尔峰地区、木扎特河上游、库车（煤矿）、沙雅、库尔勒（巴州）、铁门关、尉犁、大西海子（1 月）、和硕、和静、新源、巩乃斯、天山、巩留、特克斯、尼勒克、昭苏、伊犁谷地、伊宁、察布查尔、霍城、果子沟、赛里木湖、博乐（博州）、阿拉套山、精河、独山子、奎屯、沙湾、石河子、玛纳斯、昌吉、乌鲁木齐、后峡、阜康、天池、博格达山、吉木萨尔、卡拉麦里山、奇台、北塔山地区（5 月）、准噶尔盆地、裕民、塔城、克拉玛依、喀纳斯湖、布尔津、阿尔泰、福海（山区）、富蕴、青河、鄯善、哈密、巴里坤（繁殖鸟）。

生态：活动于多岩石的山地灌丛、针叶林、河谷阔叶林、人工园林。海拔250～3500m。采食昆虫。

蓝头红尾鸲　*Phoenicurus caeruleocephalus* Vigors，Blue-capped Redstart（图 51-2）

分布：新疆中部（夏候鸟）。喀什地区、温宿、天山托木尔峰地区（繁殖鸟）、塔里木河下游（冬候鸟）、库尔勒（巴州）、铁门关、巩乃斯（和静）、那拉提、新源、巩留、昭苏、霍城、伊犁地区、赛里木湖林区、温泉、阿拉套山、博乐（博州）、乌苏、独山子、沙湾（鹿角湾温泉、宁加河、蒙古泉子）、玛纳斯、昌吉、乌鲁木齐（天山）、阜康、天池、博格达山、鄯善吐峪沟（1 月，冬候鸟）。

图 51-2　蓝头红尾鸲　孙大欢

生态：栖息于山地林区、河谷灌木丛、陡坡草丛和裸岩地带。海拔 1400～2700m。食昆虫。

赭红尾鸲　*Phoenicurus ochruros* （Gmelin），Black Redstart

分布：广泛分布于新疆各县山区（夏候鸟）。若羌、阿尔金山、米兰河上游、且末、昆仑山、民丰、于田、和田、皮山、叶城、喀喇昆仑山、塔什库尔干、明铁盖、帕米尔高原、乌恰、吉根、阿克陶（克州）、喀什（南疆亚种 *Phoenicurus ochruros xerophilus* ，留鸟?）、乌什、阿合奇、阿克苏、温宿、托木尔峰地区、拜城、木扎特河流域、库车、罗布泊地区、和静（巴州）、和硕、巴音布鲁克、巩乃斯、天山、新源、巩留、昭苏、伊犁河谷、尼勒克、伊宁、察布查尔、霍城、赛里木湖、博乐（博州）、准噶尔阿拉套山、精河、艾比湖、甘家湖、乌苏、独山子、奎屯、沙湾、石河子、玛纳斯、昌吉、乌鲁木齐、后峡、米泉、阜康、天池、吉木萨尔、奇台、北塔山、木垒、准噶尔盆地、塔城、托里、裕民、塔尔巴哈台山、克拉玛依、乌尔禾、艾里克湖、哈巴河、铁列克、阿尔泰、喀纳斯湖、布尔津、福海、富蕴、青河、吐鲁番（冬候鸟）、巴里坤、哈密、沁城、伊吾（北疆亚种 *Phoenicurus ochruros phoenicuroides*，繁殖鸟）。

生态：繁殖期见于高山裸岩带、林区和灌丛，其他时间见于河谷灌丛、低山草地、园林。海拔 0～4500m。食昆虫。

欧亚红尾鸲 *Phoenicurus phoenicurus* (Linnaeus)，Common Redstart（中国鸟类新纪录）

分布：新疆北部（夏候鸟）。库车（天山）、巴音布鲁克、伊犁地区、霍城、博乐（博州）、精河、乌苏、沙湾、石河子、天池、博格达山、准噶尔盆地（旅鸟）、塔尔巴哈台山（繁殖鸟）、塔城地区、额敏、白哈巴河流域、哈巴河、铁列克、哈纳斯湖（5♂，4♀，5 幼，1980 年 7 月，海拔 1320～1700m。高行宜等，2000）、布尔津、阿尔泰山（繁殖鸟）、福海、北屯、额尔齐斯河谷、富蕴、青河（指名亚种 *Phoenicurus phoenicurus phoenicurus*）。

生态：栖息于山地针叶林、河谷阔叶林、灌木丛、人工园林。海拔 230～2000m。食昆虫。

红腹红尾鸲 *Phoenicurus erythrogaster* (Guldenstadt)，Red-bellied Redstart (Guldenstadt's Redstart)

分布：新疆各地（夏候鸟，旅鸟，冬候鸟）。昆仑山、且末、民丰、和田、皮山、叶城（昆仑山）、库地、帕米尔高原、喀喇昆仑山、明铁盖、红其拉甫、克克吐鲁克、塔什库尔干、阿克陶（克州）、喀什、莎车、阿克苏、温宿、库车、塔中、库尔勒（巴州）、铁门关、和静、巴伦台（冬候鸟）、天山、巴音布鲁克、巩乃斯、新源、巩留、特克斯、昭苏、尼勒克、伊宁、察布查尔、霍城、伊犁地区、温泉、博乐（博州）、阿拉套山、精河、独山子、沙湾、石河子（11 月）、玛纳斯、昌吉、乌鲁木齐、后峡、乌拉泊（2 月 1 日）、阜康、天池、卡拉麦里山、奇台、北塔山、准噶尔盆地（旅鸟）、布尔津、阿尔泰地区、福海（山区）、青河、吐鲁番、巴里坤、哈密、口门子、沁城（普通亚种 *Phoenicurus erythrogaster grandis*，繁殖鸟）。

生态：见于高原或高山草甸、裸岩带、河谷灌木丛、森林和陡坡草地。海拔 190～3900m。食昆虫。

红尾水鸲 *Rhyacornis fuliginosus* (Vigors)，Plumbeous Water Redstart

（新疆鸟类新纪录）

分布：塔什库尔干、红其拉甫（Dissing，1989）、阿克陶、奥依塔格（指名亚种 *Rhyacornis fuliginosus fuliginosus*？夏候鸟）。

生态：栖息于高山溪流、裸岩区、灌木丛、草丛、湿地附近。海拔3200～4500m。食昆虫。

白顶溪鸲　*Chaimarrornis leucocephalus*（Vigors），White-capped Water Redstart（新疆鸟类新纪录）

分布：新疆西南山地（夏候鸟）。阿克陶-奥依塔格（郭宏等，2010）、和静（？巴伦台）。

生态：栖息于山地溪流、河谷红柳林和沙棘灌丛。海拔1840～3000m。食水边昆虫。

白喉石䳭　*Saxicola insignis* G. R. Gray，Hodgson's Bushchat

分布：新疆西北地区（旅鸟）。帕米尔高原（？）、天山（旅鸟？）、阿尔泰山、青河、北塔山（奇台）。

生态：栖息于高山灌木丛、裸岩草丛和沟谷灌丛地带。海拔2000～3500m。食昆虫。

黑喉石䳭　*Saxicola torquata*（Linnaeus），Common Stonechat（图51-3）

分布：遍布新疆各地山区（夏候鸟）。若羌、罗布泊地区、且末、阿尔金山、民丰、昆仑山、皮山、叶城、喀喇昆仑山、帕米尔高原、阿克陶、喀什、莎车（昆仑山）、麦盖提（青藏亚种 *Saxicola torquata przewalskii*，繁殖鸟。马敬能等2000）、阿合奇、阿克苏、轮台、塔中基地（旅鸟）、和静、天山、巩乃斯、那拉提、新源、巩留、特克斯、尼勒克、昭苏、伊犁谷地、伊宁、察布查尔、霍城、赛里木湖、博乐、艾比湖、精河、独山子、沙湾、

图51-3　黑喉石䳭　苟军

石河子（3月26日）、玛纳斯、昌吉、五家渠、乌鲁木齐、阜康、吉木萨尔、奇台、北塔山、木垒、准噶尔盆地、裕民、塔城、塔尔巴哈台山、额敏、和布克塞尔、克拉玛依、白哈巴、哈巴河、哈纳斯湖、布尔津、阿尔泰山、福海、富蕴、吐尔洪、青河、吐鲁番、巴里坤、哈密（新疆亚种 *Saxicola torquata maura*，繁殖鸟）。

注：有人将新疆亚种 *Saxicola torquata maura* 作为独立的种 *Saxicola maura*（Wassink & Oreel，2007）。

生态：普遍分布在山地灌丛、干旱草原、河谷裸岩区、山前戈壁和农区。海

拔 200～3000m。食昆虫、蜘蛛、蚯蚓。

沙鵰 *Oenanthe isabellina*（Temminck），Isabelline Wheatear

分布：广泛分布于新疆荒漠草原（夏候鸟）。且末、民丰、洛浦、和田地区、墨玉、皮山、叶城、克克吐鲁克、红其拉甫、喀拉库勒、塔什库尔干、阿克陶、帕米尔高原、阿图什（克州）、乌恰、喀什地区、莎车、巴楚、阿合奇、乌什、阿克苏、温宿、托木尔峰地区、拜城、库车、轮台、塔中、库尔勒（巴州）、尉犁、和静、巴音布鲁克、天山、巩乃斯、新源、巩留、尼勒克、特克斯、昭苏、伊犁地区、察布查尔、霍城、温泉、赛里木湖、博乐（博州）、精河、乌苏、独山子、奎屯、沙湾、石河子、玛纳斯、呼图壁、昌吉、五家渠、乌鲁木齐、米泉、阜康、北沙窝、吉木萨尔、奇台、北塔山、木垒、准噶尔盆地、裕民、托里、额敏、和布克赛尔、克拉玛依、哈巴河（白哈巴）、铁列克、布尔津、阿尔泰、北屯、乌伦古湖、福海、富蕴、青河、吐鲁番、托克逊、哈密、巴里坤、三塘湖、伊吾（繁殖鸟）。

生态：栖息于高山草地、荒漠草原、戈壁丘陵。营巢于鼠洞里（"鸟鼠同穴"者）。海拔 0～3500m。食昆虫。

穗鵰 *Oenanthe oenanthe*　（Linnaeus），Northern Wheatear

分布：新疆各地（夏候鸟）。阿尔金山、且末、民丰、帕米尔高原、塔什库尔干、明铁盖、吉根、阿克陶（克州）、乌恰、喀什、阿合奇、阿克苏、温宿、托木尔峰地区、拜城、库车、轮台、塔中、和硕、和静（巴州）、巴伦台、天山（繁殖鸟）、巴音布鲁克、巩乃斯、新源、特克斯、昭苏、尼勒克、霍城、伊犁地区、温泉、赛里木湖、博乐（博州）、精河、乌苏、独山子、奎屯、沙湾、石河子、玛纳斯、昌吉、五家渠、乌鲁木齐、后峡、米泉、阜康、奇台、木垒、准噶尔盆地、裕民、托里、额敏、和布克赛尔、克拉玛依、吉木乃、白哈巴、哈巴河、铁列克、哈纳斯湖、布尔津、阿尔泰、乌伦古湖、北屯、福海、富蕴、青河、布尔根河（边防站）、吐鲁番、鄯善、巴里坤、哈密、沁城、星星峡、伊吾（指名亚种 *Oenanthe oenanthe oenanthe*）。

生态：常见于河谷多巨大砾石的草地、干旱草原、荒漠戈壁。在巴音布鲁克有"鸟鼠同穴"现象。海拔 400～3200m。食昆虫和少量草籽（郑强和蒋卫，1991）。

图 51-4　漠鵰（雄）　夏咏

漠鵰 *Oenanthe deserti*（Temminck），Desert Wheatear（图 51-4）

分布：广泛分布于新疆各地（夏候鸟）。阿尔金山、若羌、米兰、且末、民丰、于田（克里雅河下游）、和田、皮山、叶城、塔什库尔干、喀喇昆仑山、昆仑山（青藏亚种 *Oenanthe deserti oreophila*，繁殖鸟）、喀拉库勒、康苏、乌恰、乌鲁克恰提、阿图什（克州）、喀什、英吉沙、疏附、莎车、伽师、巴楚、图木舒克、乌什、阿瓦提、阿克苏、阿拉尔、温宿、托木尔峰地区、拜城、克孜尔、库车、沙雅、轮台、塔中（石油基地）、库尔勒（巴州）、普惠、尉犁、罗布庄、和硕、和静、巴音布鲁克、巩乃斯、天山、伊犁地区、霍城、赛里木湖、博乐（博州）、精河、甘家湖、乌苏、独山子（3 月 22日）、奎屯、沙湾、莫索湾、石河子、玛纳斯、呼图壁、昌吉、五家渠、乌鲁木齐、达坂城、米泉、阜康、五彩湾、吉木萨尔、卡拉麦里山、奇台、北塔山、将军戈壁、木垒、准噶尔盆地、裕民、塔城、托里、和布克赛尔、克拉玛依、乌尔禾、艾里克湖、吉木乃、哈巴河、布尔津、阿尔泰、福海、乌伦古湖、北屯、富蕴、吐尔洪、青河、托克逊、吐鲁番、巴里坤、哈密、雅满苏、星星峡、伊吾、下马崖（蒙新亚种 *Oenanthe deserti atrogularis*，繁殖鸟）。

生态：常见于荒漠草地、砾石戈壁、弃耕地、沙漠灌丛。海拔 0～2000m。采食昆虫。

东方斑鸫　*Oenanthe picata* Blyth，Variable Wheatear

分布：喀什地区（马敬能等，2000）、塔什库尔干（Dissing，1989）（夏候鸟，罕见）。

生态：栖息于低山裸岩、荒漠草原、峡谷灌丛。食昆虫。

白顶鸫　*Oenanthe pleschanka*（Lepechin），Pied Wheatear

分布：广泛分布于新疆各县荒漠绿洲（夏候鸟）。若羌、阿尔金山、且末、昆仑山、民丰、皮山、叶城、喀喇昆仑山、帕米尔高原、康苏、乌恰、阿克陶、奥依塔格、喀什、阿图什（克州）、英吉沙、巴楚、莎车、阿合奇、乌什、阿克苏、拜城、克孜尔、库车、轮台、塔克拉玛干沙漠（塔中）、库尔勒（巴州）、焉耆、和硕、罗布泊、和静、巴伦台、天山、新源、巩留、特克斯、尼勒克、昭苏、伊犁（伊宁）、察布查尔、霍城、清水河、果子沟、温泉、赛里木湖、博乐（博州）、精河、乌苏、独山子（3 月 23 日）、奎屯、沙湾、石河子、玛纳斯、呼图壁、昌吉、五家渠、乌鲁木齐、达坂城、米泉、阜康、吉木萨尔、奇台、北塔山、木垒、准噶尔盆地（繁殖鸟）、塔城、额敏、和布克塞尔（和丰）、克拉玛依、乌尔禾、哈巴河、布尔津、阿尔泰、北屯、福海、乌伦古湖、富蕴、恰库尔图、青河、托克逊、吐鲁番、巴里坤、哈密、口门子、沁城、伊吾（繁殖鸟）。

注：或被定名为 *Oenanthe hispanica pleschanka*（郑作新，1976）。

生态：多见于荒山野岭、戈壁沙漠、平原绿洲、荒漠、农区弃耕地。营洞穴巢。海拔0～2000m。食昆虫和少量植物。

白背矶鸫　*Monticola saxatilis*（Linnaeus），White-backed Rock Thrush（Rufous-tailed Rock Thrush）（图 51-5）

图 51-5　白背矶鸫　文志敏

分布：新疆各地（夏候鸟）。民丰（9 月 24 日）、于田、克里雅河流域、和田、昆仑山、皮山、叶城、喀喇昆仑山、阿克陶、帕米尔高原、阿图什（克州）、乌恰、喀什、英吉沙、阿合奇、乌什、阿克苏、托木尔峰地区、温宿、拜城、木扎特河流域、克孜尔、库车、尉犁、罗布泊、和静（巴州）、巴伦台、天山、巩乃斯、那拉提、新源、伊犁地区、赛里木湖、博乐（博州）、乌苏、独山子、沙湾、玛纳斯、昌吉、乌鲁木齐、达坂城、阜康、天池、卡拉麦里山、奇台、北塔山、准噶尔盆地、裕民、巴尔鲁克山（繁殖鸟）、托里、额敏、塔尔巴哈台山、和布克塞尔（和丰）、克拉玛依、吉木乃、白哈巴、哈巴河、铁列克、布尔津、阿尔泰、福海、富蕴、青河、巴里坤、口门子、哈密、沁城、伊吾。

生态：栖息于山地岩石峭壁、河谷灌丛、荒漠草地。营巢于岩隙或墙洞中。海拔 480～3000m。食昆虫，兼食植物果实。

蓝矶鸫　*Monticola solitarius*（Linnaeus），Blue Rock Thrush

分布：新源、天山、特克斯、伊犁地区、霍城（果子沟）、赛里木湖、阿拉套山、博乐、塔尔巴哈台山（华南亚种 *Monticola solitarius pandoo*，罕见旅鸟）。

生态：栖息于多岩石的山谷、草地、河滩灌丛、人工园林。海拔 1000～2100m。食昆虫和少量植物果实与种子。

紫啸鸫　*Myiophoneus caeruleus*（Scopoli）Blue Whistling Thrush

分布：喀什地区、巴楚（冬季）、库尔勒（巴州）、铁门关、天山、尼勒克（喀什河谷）、乌鲁木齐、乌拉泊（西藏亚种 *Myiophoneus caeruleus temminckii*，罕见冬候鸟?）。

生态：栖息于山地森林、河谷灌丛、人工园林。海拔 500～1100m。食昆虫和少量植物果实。

虎斑地鸫（怀氏虎鸫）　*Zoothera dauma*（Latham），Scaly Thrush（Golden Mountain Thrush）

分布：新疆西部、民丰（9 月 24 日）、塔什库尔干、大同、塔里木盆地（旅鸟）、铁门关、伊犁谷地、天山、吉木乃、布尔津、阿尔泰（普通亚种 *Zoothera dauma aurea*）。

注：或被另立为怀氏虎鸫（*Zoothera aurea*）（Wassink & Oreel，2007）。

生态：见于山地阔叶林、针叶林、溪谷灌丛、绿洲。海拔 1000～2800m。采食昆虫和其他小型无脊椎动物。

乌鸫　*Turdus merula* Linnaeus，Blackbird

分布：广布于新疆各绿洲（繁殖鸟）。且末、民丰、策勒、洛浦、和田、墨玉、皮山、昆仑山、喀喇昆仑山、喀什、莎车、巴楚、乌什、阿合奇、阿瓦提、阿克苏、阿拉尔、温宿、托木尔峰地区、新和、库车（煤矿）、轮台、塔里木盆地（冬候鸟）、塔中、库尔勒（巴州）、铁门关、尉犁、罗布泊、和硕、和静、天山、伊犁河谷、巩乃斯、那拉提、新源、巩留、特克斯、察布查尔、尼勒克、伊宁、霍城、果子沟、温泉、博乐（博州）、精河、乌苏、独山子、奎屯、沙湾、石河子、玛纳斯、昌吉、五家渠、乌鲁木齐（留鸟）、米泉、阜康、天池、博格达山、吉木萨尔、北塔山、奇台、准噶尔盆地（繁殖鸟、冬候鸟）、裕民、塔城、和布克赛尔（和丰）、克拉玛依、布尔津、阿尔泰、富蕴、青河、吐鲁番、巴里坤、哈密、伊吾（新疆亚种 *Turdus merula intermedius*）。

生态：常见于山地林区、河谷灌丛、城乡园林、荒漠灌丛。海拔 0～2800m。采食昆虫，兼吃植物果实。

白眉鸫　*Turdus obscurus* Gmelin，White-browed Thrush

分布：帕米尔高原、西天山（罕见旅鸟？郑作新，1976）、准噶尔西部（？）、青河（苟军，2005）。

注：曾经是白腹鸫的一个亚种 *Turdus pallidus obscurus*（郑作新，1976）。

生态：栖息于山地林区、河谷灌丛。采食昆虫。

赤颈鸫　*Turdus ruficollis* Pallas，Red-necked Thrush（Dark-throated Thrush）

分布：与黑喉鸫的分布区重叠（冬候鸟）。塔里木盆地、和田地区、喀什地区、克州、阿克苏、库尔勒（巴州）、铁门关、伊犁地区、博州、独山子、乌苏、奎屯、昌吉、乌鲁木齐、准噶尔盆地、塔城、阿尔泰、吐鲁番。

注：有人将此种的亚种确定为两个独立的种，即喉部与上胸为栗色的赤颈鸫（*Turdus ruficollis*）和喉部及上胸为黑色的黑喉鸫（*Turdus atrogularis*）。二者都在新疆越冬，经常有混群现象，存在杂交个体。

生态：见于山地针叶林、阔叶林、河谷灌丛，冬季出没于平原绿洲、盆地农区、沙漠灌丛。海拔 -90～1500m。食昆虫和植物果实。

黑喉鸫（黑颈鸫）　*Turdus atrogularis* Jarocki，Black-throated Thrush

分布：集群活动于新疆各绿洲（冬候鸟）。阿尔金山、若羌、阿尔干、瓦石峡、车尔臣河流域（塔他让）、且末、安迪尔、民丰、于田、策勒、洛浦、昆仑山、和田、墨玉、皮山、叶城、塔什库尔干、阿克陶（克州）、帕米尔高原、喀什、疏勒、疏附、莎车、麦盖提、伽师、巴楚、图木舒克、乌什、阿克苏、阿拉尔、塔里木河、阿瓦提、温宿、托木尔峰地区、拜城、木扎特河流域、沙雅、库车、轮台、塔中（石油基地）、库尔勒（巴州）、铁门关、尉犁、罗布泊地区、和静、巴音布鲁克、天山、新源、巩留、昭苏、特克斯、伊犁谷地、尼勒克、伊宁、察布查尔、霍城、温泉、博乐（博州）、精河、乌苏、独山子、奎屯、沙湾、石河子、莫索湾、玛纳斯、昌吉、五家渠、乌鲁木齐、米泉、阜康、吉木萨尔、奇台、北塔山、木垒、准噶尔盆地、塔城、和布克赛尔（和丰）、克拉玛依（冬候鸟）、乌尔禾、吉木乃、白哈巴、哈巴河、哈纳斯湖、布尔津、阿尔泰（繁殖鸟）、额尔齐斯河流域、乌伦古湖、福海、北屯、富蕴、恰库尔图、托克逊、吐鲁番（冬候鸟，旅鸟）。

注：由赤颈鸫的亚种（*Turdus ruficollis atrogularis*）提升的种（Stepanyan，1990；Ernst，1996；赵正阶，2001）。冬季常与赤颈鸫混群。

生态： 冬季出现在市郊、人工园林、荒漠绿洲、农区林网、山地河谷灌丛。海拔－90～3500m。食昆虫和植物果实（沙枣）。

红尾鸫 *Turdus naumanni* Temminck，Naumann's Thrush

分布： 新疆北部（冬候鸟）。石河子、乌拉泊（1月）、乌鲁木齐（冬候鸟）、北塔山、奇台、布尔津。

生态： 冬季出现在河谷林、农区、灌木丛。食昆虫和植物果实。

斑鸫 *Turdus eunomus* Temminck，Dusky Thrush

分布： 新疆北部（旅鸟）。铁门关、独山子、昌吉、乌鲁木齐、奇台、准噶尔盆地（旅鸟）、哈巴河、布尔津、阿尔泰、福海、巴里坤、哈密。

注：通常是红尾鸫的一个亚种 *Turdus naumanni eunomus*（郑作新，1976）。与红尾鸫有混群和杂交。据新疆鸟友介绍，在野外红尾鸫 *Turdus naumanni* 比较多见。

生态： 繁殖于西伯利亚泰加林区。迁徙期见于河谷阔叶林、灌丛和人工园林。采食昆虫和植物果实。

田鸫 *Turdus pilaris* Linnaeus，Fieldfare

分布： 新疆各地（夏候鸟）。于田、喀什（旅鸟、冬候鸟）、塔里木盆地、阿克苏、托什罕河、阿合奇、天山、特克斯、伊犁地区、精河（博州）、石河子、昌吉、乌鲁木齐、吉木萨尔、北塔山、奇台、准噶尔盆地、塔城、和布克赛尔（和丰）、吉木乃、铁列克、白哈巴、哈巴河、哈纳斯湖、布尔津、阿尔泰山（新疆亚种 *Turdus pilaris subpilaris*）、福海、额尔齐斯河流域、青河（繁殖鸟）。

生态： 见于山地针叶林、阔叶林（白桦林）、草原、河谷灌丛和农庄园林。

海拔 400～2500m。食昆虫。

白眉歌鸫　*Turdus iliacus* Linnaeus，Redwing（图 51-6）

分布：和田、昆仑山（越冬）、精河（博州）、艾比湖、石河子、五家渠、乌鲁木齐、吉木萨尔、卡拉麦里（旅鸟）、阿尔泰山（指名亚种 *Turdus iliacus iliacus*）。

生态：栖息于山地针叶林、混交林、阔叶林（桦木林、白杨林）和河谷灌丛。海拔 400～2400m。食昆虫和植物果实。

图 51-6　白眉歌鸫　苟军

欧歌鸫　*Turdus philomelos*（Turton），Song Thrush（中国鸟类新纪录）

分布：新疆北部（夏候鸟）。卡拉麦里、阜康、火烧山、白哈巴、铁列克、哈巴河、布尔津、哈纳斯湖、阿尔泰山（指名亚种 *Turdus philomelos philomelos*，繁殖鸟）。

生态：见于山地针叶林、阔叶林、河谷灌木丛和农庄园林。海拔 1400～1700 m。食昆虫和其他小型无脊椎动物，也食植物性食物。

槲鸫　*Turdus viscivorus* Linnaeus，Mistle Thrush

分布：新疆各地林区（留鸟）。且末、于田、皮山、昆仑山、喀什、阿克苏、阿拉尔（旅鸟）、温宿、托木尔峰地区、拜城、木扎特河谷、库车、塔中（旅鸟）、尉犁（1 月）、和硕、和静、天山山脉、巴音布鲁克、巩乃斯、那拉提、新源、巩留、特克斯、尼勒克、昭苏、伊宁、察布查尔、霍城、伊犁地区、清水河、果子沟、温泉、赛里木湖、博乐、精河、乌苏、独山子、沙湾、石河子、玛纳斯、昌吉、五家渠、乌鲁木齐、达坂城、米泉、阜康、天池、博格达山、吉木萨尔、奇台、北塔山、木垒、和布克赛尔（和丰）、克拉玛依、白哈巴、哈巴河、哈纳斯湖、布尔津、阿尔泰、福海、青河、巴里坤、哈密、口门子、伊吾（新疆亚种 *Turdus viscivorus bonapartei*，繁殖鸟）。

生态：栖息于山地针叶林、混交林、阔叶林、林间草地、河谷灌丛、山庄园林。海拔 500～3000m。采食昆虫和蜗牛等。

52. 鹟科　Muscicapidae（2 属 5 种）

斑鹟　*Muscicapa striata*（Pallas），Spotted Flycatcher（图 52-1）

分布：新疆北部和西部（夏候鸟，旅鸟）。民丰（9 月 24 日，旅鸟）、昆仑山、洛浦、和田、墨玉、杜瓦、皮山、叶城、库地、喀喇昆仑山、帕米尔高原、喀什、天山、那拉提、伊犁河谷、新源、霍城、温泉、艾比湖、精河（博州）、独山子、石河子、玛纳斯、昌吉、五家渠、乌鲁木齐、阜康、天池、博格达山、奇台、北塔山、准噶尔盆地北部、裕民、和布克赛尔、克拉玛依、白哈巴、哈巴河、铁列克、哈纳斯湖、布尔津、阿尔泰山（新疆亚种 *Muscicapa striata neumanni*，繁殖鸟）、北屯、福海、额尔齐斯河流域、富蕴、恰库尔图、乌伦古河流域、吐尔洪、青河、布尔根河流域、伊吾。

生态：栖息于山地杂木林、河谷灌丛、平原人工林。秋季迁徙期数量较大。海拔 200～2500m。食昆虫。

北灰鹟　*Muscicapa dauurica* Pallas，Asian Brown Flycatcher（新疆鸟类新纪录）

分布：火烧山-卡拉麦里（5 月 30 日，旅鸟）（朱成立等，2010）。

生态：营巢于西伯利亚混交林，迁徙时见于平原次生林、灌丛、农田。海拔 466m。善于捕食飞虫。

鸲姬鹟　*Ficedula mugimaki*（Temminck），Robin Flycatcher（Mugimaki Flycatcher）

分布：新疆北部（旅鸟）。阿尔泰、昌吉、准噶尔盆地（高行宜等，1997）。

生态：栖息于山地林区、河谷灌丛、人工园林。食昆虫。

红喉姬鹟（黄点颏）　*Ficedula albicilla*（Pallas），Red-throated Flycatcher（新疆鸟类新纪录）

分布：新疆各地（旅鸟）。洛浦、和田、墨玉、喀什、克孜勒苏自治州（克州）、库车（山区）、博斯腾湖、天山（2♂，2400 m，6 月 15 日）、石河子（冬候鸟）、独山子、克拉玛依（10 月）、哈纳斯湖、布尔津、阿尔泰山（夏候鸟）、乌伦古河、富蕴、青河、托克逊（10 月）、哈密（6♂，3♀，1984 年 5 月，海拔 535～1600m。周永恒等，1987）。

注：此种曾经是 *Ficedula parva*（Bechstein）的一个亚种（郑作新，1976）。

生态：栖息于山地森林、河谷灌丛、草地，冬季下降至平原绿洲。海拔 500～2400m。食鞘翅目、鳞翅目、双翅目等昆虫。

斑姬鹟　*Ficedula hypoleuca*（Pallas），Pied Flycatcher（中国鸟类新纪录）（图 52-2）

分布：普鲁村（于田、克里雅河上游、昆仑山）（马鸣等，2008a）。

生态：河谷绿洲、村落、园林。海拔 2601m。食昆虫。

图 52-1　斑鹟　马鸣　　　　　　　图 52-2　斑姬鹟　马鸣

53. 鸦雀科　Paradoxornithidae（1 属 1 种）

文须雀　*Panurus biarmicus*（Linnaeus），Bearded Tit（Bearded Parrotbill，Bearded Reedling）（图 53-1）

分布： 广布于新疆各县湿地（留鸟）。若羌、库木塔格沙漠、车尔臣河流域、且末、安迪尔河、民丰、于田、克里雅河、琼麻扎、皮山、喀什、阿图什（克州）、叶尔羌河流域、麦盖提、喀拉玛水库、巴楚、小海子、图木舒克、阿克苏、阿拉尔（十团）、塔里木河流域、沙雅、轮台、库尔勒（巴州）、普惠、尉犁、东河滩、恰拉水库、大西海子、

图 53-1　文须雀　冯萍

孔雀河、罗布泊、阿奇克谷地、博斯腾湖、焉耆、和硕、博湖、天山、巩留、伊犁谷地、伊宁、察布查尔、霍城、阿拉套山、博乐（博州）、艾比湖、精河、乌苏、奎屯、沙湾、石河子、玛纳斯、昌吉、五家渠、东道海子、乌鲁木齐、青格达湖、米泉、吉木萨尔、准噶尔盆地、塔城、和布克赛尔（和丰）、克拉玛依、哈巴河、布尔津、阿尔泰、福海、乌伦古湖、北屯、富蕴、哈密、雅满苏（欧亚亚种 *Panurus biarmicus russicus*，繁殖鸟，冬候鸟）。

生态： 常见于河流、湖泊附近的湿地苇丛。海拔 200～1500m。采食昆虫、蜘蛛、芦苇的种子和杂草籽等。

54. 扇尾莺科　Cisticolidae（1 属 1 种）

山鹛　*Rhopophilus pekinensis*（Swinhoe），White-browed Bush Dweller（Chinese Hill Warbler）（图 54-1）

分布：广泛分布于新疆南部塔里木盆地（留鸟）。若羌、瓦石峡、车尔臣河流域（塔他让）、且末、民丰、于田、琼麻扎、策勒、洛浦、和田、墨玉、叶城、喀什、莎车、叶尔羌河流域、巴楚、小海子、图木舒克、麦盖提、伽师、乌什、阿瓦提、阿克苏、阿拉尔、沙雅、塔里木河流域、轮台、库尔勒（巴州）、普惠、尉犁、恰拉水库、东河滩、罗布泊（新疆亚种 *Rhopophilus pekinensis albosuperciliaris*，留鸟）。

生态：栖息于胡杨林、红柳灌丛、荒漠草地、芦苇滩、河岸林和绿洲边缘。海拔 800～1400m。采食昆虫和少量杂草籽。

图 54-1　山鹛　王尧天

55. 莺科　Sylviidae（8 属 36 种）

宽尾树莺　*Cettia cetti*（Temminck），Cetti's Warbler

分布：新疆西北部（夏候鸟）。喀什、天山、新源、巩留、伊犁河流域、伊宁、霍城、博乐（博州）、沙湾、石河子（3 月 26 日）、玛纳斯、五家渠、乌鲁木齐、博格多山、布尔津、喀纳斯湖、阿尔泰（南麓）、北屯、福海、额尔齐斯河谷（新疆亚种 *Cettia cetti albiventris*，繁殖鸟）。

生态：栖息于河流沿岸和湖泊附近的灌丛、芦苇丛、草丛、河谷灌丛。海拔 300～2000m。食昆虫、蜘蛛、甲壳类。

巨嘴短翅莺　*Bradypterus major*（Brooks），Large-billed Grass Warbler

分布：新疆西南山区（留鸟）。英吉沙南部山区（指名亚种 *Bradypterus major major*）、昆仑山（新疆亚种 *Bradypterus major innae*，留鸟）（郑作新，1976；1987；郑作新等，2010；Roberts，1992）。

生态：栖息于山地灌丛、草丛、河谷林缘。海拔 1500～3500m。采食昆虫。

小蝗莺　*Locustella certhiola*（Pallas），Pallas's Grasshopper Warbler

分布：新疆西北部（夏候鸟）。且末、民丰、喀什、塔里木盆地西部、塔中、和静（巴州）、天山、那拉提、新源、伊宁、伊犁地区、阿拉套山麓、艾比湖、精河（博州）、奎屯、沙湾、昌吉、五家渠、乌鲁木齐、和布克赛尔、哈巴河、布尔津、阿尔泰（南麓）、额尔齐斯河流域、北屯、福海、富蕴（西北亚种 *Lo-*

custella certhiola centralasiae，繁殖鸟）、吐尔洪、恰库尔图、乌伦古河流域、青河、哈密。

生态：活动于湖泊与河流附近的灌木丛、草丛、河岸乔木林、芦苇沼泽和园林。海拔 200～2000m。采食昆虫。

鸲蝗莺　*Locustella luscinioides*（Severtzov），Savi's Warbler（中国鸟类新纪录）

分布：新疆西北部（夏候鸟）。喀什南部、疏勒、疏附、博斯腾湖（巴州）、天山（Судиловская，1936）、伊犁河流域、伊宁、精河（博州）、乌苏、奎屯、沙湾、石河子、昌吉（夏候鸟）、准噶尔盆地、克拉玛依、哈巴河、布尔津（Grimmett & Taylor，1992）、阿尔泰、福海、北屯、富蕴、吐尔洪、可可托海（北方亚种 *Locustella luscinioides fusca*，繁殖鸟）。

生态：见于湖泊与河流附近的灌木丛、沼泽、草丛、芦苇丛等。海拔 290～2000m。采食昆虫、蜘蛛等。

黑斑蝗莺　*Locustella naevia*（Boddaert），Eastern Grasshopper Warbler

分布：新疆北部（夏候鸟）。天山、特克斯河山谷、巩乃斯、那拉提、新源、昭苏、特克斯、伊犁地区、博州（阿拉套山麓）、哈巴河、布尔津、阿尔泰、额尔齐斯河、福海、乌伦古湖、青河（新疆亚种 *Locustella naevia straminea* 或蒙古亚种 *Locustella naevia mongolica*，繁殖鸟）。

生态：栖息于山地森林、林间草地、河谷灌丛、湖泊附近的沼泽草丛。海拔 410～2500m。采食昆虫。

矛斑蝗莺　*Locustella lanceolata*（Temminck），Lanceolated Grasshopper Warbler

分布：天山（罕见旅鸟）。

生态：活动于低山林区草丛、河谷灌丛、湖泊与河流附近的灌丛、芦苇沼泽。采食昆虫。

大苇莺　*Acrocephalus arundinaceus* Linnaeus，Great Reed Warbler（图55-1）

分布：新疆西北部（夏候鸟）。且末、安迪尔、民丰、于田、克里雅河、策勒、和田、皮山、喀什、莎车、叶尔羌河流域、巴楚、小海子水库、伽师、阿瓦提、阿克苏、阿拉尔、塔里木河流域、温宿、沙雅、库车、库尔勒（巴州）、普惠、尉犁（新疆亚种 *Acrocephalus arundinaceus zarudnyi*，繁殖鸟）、恰拉水库、东河滩、和硕、博斯腾湖、焉耆、天山、那拉提、新源、巩留、伊宁、察布查

图 55-1　大苇莺　徐捷

尔、伊犁河谷、霍城、艾比湖、精河（博州）、乌苏、奎屯、沙湾、石河子、玛纳斯、昌吉、五家渠、乌鲁木齐、米泉、阜康、吉木萨尔、和布克赛尔、克拉玛依、哈巴河、布尔津、阿尔泰、额尔齐斯河流域、福海、乌伦古湖、北屯、富蕴、青河。

生态：活动于芦苇茂密的沼泽、湖泊、河流及附近的灌木丛和园林。因叫声大而易被识别。营巢于苇丛中。海拔 200～1500m。食昆虫。

东方大苇莺　*Acrocephalus orientalis*（Temminck et Schlegel），Oriental Great Reed Warbler

分布：新疆东部哈密（夏候鸟）。

注：通常与大苇莺为同一种 *Acrocephalus arundinaceus orientalis*（郑作新，1976）。独立为种的根据是形态与迁徙行为上的不同，还有 DNA 的差异（赵正阶，2001）。

生态：活动于湖泊与河流附近沼泽、芦苇丛、湿草丛、灌木丛。海拔 500～900m。采食昆虫、蜘蛛、蜗牛等。

芦苇莺（芦莺）　*Acrocephalus scirpaceus*（Herman），Reed Warbler（新疆鸟类新纪录）

分布：新疆西北部（夏候鸟）。喀什地区、阿图什（克州）、博斯腾湖、天山、巴音布鲁克（和静）、奎屯、沙湾、石河子、昌吉、五家渠、乌鲁木齐、克拉玛依、哈巴河、阿尔泰（南麓）、福海、额尔齐斯河流域、富蕴、吐尔洪（中亚亚种 *Acrocephalus scirpaceus fuscus*，繁殖鸟，旅鸟）。

生态：栖息于湖泊、沼泽、湿草原、芦苇丛和河谷灌木丛。海拔 270～2500m。采食昆虫和昆虫幼虫。

稻田苇莺　*Acrocephalus agricola*（Jerdon），Paddy-field Warbler

分布：新疆西部和北部（夏候鸟）。且末、安迪尔、民丰、于田、皮山、麦盖提、喀拉玛水库、喀什、疏附、疏勒、恰瓦合、阿克苏、拜城、克孜尔、塔里木河、塔中、库尔勒（巴州）、普惠、尉犁、焉耆、博斯腾湖、和硕、天山、特克斯、伊犁谷地、察布查尔、霍城、温泉、精河（博州）、艾比湖、奎屯、沙湾、石河子、昌吉、五家渠、乌鲁木齐、青格达湖、阜康、塔城、克拉玛依、哈巴河、喀纳斯湖、布尔津、阿尔泰、额尔齐斯河流域、福海、乌伦古湖、北屯、富蕴、恰库尔图、吐尔洪、乌伦古河流域、哈密、南湖（新疆亚种 *Acrocephalus agricola brevipennis*，繁殖鸟）。

生态：活动于沼泽、湖泊、河流、池塘附近的芦苇草丛和柳灌丛。海拔 200～2000m。采食昆虫。

水蒲苇莺（蒲苇莺）　*Acrocephalus schoenobaenus*（Linnaeus），Sedge Warbler

　　分布：新疆北部（夏候鸟）。天山、特克斯、伊犁谷地、博乐、奎屯、沙湾、石河子、昌吉、五家渠、阿尔泰山麓、额尔齐斯河、富蕴、吐尔洪（繁殖鸟）。

　　生态：活动于芦苇茂密的沼泽、湖泊、河流及附近的灌木<u>丛</u>和高草<u>丛</u>荒漠。海拔 500～2000m。采食昆虫。

　　布氏苇莺（圃苇莺）　*Acrocephalus dumetorum*（Blyth），Blyth's Reed Warbler（中国鸟类新纪录）（图 55-2）

　　分布：新疆北部（夏候鸟）。帕米尔高原、阿图什（克州）、天山（Судиловская，1936）、那拉提、新源、奎屯、石河子、昌吉、五家渠、米泉、吉木萨尔、克拉玛依、哈巴河、白哈巴（Hornskov，1995）、布尔津、阿尔泰、额尔齐斯河流域、福海、布伦托海（乌伦古湖）、北屯、富蕴、吐尔洪、青河（繁殖鸟）。

　　生态：栖息于植被茂密的沼泽、湖泊、河流、芦苇丛、河谷灌丛。海拔450～2000m。采食昆虫和其他小型无脊椎动物。

图 55-2　布氏苇莺　苟军

　　厚嘴苇莺　*Acrocephalus aedon*（Pallas），Thick-billed Reed Warbler（新疆鸟类新纪录）

　　分布：新疆北部（夏候鸟，旅鸟）。昌吉（?）、阿尔泰（2♀，1983 年 7 月 3 日，海拔 1000m）、北屯林场（2♂，3♀，1983 年 7 月 2 日，海拔 800m。指名亚种 *Acrocephalus aedon　aedon*? 罕见旅鸟，繁殖鸟）。

　　生态：活动于林缘、河谷灌<u>丛</u>、高草<u>丛</u>、沼泽。海拔 800～1000m。采食昆虫。

　　靴篱莺　*Hippolais caligata*（Lichtenstein），Booted Warbler

　　分布：新疆西北部（夏候鸟）。皮山、塔什库尔干、喀什、莎车、英吉沙、塔里木河、库尔勒（巴州）、普惠、尉犁、那拉提、伊犁河谷、乌苏、石河子、昌吉、准噶尔盆地、塔尔巴哈台山、塔城、和布克赛尔、哈巴河、白哈巴、哈纳斯湖、布尔津、阿尔泰、乌伦古湖、福海、富蕴、恰库尔图、青河、布尔根河流域、玛纳斯河、准噶尔盆地（指名亚种 *Hippolais caligata caligata*，繁殖鸟）、吐鲁番、鄯善。

　　生态：栖息地多样，如山地阔叶林、灌木丛、沼泽、高草丛、平原荒漠灌丛和园林。海拔 500～2000m。采食昆虫。

　　赛氏篱莺　*Hippolais rama*（Sykes），Sykes's Warbler

　　分布：新疆西部和北部（夏候鸟）。莎车、喀什、克州、库尔勒（巴州）、普惠、尼勒克、伊犁河谷地、艾比湖、精河（博州）、乌苏、克拉玛依、哈巴河、阿尔泰山、福海、青河、吐鲁番（罕见留鸟。马敬能等，2000）。

　　注：此种通常是靴篱莺的一个亚种（新疆亚种 *Hippolais caligata rama*，繁殖鸟。郑作新，1976；1987；赵正阶，2001；郑作新等，2010）。

　　生态：活动于林区、灌木丛、园林、荒漠和半荒漠地区。海拔 0～1500m。采食昆虫。

　　草绿篱莺（淡色篱莺）　*Hippolais pallida* (Lindermayer), Olivaceous Warbler（中国鸟类新纪录）

　　分布：新疆西部（夏候鸟）、天山（Судиловская, 1936）、伊犁谷地（Harvey, 1986b）、艾比湖（博州）、克拉玛依、准噶尔盆地、吐鲁番盆地（新疆亚种 *Hippolai pallida elaeica*，繁殖鸟）。

　　生态：栖息于草丛、山地灌木丛、绿洲和荒漠园林。海拔—90～1500m。食昆虫。

　　花彩雀莺　*Leptopoecile sophiae* Severtzov, Severtzov's Tit Warbler（White-browed Tit Warbler)

　　分布：见于新疆山区（留鸟）。阿尔金山、若羌、昆仑山、且末、民丰、策勒、于田、和田、皮山、叶城、喀喇昆仑山（疆南亚种 *Leptopoecile sophiae stoliczkae*）、阿克陶、乌恰、阿图什（克州）、塔什库尔干、帕米尔高原、喀什、乌什、阿克苏、温宿、库车、塔中、轮台、塔里木河、塔里木盆地（疆西亚种 *Leptopoecile sophiae major*）、库尔勒（巴州）、铁门关、罗布泊地区（旅鸟）、和静、天山、巴音布鲁克、特克斯、伊犁地区、阿拉套山（夏尔希里）、博乐（博州）、乌苏、独山子（12 月 16 日）、昌吉、乌鲁木齐、阜康、哈密（指名亚种 *Leptopoecile sophiae sophiae*）。

　　生态：栖息于高山灌丛、林缘草地、河谷林区、草原。夏季海拔 2000～3000m，冬季海拔 500～2500m。食昆虫，兼食植物种子。

　　欧柳莺　*Phylloscopus trochilus* (Linnaeus), Willow Warbler（中国鸟类新纪录）

　　分布：新疆北部（旅鸟）。阿尔泰山（马敬能等，2000）、奇台（忌口，2010）。

　　生态：栖息于园林、荒漠林区、灌木丛。食昆虫。

　　叽喳柳莺（棕柳莺）　*Phylloscopus collybita* (Vieillot), Siberian Chiff-chaff

　　分布：迁徙期见于新疆各地（旅鸟）。且末、民丰、于田、洛浦、和田、墨玉、喀什、麦盖提、乌恰、阿克陶、阿图什（克州）、巴楚、阿克苏、库车、塔里木盆地、塔中（旅鸟）、托什罕河、和静、和硕、巴音布鲁克、天山、新源、巩留、昭苏、伊犁谷地、伊宁、察布查尔、霍城、温泉、博乐（博州）、精河、独山子、沙湾、莫索湾、石河子、玛纳斯、昌吉、五家渠、乌鲁木齐、米泉、阜康、奇台、北塔山、准噶尔盆地（旅鸟）、和布克赛尔（和丰）、克拉玛依、乌尔禾、艾里克湖、白哈巴、哈巴河、铁列克、布尔津、喀纳斯湖（中亚亚种 *Phyl-loscopus collybita tristis*，繁殖鸟）、阿尔泰、富蕴、青河、布尔根河流域。

　　生态：栖息于山地林区、河谷树丛、荒漠灌丛、平原绿洲。海拔 200～2500m。食昆虫和其他小型无脊椎动物。

　　东方叽喳柳莺（山地棕柳莺）　*Phylloscopus sindianus* (Brooks)，Mountain Chiff-chaff（Eastern Chiff-chaff）

　　分布：新疆西部（夏候鸟，旅鸟）。昆仑山、帕米尔高原、塔什库尔干、喀喇昆仑山、莎车、喀什、天山、托什罕河、库车（煤矿）、阿尔泰、富蕴（指名亚种 *Phylloscopus sindianus sindianus*，繁殖鸟，旅鸟）。

　　注：通常属于棕柳莺的一个亚种（Vaurie，1959；郑作新，1976；1987）。

　　生态：栖息于高山针叶林、阔叶林、混交林和灌木丛。海拔 1500～4500m。食昆虫。

　　林柳莺　*Phylloscopus sibilatrix* (Bechstein)，Wood Warbler（中国鸟类新纪录）

　　分布：新疆东部（夏候鸟）。北塔山（奇台）、阿尔泰山（马敬能等，2000）、哈巴河（J. Hornskov，1995）、吐鲁番（9 月）、哈密口门子林场（1♂，1982 年 5 月 18 日，海拔 2400m。周永恒等，1986；1990）。

　　生态：栖息于山地林区，迁徙时出现在平原绿洲。海拔 0～2500m。食昆虫和其他小型无脊椎动物。

　　黄腹柳莺　*Phylloscopus affinis* (Tickell)，Tickell's Willow Warbler（新疆鸟类新纪录）

　　分布：新疆西南地区（偶然夏候鸟）、伊犁果子沟（1♂，1981 年 7 月 21 日，海拔 1700m）、哈密口门子林场（1♂，1♀，1982 年 7 月 31 日，海拔 2200～2800m）。

　　生态：栖息于高山灌丛、山地针叶林、阔叶林。海拔 1500～3000m。食甲虫、蚂蚁、苍蝇等昆虫。

　　棕腹柳莺　*Phylloscopus subaffinis* Ogilvie-Grant，Buff-bellied Willow Warbler（新疆鸟类新纪录）

　　分布：新疆东部（偶然夏候鸟）、特克斯（1♂，1984 年 8 月 7 日，海拔 1560m）、尼勒克（1♂，1984 年 8 月 31 日，海拔 1400m。指名亚种 *Phylloscopus subaffinis subaffinis*）、昌吉、口门子（哈密）。

生态：栖息于山地针叶林、林缘灌丛、阔叶林。海拔 1000～2800m。食步行虫、蝽象、蚂蚁、苍蝇等昆虫。

灰柳莺　*Phylloscopus griseolus* Blyth，Greyish Willow Warbler（Sulphur-bellied Warbler）

分布：新疆各地（夏候鸟）。阿尔金山、若羌、米兰、昆仑山、塔什库尔干、喀什、阿克陶（克州）、乌什、温宿、托木尔峰地区、拜城、库车、罗布泊、和静（巴州）、巴伦台、天山（繁殖鸟）、昭苏、尼勒克、伊犁地区、博乐（博州）、阿拉套山、乌苏、沙湾、石河子、玛纳斯、乌鲁木齐、阜康、吉木萨尔、奇台、北塔山（5 月）、准噶尔盆地、塔尔巴哈台山、塔城、克拉玛依、布尔津、阿尔泰（4 月 12 日）、富蕴、巴里坤（繁殖鸟）。

生态：活动于沟谷灌丛、高山林区、林缘草地、裸岩石壁上。海拔 500～3500m。以鳞翅目、鞘翅目等昆虫为食。

褐柳莺　*Phylloscopus fuscatus*（Blyth），Dusky Willow Warbler（新疆鸟类新纪录）

分布：新疆西部和北部（夏候鸟）。塔什库尔干、乌苏（1♂，1987 年 6 月 24 日，海拔 360m。）、石河子、昌吉、阿尔泰、福海、青河、巴里坤（指名亚种 *Phylloscopus fuscatus fuscatus*？）。

生态：栖息于山地林区、灌丛、绿洲和园林。海拔 360～3600m。食昆虫。

巨嘴柳莺　*Phylloscopus schwarzi*（Radde），Thick-billed Willow Warbler（Radde's Warbler）（新疆鸟类新纪录）

分布：哈密（夏候鸟，旅鸟）。

生态：栖息于山地杂木林、河谷灌丛、林缘草地。海拔 700～1500m。食昆虫。

淡眉柳莺（中亚柳莺）　*Phylloscopus humei*（Brooks），Hume's Leaf Warbler

分布：广泛分布于新疆各地（夏候鸟）。且末、民丰、于田、昆仑山、策勒、皮山、叶城、库地、喀喇昆仑山、帕米尔高原、塔什库尔干、喀什地区、阿克陶（克州）、莎车、乌什、阿合奇、阿克苏、温宿、托木尔峰地区、拜城、木扎特河谷、库车、轮台、塔中（石油基地）、和静（巴州）、吐鲁番、天山（繁殖鸟）、巴音布鲁克、巩乃斯、那拉提、新源、巩留、特克斯、昭苏、尼勒克、伊宁、霍城、伊犁地区、果子沟、赛里木湖、温泉、阿拉套山（夏尔希里）、博乐（博州）、阿拉山口、精河、乌苏、独山子、沙湾、石河子、玛纳斯、昌吉、五家渠、乌鲁木齐、阜康、天池、博格达山、吉木萨尔、五彩湾、奇台、北塔山、准噶尔盆地、塔城、和布克赛尔、克拉玛依、白哈巴、哈巴河、哈纳斯湖、布尔津、额尔齐斯河流域、阿尔泰（新疆亚种 *Phylloscopus humei humei*，繁殖鸟）、福海、北屯、喀木斯特、富蕴、恰库尔图、乌伦古河流域、吐尔洪、青河、布尔根河流域、巴里坤、哈密、伊吾。

注：是由黄眉柳莺（新疆亚种 *Phylloscopus inornatus humei*）升格为种 *Phylloscopus humei*（淡眉柳莺，中亚柳莺）。郑作新等（2010）依然坚持放在黄眉柳莺种下（亚种）。

生态：栖息于山地针叶林、河谷灌丛。海拔 200～3200m。采食飞虫。

黄腰柳莺 *Phylloscopus proregulus* (Pallas)，Yellow-rumped Willow Warbler

分布：新疆东北部（夏候鸟）。阿尔泰、额尔齐斯河谷、乌伦古河、哈密（指名亚种 *Phylloscopus proregulus proregulus*，1 ♂，5 月中旬，海拔 1600 m。夏候鸟？周永恒等，1987）。

生态：栖息于山地针叶林、阔叶林、河谷灌丛。食昆虫。

极北柳莺 *Phylloscopus borealis* (Blasius)，Arctic Warbler

分布：新疆东部、天山、阿尔泰、哈密（指名亚种 *Phylloscopus borealis borealis*？1♀，1984 年 6 月 1 日，海拔 535 m。夏候鸟？周永恒等，1987）。

生态：见于山地杂木林、河谷灌丛、林缘草地、平原绿洲。食昆虫。

暗绿柳莺 *Phylloscopus trochiloides* (Sundevall)，Greenish Warbler

分布：新疆各地（夏候鸟）。且末、民丰、于田、和田、皮山、叶城、昆仑山山脉、喀什地区、阿合奇、阿克苏、温宿、托木尔峰地区、塔中（旅鸟）、和静（巴州）、天山山脉、巴音布鲁克、巩乃斯、那拉提、新源、特克斯、昭苏、尼勒克、霍城、伊犁地区、果子沟、赛里木湖、阿拉套山、博乐（博州）、独山子、沙湾、石河子、玛纳斯、乌鲁木齐、阜康、天池、博格达山、奇台、北塔山、准噶尔盆地、塔城、和布克赛尔、白哈巴、哈巴河、哈纳斯湖、布尔津、阿尔泰（新疆亚种 *Phylloscopus trochiloides viridanus*，繁殖鸟）、福海、富蕴、吐尔洪、乌伦古河流域、青河、巴里坤。

生态：栖息于高山针叶林、河谷灌丛。海拔 500～3000m。采食昆虫。

灰白喉林莺 *Sylvia communis* Latham，Common Whitethroat（Greater Whitethroat）

分布：新疆各地（夏候鸟）。于田、克里雅河、叶城、塔什库尔干、达布达尔、喀拉库勒、阿克陶（克州）、帕米尔高原、喀什、莎车、温宿、天山、托木尔峰地区、和静（巴州）、巩乃斯、那拉提、新源、巩留、特克斯、昭苏、伊犁地区（伊宁亚种 *Sylvia communis rubicola*）、霍城、果子沟、赛里木湖、阿拉套山、博乐（博州）、精河、乌苏、沙湾、石河子、玛纳斯、昌吉、乌鲁木齐、阜康、奇台、芨芨湖、木垒、准噶尔盆地、塔尔巴哈台山、塔城、额敏、克拉玛依、哈巴河、白哈巴、铁列克、哈纳斯湖、布尔津、阿尔泰、福海、乌伦古湖、富蕴、恰库尔图、青河、吐鲁番、巴里坤、哈密、伊吾、淖毛湖（高加索亚种 *Sylvia communis icterops*，繁殖鸟）。

生态：见于荒漠灌丛、胡杨林、红柳包、绿洲园林、峡谷河岸林。海拔 0～3500m。采食昆虫和少量浆果、杂草籽等。

白喉林莺 *Sylvia curruca* (Linnaeus)，Lesser Whitethroat
分布：新疆各地（夏候鸟）。若羌、昆仑山、且末、民丰、皮山、帕米尔高原、喀什、达不大、塔什库尔干、阿克陶（克州）、帕米尔高原、盖孜河谷、阿克苏、温宿、轮台、库尔勒（巴州）、普惠、和静、尉犁、天山、伊宁、伊犁河谷、察布查尔、温泉（博州）、奎屯、沙湾、昌吉、乌鲁木齐、米泉、阜康、吉木萨尔、卡拉麦里、奇台、芨芨湖、北塔山、木垒、准噶尔盆地、塔城（北方亚种 *Sylvia curruca blythi*，旅鸟）、白哈巴、哈巴河、布尔津、哈纳斯湖、阿尔泰、福海、富蕴、恰库尔图、青河、伊吾（繁殖鸟）。

生态：栖息于山地林区、荒漠灌丛、平原绿洲。海拔 400～2000m。食昆虫和植物碎片。

沙白喉林莺 *Sylvia minula* Hume，Desert Lesser Whitethroat
分布：新疆各地（夏候鸟）。若羌、且末、民丰、策勒、皮山、叶城（青海亚种 *Sylvia minula margelanica*，旅鸟）、喀什、克州、疏勒、莎车、麦盖提、英吉沙、巴楚、小海子、图木舒克、乌什、阿合奇、阿瓦提、阿克苏、温宿、托木尔峰地区、塔里木河、阿拉尔、沙雅、库车、拜城、克孜尔、轮台、塔中、库尔勒（巴州）、普惠、尉犁、大西海子、罗布泊、博湖、和硕、伊犁谷地、察布查尔、霍城、博乐（博州）、精河、乌苏、独山子、奎屯、石河子、玛纳斯、昌吉、五家渠、乌鲁木齐、阜康、吉木萨尔、奇台、北塔山、准噶尔盆地、托里、塔城、和布克赛尔（和丰）、克拉玛依、哈巴河、布尔津、阿尔泰、福海、额尔齐斯河流域、乌伦古湖、北屯、吐鲁番、托克逊、伊吾（指名亚种 *Sylvia minula minula*，繁殖鸟）。

注：据郑作新（2000），此种归入白喉林莺（新疆亚种 *Sylvia curruca minula*）。

生态：活动于荒漠灌丛、戈壁草原、红柳包、胡杨林、旱生芦苇丛。海拔 0～2500m。食昆虫，兼食植物种子。

小白喉林莺（休氏白喉林莺）*Sylvia althaea* Hume，Hume's Whitethroat
分布：喀什地区、阿克陶（Holt，2005）、西天山（Судиловская，1936）。
生态：栖息于荒漠、绿洲。海拔 2460m。食昆虫。

漠林莺（漠莺）*Sylvia nana* (Hemprich et Ehrenberg)，Desert Warbler

（图 55-3）

分布： 新疆各地（夏候鸟）。若羌（巴
州）、罗布泊地区、阿尔金山（旅鸟）、喀
什、阿克苏、巴州（9 月）、天山、博乐（博
州）、阿拉山口、精河、乌苏、独山子（3 月
21 日）、沙湾、玛纳斯河流域（135 团）、石
河子、玛纳斯、昌吉、乌鲁木齐、米泉、阜
康、吉木萨尔、火烧山、卡拉麦里山（4
月）、奇台、芨芨湖、北塔山、木垒、准噶

图 55-3　漠林莺　甄金瓯

尔盆地、托里、和布克赛尔（和丰）、塔叉口、克拉玛依、白碱滩、乌伦古湖、
富蕴、福海、青河、哈密（指名亚种 *Sylvia nana nana*，繁殖鸟）。

生态： 栖息于沙漠腹地极端干旱的草丛、柽柳灌丛、梭梭林等。海拔 200～
1000m。采食鳞翅目、鞘翅目等的昆虫。

横斑林莺 *Sylvia nisoria* (Bechstein)，Barred Warbler

分布： 广布于新疆各地绿洲（繁殖鸟）。若羌、民丰（昆仑山北麓）、策勒、
洛浦、和田、墨玉、杜瓦、皮山、塔什库尔干、阿克陶、喀什、阿图什（克州）、
疏勒、疏附、巴楚、图木舒克、麦盖提、乌什、阿合奇、阿克苏、温宿、拜城、
克孜尔、沙雅、新和、库车、塔里木河、轮台、库尔勒（巴州）、普惠、尉犁、
罗布泊地区、博斯腾湖、焉耆、和硕、和静、天山、新源、昭苏、伊犁谷地、伊
宁、霍城、清水河、温泉、博乐（博州）、精河、古尔图、甘家湖、乌苏、独山
子、奎屯、沙湾、石河子、玛纳斯、昌吉、五家渠、乌鲁木齐、米泉、阜康、奇
台、北塔山、准噶尔盆地、塔城、克拉玛依、阿尔泰、福海、北屯、富蕴、恰库
尔图、乌伦古河流域、青河、托克逊、吐鲁番、鄯善、巴里坤、伊吾、淖毛湖
（新疆亚种 *Sylvia nisoria merzbacheri*，繁殖鸟）。

生态： 栖息于干旱的人工农田林网、灌木丛、城乡园林、荒漠绿洲。海拔
－90～3100m。采食昆虫和少量植物果实。

56. 戴菊科　Regulidae（1 属 1 种）

戴菊 *Regulus regulus* (Linnaeus)，Goldcrest（图 56-1）

分布： 广布于新疆各地（留鸟）。若羌（1 月）、且末、民丰、于田、策勒、
和田、皮山、昆仑山（新疆亚种 *Regulus regulus tristis*，繁殖鸟，冬候鸟）、喀
什、阿克陶（克州）、英吉沙、阿克苏、阿拉尔、温宿、轮台、塔克拉玛干沙漠
腹地（塔中）、铁门关（冬候鸟，旅鸟）、和静（巴州）、天山（繁殖鸟）、巩乃
斯、新源、那拉提、巩留、特克斯、昭苏、尼勒克、伊宁、察布查尔、霍城、伊
犁地区、赛里木湖、准噶尔阿拉套山、博乐（博州）、精河、独山子（12 月 6

图 56-1　戴菊　刘哲青

日）、奎屯、沙湾、石河子、玛纳斯、昌吉、乌鲁木齐（12 月）、阜康、吉木萨尔、奇台、北塔山、克拉玛依（1 月）、白哈巴、哈巴河、哈纳斯湖、布尔津、阿尔泰山（北方亚种 *Regulus regulus caotsi*）、富蕴、吐鲁番（冬候鸟）、巴里坤、哈密（繁殖鸟）。

生态：常见于山地针叶林、混交林、阔叶林和峡谷灌木丛。冬季下降到平原园林、绿洲、农区。海拔 500～3000m。以鞘翅目、鳞翅目昆虫为食，也食蜘蛛。

57. 攀雀科　Remizidae（1 属 1 种）

白冠攀雀　*Remiz coronatus*（Severtzov），White-crowned Penduline Tit（图 57-1）

分布：新疆北部（夏候鸟）和南部（冬候鸟）。昆仑山、阿尔金山、若羌（9 只，4 月 23 日，旅鸟，漂泊鸟，冬候鸟?）、且末（巴州）、喀什、莎车、巴楚、阿克苏、巩留、伊宁、察布查尔、伊犁河流域、霍城、温泉（博州）、博尔塔拉河流域（指名亚种 *Remiz coronatus coronatus*，繁殖鸟）、沙湾、玛纳斯河（5月）、蘑菇湖、石河子、玛纳斯、昌吉、五家渠、乌鲁木齐、乌拉泊（繁殖鸟）、吉木萨尔、卡拉麦里、奇台、准噶尔盆地、克拉玛依、白碱滩（3 月 30 日）、

图 57-1　攀雀　马鸣

哈巴河、布尔津、阿拉哈克、阿尔泰、福海、北屯、乌伦古河流域、额尔齐斯河流域、富蕴、恰库尔图、青河、布尔根河流域（新疆亚种 *Remiz coronatus stoliczkae*，繁殖鸟）。

注：这个种有时被归入为欧攀雀 *Remiz pendulinus*（马鸣，2001d）。

生态：栖息于山前阔叶林、河谷灌丛。喜在杨柳树中营巢（梅宇等，2009）。巢呈茶壶状，用植物纤维和羊毛编织而成，十分精巧。海拔 370～1500m。采食昆虫，也吃植物种子等。

58. 长尾山雀科　Aegithalidae（1 属 1 种）

银喉长尾山雀　*Aegithalos caudatus*（Linnaeus），Long-tailed Tit（新疆鸟类新纪录）（图 58-1）

分布：新疆西北部（留鸟）。天山山区、特克斯、巩留、伊犁河谷、尼勒克、

伊宁、霍城、63团、准噶尔阿拉套山、独山子、石河子（2月）、乌鲁木齐（冬候鸟，漂泊鸟）、塔城、克拉玛依、白哈巴、哈巴河、哈纳斯湖、布尔津、阿尔泰山、额尔齐斯河（指名亚种 *Aegithalos caudatus caudatus*，留鸟）。

图 58-1　银喉长尾山雀　文志敏

生态： 栖息于山地林区。冬季集群到平原林区、河谷阔叶林、灌丛活动。海拔500～2500m。主食昆虫，兼食少量植物。

59. 山雀科　Paridae（1属8种）

大山雀　*Parus major* Linnaeus，Great Tit

分布： 新疆北部（冬候鸟，留鸟）。天山山区（冬候鸟）、巩乃斯、新源、那拉提、巩留、特克斯、尼勒克、昭苏、伊犁河谷、伊宁、霍城、温泉、博乐（博州）、准噶尔阿拉套山、精河、独山子、奎屯、沙湾、石河子、玛纳斯、昌吉、五家渠、乌鲁木齐、天池、博格达山、阜康、吉木萨尔、奇台、准噶尔盆地、裕民、塔城、塔尔巴哈台山、和布克赛尔（和丰）、克拉玛依、吉木乃、哈巴河、哈纳斯湖、布尔津、阿尔泰山（北方亚种 *Parus major kapustini*，留鸟）、额尔齐斯河流域、北屯、福海、富蕴、恰库尔图、乌伦古河流域、青河。

生态： 栖息于山地林区，冬季时出现在平原绿洲。海拔 300～2700m。食昆虫和其他小型无脊椎动物。

西域山雀　*Parus bokharensis* Lichtenstein，Turkestan Tit

分布： 新疆北部（留鸟）。天山、巩留、尼勒克、伊犁河流域、伊宁、察布查尔、霍城（伊犁亚种 *Parus bokharensis iliensis* ?）、温泉、博乐（博州）、艾比湖、精河、乌苏、独山子、奎屯、沙湾、石河子、玛纳斯河、芳草湖、昌吉、塔城、克拉玛依、准噶尔盆地、哈巴河、布尔津、阿尔泰、乌伦古河（准噶尔亚种 *Parus bokharensis turkestanicus*，留鸟）。

注： 有人建议将此种与大山雀（*Parus major*）合并。二者之间有杂交。

生态： 栖息于山地针叶林、阔叶林、溪涧灌丛、河岸林、平原荒漠绿洲。海拔 190～2500m。食昆虫和少量植物种子。

灰蓝山雀　*Parus cyanus* Pallas，Azure Tit

分布： 广泛分布于新疆各地（留鸟）。昆仑山、于田、策勒、和田、皮山、叶城、喀喇昆仑山、帕米尔高原、塔什库尔干、阿图什（克州）、喀什、莎车、麦盖提、巴楚、图木舒克、阿合奇、乌什、阿克苏、托木尔峰地区、温宿、拜城、木扎特河流域、克孜尔、新和、库车、大龙池、轮台、库尔勒（巴州）、铁门关、焉耆、博斯腾湖、和硕、和静、天山、巩乃斯、那拉提、新源、巩留、特克斯、尼勒克、昭苏、伊犁河谷、伊宁、察布查尔、霍城、温泉、博乐（博州）、精河、乌苏、独山子、奎屯、沙湾、石河子、莫索湾、玛纳斯、昌吉、五家渠、乌鲁木齐、米泉、阜康、吉木萨尔、奇台、北塔山、准噶尔盆地、裕民、塔城、和布克赛尔（和丰）、克拉玛依、哈巴河、布尔津、阿尔泰、福海、北屯、富蕴、恰库尔图、乌伦古河流域、青河、布尔根河流域、吐鲁番、巴里坤、哈密、沁城、伊吾（北方亚种 Parus cyanus tianschanicus，留鸟）。

生态： 栖息于山地针叶林、阔叶林、河谷灌丛、绿洲、荒漠、居民区（许设科等，1999）。海拔 0～2800m。采食昆虫。

煤山雀　*Parus ater* Linnaeus，Coal Tit（图 59-1）

图 59-1　煤山雀　徐捷

分布： 新疆各县山区（留鸟）。喀什地区、叶城、阿克苏、托木尔峰地区、温宿、拜城、木扎特河谷、和静（巴州）、巩乃斯、那拉提、新源、巩留、特克斯、尼勒克、昭苏、霍城、果子沟、伊犁地区、天山山地（新疆亚种 *Parus ater rufipectus*，留鸟）、赛里木湖、博乐（博州）、精河、乌苏、独山子、沙湾、石河子、玛纳斯、昌吉（山区）、乌鲁木齐、阜康、天池、博格达山、吉木萨尔、奇台、北塔山、克拉玛依、白哈巴、铁列克、哈巴河、哈纳斯湖（指名亚种 *Parus ater ater*，留鸟）、布尔津、阿尔泰、富蕴、吐鲁番、巴里坤、哈密（山区）。

生态： 栖息于山地针叶林、阔叶林、河谷灌丛、绿洲。海拔 1500～3000m。采食昆虫。

棕枕山雀（黑冠山雀）　*Parus rufonuchalis* Blyth，Rufous-naped Tit（Rufous-vented Tit）

分布： 新疆西部（留鸟）。叶城、昆仑山、喀喇昆仑山、阿克陶、克孜勒苏自治州（克州）、塔什库尔干、帕米尔高原、喀什、天山（繁殖鸟）、新源、特克斯、昭苏、伊犁地区、玛纳斯、昌吉（山区）、阜康、天池、阿尔泰。

注： 据马敬能等（2000）和赵正阶（2001），根据黑冠山雀新疆亚种 *Parus rubidiventris rufonuchalis* 升格为种。

生态： 栖息于山地针叶林、阔叶林、河谷灌丛。海拔 2000～3000m。采食昆虫。

沼泽山雀　*Parus palustris* Linnaeus，Marsh Tit

分布：新疆北部（留鸟）。玛纳斯、昌吉、阜康、哈纳斯湖、布尔津、额尔齐斯河谷、阿尔泰（东北亚种 *Parus palustris brevirostris*）、福海、青河（8月）。

生态：栖息于山地林区。海拔 1100～2000m。食昆虫、蜘蛛及其他小型无脊椎动物，兼食少量植物种子和嫩芽。

褐头山雀　*Parus montanus* Baldenstein，Willow Tit

分布：新疆北部（留鸟）。白哈巴、哈巴河、铁列克、哈纳斯湖、布尔津、额尔齐斯河谷、阿尔泰、福海、富蕴、青河（东北亚种 *Parus montanus baicalensis* 或新疆亚种 *Parus montanus uralensis*，留鸟）。

注：或被称之为北褐头山雀（郑光美，2005），以区别于褐头山雀（桑加山雀）*Parus songarus*。

生态：栖息于山地泰加林（针叶林）、阔叶林、河谷灌丛。海拔 1200～2200m。采食昆虫。

桑加山雀　*Parus songarus* Severtzov，Songar Tit

分布：新疆中部（留鸟）。温宿、托木尔峰地区、拜城、木扎特河谷、库车（大龙池）、天山山脉、那拉提、新源、特克斯（指名亚种 *Parus songarus songarus*）、霍城、果子沟、赛里木湖、阿拉套山、博乐（博州）、独山子、昌吉、乌鲁木齐（南山）、阜康、天池、博格达山（留鸟）。

注：曾经是褐头山雀的一个亚种（*Parus montanus songarus*）。

生态：栖息于山地针叶林、阔叶林、河谷灌丛。海拔 1700～2700m。采食昆虫或植物碎片。

60. 鸭科　Sittidae（1 属 1 种）

普通鸭　*Sitta europaea* Linnaeus，Eurasian Nuthatch（图 60-1）

分布：见于天山和阿尔泰山（留鸟）。天山山地、沙湾、石河子（11 月 30 日）、玛纳斯、昌吉、乌鲁木齐（见于冬季）、裕民、白哈巴、哈巴河、布尔津、哈纳斯湖、阿尔泰地区、额尔齐斯河谷（繁殖）、福海（山区）、富蕴、可可托海、巴里坤、哈密地区（新疆亚种 *Sitta europaea seorsa* 或北方亚种 *Sitta europaea asiatica*，留鸟）。

图 60-1　普通鸭　曾源

生态：栖息于山地林区，冬天出现在平原绿洲。海拔 500～2800m。食昆虫，冬季兼食植物种子和果实。

61. 旋壁雀科　Tichodromadidae（1 属 1 种）

红翅旋壁雀　*Tichodroma muraria*（Linnaeus），Wallcreeper（图 61-1）

图 61-1　红翅旋壁雀　王尧天

分布：新疆各地（留鸟）。阿尔金山、且末、安迪尔河（12 月 4 日）、民丰、于田、昆仑山、策勒、和田、墨玉、叶城（5 月 17 日）、帕米尔高原、喀喇昆仑山、克孜勒苏自治州（克州）、布伦口、阿克陶、乌恰、喀什、乌什、阿克苏、阿拉尔、温宿、托木尔峰地区、和硕、和静（巴州）、天山、新源、伊犁山区、巩乃斯、巩留、特克斯、昭苏、尼勒克、霍城、阿拉套山、博乐（博州）、乌苏、独山子、沙湾、石河子、玛纳斯、昌吉、乌鲁木齐、雅玛里克山、奇台、北塔山（5 月，9 月）、克拉玛依、阿尔泰、巴里坤、哈密（普通亚种 *Tichodroma muraria nepalensis*）。

生态：栖息于山地林缘和沟谷的岩壁，善于攀岩。冬季部分个体下降至绿洲。海拔 700～3500m。采食昆虫。

62. 旋木雀科　Certhiidae（1 属 1 种）

旋木雀　*Certhia familiaris* Linnaeus，Tree Creeper（图 62-1）

分布：分布于天山和阿尔泰山（留鸟）。阿克苏、温宿、托木尔峰地区（新疆亚种 *Certhia familiaris tianschanica*，留鸟）、和静（巴州）、天山山脉、巩乃斯、那拉提、新源、巩留、昭苏、伊犁地区、阿拉套山、博乐（博州）、独山子、沙湾、石河子、玛纳斯、昌吉、乌鲁木齐（12 月）、后峡、阜康、天池、博格达山、吉木萨尔、准噶尔盆地、裕民、塔城、吉木乃、白哈巴、哈巴河、哈纳斯湖、布尔津、阿尔泰（北方亚种 *Certhia familiaris daurica*）、福海、富蕴、吐鲁番、巴里坤、哈密。

图 62-1　旋木雀　秦云峰

生态：栖息于山地针叶林、阔叶林、河谷灌丛。海拔 700～3000m。采食昆虫。

63. 雀科　Passeridae（5 属 10 种）

黑顶麻雀（西域麻雀）　*Passer ammodendri* Gould，Saxaul Sparrow

分布：新疆各地（留鸟）。若羌、车尔臣河流域、且末、安迪尔河流域、民丰、于田、和田、喀什、疏勒、莎车、麦盖提、伽师、巴楚、小海子、图木舒克、阿克苏、阿拉尔、塔里木河绿洲、沙雅、轮台、肖塘、塔中（石油基地）、塔里木盆地（新疆亚种 *Passer ammodendri stoliczkae*）、库尔勒（巴州）、普惠、尉犁、恰拉水库、东河滩、罗布泊地区、34 团、库尔干、伊犁地区、霍城、64 团、博乐（博州）、艾比湖、精河、甘家湖、乌苏、奎屯、沙湾、石河子、莫索湾、玛纳斯、昌吉、五家渠、乌鲁木齐、阜康、北沙窝、吉木萨尔、五彩湾、奇台、芨芨湖、木垒、准噶尔盆地、塔城、和布克赛尔（和丰）、乌尔禾、艾里克湖、克拉玛依（北疆亚种 *Passer ammodendri nigricans*）、布尔津、阿尔泰、福海、乌伦古河流域、青河、巴里坤、三塘湖、老爷庙、哈密、南湖、沁城、雅满苏、星星峡、伊吾、下马崖、淖毛湖。

生态：栖息于红柳包、胡杨林、绿洲边缘、沙漠或荒漠灌丛。海拔 200～1500m。食草籽、农作物、昆虫等，杂食性。

家麻雀　*Passer domesticus*（Linnaeus），House Sparrow

分布：广泛分布于新疆各地（留鸟）。阿尔金山、红柳沟、若羌、且末、民丰、昆仑山、皮山、喀喇昆仑山、帕米尔高原、塔什库尔干、布伦口、阿克陶、乌恰、乌鲁克恰提、阿图什（克州）、喀什、疏勒、巴楚、图木舒克、温宿、托木尔峰地区、库车、轮台、塔中、库尔勒（巴州）、罗布泊、和静、天山、巴音布鲁克、新源、那拉提、巩留、特克斯、昭苏、伊犁河谷、伊宁、察布查尔、霍城、清水河、赛里木湖、博乐（博州）、温泉、精河、艾比湖地区、甘家湖、乌苏、独山子、奎屯、沙湾、石河子、玛纳斯、昌吉、五家渠、乌鲁木齐、米泉、阜康、北沙窝、吉木萨尔、奇台、北塔山、木垒、准噶尔盆地、裕民、塔城、额敏、和布克塞尔（和丰）、克拉玛依、吉木乃、哈巴河、哈纳斯湖、布尔津、阿尔泰（指名亚种 *Passer domesticus domesticus*）、福海、北屯、富蕴、乌伦古湖、吐尔洪、可可托海、青河、布尔根河流域、托克逊、巴里坤（新疆亚种 *Passer domesticus bactrianus*）。

生态：栖息于村落、农区、绿洲、荒漠、河谷灌丛。海拔－40～3000m。采食草籽、农作物、昆虫等，杂食性。

黑胸麻雀　*Passer hispaniolensis*（Temminck），Spanish Sparrow

分布：新疆西部（留鸟）。民丰、皮山、叶城、喀什、阿图什（克州）、阿克陶、疏勒、泽普、莎车、麦盖提、巴楚、小海子水库、图木舒克、乌什、阿瓦提、阿克苏、阿拉尔、塔里木盆地（新疆亚种 *Passer hispaniolensis transcaspicus*）、沙雅、库尔勒（巴州）、普惠、焉耆、博斯腾湖、和硕、天山、察布查尔、独山子、石河子、乌鲁木齐、阜康、托克逊。

生态：栖息于农田、村落、河谷灌丛、河岸林、荒漠绿洲。海拔－40～1500m。采食草籽、农作物、昆虫等，杂食性。

麻雀（树麻雀）　*Passer montanus* (Linnaeus)，Tree Sparrow

分布：广泛分布于新疆各地（新疆亚种 *Passer montanus dilutus*，留鸟）。昆仑山、阿尔金山、若羌、且末、塔中、民丰、于田、策勒、洛浦、和田、墨玉、皮山、叶城、喀喇昆仑山、帕米尔高原、塔什库尔干、阿克陶、阿图什（克州）、乌恰、康苏、乌鲁克恰提、疏勒、疏附、喀什、泽普、莎车、喀群、英吉沙、麦盖提、伽师、岳普湖、巴楚、图木舒克、柯坪、阿合奇、乌什、阿克苏、阿瓦提、阿拉尔、温宿、沙雅、新和、拜城、库车、轮台、尉犁、罗布泊地区、库尔勒（巴州）、和硕、焉耆、博湖、和静、巴音布鲁克、新源、巩留、特克斯、天山山区、昭苏、尼勒克、伊犁谷地、伊宁、察布查尔、霍城、温泉、博乐（博州）、精河、乌苏、独山子、奎屯、沙湾、石河子、玛纳斯、呼图壁、昌吉、五家渠、乌鲁木齐、米泉、阜康、北沙窝、吉木萨尔、奇台、北塔山、木垒、准噶尔盆地、裕民、塔城、托里、额敏、和布克塞尔、克拉玛依、吉木乃、哈巴河、布尔津、阿尔泰、福海、乌伦古湖、北屯、富蕴、青河、托克逊、吐鲁番、鄯善、巴里坤、伊吾、淖毛湖、哈密。

生态：栖息于村落、农区、绿洲。海拔－90～4500m。采食草籽、农作物、昆虫等，杂食性。

石雀　*Petronia petronia* (Linnaeus)，Rock Sparrow（图 63-1）

图 63-1　石雀　夏咏

分布：新疆西部和北部（留鸟）。和田、昆仑山、喀喇昆仑山、帕米尔高原、塔什库尔干、达布达尔、塔合曼、喀什、阿图什（克州）、乌恰、乌什、阿克苏、温宿、托木尔峰地区、拜城、木扎特河谷、博湖、和静（巴州）、巴音布鲁克、天山、新源、特克斯、昭苏、伊犁地区、博乐（博州）、精河、乌苏、独山子、沙湾、石河子、玛纳斯、呼图壁、昌吉、乌鲁木齐、雅玛里克山、阜康、吉木萨尔、木垒、北塔山、奇台、准噶尔盆地、克拉玛依、布尔津、青河、达坂城、吐鲁番、巴里坤、哈密、沁城、伊吾（新疆亚种 *Petronia petronia intermedia*）。

生态：栖息于山地裸岩区、草地、羊圈、农区、河谷灌丛。海拔 500～3500m。杂食性。

白斑翅雪雀　*Montifringilla nivalis* (Linnaeus)，White-winged Snowfinch

分布：新疆南部和中部山区（留鸟）。昆仑山、若羌、阿尔金山、且末、塔什库尔干、克克吐鲁克、布伦口、喀拉库勒、吉根、阿克陶、阿图什（克州）、喀喇昆仑山、帕米尔高原（昆仑亚种 *Montifringilla nivalis kwenlunensis*，繁殖鸟）、喀什地区、乌什、拜城、和静（巴州）、巴伦台、巴音布鲁克、天山、新源、特克斯、伊犁地区、赛里木湖、博乐（博州）、昌吉、乌鲁木齐（山区）、后峡、阜康、吉木萨尔、准噶尔盆地、吐鲁番、巴里坤、伊吾、哈密、星星峡（新疆亚种 *Montifringilla nivalis alpicola*，留鸟）。

生态：栖息于高山裸岩区、河谷灌丛、草原，向东分布高度逐渐降低。海拔1000～4500m。食植物种子、昆虫等。

褐翅雪雀　*Montifringilla adamsi* Adams，Tibetan Snowfinch（Black-winged Snowfinch）

分布：青藏高原特有种（留鸟）。昆仑山、阿尔金山、若羌、且末、民丰、于田、策勒、喀喇昆仑山（南山亚种 *Montifringilla adamsi xerophila*）。

生态：见于高原寒漠、多岩石的高寒草原。营地穴巢。海拔 3000～4000m。食草籽、嫩芽、叶、昆虫等。

白腰雪雀　*Onychostruthus taczanowskii* Przevalskii，White-rumped Snowfinch（新疆鸟类新纪录）（图 63-2）

分布：青藏高原特有种（留鸟）。昆仑山、库木库勒盆地、卡尔墩、阿尔金山、若羌、且末。

生态：栖息于高山草地、荒原。营巢于岩洞、鼠洞，"鸟鼠同穴"者（屈延华等，2004）。海拔 3000～4500m。食草籽、昆虫等。

图 63-2　白腰雪雀　马鸣

棕颈雪雀　*Pyrgilauda ruficollis* (Blanford)，Rufous-necked Snowfinch

分布：青藏高原特有种（留鸟）。祁漫塔格山、昆仑山、阿尔金山、若羌、大九坝、且末、车尔臣河源头（木孜塔格）、喀喇昆仑山（青海亚种 *Pyrgilauda ruficollis isabellina*）。

生态：栖息于高山裸岩区、草地。多在废弃的鼠兔洞穴中营巢。海拔2500～4000m。食草籽、昆虫等。

棕背雪雀　*Pyrgilauda blanfordi* (Hume)，Blanford's Snowfinch（Plain-backed Snowfinch）

分布：青藏高原特有种（留鸟）。祁漫塔格山、阿尔金山、若羌、且末、昆仑山、丁字口、卡尔墩、土房子（柴达木亚种 *Pyrgilauda blanfordi vento-rum*）、塔什库尔干、帕米尔高原、喀喇昆仑山（指名亚种 *Pyrgilauda blanfordi blanfordi* ，留鸟）。

生态：栖息于稀疏植被的高原，喜欢鼠洞多的地方。海拔 3000～4500m。食草籽、青稞等，繁殖期主要采食昆虫。

64. 燕雀科　Fringillidae（12 属 32 种）

苍头燕雀　*Fringilla coelebs* Linnaeus，Chaffinch（图 64-1）

图 64-1　苍头燕雀　秦云峰

分布：冬季见于新疆各地（冬候鸟，旅鸟，漂泊鸟）。和田、皮山、乌恰、克孜勒苏自治州（克州）、莎车、喀什、阿合奇、乌什、阿克苏、阿拉尔、温宿（冬候鸟）、拜城、克孜尔、库尔勒（巴州）、铁门关、和静、巴仑台、巴音布鲁克、天山（旅鸟）、巩留、特克斯、察布查尔、尼勒克、霍城、伊犁谷地、赛里木湖、温泉、博乐（博州）、精河、乌苏、独山子（12 月 16 日）、奎屯、沙湾、石河子、玛纳斯、昌吉、五家渠、乌鲁木齐、吉木萨尔、卡拉麦里、奇台、准噶尔盆地、塔城、克拉玛依、乌尔禾、艾里克湖、白哈巴、铁列克、哈巴河、哈纳斯湖、布尔津、阿尔泰（指名亚种 *Fringilla coelebs coelebs*，繁殖鸟）、额尔齐斯河流域林区、福海、富蕴、青河、托克逊、库米什、鄯善（1 月）。

生态：栖息于山区针叶林、阔叶林、河谷灌丛，冬季出没于平原绿洲。海拔 0～2500m。食植物种子、昆虫等。

燕雀　*Fringilla montifringilla* Linnaeus，Brambling

分布：冬季新疆各地偶见（冬候鸟，旅鸟，漂泊鸟）。策勒、乌恰（克州）、温宿、库尔勒（巴州）、铁门关、和静、巴仑台、天山、巩留、昭苏、伊犁谷地、伊宁、察布查尔、霍城、温泉、博乐（博州）、精河、独山子（12 月 16 日）、奎屯、沙湾、石河子、玛纳斯、昌吉、五家渠（1 月 26 日）、乌鲁木齐（冬候鸟）、吉木萨尔、卡拉麦里山、奇台、芨芨湖、木垒、准噶尔盆地、塔城、克拉玛依、白哈巴、哈巴河、布尔津、阿尔泰山（繁殖鸟）。

生态：冬季见于山地林区、河谷灌丛、城乡园林。海拔 250～2500m。食植物种子、粮食作物和昆虫等。

金额丝雀（小红头）　*Serinus pusillus*（Pallas），Gold-fronted Serin（Red-fronted Serin）

　　分布：新疆各地（留鸟）。叶城、昆仑山、克孜勒苏自治州（克州）、喀什、塔什库尔干、帕米尔高原、吉根、乌恰、阿克陶、莎车、阿合奇、阿克苏、温宿、托木尔峰地区、拜城、库车、大龙池、铁门关、和静（巴州）、和硕、巴音布鲁克、天山、巩乃斯、那拉提、新源、巩留、尼勒克、昭苏、霍城、伊犁地区、果子沟、赛里木湖、温泉、阿拉套山（夏尔希里）、博乐（博州）、精河、乌苏、独山子、沙湾、石河子、玛纳斯、昌吉、五家渠、乌鲁木齐、达坂城、阜康、天池、博格达山、奇台、北塔山、准噶尔盆地（冬季漂泊）、阿尔泰、吐鲁番、巴里坤、口门子、哈密、沁城、伊吾（留鸟）。

　　生态：栖息于山地草原、针叶林、阔叶林、河谷灌丛。冬季或降至平原绿洲。海拔 1000～3000m。采食植物、种子、昆虫。

　　欧金翅雀　*Carduelis chloris*（Linnaeus），European Greenfinch（中国鸟类新纪录）

　　分布：新疆北部（留鸟，外来物种）。库尔勒、铁门关、新源、尼勒克、伊犁谷地、巩留、伊宁、察布查尔、霍城、温泉、博乐、精河（5 月）、独山子（繁殖鸟）、奎屯、沙湾、石河子（10 月）、玛纳斯、昌吉、五家渠、乌鲁木齐（繁殖鸟）、米泉、阜康、卡拉麦里、准噶尔盆地、塔城（8 月）、克拉玛依、哈纳斯湖、布尔津、阿尔泰、福海、北屯、富蕴、喀木斯特、恰库尔图、乌伦古河流域、青河（中亚亚种 *Carduelis chloris turkestanicus*）。

　　生态：栖息于城市园林、农区、绿洲、山地河谷灌丛。迅速东扩的外来物种（马鸣等，2000c；2010b）。海拔 190～2100m。采食种子和昆虫。

　　红额金翅雀　*Carduelis carduelis* Linnaeus，Goldfinch
　　分布：分布于新疆西部和北部（留鸟）。叶城、阿图什（克州）、阿克苏、阿拉尔、温宿、托木尔峰地区、拜城、木扎特河谷、和静（巴州）、巴音布鲁克、天山、巩乃斯、那拉提、新源、巩留、特克斯、尼勒克、昭苏、伊宁、北木扎特谷、夏特、伊犁地区、察布查尔、霍城（西伯利亚亚种 *Carduelis carduelis major*）、赛里木湖、温泉、博乐（博州）、哈拉吐鲁克、精河、准噶尔阿拉套山、乌苏、独山子、沙湾、石河子、莫索湾、玛纳斯、昌吉、五家渠、乌鲁木齐、水西沟、阜康、天池、博格达山、吉木萨尔、奇台、裕民、塔城、额敏、克拉玛依、哈巴河、白哈巴、铁列克、哈纳斯湖、布尔津、阿尔泰、额尔齐斯河谷、北屯、福海、乌伦古河流域、富蕴、青河、吐鲁番（新疆亚种 *Carduelis carduelis paropanisi*）。

　　注：有记录的"黑头红额金翅"应属于 *Carduelis carduelis major*（西伯利亚亚种，中国鸟类亚种新纪录），冬季偶见于伊宁、伊犁地区、天山

（Судиловская，1936）、石河子、乌鲁木齐等地（冬候鸟）。

生态：栖息于山地针叶林、阔叶林、河谷灌丛、农区和绿洲。采食植物种子和昆虫。海拔 500～3000m。

黄雀 *Carduelis spinus* (Linnaeus)，Siskin（新疆鸟类新纪录）

分布：新疆北部（冬候鸟）。阿克苏、阿拉尔（冬候鸟）、温宿、天山、巩留、伊宁、霍城、博乐（巴州）、哈拉吐鲁克、阿拉套山（夏尔希里）、精河、乌苏、独山子、奎屯、沙湾、石河子、玛纳斯、乌鲁木齐、水西沟（12 月）、阜康、天池、吉木萨尔、准噶尔盆地、吉木乃、白哈巴、哈巴河、哈纳斯湖、布尔津、额尔齐斯河谷、阿尔泰、巴里坤、哈密（口门子，3 ♂，4 ♀，1982 年 5 月 18 日，海拔 2400m；二堡，1984 年 5 月 10 日，海拔 700m。旅鸟?）。

生态：栖息于河谷灌丛、农田绿洲。海拔 190～2500m。采食植物种子和昆虫。

藏黄雀 *Carduelis thibetana* (Hume)，Tibetan Siskin（新疆鸟类新纪录）

分布：青藏高原特有种。新疆东部（周永恒和王伦，1989）、天山东部（袁国映，1991）、若羌（1996 年 11～12 月，冬候鸟? 漂泊鸟?）。

生态：冬季由高原下降到低山地带，出没于农田、城乡园林。海拔 1000～4000m。食植物种子、昆虫等。

白腰朱顶雀 *Carduelis flammea* (Linnaeus)，Redpoll

分布：新疆北部（冬候鸟）。天山、独山子、石河子、乌鲁木齐（2 月 9 日）、阜康、火烧山、塔城、吉木乃、哈巴河、哈纳斯湖、布尔津、阿尔泰市区（指名亚种 *Carduelis flammea flammea*）。

生态：繁殖于北极苔原地区。冬天出现于山地林区、河谷灌丛、农田草地。海拔 400～2000m。食植物种子、昆虫等。

极北朱顶雀 *Carduelis hornemanni* (Holboll)，Arctic Redpoll

分布：天山、阿尔泰（北方亚种 *Carduelis hornemanni exilipes*，冬候鸟，罕见）。

生态：繁殖地在北极地区。冬季见于低山河岸林、河谷灌丛、人工园林。食树种、杂草籽等。

黄嘴朱顶雀 *Carduelis flavirostris* (Linnaeus)，Twite

分布：广泛分布于新疆各地（留鸟）。阿尔金山、且末、若羌、米兰河上游、昆仑山、民丰、于田、策勒、和田、慕士山、皮山、叶城、喀喇昆仑山、塔什库尔干、克克吐鲁克、帕米尔高原、阿克陶（克州）、木吉、布伦口、乌恰、喀什、莎车（南疆亚种 *Carduelis flavirostris montanella*，留鸟）、乌什、阿合奇、阿克苏、温宿、托木尔峰地区、拜城、和硕、和静（巴州）、天山、巴音布鲁克、新源、巩留、伊犁谷地、伊宁、察布查尔、霍城、博乐（博州）、沙湾、石河子、玛纳斯、昌吉、五家渠、乌鲁木齐、吉木萨尔、五彩湾、卡拉麦里山、奇台、北塔山、木垒、准噶尔盆地（冬季漂泊）、裕民、和布克塞尔、克拉玛依、吉木乃、阿尔泰、北屯、福海（山区）、富蕴、青河、吐鲁番、巴里坤、口门子、哈密、沁城、雅满苏（北疆亚种 *Carduelis flavirostris korejevi*，留鸟）。

生态：栖息于山地草原、针叶与阔叶混交林、河谷灌丛、绿洲。海拔350～3500m。采食草籽、植物芽和昆虫。

赤胸朱顶雀　*Carduelis cannabina*（Linnaeus），Linnet（图 64-2）

分布：新疆北部（留鸟）。帕米尔高原、喀什、温宿、托木尔峰地区、天山山脉、和静（巴州）、巴音布鲁克、新源、巩乃斯、巩留、特克斯、昭苏、尼勒克、伊犁河谷、伊宁、察布查尔、霍城、清水河、果子沟、温泉、赛里木湖、博乐（博州）、精河、乌苏、独山子、奎屯、沙湾、石河子、玛纳斯、昌吉、五家渠、乌鲁木齐、博格多山、阜康、天池、吉木萨尔、奇台、木垒、准噶尔盆地（冬季）、托里、塔城、额敏、和布克赛尔、克拉玛依、吉木乃、白哈巴、哈巴河、哈纳斯湖、布尔津、阿尔泰、乌伦古湖、福海、北屯、富蕴、吐尔洪、青河、巴里坤（新疆亚种 *Carduelis cannabina bella*）。

图 64-2　赤胸朱顶雀　孙大欢

生态：栖息于山地草原、河谷灌丛。冬季降至平原。海拔 300～3000m。采食植物种子、昆虫。

林岭雀　*Leucosticte nemoricola*（Hodgson），Plain Mountain Finch

分布：新疆各县山区（留鸟）。昆仑山、皮山、叶城、喀喇昆仑山、塔什库尔干、帕米尔高原、盖孜、阿克陶（克州）、乌恰、喀什地区、莎车、温宿、托木尔峰地区、库车、和静（巴州）、和硕、天山、巴音布鲁克、巩乃斯、那拉提、新源、特克斯、昭苏、霍城、伊犁山区、赛里木湖、博乐（博州）、沙湾、昌吉、乌鲁木齐、阜康、天池、奇台、北塔山、白哈巴、哈巴河、布尔津、阿尔泰、福海（山区）、吐鲁番、巴里坤、哈密、口门子（新疆亚种 *Leucosticte nemoricola altaica*，繁殖鸟）。

生态：栖息于高山草原、针叶林、阔叶林、河谷灌丛、裸岩区。海拔1500～3500m。采食杂草籽、植物芽和昆虫。

高山岭雀　*Leucosticte brandti* (Bonaparte)，Brandt's Mountain Finch

分布：新疆各县山区（留鸟）。若羌、依夏克帕提、大九坝、阿尔金山、且末、民丰、和田、皮山、昆仑山（南疆亚种 *Leucosticte brandti pallidior*）、叶城、库地、三十里营房、喀喇昆仑山、红其拉甫、明铁盖、塔什库尔干（西藏亚种 *Leucosticte brandti haematopygia*）、帕米尔高原、麻扎种羊场、布伦口、阿克陶（克州）、乌恰、托云（帕米尔亚种 *Leucosticte brandti pamirensis*）、喀什地区、莎车、阿克苏、木扎特达坂、温宿、托木尔峰地区、拜城、木扎特河谷、和静（巴州）、巴伦台、艾尔肯达坂、巴音布鲁克、巩乃斯、新源、天山、特克斯、昭苏、伊犁山区、阿拉套山（博州）、沙湾、乌鲁木齐、胜利达坂、后峡、木垒、塔城地区、塔尔巴哈台山、布尔津、阿尔泰（北疆亚种 *Leucosticte brandti margaritacea*，繁殖鸟）、吐鲁番、巴里坤（指名亚种 *Leucosticte brandti brandti*，繁殖鸟）。

生态：栖息于高海拔裸岩区（雪线附近）、高山草原与草甸、山地针叶和阔叶混交林、河谷灌丛。海拔 2000～5500m。采食杂草籽、昆虫。

南疆岭雀（褐头岭雀，白腰岭雀）　*Leucosticte sillemi* Roselaar，Sillem's Mountain Finch（新种）

分布：青藏高原特有种（留鸟）。昆仑山、喀喇昆仑山（繁殖鸟）、和田地区（阿克赛钦湖）、叶城、皮山（Roselaar 1992）。

生态：栖息于高山裸岩区、河谷灌丛、高寒草地和草甸。与其他岭雀或雪雀混群。海拔 5100～5200m。食植物种子等。

粉红腹岭雀（北岭雀，白翅岭雀）　*Leucosticte arctoa* (Pallas)，Rosy Mountain Finch

分布：新疆北部（冬候鸟）。阿拉套山、奎屯（冬季）、塔城（巴克图）、哈巴河（白哈巴）、哈纳斯湖、贾登峪、布尔津、福海（山区）、额尔齐斯河谷（冬季）、阿尔泰山脉（指名亚种 *Leucosticte arctoa arctoa*，繁殖鸟?）。

生态：栖息于林线以上的高山裸岩区、灌丛、草原和草甸。冬季降至低谷中。海拔 480～3000m。食植物种子，也食昆虫等。

巨嘴沙雀（铁嘴）　*Rhodopechys obsoleta* (Lichenstein)，Desert Finch

分布：广泛分布于新疆各地绿洲（留鸟）。若羌、瓦石峡、且末、车尔臣河（塔他让）、安迪尔、民丰、于田、策勒、洛浦、和田、墨玉、桑株、皮山、叶城、阿克陶、阿图什（克州）、乌恰、疏勒、疏附、喀什、泽普、莎车、英吉沙、麦盖提、伽师、岳普湖、巴楚、图木舒克、柯坪、乌什、阿合奇、阿瓦提、阿克苏、阿拉尔、阿瓦提、温宿、沙雅、塔里木河绿洲、新和、拜城、克孜尔、库车、轮台、塔中、肖塘、库尔勒（巴州）、普惠、尉犁、罗布泊地区、铁干里克、三十四团、和硕、焉耆、博湖、和静、伊犁谷地、伊宁、察布查尔、霍城、博乐（博州）、精河、独山子、奎屯、沙湾、石河子、玛纳斯、昌吉、乌鲁木齐、米泉、阜康、五彩湾、吉木萨尔、卡拉麦里山、奇台、艿艿湖、木垒、准噶尔盆地、和布克赛尔（和丰）、克拉玛依、福海、吐鲁番、鄯善（留鸟）。

生态：栖息于干旱的荒漠梭梭林区、人工园林、城乡庭院。海拔－90～1500m。食植物种子、浆果和坚果等。

赤翅沙雀　*Rhodopechys sanguinea* (Gould)，Crimson-winged Finch
分布：新疆西部（留鸟）。喀什地区、莎车、西天山、阿拉套山、塔尔巴哈台山（指名亚种 *Rhodopechys sanguinea sanguinea*，繁殖鸟）。
生态：栖息于长有稀疏植被的岩石荒坡、灌丛、草地。海拔1000～3000m。食多种植物种子。

蒙古沙雀（漠雀）　*Rhodopechys mongolica* (Swinhoe)，Mongolian Finch
分布：见于新疆各地（留鸟）。昆仑山、若羌、阿尔金山、且末、民丰、策勒、洛浦、和田、墨玉、皮山、叶城、塔什库尔干、克克吐鲁克、喀喇昆仑山、塔合曼、阿克陶（克州）、盖孜、帕米尔高原、乌恰、喀什、英吉沙、莎车、乌什、阿克苏、温宿、托木尔峰地区、拜城、库车、轮台、尉犁、罗布泊、和静（巴州）、巴音布鲁克、天山（繁殖鸟）、新源、伊犁地区、昭苏、霍城、果子沟、赛里木湖、博乐（博州）、独山子、沙湾、石河子、玛纳斯、昌吉、乌鲁木齐、米泉、阜康、吉木萨尔、卡拉麦里保护区、奇台、北塔山、艿艿湖、木垒、准噶尔盆地、托里、额敏、和布克塞尔、吉木乃、布尔津、阿尔泰、富蕴、福海、青河、托克逊、吐鲁番、鄯善、嘎顺戈壁、巴里坤、哈密、南湖戈壁、沁城、伊吾（留鸟）。
注：或另归入漠雀属 *Bucanetes*。
生态：栖息于荒漠、半荒漠、山前旱草原、山地草原、河谷灌丛。具有漂泊性。海拔500～3400m。采食杂草种子和昆虫。

大朱雀　*Carpodacus rubicilla* (Guldenstadt)，Great Rosefinch
分布：南部和中部山区（留鸟）。昆仑山、若羌、米兰、阿尔金山、民丰、于田、和田、皮山、叶城、喀喇昆仑山（青藏亚种 *Carpodacus rubicilla severtzovi*）、克孜勒苏自治州（克州）、塔什库尔干、红其拉甫、克克吐鲁克、阿克陶、吉根、乌恰、喀什、莎车、乌什、阿克苏、温宿、托木尔峰地区、拜城、木扎特河谷、库车（山地）、天山（留鸟）、和静（巴州）、巴音布鲁克、特克斯、昭苏、昌吉、乌鲁木齐、吐鲁番（新疆亚种 *Carpodacus rubicilla kobdensis*）。
生态：栖息于山地裸岩区、山地草原、针叶与阔叶混交林、河谷灌丛、荒漠。海拔1500～5000m。采食杂草籽与昆虫。

拟大朱雀　*Carpodacus rubicilloides* Przevalski，Eastern Great Rosefinch（新疆鸟类新纪录）

分布：新疆西部和南部、喀喇昆仑山、昆仑山（藏南亚种 *Carpodacus rubicilloides lucifer*，留鸟）。

生态：栖息于雪线附近的寒漠、高山裸岩区、河谷灌丛、草原和草甸。海拔 2500～5500m。食植物种子、芽、叶等。

红胸朱雀　*Carpodacus puniceus* (Blyth)，Red-fronted Rosefinch

分布：喀喇昆仑山、昆仑山北坡、西天山（疆西亚种 *Carpodacus puniceus kilianensis*，留鸟）。

生态：栖息于高山草甸、裸岩区、河谷灌丛、草原。海拔 2000～4500m。食植物种子和少量的昆虫等。

沙色朱雀　*Carpodacus synoicus* (Temminck)，Pale Rosefinch

分布：新疆西部（留鸟）。喀喇昆仑山、昆仑山、喀什、莎车、叶城、皮山、天山（新疆亚种 *Carpodacus synoicus stoliczkae*，繁殖鸟？）。

生态：栖息于岩石荒漠、干旱的草坡。食植物种子等。

红腰朱雀　*Carpodacus rhodochlamys* (Brandt)，Red-mantled Rosefinch

分布：见于新疆西部和北部（留鸟）。喀什、阿克陶（克州）、乌恰、英吉沙、巴楚、乌什、阿合奇、阿克苏、沙雅、铁门关、尉犁（巴州）、天山、巩乃斯、新源、巩留、特克斯、尼勒克、阿拉套山、精河（博州）、独山子、奎屯、沙湾、石河子、昌吉、乌鲁木齐、奇台、塔尔巴哈台山、克拉玛依、布尔津、阿尔泰、北屯、福海、哈密（指名亚种 *Carpodacus rhodochlamys rhodochlamys*，留鸟）。

生态：栖息于高山草地、树丛、裸岩区、河谷灌丛、草原和草甸。海拔 200～4500m。食植物种子、嫩叶等。

普通朱雀　*Carpodacus erythrinus* (Pallas)，Common Rosefinch

分布：广布于新疆各地（夏候鸟）。且末、民丰、昆仑山区、皮山、叶城、库地、塔什库尔干、帕米尔高原、布伦口、阿克陶（克州）、吉根、乌恰、喀什、疏附、疏勒、阿合奇、阿克苏、温宿、托木尔峰地区、拜城、克孜尔、木扎特河谷、轮台、塔中基地、和静（巴州）、巴伦台、天山（？新疆亚种 *Carpodacus erythrinus ferghanensis*）、巩乃斯、新源、那拉提、巩留、特克斯、昭苏、伊犁河谷、尼勒克、伊宁、察布查尔、霍城、果子沟、博尔塔拉河、赛里木湖、博乐（博州）、准噶尔阿拉套山、乌苏、独山子、沙湾、石河子、玛纳斯、昌吉、五家渠、乌鲁木齐、阜康、天池、吉木萨尔、奇台、北塔山、木垒、准噶尔盆地、裕民、塔城、塔尔巴哈台山、和布克赛尔、克拉玛依、白哈巴、哈巴河、哈纳斯湖、布尔津、阿尔泰（? 指名亚种 *Carpodacus erythrinus erythrinus*）、福海、北屯、富蕴、吐尔洪、可可托海、恰库尔图、乌伦古河流域、青河、布尔根河流域、吐鲁番、巴里坤、口门子、伊吾、哈密、沁城、雅满苏（普通亚种 *Carpodacus erythrinus roseatus*）。

生态：栖息于山地针叶林、阔叶林、河谷灌丛、平原绿洲。海拔 -90～3500m。采食植物种子、叶、芽、昆虫。

北朱雀　*Carpodacus roseus* (Pallas)，Siberian Rosefinch (Pallas's Rosefinch)（新疆鸟类新纪录）

分布：阿尔泰山西部哈纳斯湖（1 ♂，1987 年 7 月，海拔 1400m。袁国映，1991；马敬能等，2000）。

生态：栖息于山地针叶林上缘的灌丛、草地、阔叶林等。海拔 1400～2000m。食植物种子、叶、芽和农田谷物。

松雀　*Pinicola enucleator* (Linnaeus)，Pine Rosefinch (Rose Grosbeak)（新疆鸟类新纪录）

分布：阿尔泰山（北方亚种 *Pinicola enucleator pacata*，留鸟，冬候鸟?）、贾登峪（1 ♂，1983 年 7 月 9 日，海拔 1400m。向礼陔和黄人鑫，1988）、福海（山区）。

生态：北方泰加林区的鸟类。栖息于山地针叶林、阔叶林、混交林。海拔1500～2500m。采食松子等树种和昆虫。

红交嘴雀　*Loxia curvirostra* Linnaeus，Red Crossbill

分布：天山和阿尔泰山（留鸟）。阿克苏（冬候鸟）、温宿、托木尔峰地区、和静（巴州）、西天山、新源、巩乃斯、那拉提、特克斯、赛里木湖、博乐（博州）、准噶尔阿拉套山、沙湾、石河子、玛纳斯、昌吉（山地）、乌鲁木齐（天山亚种 *Loxia curvirostra tianschanica*）、水西沟、阜康、天池、博格达山、奇台、半截沟、哈巴河（白哈巴）、哈纳斯湖、布尔津、阿尔泰（北方亚种 *Loxia curvirostra altaiensis* 或 *japonica*）、福海（山区）、巴里坤、哈密（繁殖鸟）。

生态：栖息于山地针叶林、针阔混交林和灌丛。海拔 540～3000m。采食针叶树和阔叶树种子、坚果、浆果和昆虫。

长尾雀　*Uragus sibiricus* (Pallas)，Long-tailed Rosefinch（图 64-3）

分布：见于北疆各地（冬候鸟）。阿克苏地区、阿拉尔、温宿、库尔勒（巴州）、铁门关、天山、巩留、尼勒克、伊犁谷地、伊宁、霍城、博乐（博州）、艾比湖、精河、独山子、沙湾、莫索湾、石河子（11 月）、玛纳斯、昌吉、五家渠、乌鲁木齐、阜康（11 月）、吉木萨尔（4 月 11 日）、卡拉麦里、奇台、准噶尔盆地、塔城、克拉玛依、吉木乃、阿尔泰（繁殖）、福海（山区）、青河（指名

亚种 *Uragus sibiricus sibiricus*）、布尔根河流域、吐鲁番（冬候鸟）。

生态：多见于阿尔泰山林区、河谷灌丛、农区、苗圃、公园、荒漠林。海拔0～2000m。采食植物种子、昆虫等。

红腹灰雀 *Pyrrhula pyrrhula* (Linnaeus)，Common Bullfinch

分布：新疆北部（冬候鸟）。天山（冬候鸟，旅鸟）、独山子、石河子、昌吉、五家渠、乌鲁木齐、塔城、和布克赛尔、克拉玛依、白哈巴、哈巴河、布尔津、哈纳斯湖、阿尔泰（东北亚种 *Pyrrhula pyrrhula cassini* 或指名亚种 *Pyrrhula pyrrhula pyrrhula*）、福海（繁殖鸟，留鸟）、额尔齐斯河谷。

生态：栖息于山地针叶林、混交林、阔叶林、河谷灌丛和荒漠草地。海拔500～2500m。采食植物种子和昆虫。

灰腹灰雀 *Pyrrhula griseiventris* Lafresnaye，Oriental Bullfinch（图64-4）

分布：天山、独山子、石河子、乌鲁木齐（指名亚种 *Pyrrhula griseiventris griseiventris*，冬候鸟）、阿尔泰、贾登峪（2♂，1♀，1983年7月14日，海拔1450m）、哈纳斯湖（1♂，1980年11月26日，海拔1400m。东北亚种 *Pyrrhula griseiventris cineracea*，繁殖鸟，冬候鸟？）、额尔齐斯河谷。

注：有人将此种提升为 *Pyrrhula cineracea* (Cramp，1994)，或与红腹灰雀（*Pyrrhula pyrrhula*）合并为一个种（马敬能等，2000）。种间有杂交个体。

生态：栖息于山地针叶林、阔叶林、河谷灌丛、人工园林、荒漠林。海拔400～2500m。采食植物种子、果实和昆虫。

图64-3　长尾雀　邢睿　　　图64-4　灰腹灰雀（雄）文志敏

锡嘴雀 *Coccothraustes coccothraustes* (Linnaeus)，Hawfinch（图64-5）

分布：新疆西北部（留鸟，冬候鸟）。伊犁天山（冬候鸟）、独山子、奎屯、石河子（1月）、昌吉、五家渠、乌鲁木齐、吉木萨尔、塔城、克拉玛依（3月3

日）、福海（山区）、阿尔泰、额尔齐斯河谷、青河（指名亚种 *Coccothraustes coccothraustes coccothraustes*，留鸟）。

生态：栖息于阔叶林、针阔叶混交林、河谷灌丛、人工园林、荒漠林。海拔410～1100m。采食植物种子和昆虫。

白斑翅拟蜡嘴雀　*Mycerobas carnipes*（Hodgson），White-winged Grosbeak（图 64-6）

图 64-5　锡嘴雀　马鸣　　　　图 64-6　白斑翅拟蜡嘴雀　苟军

分布：新疆西部和北部（留鸟）。叶城、昆仑山、塔什库尔干、喀喇昆仑山、帕米尔高原、喀什、阿克陶（克州）、莎车、天山（指名亚种 *Mycerobas carnipes carnipes*，留鸟）、温宿、木扎特河（托木尔峰地区）、特克斯、霍城、伊犁山区、赛里木湖、阿拉套山、博乐（博州）、沙湾、玛纳斯、昌吉、乌鲁木齐、阜康、天池、巴里坤、伊吾、哈密、口门子、阿尔泰山（夏候鸟）。

生态：见于高山草甸、林缘上部的匍匐小树丛和灌丛、针阔叶林、河谷灌丛等。海拔 2000～4000m。采食树种和昆虫。

65. 鹀科　Emberizidae（3 属 18 种）

黍鹀　*Emberiza calandra* Linnaeus，Corn Bunting
分布：新疆西部（夏候鸟）。喀什地区（冬候鸟）、科克铁列克、西天山（繁殖）、新源、尼勒克、巩留、特克斯、昭苏、伊犁地区、霍城、阿拉套山、精河（博州）、独山子、沙湾、石河子（10 月）、玛纳斯、昌吉。
注：黍鹀或纳入另外一个属（*Miliaria*）。
生态：见于山脚下的农区、稀树林缘、河谷灌丛、荒漠草地。海拔 190～1500m。采食植物种子和昆虫。

白头鹀　*Emberiza leucocephalos* Gmelin，Pine Bunting
分布：新疆西部和北部（夏候鸟，冬候鸟）。喀什地区（冬候鸟）、阿图什

（克州）、巴楚、西天山、和静（巴州）、巴音布鲁克、新源、巩乃斯、特克斯、昭苏、尼勒克、伊犁谷地、伊宁、霍城、温泉、赛里木湖、阿拉套山、博乐（博州）、乌苏、独山子、沙湾、石河子、玛纳斯、昌吉、五家渠、乌鲁木齐、水西沟（留鸟）、后峡（繁殖）、阜康、博格多山、吉木萨尔、奇台、哈巴河（白哈巴）、布尔津、哈纳斯湖、阿尔泰山（繁殖）、富蕴、青河、巴里坤、东天山、伊吾、哈密（指名亚种 *Emberiza leucocephalos leucocephalos*，繁殖鸟）。

生态：栖息于山地林区边缘、农庄、河谷灌丛、果园。海拔 500～2700m。采食植物种子、农作物种子和昆虫。

黑头鹀 *Emberiza melanocephala* Scopoli，Black-headed Bunting

分布：塔里木盆地（旅鸟）、且末、塔中（石油基地）、天山、昌吉、奇台（北塔山）。

生态：栖息于低山林区、灌丛、农田。海拔 500～1500m。采食植物种子、麦子、浆果和昆虫。

褐头鹀 *Emberiza bruniceps* Brandt，Red-headed Bunting（图 65-1）

图 65-1　褐头鹀　文志敏

分布：新疆各地（夏候鸟）。叶城、昆仑山、喀什、乌恰、阿图什（克州）、莎车、叶尔羌河、英吉沙、巴楚、阿合奇、阿克苏、阿拉尔、拜城、木扎特河流域、库车、沙雅、塔里木河、库尔勒（巴州）、普惠、尉犁、和硕、和静、天山、巴音布鲁克、新源、尼勒克、巩留、特克斯、昭苏、伊犁河谷、伊宁、霍城、博乐（博州）、精河、艾比湖湿地、乌苏、独山子、奎屯、沙湾、石河子、玛纳斯、昌吉、五家渠、乌鲁木齐、地窝堡、达坂城、阜康、奇台、北塔山、芨芨湖、木垒、准噶尔盆地、裕民、塔城、额敏、和布克塞尔、克拉玛依、吉木乃、哈巴河、铁列克、布尔津、阿尔泰、额尔齐斯河流域、乌伦古湖、福海、北屯、富蕴、青河、吐鲁番、托克逊、鄯善、哈密（繁殖鸟）。

生态：出没于人工草场、农田、园林灌木丛、河谷草地、荒漠绿洲。海拔 0～3000m。以杂草籽、谷粒和昆虫为食。

黄胸鹀 *Emberiza aureola* Pallas，Yellow-breasted Bunting

分布：新疆北部（夏候鸟）。温宿、沙湾、石河子（10 月）、昌吉（旅鸟，冬候鸟）、准噶尔界山、哈巴河、布尔津、额尔齐斯河谷、阿尔泰、福海、富蕴、吐尔洪、青河、布尔根河流域（指名亚种 *Emberiza aureola aureola*，繁殖鸟，旅鸟）。

生态：栖息于河谷灌丛、疏林、草地、湿地、农田。海拔 500～2000m。采食植物种子、昆虫、谷物等。

黄鹀　*Emberiza citrinella* Linnaeus，Eastern Yellow Bunting（Yellowhammer）（新疆鸟类新纪录）

分布：多见于北疆各地（冬候鸟）。巴楚、铁门关、天山山地、巩留、昭苏、特克斯、尼勒克、伊宁、伊犁谷地、察布查尔、霍城（冬候鸟）、温泉、博乐（博州）、精河、独山子、奎屯、沙湾、石河子、玛纳斯、昌吉、五家渠、乌鲁木齐、水西沟、永丰、米泉、吉木萨尔、卡拉麦里、奇台、准噶尔盆地、塔尔巴哈台山、塔城、克拉玛依、乌尔禾、哈巴河（白哈巴）、铁列克、哈纳斯湖、布尔津、贾登峪、额尔齐斯河、阿尔泰、青河（北方亚种 *Emberiza citrinella erythrogenys*，繁殖鸟）。

生态：见于山地林缘、人工草地、河谷灌丛、荒漠林（侯兰新，2004）。冬天与白头鹀（*Emberiza leucocephalos*）混群，见于农区和城乡园林。二者有杂交（hybridize）现象。海拔 400～2000m。食植物种子、昆虫。

白顶鹀　*Emberiza stewarti* Blyth，White-capped Bunting（新疆鸟类新纪录）

分布：见于中亚各国（Byers *et al.*，1995），至新疆天山（Судиловская，1936）、阿拉套山（夏候鸟，旅鸟）。

生态：栖息于林缘、河谷、农庄、灌丛、果园。采食植物种子、农作物种子和昆虫等。

圃鹀　*Emberiza hortulana* Linnaeus，Ortolan Bunting

分布：西部和北部（夏候鸟）。若羌、阿尔金山、喀什地区、天山（旅鸟）、阿拉套山（夏尔希里）、乌苏、昌吉、奇台、北塔山（5 月）、塔尔巴哈台山、和布克塞尔（和丰）、白哈巴、哈巴河、铁列克、哈纳斯湖、布尔津、阿尔泰、福海、富蕴、青河（繁殖鸟）。

生态：栖息于稀疏树木的荒山野岭、陡坡草地、河谷灌丛、荒漠草丛。海拔1000～2500m。采食草籽、谷粒和昆虫。

灰颈鹀　*Emberiza buchanani* Blyth，Grey-necked Bunting

分布：新疆西部和北部（繁殖鸟）。叶城（麻扎，9 月 27 日，海拔 3800m，旅鸟）、昆仑山、喀喇昆仑山、喀什、乌什、温宿、托木尔峰地区、和硕、和静（巴州）、巴伦台、巴音布鲁克、天山（新疆亚种 *Emberiza buchanani neobscura*，繁殖鸟）、巩乃斯、新源、特克斯、伊犁地区、霍城、温泉、赛里木湖、阿拉套山、博乐（博州）、精河、乌苏、独山子、沙湾、石河子、玛纳斯、昌吉、乌鲁木齐、雅玛里克山、阜康、天池、博格达山、吉木萨尔、卡拉麦里山、奇台、北塔山、准噶尔盆地、塔尔巴哈台山、托里、哈巴河、布尔津、阿尔泰、福海、北屯、青河、布尔根河、吐鲁番、托克逊、巴里坤、口门子、伊吾、哈密、沁城（繁殖鸟）。

生态：栖息于低山裸岩区、干旱草坡、河谷灌丛。海拔 300～3800m。采食杂草籽和昆虫。

灰眉岩鹀 *Emberiza cia* Linnaeus，Rock Bunting（图 65-2）

分布：新疆西部和北部（留鸟）。帕米尔高原、阿克陶（克州）、塔中（石油基地，旅鸟）、乌什、阿克苏、温宿、轮台、库尔勒（巴州）、和静、和硕、天山、巴音布鲁克、巩乃斯、新源、特克斯、尼勒克、昭苏、霍城、伊犁地区、温泉、阿拉套山、赛里木湖、博乐（博州）、乌苏、独山子（独库公路）、沙湾、石河子、玛纳斯、昌吉、乌鲁木齐、奇台、北塔山、塔尔巴哈台山、克拉玛依、哈巴河、哈纳斯湖、布尔津、阿尔泰山（北疆亚种 *Emberiza cia par*，繁殖鸟）、额尔齐斯河、福海（山区）、富蕴、青河、哈密。

图 65-2　灰眉岩鹀　徐捷

生态：栖息于山地裸岩区、高山草地、河谷灌丛。海拔 1000～4000m。采食植物种子、叶片、嫩芽和昆虫。

戈氏岩鹀 *Emberiza (cia) godlewskii* Taczanovski，Godlewski's Bunting

分布：新疆西部和北部（留鸟）。策勒、皮山、叶城、塔什库尔干、阿克陶、阿图什（克州）、乌恰、喀什、莎车、和田、民丰、且末、塔里木盆地、温宿、托木尔峰地区、拜城、木扎特河谷、铁门关、和硕、和静（博州）、巴伦台、巴音布鲁克、天山山脉、昭苏、伊犁地区、精河、独山子、沙湾、玛纳斯、乌鲁木齐、克拉玛依、阿尔泰地区（新疆亚种 *Emberiza godlewskii decolorata*，繁殖鸟）。

注：或被归入灰眉岩鹀 *Emberiza cia* 的一个亚种。二者区别在头侧部的纵纹是黑色还是栗色（戈氏岩鹀）。上述岩鹀种和亚种只在新疆和西藏有重叠分布，但是并没有杂交的证据（Byers *et al.*，1995；Inskipp *et al.*，1996）。

生态：栖息于山地草原、植被稀疏的岩石坡、河谷灌木丛。海拔 250～3500m。采食杂草籽与昆虫。

三道眉草鹀 *Emberiza cioides* Brandt，Meadow Bunting

分布：新疆北部（留鸟）。天山、新源、巩留、特克斯、昭苏、伊宁、霍城、温泉、阿拉套山（夏尔希里）、博乐（博州）、乌苏、独山子、沙湾、石河子、玛纳斯、昌吉、乌鲁木齐、阜康、天池、博格多山、吉木萨尔、奇台、北塔山、木垒、塔尔巴哈台山（斋桑亚种 *Emberiza cioides tarbagataica*）、塔城、和布克赛尔、克拉玛依、布尔津、阿尔泰、福海（山区）、青河、巴里坤、伊吾、哈密（指名亚种 *Emberiza cioides cioides*，繁殖鸟）。

生态：见于稀疏树木的深草丛、陡坡草地、河谷灌丛、荒漠草丛。海拔600～3000m。食草籽、谷粒和昆虫。

田鹀　*Emberiza rustica* Pallas，Rustic Bunting

分布：北疆北部（旅鸟，冬候鸟）。喀什、天山、和静（巴州）、巴音布鲁克、巩留、伊犁地区、温泉、阿拉套山、独山子、沙湾、石河子、昌吉、五家渠、乌鲁木齐、阜康、吉木萨尔、准噶尔盆地、额尔齐斯河谷、青河、阿尔泰地区（指名亚种 *Emberiza rustica rustica*）。

生态：冬季见于郊野农区深草地、河谷灌丛、荒漠草丛和绿洲园林。海拔200～1500m。采食草籽、昆虫和蜘蛛。

小鹀　*Emberiza pusilla* Pallas，Little Bunting

分布：新疆各地（冬候鸟）。且末、民丰、皮山（桑珠山隘）、昆仑山、喀什、巴楚、塔里木盆地、塔中（石油基地）、伊犁地区、温泉、博乐（博州）、博尔塔拉河、石河子、昌吉、乌鲁木齐、米泉、吉木萨尔、奇台、木垒、准噶尔盆地、塔城、阿尔泰、额尔齐斯河谷、福海、富蕴（冬候鸟，旅鸟）。

生态：繁殖地在西伯利亚苔原地区。冬天见于低山草地、河谷灌丛、湖区的芦苇丛、荒漠草丛、农田和园林。海拔200～1500m。采食草籽、谷粒和昆虫。

苇鹀　*Emberiza pallasi* (Cabanis)，Pallas's Reed Bunting

分布：新疆西部和北部（夏候鸟）。昆仑山、于田（克里雅河流域）、和田、喀喇昆仑山、喀什、麦盖提、喀拉玛水库、博斯腾湖、尉犁、恰拉水库、东河滩、罗布泊、和静（巴州）、天山、巴音布鲁克、特克斯、伊犁地区、精河（博州）、艾比湖、奎屯、玛纳斯河、昌吉、乌鲁木齐、奇台、准噶尔盆地、哈巴河、布尔津、阿尔泰山、福海（指名亚种 *Emberiza pallasi pallasi* 或东北亚种 *Emberiza pallasi polaris*？繁殖鸟，旅鸟，冬候鸟。马敬能等，2000）。

生态：栖息于湿地芦苇丛、河谷灌丛、山地草原和沼泽。海拔500～2500m。采食芦苇种子、杂草籽、浆果和昆虫。

芦鹀　*Emberiza schoeniclus* Linnaeus，Reed Bunting（图 65-3）

分布：新疆各地（夏候鸟，冬候鸟）。若羌（柴达木亚种 *Emberiza schoeniclus zaidamensis*）、且末、民丰（尼雅河）、于田（克里雅河）、策勒、洛浦、和

图 65-3　芦鹀（雄）　王尧天

田、墨玉、喀喇昆仑山、新疆西部、喀什（新疆亚种 *Emberiza schoeniclus pyrrhuloides* ，繁殖鸟）、疏附、疏勒、莎车、巴楚、乌什（疆西亚种 *Emberiza schoeniclus pallidior* ，旅鸟）、阿瓦提、阿克苏、阿拉尔、托什罕河（阿合奇）、轮台、塔中（石油基地）、塔里木盆地、尉犁、恰拉水库、东河滩、大西海子、博斯腾湖、和硕、和静（巴州）、巴音布鲁克、巩留、伊宁、察布查尔、霍城、伊犁地区（西方亚种 *Emberiza schoeniclus incognita* ，冬候鸟）、博乐（博州）、艾比湖、精河、独山子、奎屯、沙湾、石河子、玛纳斯河、昌吉、五家渠、乌鲁木齐、阜康、吉木萨尔、准噶尔盆地（极北亚种 *Emberiza schoeniclus passerina* ，冬候鸟）、塔城、克拉玛依、艾里克湖、乌尔禾、吉木乃、哈巴河、布尔津、额尔齐斯河谷（繁殖鸟）、阿尔泰、福海、乌伦古湖、乌伦古河、哈密（北方亚种 *Emberiza schoeniclus parvirostris*，旅鸟，冬候鸟）。

生态：栖息于杂草丛生的河滩、湖岸、沼泽、灌丛及草丛。海拔 200～2500m。采食芦苇种子、草籽、野草嫩芽和昆虫。

铁爪鹀　*Calcarius lapponicus* (Linnaeus)，Eastern Lapland Bunting（Lapland Longspur）（新疆鸟类新纪录）

分布：新疆北部（冬候鸟）。天山、伊犁河谷、托克逊（甘沟）（冬候鸟。马鸣，1995）、沙湾、石河子、玛纳斯、昌吉、五家渠（指名亚种 *Calcarius lapponicus lapponicus* 或 *Calcarius lapponicus coloratus*）、乌鲁木齐、火烧山、吉木萨尔、卡拉麦里、奇台、北塔山、塔城（巴克图）、富蕴、阿尔泰山、额尔齐斯河谷（旅鸟）。

生态：繁殖地在北极苔原地带。冬季出没于荒漠草地、河谷灌丛、沼泽和农田。海拔 600～2500m。采食草籽和昆虫。

雪鹀　*Plectrophenax nivalis* (Linnaeus)，Snow Bunting

分布：新疆北部（冬候鸟）。石河子、莫索湾（150 团）、昌吉、乌鲁木齐（1 月）、天山、准噶尔盆地、阿尔泰山（北方亚种 *Plectrophenax nivalis vlasowae* ，冬候鸟）。

注：或与铁爪鹀同归一属（*Calcarius*）。

生态：繁殖于北极区冻土带。冬季见于北温带的低山草地、灌丛、农田荒地。海拔 410～1100m。采食杂草籽和谷粒。

补遗：新疆鸟类有疑问的种类名录

有疑问的种类多是从历次鸟类考察报告或观鸟记录中清理出来的（1876～2010 年），有 94 种，隶属 34 科、56 属。属于可疑的、逃逸的、放生的、偶然入侵的（外来物种）、野外记录少的、仅来自文献的（历史记录的）、已经绝迹的、亚种升格的（未被公认）、分类地位未定的、估计边界地区可能有渗入的鸟种。一些种类不具备分布在新疆的任何理由，在这里依然列出来，是为了供大家讨论，澄清事实。还有一些种类缺少记录资料或只有 1～2 次野外记录。有的只是观鸟者的报告或记录，缺乏物证（如标本或照片）。那些通过邻区或者邻国的文献"闭门造车"出的分布纪录也有一些。

但是，个别有"疑问"的种类并没有从"新疆鸟类分布名录"（正文）中彻底剔除，原因是最新的国家鸟类名录依然保留着它们（郑作新，2000；郑光美，2005）。如埃及夜鹰 *Caprimulgus aegyptius*。还有就是它们的分布区域存在一些疑问，如拟大朱雀 *Carpodacus rubicilloides* 和高原山鹑 *Perdix hodgsoniae* 可能分布至新疆南部的昆仑山区，但分布至新疆北部阿尔泰地区的可能性微乎其微，缺乏充分依据。

由于缺少长期研究的积累，识别或鉴定手段落后，出现了诸如此类的模糊问题是可以理解的。

鸟类具备飞行能力，不同于其他物种，出现在任何地方，皆有可能。世界三大难题，如全球气候变化、外来物种入侵、环境污染等，使物种分布格局正在发生新的变化，值得关注（马鸣，2010b）。

侏鸬鹚 *Phalacrocorax pygmeus* (Pallas)，Little Cormorant
西天山（Судиловская，1936）。属于极度濒危物种，现在新疆分布的可能性极小。

白鹭（小白鹭） *Egretta garzetta* (Linnaeus)，Little Egret
伊宁（黄亚东等，2009）。

紫背苇鳽 *Ixobrychus eurhythmus* (Swinhoe)，Schrenck's Little Bittern
五家渠（青格达湖）。观鸟者提供。

罗纹鸭 *Anas falcata* Georgi，Falcated Teal
巴楚（迷鸟？）。详见 *Oriental Bird Club Bulletin*，1999（29）：51。

斑嘴鸭　*Anas poecilorhyncha* Forster，Spot-billed Duck
库尔勒（孔雀河）、五家渠、乌鲁木齐、青格达湖（逃逸？）。

云石斑鸭　*Anas*（*Marmaronetta*）*angustirostris* Menetries，Marbled Duck
克拉玛依（8 只，6 月 18 日。可能是个错误记录，赤嘴潜鸭 *Netta rufina* 的幼鸟？Harvey，1986a）。

青头潜鸭　*Aythya baeri*（Radde），Baer's Pochard
阿尔泰、青河、察布查尔、伊宁（伊犁河）、昌吉州、准噶尔盆地。只有一号幼鸟标本（青河，1980 年 7 月），鉴定错误？

斑背潜鸭　*Aythya marila* Linnaeus，Greater Scaup
赛里木湖（博乐）、艾比湖（精河）、石河子（Holt，2008）。

蜂鹰　*Pernis apivorus*（Linnaeus），Honey Buzzard
喀什、库车林场、阿尔泰地区（2 只，贾登峪林场附近，6 月 28 日。罕见夏候鸟或旅鸟？邓杰等，1995）。

日本松雀鹰　*Accipiter gularis*（Temmink et Schlegel），Japanese Sparrowhawk
可能分布至阿尔泰山（马敬能等，2000）。据郑作新（1976），与松雀鹰 *Accipiter virgatus* 同归于一种。

松雀鹰　*Accipiter virgatus*（Temminck），Besra
沙雅？阿尔泰？（原来在分类上与日本松雀鹰 *Accipiter gularis* 同归一种）。

小乌雕　*Aquila pomarina* Brehm，Lesser Spotted Eagle
可能分布至新疆，也许是错误的纪录（*Oriental Bird Club Bulletin*，2000，31~32）。

阿尔泰隼　*Falco altaicus*（Menzbier），Altai Falcon
新疆西部（冬候鸟）、天山、阿尔泰（留鸟）。该种一直是作为猎隼（*Falco cherrug altaicus*）或者矛隼的亚种（*Falco rusticolus altaicus*）对待，是否独立尚有争议（de Schauensee，1984；赵正阶，1995；邓杰等，1995；马敬能等，2000；马鸣，2001d；苏化龙；2001；苏化龙和陆军，2001）。

矛隼　*Falco rusticolus* Linnaeus，Gyrfalcon
新疆西部（郑作新，1976）、天山、伊犁、昌吉州（？）、准噶尔盆地、福海、阿尔泰。

黑龙江隼（阿穆尔隼）　*Falco amurensis* Radde，Amur Falcon
乌鲁木齐（见于鸟市。旅鸟？）。黑龙江隼（包括红脚隼）是在非洲越冬，迁徙时途经新疆是可能的。

柳雷鸟 *Lagopus lagopus*（Linnaeus），Willow Ptarmigan
哈巴河、哈纳斯湖、布尔津、阿尔泰山（Dissing，1989）。

高原山鹑 *Perdix hodgsoniae*（Hodgson），Tibetan Partridge
青藏高原特有种。喀喇昆仑山、昆仑山？（注：以往许多新疆北部的记录纯属鉴定错误。郑宝赉，1965；向礼陔和黄人鑫，1986）。

普通燕鸻 *Glareola maldivarum* Forster，Oriental Pratincole
伊犁（1 幼，1963 年 7 月 13 日，海拔 800m。袁国映，1991；高行宜等，2000；马敬能等，2000）。根据标本量度应该是领燕鸻（*Glareola pratincola*）。

长脚麦鸡 *Vanellus gregaria*（Pallas），Sociable Lapwing
塔城（Kamp *et al.*，2010）、西天山（Судиловская，1936）。近年已绝迹？

细嘴杓鹬 *Numenius tenuirostris* Vieillot，Slender-billed Curlew
额尔齐斯河、阿尔泰（Peters，1934；陈承彦，2008）。

长嘴鹬 *Limnodromus scolopaceus*（Say），Long-billed Dowitcher
叶尔羌河、莎车（Carey *et al.*，2001）。

林沙锥 *Gallinago nemoricola*（Hodgson），Wood Snipe
乌鲁木齐？

中沙锥 *Gallinago media*（Lath），Great Snipe
迁徙季节可能出现在阿尔泰（Peters，1934；Vaurie，1965；Ali & Ripley，1980）。

短尾贼鸥 *Stercorarius parasiticus*（Linnaeus），Parasitic Jaeger
沙湾安集海（2007 年 9 月 13 日。Holt，2007；Holt *et al.*，2010）。

小杜鹃 *Cuculus poliocephalus* Latham，Lesser Cuckoo
阿尔泰哈纳斯湖林区（1 幼，1980 年 7 月 28 日，海拔 1400m。向礼陔和黄人鑫，1986；周永恒和王伦，1989；高行宜等，2000）。此项纪录值得怀疑。

灰林鸮 *Strix aluco* Linnaeus，Tawny Owl（Tawny Wood Owl）
天山、阿拉套山？

中亚夜鹰 *Caprimulgus centralasicus* Vaurie，Central Asian Nightjar（Vaurie's Nightjar）
皮山（固玛）。经过 1985～2009 年多年的调查，此种的存在值得怀疑（马鸣，1999c）。

埃及夜鹰　*Caprimulgus aegyptius* Lichtenstein，Egyptian Nightjar
皮山（仅有一号标本。Vaurie，1960）。

高山雨燕　*Apus melba*（Linnaeus），Alpine Swift
可能分布至新疆西北部（马敬能等，2000）。

小白腰雨燕　*Apus affinis*　（J. E. Gray），House Swift
阿尔泰？

蓝颊蜂虎　*Merops persicus* Pallas，Blue-cheeked Bee-eater
伊犁河谷、西天山（Судиловская，1936）。

小星头啄木鸟　*Dendrocopos kizuki*（Temminck），Pigmy Woodpecker
福海（？）、阿尔泰山（？）、青河（1♂，1980年7月5日，海拔1180m。向礼陔和黄人鑫，1986）。此项纪录值得怀疑。

蒙古百灵　*Melanocorypha mongolica*（Pallas），Mongolian Lark
新疆东部地区？

山鹡鸰　*Dendronanthus indicus*（Gmelin），Forest Wagtail
准噶尔盆地（周永恒和王伦，1989）。此项纪录值得怀疑。

树鹨　*Anthus hodgsoni* Richmond，Olive-backed Pipit
和静、新源、昭苏、赛里木湖、博乐、阿尔泰山哈纳斯、哈密地区（夏候鸟，旅鸟？）。

楔尾伯劳　*Lanius sphenocercus* Cabanis，Long-tailed Grey Shrike
克拉玛依？（Harvey，1986a；袁国映，1991）。此项纪录值得怀疑。

灰椋鸟　*Sturnus cineraceus* Temminck，White-cheeked Starling
沙湾柳树沟（2006年11月5日。Holt，2008）。

黑领椋鸟　*Sturnus nigricollis*（Paykull），Black-collared Starling
乌鲁木齐（放生或逃逸？）。

八哥　*Acridotheres cristatellus*（Linnaeus），Crested Myna（补遗图1）
独山子、昌吉、五家渠、青格达湖（放生？）。

补遗图1　八哥　新疆观鸟会（提供）

里海地鸦　*Podoces panderi* Fischer，

Turkestan Ground Jay

新疆西部、伊犁谷地、天山（Судиловская，1936）。

家鸦 *Corvus splendens* Vigors，House Crow
新源（崔大方等，1994）、伊犁谷地？与寒鸦混群。

褐颈渡鸦 *Corvus ruficollis* Lesson，Brown-necked Raven
新疆西部。

棕眉山岩鹨 *Prunella montanella* （Pallas），Mountain Accentor（Siberian Accentor）
阿尔泰山？

东欧歌鸲 *Luscinia luscinia* （Linnaeus），Thrush Nightingale
天山（Судиловская，1936）、白哈巴、哈巴河、阿尔泰山南麓、额尔齐斯河谷（Wassink & Oreel，2007）。

日本歌鸲 *Luscinia akahige* （Temminck），Japanese Robin
哈密（1♀，1984 年 3 月，海拔 740m。周永恒等，1987；2009；袁国映，1991；高行宜等，2000）、新疆东部、乌鲁木齐（?）。估计是笼鸟逸出或鉴定有误，应该是欧亚鸲（*Erithacus rubecula*）。

蓝额红尾鸲 *Phoenicurus frontalis* Vigors，Blue-fronted Redstart
塔城（许可芬等，1992）。可能在喀喇昆仑山、帕米尔高原、昆仑山、阿尔金山分布。

红尾水鸲 *Rhyacornis fuliginosus* （Vigors），Plumbeous Water Redstart
塔什库尔干、红其拉甫（? Dissing，1989）。

白喉石鵖 *Saxicola insignis* G. R. Gray，Hodgson's Bushchat
帕米尔高原（?）、天山（旅鸟?）、阿尔泰山。

东方斑鵖 *Oenanthe picata* Blyth，Variable Wheatear
喀什地区（马敬能等，2000）、塔什库尔干（Dissing，1989）。

灰背鸫 *Turdus hortulorum* Sclater，Grey-backed Thrush
阿尔泰（向礼陔和黄人鑫，1986；袁国映，1991；郑光美，2005）。此项纪录值得怀疑。

环颈鸫 *Turdus torquatus* Linnaeus，Ring Ouzel
石河子（王和平，2009）。

白腹鸫 *Turdus pallidus* Gmelin，Pale Thrush

帕米尔高原、准噶尔西部（?）、西天山（罕见种，旅鸟? 郑作新，1976；郑光美，2005）。

白眉鸫　*Turdus（pallidus）obscurus*　Gmelin，White-browed Thrush
准噶尔西部（?）、西天山（罕见种，旅鸟? 曾经是白腹鸫的一个亚种。郑作新，1976）。

白眉歌鸫　*Turdus iliacus* Linnaeus，Redwing
偶然越冬至阿尔泰山（Vaurie，1972；马敬能等，2000；赵正阶，2001）。

细纹噪鹛　*Garrulax lineatus*（Vigors），Streaked Laughing Thrush
帕米尔高原（Stepanyan，1998）。

矛斑蝗莺　*Locustella lanceolata*（Temminck），Lanceolated Grasshopper Warbler
天山（? 罕见旅鸟，迷鸟）。

须苇莺（细嘴髭莺）　*Acrocephalus melanopogon*（Temminck），Moustached Warbler
西天山（Судиловская，1936）。

大嘴苇莺　*Acrocephalus orinus* Oberholser，Large-billed Reed Warblers
帕米尔高原（中国和阿富汗交界。Timmins *et al.*，2009）。

厚嘴苇莺　*Acrocephalus aedon*（Pallas），Thick-billed Reed Warbler
昌吉（?）、阿尔泰（2♀，1983 年 7 月 3 日，海拔 1000m）、北屯林场（2♂，3♀，1983 年 7 月 2 日，海拔 800m。指名亚种 *Acrocephalus aedon aedon*? 罕见旅鸟，繁殖鸟）。

欧柳莺　*Phylloscopus trochilus*（Linnaeus），Willow Warbler
阿尔泰山（马敬能等，2000）。

林柳莺（噪柳莺）　*Phylloscopus sibilatrix*（Bechstein），Wood Warbler
新疆东部哈密（周永恒等，1986）。可能分布至阿尔泰山（马敬能等，2000）、哈巴河（Hornskov，1995）。

布氏柳莺（黄额柳莺）*Phylloscopus subviridis*（Brooks），Brooks's Leaf Warbler
西天山（Судиловская，1936）。

黄腹柳莺　*Phylloscopus affinis*（Tickell），Tickell's Willow Warbler
新疆西南地区、伊犁果子沟（1♂，1981 年 7 月 21 日，海拔 1700m）、哈密口门子林场（1 ♂，1♀，1982 年 7 月 31 日，海拔 2200～2800m。高行宜等，2000）。

棕腹柳莺 *Phylloscopus subaffinis* Ogilvie-Grant，Buff-bellied Willow Warbler
特克斯（1 ♂，1984 年 8 月 7 日，海拔 1560m）、尼勒克（1 ♂，1984 年 8 月 31 日，海拔 1400m）、昌吉州（高行宜等，1997；2000）、口门子（哈密）。

大冕纹柳莺 *Phylloscopus occipitalis*（Blyth），Western Crowned Willow Warbler
帕米尔高原? （Flint *et al.*，1984）。

鸲姬鹟 *Ficedula mugimaki*（Temminck），Robin Flycatcher（Mugimaki Flycatcher）
阿尔泰、昌吉州、准噶尔盆地（高行宜等，1997）。

红胸姬鹟 *Ficedula parva*（Bechstein），Red-breasted Flycatcher
迁徙季节可能出现在新疆西部（李海涛等，2008；危骞，2010）。

乌鹟 *Muscicapa sibirica* Gmelin，Dark-sided Flycatcher
阿尔泰山（赵正阶，2001；Flint *et al.*，1984）。

东方棕鹟 *Muscicapa ruficauda*（Swainson），Rufous-tailed Flycatcher
帕米尔高原?

寿带（中亚亚种） *Terpsiphone paradise leucogaster*（Swainson），Asian Paradise-flycatcher
西天山（Судиловская，1936）。

黑头攀雀 *Remiz macronyx* Severtsov，Black-headed Penduline Tit
新疆西北部（图 57-1）。

绿背山雀 *Parus monticolus* Vigors，Green-backed Tit
天山（袁国映，1991）。

沼泽山雀 *Parus palustris* Linnaeus，Marsh Tit
玛纳斯、昌吉州、阜康、布尔津、阿尔泰（袁国映，1991）、福海、青河（3 ♂，2♀，1 幼，1980 年 8 月 1～29 日，海拔 1100～2000m。高行宜等，2000）。

西伯利亚山雀 *Parus cinctus* Bodd. ，Siberian Tit
阿尔泰山（马敬能等，2000；Flint *et al.*，1984）。

黄胸山雀 *Parus flavipectus*（Severtsov），Yellow-breasted Tit
伊犁河谷及巩乃斯（指名亚种 *Parus flavipectus flavipectus*?）。

岩䴓　*Sitta tephronota* Sharpe，Greater Rock Nuthatch（Eastern Rock Nuthatch）

帕米尔高原（Flint *et al.*，1984）、阿拉套山、西天山（Судиловская，1936）。

高山旋木雀　*Certhia himalayana* Vigors，Himalayan Tree Creeper

新疆西南地区、天山（Судиловская，1936；赵正阶，2001）。

山麻雀　*Passer rutilans*（Temminck），Cinnamon Sparrow

伊犁谷地、西昆仑山（高行宜等，2000）。

黑喉雪雀　*Pyrgilauda davidiana* Verreaux，David's Snowfinch（Small Snowfinch）

阿尔泰山（马敬能等，2000）。

金翅雀　*Carduelis sinica*（Linnaeus），Greenfinch

天山东部（袁国映，1991；高行宜等，2000）。此项纪录值得怀疑。

拟大朱雀　*Carpodacus rubicilloides* Przevalski，Eastern Great Rosefinch

新疆西部和南部（马敬能等，2000）、喀喇昆仑山、昆仑山、阿尔泰地区（向礼陔和黄人鑫，1986）。

红眉朱雀　*Carpodacus pulcherrimus*（Moore），Beautiful Rosefinch

新疆南部（指名亚种 *Carpodacus pulcherrimus pulcherrimus*。马敬能等，2000）。

北朱雀　*Carpodacus roseus*（Pallas），Siberian Rosefinch（Pallas's Rosefinch）

阿尔泰山西部哈纳斯湖（1 ♂，1987 年 7 月，海拔 1400m。袁国映，1991；高行宜等，2000；马敬能等，2000）。

红额朱雀　*Carpodacus puniceus humii*（Sharpe），Red-fronted Rosefinch

西天山（Судиловская，1936）。

藏雀　*Kozlowia roborowskii*（Przevalski），Tibetan Rosefinch

昆仑山（？）

白翅交嘴雀　*Loxia leucoptera* Gmelin，White-winged Crossbill（Two-barred Crossbill）

阿尔泰（冬候鸟）。

黑尾蜡嘴雀　*Eophona migratoria* Hartert，Chinese Grosbeak（Black-tailed Hawfinch）（补遗图 2）

库尔勒铁门关（疑似逃逸？刘哲青，2010）。

黄喉鹀 *Emberiza elegans* Temminck，Yellow-throated Bunting

阜康（高行宜等，1990；1997）。

白顶鹀 *Emberiza stewarti* Blyth，White-capped Bunting

分布于中亚各国（Byers *et al.*，1995），可能会分布至新疆天山（Судиловская，1936）、阿拉套山（夏候鸟）。

补遗图 2 黑尾蜡嘴雀 刘哲青

粟鹀 *Emberiza rutila* Pallas，Ruddy Bunting

昌吉州（高行宜等，1997；2000）。

赤胸鹀（栗耳鹀） *Emberiza fucata* Pallas，Grey-hooded Bunting

帕米尔高原？

黄眉鹀 *Emberiza chrysophrys* Pallas，Yellow-browed Bunting

阿尔泰（高行宜等，2000）。此项记录值得怀疑。

灰鹀 *Emberiza variabilis* Temminck，Grey Bunting

阿尔泰山西部、哈纳斯（1♀，1987 年 7 月，海拔 1400。袁国映，1991；高行宜等，2000）。此鸟仅分布于日本和俄罗斯远东地区。迷鸟？

红颈苇鹀 *Emberiza yessoensis* (Swinhoe)，Chinese Reed Bunting

罗布泊低地（高行宜等，2000）。此鸟分布区域狭窄，仅见于亚洲东部地区。此项记录令人怀疑。

参 考 文 献

阿布力米提，马鸣. 2004. 国家重点保护的新疆野生动物. 乌鲁木齐：新疆科学技术出版社.

阿布力米提. 1993. 新疆自然保护区（维文）. 乌鲁木齐：新疆科技卫生出版社.

阿布力米提. 2004. 新疆的野生食肉鸟兽. 乌鲁木齐：新疆科学技术出版社.

阿布力米提，马鸣. 1989. 乌鲁木齐地区秋季鸟类调查报告. 干旱区研究（维文），6（1）：82～86.

阿布力米提，孙铭娟，邵明勤. 2003. 新疆山地鸟类和哺乳类多样性及其区系特征. 干旱区资源与环境，
    17（3）：117～122.

阿布沙吾. 1984. 水鸟天堂——依协克帕提湖. 野生动物，（4）：69.

阿德里，马鸣，海肉拉等. 1997. 天山博格达南部雪鸡的生态习性. 干旱区研究，14（1）：84～87.

阿德力·麦地，胡玉昆，李凯辉. 2004. 暗腹雪鸡人工饲养繁育初报. 四川动物，23（2）：149～152.

阿德力·麦地，王德忠，马鸣. 2000. 博格达高山雪鸡的生物学特性及人工驯养. 干旱区研究，17（01）：
    75～77.

艾尼瓦尔·铁木尔，艾来提·米吉提. 1998. 乌鲁木齐地区三种不同景观鸟类群落结构初报. 干旱区研
    究，15（1）：78～81.

安尼瓦尔·铁木尔. 1997. 阿克苏地区野生动物的生境分布. 地方病通报，12（增刊）：30～32.

包新康，刘迺发，顾海军等. 2008. 鸡形目鸟类系统发生研究现状. 动物分类学报，33（04）：720～732.

才代，贡明格布，马鸣. 1994. 巴音布鲁克的胡兀鹫（*Gypaetus barbatus*）. 新疆林业，（3）：35.

才代，马鸣. 1995. 巴音郭楞蒙古自治州野生动物资源及其消长. 干旱区研究，12（1）：62～65.

才代，马鸣. 1996. 天山巴音布鲁克湿地大天鹅（*Cygnus cygnus*）种群数量估算. 见：中国鸟类学研究.
    北京：中国林业出版社，153～155.

才代，马鸣，巴吐尔汗等. 1993. 大天鹅（*Cygnus cygnus*）迁徙规律初步观察. 干旱区研究，10（2）：
    54～56.

才代，马鸣，原洪等. 1997. 天山巴音布鲁克湿地的黑鹳（*Ciconia nigra*）. 地方病通报，12（增刊）：
    21，22.

蔡其侃，曹俊和，陈虹. 1985. 天山托木尔峰地区鸟类研究. 见：中国科学院登山科学考察队编. 天山托
    木尔峰地区的生物. 乌鲁木齐：新疆人民出版社，20～52.

陈昌笃，高振宁（国家环保局 主持）. 1998. 中国生物多样性国情研究报告. 北京：中国环境出版社.

陈昌笃，周兴佳. 1989. 新疆生态环境研究. 北京：科学出版社.

陈承彦. 2008. 寻找细嘴杓鹬. 中国鸟类观察，（64）：17.

陈服官，罗时有，闵芝兰. 1980a. 中国寒鸦（*Corvus monedula*）研究. 动物分类学报，5（3）：
    324～326.

陈服官，罗时有，郑光美等. 1998. 中国动物志，鸟纲（第九卷）. 北京：科学出版社.

陈服官，闵芝兰，王廷正等. 1980b. 我国鸟类新纪录——松鸡（*Tetrao urogallus*）. 动物分类学报，5
    （2）：218.

陈蜀江. 2006. 新疆夏尔希里自然保护区综合科学考察. 乌鲁木齐：新疆科学技术出版社.

陈蜀江，侯平，李文华等. 2006. 新疆艾比湖湿地自然保护区综合科学考察. 乌鲁木齐：新疆科学技术出
    版社.

陈莹. 2008. 猎隼失踪的背后. 大自然，4：63～67.

陈莹，马鸣，丁鹏等. 2010. 大鸨指名亚种在新疆的生存状态. 北京：首届中国大鸨保护国际研讨会论文集.

陈莹，马鸣，胡宝文等. 2010. 新疆阜康不同生境鸟类群落的季节变化. 生态学杂志，30（2）：in press.

程春. 2008. 自然之美. 乌鲁木齐：新疆青少年出版社.

崔大方，王国英，翟荣仙等. 1994. 新源山地草甸类草地自然保护区脊椎动物调查报告. 新疆师范大学学报（自然科学版），13（2）：68～73.

戴昆，马鸣. 1991. 鸬鹚（*Phalacrocorax carbo*）的繁殖习性及其对渔业的危害（摘要）. 见：中国鸟类研究. 北京：科学出版社，198.

邓杰，杨若莉. 1991. 新疆阿尔泰地区猛禽考察初报. 见：高玮主编《中国鸟类研究》. 北京：科学出版社. 11～13.

邓杰，张孚允，杨若莉. 1995. 新疆北部阿尔泰地区鸟类调查研究. 林业科学研究，8（1）：62～66.

迪力夏提·阿不力孜，艾斯卡尔·买买提，马合木提·哈力克. 2009. 基于3S技术的野生动物生境研究进展. 野生动物，30（6）：335～339.

丁鹏，陈莹，马鸣等. 2010. 新疆鸟类新纪录——北鹨（*Anthus gustavi* Swinhoe，1863）. 干旱区研究，28（1）：待发表.

杜农，史军，张平. 2009. 新疆湿地. 乌鲁木齐：新疆人民出版社.

杜农，张平. 2006. 新疆自然保护区. 乌鲁木齐：新疆科学技术出版社.

杜寅，周放，舒晓莲等. 2009. 全球气候变暖对中国鸟类区系的影响. 动物分类学报，34（3）：664～674.

樊自立. 1985. 人类活动影响下新疆生态环境的一些变化. 生态学报，5（4）：291～299.

范喜顺. 1997a. 红尾伯劳（*Lanius cristatus isabellinus*）繁殖生态研究. 地方病通报（增刊）：36～38.

范喜顺. 1997b. 雀形目25种鸟羽的扫描电镜观察. 石河子大学学报（自然科学版），1（3）：207～210.

范喜顺. 1999. 新疆呼图壁种牛场鸟类群落生态研究. 石河子大学学报（自然科学版），3（1）：27～30.

范喜顺. 2008. 荒漠伯劳的繁殖及雏鸟生长发育. 动物学杂志，43（4）：118～121.

范喜顺，蒋晓银，邱坤等. 2008. 新疆石河子农耕区鸟类群落及生存制约因子研究. 石河子大学学报（自然科学版），26（1）：49～55.

范喜顺，王金平，陈方伟. 2007. 新疆石河子垦区湿地鸟类的区系组成与群落多样性. 石河子大学学报（自然科学版），25（6）：727～731.

傅春利，谷景和. 1988. 天山尤尔都斯沼地斑头雁（*Anser indicus*）的繁殖生态. 干旱区研究，5（3）：27～29.

傅桐生. 1997. 中国动物志，鸟纲（第十四卷）. 北京：科学出版社.

傅桐生，高玮，宋榆钧. 1988. 鸟类分类及生态学. 北京：高等教育出版社.

高丽君，袁国映，袁磊. 2008. 新疆生物多样性研究及保护. 新疆环境保护，30（2）：24～27.

高玮. 1991. 中国鸟类研究（文集）. 北京：科学出版社.

高玮. 1993. 鸟类生态学. 长春：东北师范大学出版社.

高玮. 2002. 中国隼形目鸟类生态学. 北京：科学出版社.

高玮. 2004. 中国东北地区洞巢鸟类生态学. 长春：吉林科学技术出版社.

高行宜. 1987. 东昆仑——阿尔金山地区的鸟类. 干旱区研究，4（4）：1～10.

高行宜. 2005. 新疆脊椎动物种和亚种分类与分布名录. 乌鲁木齐：新疆科学技术出版社.

高行宜，阿布力米提，许可芬. 1990a. 阜康荒漠生态站及其毗邻地区的脊椎动物. 干旱区研究，7（增刊）：49～62.

高行宜，戴昆，许可芬. 1994. 新疆北部鸻类考察初报. 动物学杂志，29（2）：52，53.

高行宜，谷景和. 1985. 罗布泊地区鸟兽生态地理分布的研究. 干旱区研究，2（1）：6～13.

高行宜，谷景和. 1987. 罗布泊地区的动物区系及动物地理区划. 见：罗布泊科学考察与研究（夏训诚主编）. 北京：科学出版社，235～245.

高行宜，谷景和，傅春利等. 1987. 新疆阿尔泰山地鸟类区系与动物地理区划问题. 高原生物学集刊，（6）：97～104.

高行宜，谷景和，傅春利等. 1989. 新疆鸟类的新纪录. 动物学杂志，24（5）：53～56.

高行宜，乔德禄，许可芬等. 1997. 昌吉回族自治州动物资源考察与研究. 干旱区研究，14（增刊）：50～62.

高行宜，许可芬，阿不力米提. 1990b. 新疆鸟类一新纪录. 动物学杂志，25（2）：54.

高行宜，许可芬，姚军等. 1992. 中国鸟类一新纪录. 动物分类学报，17（1）：126～127.

高行宜，杨维康，乔建芳等. 2002. 新疆北塔山地区的野生动物. 干旱区研究，19（04）：75～82.

高行宜，杨维康，乔建芳等. 2007. 中国鸻类分布与现状. 干旱区研究，24（2）：80～86.

高行宜，周永恒，谷景和等. 2000. 新疆鸟类资源考察与研究. 乌鲁木齐：新疆科技卫生出版社，1～124.

龚明昊，张建军. 2010. 荒漠地区野生动物调查方法探讨———一种新的调查方法介绍. 四川动物，29（2）：320～324.

苟军. 2005. 中国观鸟记录中心·第4856号观测记录. http：//birdtalker. net/

苟军. 2006a. 波斑鸨追寻之旅. 中国鸟类观察，（49）：6，7.

苟军. 2006b. 在新疆乌什记录到冠小嘴乌鸦. 中国鸟类观察，（52）：22.

苟军. 2007. 欧金翅的东扩进行时. 中国鸟类观察，（3）：4，16.

苟军. 2008. 新疆观鸟记录. http：//birdtalker. net/

苟军. 2010a. 斑尾林鸽国内亚种新记录发现记. 中国鸟类观察，（73）：32，33.

苟军. 2010b. 中国观鸟网络. http：//www. chinabirdnet. org/

苟军，Holt P，王青育. 2007. 白头硬尾鸭；短尾贼鸥；草原百灵；遗鸥. 中国鸟类观察，（58）：22.

苟军，张耀东. 2007a. 白头硬尾鸭探索. 中国鸟类观察，（56）：6，7.

苟军，张耀东. 2007b. 新疆北部发现白头硬尾鸭繁殖. 动物学杂志，42（6）：52.

谷景和. 1984. 天山森林脑炎自然疫源地的鸟类及其疫源性的问题. 干旱区研究，1（1）：7～15.

谷景和. 1991. 新疆东昆仑-阿尔金山的动物区系与动物地理区划. 见：新疆动物研究（文集）. 北京：科学出版社，30～43.

郭宏. 2005. 塔城地区萨孜蝗害区草原人工招引粉红椋鸟生物治蝗效果日趋显著. 新疆畜牧业，（3）：63，64.

郭宏. 2010. 阿克陶县，白顶溪鸲1只. 中国鸟类观察，（74）：32.

郭宏，徐捷，马鸣等. 2010. 白顶溪鸲——新疆鸟类新纪录. 干旱区地理，33（4）：546.

国际鸟盟. 2004. 拯救亚洲的受胁鸟类：政府和民间团体工作指南（中文版）. 剑桥：国际鸟盟.

国家林业局. 2009. 中国重点陆生野生动物资源调查. 北京：中国林业出版社.

杭馥兰，常家传. 1997. 中国鸟类名称手册. 北京：中国林业出版社.

何芬奇，David Melville，邢小军等. 2002. 遗鸥研究概述. 动物学杂志，37（3）：65～70.

何芬奇，张荫荪. 1998. 有关棕头鸥和遗鸥两近似种的分类与分布问题研究. 动物分类学报，23（1）：105～111.

何业恒. 1994. 中国珍稀鸟类的历史变迁. 长沙：湖南科学技术出版社.

侯兰新. 1986a. 托克逊冬春季荒漠小型脊椎动物调查. 新疆大学学报, 3 (2)：89～92.

侯兰新. 1986b. 新疆两种鹡鸰 (*Motacilla sp.*) 的研究. 新疆大学学报, (1)：88, 89.

侯兰新. 1988. 新疆塔城荒漠草原地带鸟类调查报告. 西北民族学院自然科学学报, 9 (1)：97, 98.

侯兰新. 1990. 新疆鸟类研究中的动物地理学问题浅论. 干旱区研究, 7 (4)：44～46.

侯兰新. 2004. 新疆黄鹂冬季的生物学资料. 动物学杂志, 39 (4)：90, 91.

侯兰新, 郝锋, 胡郁文等. 1996b. 中国鸟类新纪录. 西北大学学报, 26 (增刊)：876～879.

侯兰新, 贾泽信. 1998. 中国鸟类新纪录——棕薮鸲 (*Cercotrichas galactotes*). 动物学杂志, 33 (4)：43.

侯兰新, 蒋卫. 1986. 新疆两种水禽的新纪录. 干旱区研究, 3 (2)：27.

侯兰新, 蒋卫. 2000. 新疆红额金翅的记述, 动物学杂志, 35 (5)：24～26.

侯兰新, 蒋卫. 2003. 新疆的鹡鸰属两个亚种分类的商榷. 动物学杂志, 38 (2)：107～109.

侯兰新, 刘坪. 1998. 家八哥在新疆形成稳定种群. 野生动物, 19 (02)：38.

侯兰新, 刘坪. 1999. 新疆伊犁谷地秋冬季鸟类调查. 动物学杂志, 34 (1)：7～12.

侯兰新, 吕明, 马力. 1996c. 灰沙燕 (*Riparia riparia diluta*) 的洞巢. 动物学杂志, 31 (5)：50, 51.

侯兰新, 周方其, 胡郁文等. 1996a. 伊犁地区鸟类调查报告. 西北大学学报, 26 (增刊)：860～873.

侯连海. 1989. 新疆三个泉地区一中始新世鸟化石. 古脊椎动物学报, 27 (1)：65～70.

侯韵秋, 戴铭, 楚国忠. 2000. 中国鸟类环志概况. 野生动物, 21 (6)：2～4.

胡宝文, 马鸣, 热合曼·阿曼江等. 2010. 艾比湖大白鹭的繁殖及雏鸟生长发育模式. 生态学杂志, 29 (6)：1203～1207.

胡郁文, 马澄波. 1996. 新疆伊犁鸥类的分布和数量. 西北大学学报, 26 (增刊)：827～830.

黄人鑫. 1989. 阿尔金山及其毗邻地区鸟类食性的初步研究. 四川动物, 8 (3)：34～36.

黄人鑫. 1992. 中国鸟类新纪录——阿尔泰雪鸡 (*Tetraogallus altaicus*). 动物分类学报, 17 (4)：501, 502.

黄人鑫, 马力. 1989. 新疆山地森林鸟类的分布及食性和营巢特征的初步研究. 新疆大学学报, 6 (2)：80～92.

黄人鑫, 马力, 邵红光等. 1990. 新疆高山雪鸡 (*Tetraogallus himalayensis*) 的生态和生物学的初步观察. 新疆大学学报 (自然科学版), 7 (3)：71～76.

黄人鑫, 向礼陔. 1987. 新疆食蝗鸟类的初步研究. 动物学研究, 8 (3)：25, 26.

黄人鑫, 向礼陔, 马纪. 1986. 新疆阿尔泰山鸟类研究 (II-鸟类的食性). 新疆大学学报 (自然科学版), 3 (4)：79～92.

黄亚东, 张先锋, 胡鸿兴. 2009. 新疆伊犁河湿地及周边夏季鸟类调查初报. 四川动物, 28 (1)：133～139.

黄亚惠. 2010. 阜康棕薮鸲. 中国鸟类观察, (74)：32.

忌口. 2010. 中国观鸟网络 (http://www.chinabirdnet.org).

贾陈喜, 孙悦华, 毕中霖. 2003. 中国柳莺属分类现状. 动物分类学报, 28 (2)：202～209.

贾泽信, 高行宜. 1997. 昌吉回族自治州动物资源考察与研究. 干旱区研究, 14 (增刊)：37～72.

贾泽信, 谷景和, 马鸣等. 2004. 中国科学院吐鲁番沙漠植物园脊椎动物名录. 干旱区研究, 21 (增刊)：109～112.

贾泽信, 乔德禄. 1997. 昌吉州地区的猛禽 (简报). 干旱区研究, 14 (增刊)：69, 70.

江燕琼, 唐思贤, 丁志锋等. 2008. 棕背伯劳羽色多态现象探讨. 动物学研究, 29 (1)：99～102.

蒋卫, 郑强, 林继春等. 1991. 新疆发现黑百灵 (*Melanocorypha yeltoniensis*). 动物分类学报.

16 (1)：127.

蒋志刚. 1996a. 动物保护食物贮藏的行为策略. 动物学杂志，31 (5)：52～55.

蒋志刚. 1996b. 动物怎样找回贮藏的食物？动物学杂志，31 (6)：47～50.

井长林，马鸣. 1992. 大天鹅（*Cygnus cygnus*）在巴音布鲁克地区越冬的调查报告. 干旱区研究，9 (2)：
　61～64.

柯兹洛娃 E.B. 1953. 西藏高原鸟类分布及类缘关系和历史. 动物学报，5 (1)：25～36.

克德尔汗，李飞，邱观华. 2010. 新疆鸟类新纪录——细嘴鸥. 干旱区地理，待发表.

兰欣，谷景和. 1993. 新疆鸟类种类与分布及其微机信息系统. 干旱区研究，10 (1)：22～28.

兰新，罗宁. 1993. 坎尔井人工生态环境及其动物利用. 见：干旱区坎尔井灌溉国际学术讨论会文集. 乌
　鲁木齐：新疆人民出版社.

雷富民，卢健利，尹祚华等. 2003a. "褐背拟地鸦"是"地山雀". 动物分类学报，28 (03)：554～555.

雷富民，卢太春. 2006. 中国鸟类特有种. 北京：科学出版社.

雷富民，屈延华. 2000. 试用聚类方法探讨中国雪雀的分类地位. 动物分类学报，25 (4)：467～473.

雷富民，屈延华，尹祚华. 2001. 雪雀属系统发育关系的研究. 动物分类学报，26 (1)：1～7.

雷富民，唐运富，易飞等. 2003b. 青藏高原褐背拟地鸦表型特征的性别差异与地理变异. 动物分类学报，
　28 (2)：196～201

雷富民，王旭，屈延华. 1999. 中国蝗莺属种类的数值分类初探. 中国动物科学研究——中国动物学会第
　十四届会员代表大会及中国动物学会 65 周年年会论文集. 北京：中国林业出版社.

雷富民，赵洪峰，王爱真等. 2005. 中国大杜鹃的鸣声. 动物学报，51 (1)：31～37.

雷富民，郑作新，尹祚华. 1997. 纵纹腹小鸮（*Athene noctua*）在中国的分布、栖息地及各亚种的梯度变
　异. 动物分类学报，22 (3)：327～334.

黎唯，元静涛，王伦等. 1993. 河乌（*Cinclus cinclus*）繁殖生态的研究. 动物学杂志，28 (2)：34～38.

李春秋，郑作新. 1965. 关于拟地鸦属（*Pseudopodoces*）确定问题的商榷. 动物分类学报，2 (2)：178.

李德浩，王祖祥. 1979. 西藏阿里地区的鸟类. 见：西藏阿里地区动植物考察报告. 北京：科学出版社，
　39～72.

李都，马鸣，袁国映等. 2000. 中国新疆野生动物. 乌鲁木齐：新疆青少年出版社.

李飞. 2008. 新疆艾比湖精河口附近记录细嘴鸥. 中国鸟类观察，(61)：24.

李贵春. 2004. 对几种原鸡科鸟类的分类学研究. 内蒙古大学硕士论文.

李桂垣. 1982. 中国动物志，鸟纲（第十三卷）. 北京：科学出版社，1～170.

李海涛，陈亮，何志刚等. 2008. 中国鸟类新记录种——红胸姬鹟（*Ficedula parva*）. 动物学研究，29
　(3)：325～327.

李红旭. 1997. 准噶尔盆地南缘野生脊椎动物多样性研究. 新疆环境保护，19 (1)：54～57, 75.

李红燕，王金富，刘凯. 2006. 暗腹雪鸡染色体的核型分析. 石河子大学学报（自然科学版），24 (3)：
　294～298.

李庆伟，马飞. 2007. 鸟类分子进化与分子系统学. 北京：科学出版社.

李时珍（明）. 1982. 本草纲目（校点本第四册）. 北京：人民卫生出版社.

李湘涛. 1995. 常见鸻形目鸟类的野外识别. 生物学通报，30 (9)：18～20.

李占武，努尔兰，努尔别克. 2009. 蝗虫天敌——粉红椋鸟的招引技术及保护措施. 新疆农业科技，46
　(1)：69.

李振宇，解焱. 2002. 中国外来入侵种. 北京：中国林业出版社.

李筑眉，李凤山. 2005. 黑颈鹤研究. 上海：上海科技教育出版社.

梁崇岐. 1986. 新疆珍贵动物图谱. 北京：中国林业出版社，1～138.

梁果栋. 1982. 巴音布鲁克天鹅湖保护区. 野生动物，(3)：25.

梁果栋. 1993. 新疆的自然保护区. 干旱区研究（增刊）：103～106.

廖炎发，王侠. 1983. 棕头鸥的繁殖生态. 野生动物，(2)：45～50.

林超英，马鸣. 1999. Birds recorder in Xinjiang. 5/29/ ～6/14/1999 (in press).

林纪春，张晓雪，徐菲莉等. 1997. 新疆发现大红鹳（*Phoenicopterus ruber*）（简讯）. 地方病通报（增刊）：89.

林峻，佟玉莲. 2010. 人工招引粉红椋鸟控制草原蝗害效益评价. 新疆畜牧业，(03)：55～57.

刘伯文. 1994. 关于我国剑鸻分类问题的讨论. 野生动物，(2)：33，34.

刘长明，黄人鑫，范兆田等. 2006. 走进新疆动物世界. 乌鲁木齐：新疆科学技术出版社.

刘迺发，黄族豪，文陇英. 2004a. 西部荒漠地区的湿地和水禽多样性. 湿地科学，2 (04)：259～266.

刘迺发，黄族豪，文陇英. 2004b. 大石鸡亚种分化及一新亚种描述（鸡形目，雉科）. 动物分类学报年，29 (3)：600～605.

刘迺发，文陇英，黄族豪等. 2006. 六盘山地区石鸡和大石鸡间的渐渗杂交. 动物学报，52 (1)：153～159.

刘坪，康林江，侯兰新等. 2007. 新疆西天山国家级自然保护区的鸟类区系. 地方病通报，22 (5)：22～26.

刘坪，肖红. 1996. 伊犁巩留雪岭云杉自然保护区的鸟类区系. 西北大学学报，26 (增刊)：836～841，859.

刘阳. 2006a. 2006 年中国大陆北迁鸻鹬类足旗回收报告. 中国鸟类观察，(49)：15～17.

刘阳. 2006b. 中国鸟类家族的新成员. 中国鸟类观察，(50)：11～13.

刘哲青（沙驼）. 2010. 铁门关的鸟——黑尾蜡嘴雀. 鸟网（www.birdnet.cn）和中国观鸟网络（http://www.chinabirdnet.org/）.

刘铸，杨春文，田恒久等. 2010. 基于 CHD 基因序列的 18 种猛禽鸟类系统发育关系. 动物分类学报，35 (2)：345～351.

卢汰春. 1991. 中国珍稀濒危野生鸡类. 福州：福建科学技术出版社.

鲁长虎. 2002. 星鸦的贮食行为及其对红松种子的传播作用. 动物学报，48 (3)：317～321.

陆健健. 1990. 中国湿地. 上海：华东师范大学出版社.

陆健健. 1998. 中国湿地研究和保护. 上海：华东师范大学出版社.

陆健健，朴仁珠，高育仁等. 1994. 中国水鸟研究. 上海：华东师范大学出版社.

陆庆光（译）. 2001. 世界 100 种恶性外来入侵生物. 世界环境，(4)：42，43.

罗宁，兰新. 1993. 脊椎动物在吐鲁番盆地坎尔井区的分布格局. 动物学杂志，28 (6)：24～28.

罗志通，马鸣. 1991. 小嘴乌鸦（*Corvus corone*）繁殖习性的初步观察. 干旱区研究，8 (3)：25，26.

马嘉慧，刘阳，雷进宇. 2006. 鸟类调查方法使用手册. 香港：香港观鸟会有限公司.

马敬能，菲利普斯，何芬奇. 2000. 中国鸟类野外手册. 长沙：湖南教育出版社.

马鸣. 1993. 荒漠伯劳（*Lanius isabellinus*）和灰伯劳（*Lanius excubitor*）繁殖生态初报. 干旱区研究，10 (4)：66～68.

马鸣. 1994. 世界天鹅知多少？大自然 (3)：13，14.

马鸣. 1995. 新疆鸟类简介. 台北：捷生顾问有限公司出版，1～121.

马鸣. 1996. 高原山鹑（*Perdix hodgsoniae*）在新疆的分布记录. 动物学报，42 (增刊)：137.

马鸣. 1997a. 家八哥（*Acridotheres tristis*）向天山以北拓散的证据. 动物学杂志，32 (4)：50，51.

马鸣. 1997b. 徒步横穿塔克拉玛干大沙漠. 大自然 (4)：18, 19.

马鸣. 1997c. 阿尔泰山金塔斯草原自然保护区的动物类型. 新疆环境保护, 19 (1)：58～61, 80.

马鸣. 1997d. 家八哥向天山以北拓散的证据. 动物学杂志, 32 (04)：50, 51.

马鸣. 1998a. 亲眼目睹一次鸟撞. 大自然 (3)：36.

马鸣. 1998b. 昆仑山及相邻地区鸟类调查. 见：第三届海峡两岸鸟类学术研讨会论文集 (李平笃等). 台北：社团法人台北市野鸟学会, 321～330.

马鸣. 1999a. 天鹅湖——巴音布鲁克湿地. 地理知识, (8)：6～15.

马鸣. 1999b. 新疆的国际性濒危鸟类及重要鸟区. 干旱区研究 16 (3)：19～22.

马鸣. 1999c. 世界鸟类中的跨世纪悬案——中亚夜鹰 (*Caprimulgus centralasicus*). 大自然, (4)：22.

马鸣. 2001a. 塔克拉玛干沙漠白尾地鸦 (*Podoces biddulphi*) 的分布与生态习性. 干旱区研究, 18 (3)：29～35.

马鸣. 2001b. 新疆白鹳 (*Ciconia ciconia*) 种群的历史分布区考证及其绝迹原因分析. 中国学术期刊文摘 (科技快报), 7 (6)：734～736.

马鸣. 2001c. 新疆野生动物的保护问题. 干旱区地理, 24 (1)：47～51.

马鸣. 2001d. 新疆鸟类名录. 干旱区研究, 18 (增刊)：1～90.

马鸣. 2002. 历史上新疆白鹳的地理分布区域考证. 干旱区地理, 25 (2)：139～142.

马鸣. 2003. 青藏高原黑颈鹤消息. 中国鹤类通讯, 7 (1)：13～15.

马鸣. 2004a. 塔克拉玛干沙漠特有物种——白尾地鸦. 乌鲁木齐：新疆科学技术出版社.

马鸣. 2004b. 克里雅河下游的圆沙谜团. 大自然, (2)：9～11.

马鸣. 2005. 新疆青格达湖附近拍摄到了领燕鸻 30 余只. 中国鸟类观察, (41)：8.

马鸣. 2010a. 棕薮鸲. 中国鸟类观察, (73)：30.

马鸣. 2010b. 鸟类"东扩"现象与地理分布格局变迁——以入侵种欧金翅和家八哥为例. 干旱区地理, 33 (4)：540～546.

马鸣, Carey G, Lewthwaite R, 林超英等. 2000a. 鸟类穿越塔克拉玛干沙漠腹地的新证据. 见：中国鸟类学研究 (第四届海峡两岸鸟类学术研讨会文集). 北京：中国林业出版社, 322～326.

马鸣, Leader P, Carey G J *et al*. 2002. 新疆鸟类环志与回收. 动物学研究, 23 (2)：105, 106, 112, 135.

马鸣, Leader P, 英克劲等. 2004a. 新疆鸟类环志简报. 干旱区研究, 21 (2)：183～186.

马鸣, Lepetz S, 伊弟利斯 阿不都热苏勒等. 2005a. 克里雅河下游及圆沙古城脊椎动物考察记录. 干旱区地理, 28 (5)：638～641.

马鸣, Minton C, Kraaijeveld K *et al*. 2001a. 中澳之间迁徙鸻鹬类和燕鸥类的环志介绍. 动物学研究, 22 (2)：166～168.

马鸣, Potapov E, 叶晓堤. 2003b. 新疆拟游隼生态观察. 四川动物, 22 (2)：86, 87.

马鸣, Potapov E, 殷守敬等. 2005b. 新疆, 青海, 西藏猎隼生存状况与繁殖生态. 第八届中国动物学会鸟类学分会全国代表大会暨第六届海峡两岸鸟类学研讨会论文集.

马鸣, Yoav Perlman (福西). 2000. 新疆鸟类新纪录——翻石鹬. 干旱区研究, 17 (2)：60.

马鸣, 阿布力米提. 1995. 乌鲁木齐地区鸟类资源的组成与分布. 见：新疆第二届青年学术年会论文集 (主编：刘以雷). 乌鲁木齐：新疆人民出版社, 165, 166.

马鸣, 巴吐尔汗. 1992. 小苇鳽 (*Ixobrychus minutus*) ——我国的稀有鸟类. 野生动物 (6)：10.

马鸣, 巴吐尔汗. 1993. 鹗 (*Pandion haliaetus*) 的生态学观察. 见：内陆干旱区动物学集刊, No. 1. 干旱区研究 (增刊)：137～139.

马鸣，巴吐尔汗，才代等. 1997a. 新疆白鹳（*Ciconia ciconia*）与黑鹳（*Ciconia nigra*）资源状况及生态研究. 地方病通报，12（增刊）：33～35.

马鸣，巴吐尔汗，戴昆. 1991a. 赤麻鸭（*Tadorna ferruginea*）繁殖生态研究. 见：中国鸟类研究（高玮主编）. 北京：科学出版社，39，40.

马鸣，巴吐尔汗，戴昆. 1992a. 紫翅椋鸟（*Sturnus vulgaris*）繁殖与越冬生态研究. 动物学杂志，27（2）：29，30.

马鸣，巴吐尔汗，戴昆. 1993a. 白尾海雕（*Haliaeetus albicilla*）的食谱. 野生动物（1）：35，36.

马鸣，巴吐尔汗，戴昆. 1995. 塔里木河中游十种水鸟（Waterbirds）的繁殖调查. 干旱区研究，12（2）：72～76.

马鸣，巴吐尔汗，贾泽信等. 1992b. 新疆鸟类新纪录两种——夜鹭（*Nycticorax nycticorax*）和白尾海雕（*Haliaeetus albicilla*）. 干旱区研究，9（1）：61，62.

马鸣，巴吐尔汗，陆健健. 1993b. 新疆南部地区黑鹳（*Ciconia nigra*）种群密度及其繁殖. 动物学研究，14（4）：374，382，383.

马鸣，才代. 1993a. 角䴙䴘（*Podiceps auritus*）在天山中部的繁殖习性及种群密度. 野生动物（4）：24，25.

马鸣，才代. 1993b. 在巴音布鲁克考察野生动物. 大自然（2）：7，8.

马鸣，才代. 1993c. 野生天鹅（Wild Swans）. 北京：中国气象出版社，1～115.

马鸣，才代. 1996a. 斑头雁（*Anser indicus*）的群巢格局. 见：中国鸟类学研究. 北京：中国林业出版社，156～158.

马鸣，才代. 1996b. 红嘴鸥（*Larus ridibundus*）在塔里木和天山的集群繁殖生态及其地理分异. 见：中国鸟类学研究. 北京：中国林业出版社，309～312.

马鸣，才代. 1997a. 天山巴音布鲁克斑头雁（*Anser indicus*）巢的聚集分布及其繁殖生态. 应用生态学报，8（3）：287～290.

马鸣，才代. 1997b. 天山巴音布鲁克灰雁（*Anser anser*）繁殖生态. 动物学杂志，32（3）：19～23.

马鸣，才代，付春利等. 1993c. 天山巴音布鲁克鸟类调查报告. 干旱区研究，10（2）：60～66.

马鸣，才代，顾正勤等. 1993d. 大天鹅（*Cygnus cygnus*）繁殖生态及嘴型变异. 干旱区研究，10（2）：46～51.

马鸣，才代，井长林. 1993f. 巴音布鲁克大天鹅（*Cygnus cygnus*）生态习性的初步研究. 见：翁正科主编. 新疆科协首届青年学术年会论文集. 乌鲁木齐：新疆人民出版社，182～184.

马鸣，才代，井长林等. 1993e. 新疆灰鹤（*Grus grus*）和蓑羽鹤（*Anthropoides virgo*）的繁殖生态. 干旱区研究，10（2）：56～60.

马鸣，谷景和，阿尔太等. 2003a. 阿尔泰山东部鸟类考察报告. 见颜重威主编：第五届海峡两岸鸟类学术研讨会论文集. 台中：国立自然科学博物馆出版，87～99.

马鸣，谷景和，冯祚建. 1990. 和田、喀什、克孜勒苏三地州山地动物资源及其分布. 干旱区研究，7（1）：53～58.

马鸣，胡宝文，克德尔汗等. 2010b. 新疆艾比湖遗鸥和细嘴鸥的数量现状. 动物学杂志，45（1）：42～49.

马鸣，胡宝文，梅宇等. 2010a. 昆仑山中段初冬鸟类调查及其多样性分析. 干旱区研究，27（2）：230～235.

马鸣，贾泽新. 1993. 黑鹳（*Ciconia nigra*）诸鸟的繁殖地新报. 动物学杂志，28（1）：41，42.

马鸣，克德尔汗·巴亚恒，李飞等. 2010c. 艾比湖湿地自然保护区鸟类清单及秋季迁徙数量统计. 四川动物，29（6）：746～752.

马鸣，李锦昌，林超英等. 2004b. 新疆发现灰背伯劳. 动物学杂志，39（4）：21.

马鸣，李维东. 2008. 新疆鸟类一新记录——棕眉山岩鹨. 干旱区地理，31（3）：485.

马鸣，林纪春，张赋华. 2000b. 中国鸟类一新纪录. 动物分类学报，25（2）：238，239.

马鸣，刘坪，Lewthwaite R, et al. 2000c. 中国鸟类新纪录——欧金翅（Carduelis chloris）. 干旱区研究，17（2）：58，59.

马鸣. 陆健健. 1997. 新疆的湿地及其水禽. 生物多样性，5（专辑）：10～14.

马鸣，罗宁，贾泽信. 1992c. 塔克拉玛干沙漠腹地动物调查. 动物学杂志，27（5）：41.

马鸣，梅宇. 2007. 在新疆发现两种珍稀野鸭. 动物学研究，28（6）：673，674.

马鸣，梅宇，Potapov E, et al. 2007. 中国西部地区猎隼繁殖生物学与保护. 干旱区地理，30（5）：654～659.

马鸣，梅宇，胡宝文. 2008a. 中国鸟类新记录——斑［姬］鹟. 动物学研究，29（6）：584，602.

马鸣，欧咏，段刚. 1997b. ′97 中日塔克拉玛干沙漠徒步科学探险报告（生物部分）. 干旱区研究，14（3）：55～58.

马鸣，王德忠，谷景和等. 1991b. 新疆西南山地鸟类调查初报. 动物学杂志，26（3）：12～20.

马鸣，王岐山. 2000a. 长脚秧鸡（Crex crex）重新在新疆发现. 动物学研究，21（5）：348.

马鸣，王岐山. 2000b. 新疆北部首次发现小鸥（Larus minutus）繁殖种群. 干旱区研究，17（4）：32.

马鸣，魏顺德，程军. 2004c. 卫星跟踪下的黑鹳迁徙. 动物学杂志，39（2）：102.

马鸣，殷守敬，徐峰等. 2006. 新疆黑尾地鸦初步调查. 动物学杂志，41（2）：135.

马鸣，尹祚华，雷富民等. 1999. 纵纹腹小鸮（Athene noctua）在新疆的分布及生态习性. 见：中国动物科学研究. 北京：中国林业出版社，538～540.

马鸣，张浩辉，郭汉佳等. 2001b. 新疆鸟类一新纪录——池鹭（Ardeola bacchus）. 干旱区研究，18（4）：76～77.

马鸣，张立运，穆晨等. 1997c. 新疆奇台荒漠草地自然保护区多样性初探. 新疆环境保护，19（1）：62～65.

马鸣，张新民，梅宇等. 2008b. 新疆欧夜鹰繁殖生态初报. 动物学研究，29（5）：476，502，510.

马鸣，张新泰. 2006. 新疆野鸟观察与研究. 乌鲁木齐：新疆青少年出版社.

马鸣，周永恒，马力. 1991c. 新疆雪鸡（Tetraogallus sp.）的分布及生态观察. 野生动物，（4）：15，16.

马乃喜. 1995. 中国西北的自然保护区. 西安：西北大学出版社，183～209.

马逸清. 1986. 中国鹤类研究（文集）. 哈尔滨：黑龙江教育出版社.

马志军，周立志，苏立英. 2005. 中国鹤类研究文献题录. 合肥：安徽大学出版社.

梅宇，马鸣，Dixon A et al. 2008. 中国西部电网电击猛禽致死事故调查. 动物学研究，43（4）：114～117.

梅宇，马鸣，胡宝文等. 2009. 新疆北部白冠攀雀的巢与巢址选择. 动物学研究，30（5）：565～570.

聂延秋. 2010. 新疆奎屯市、克拉玛依市发现褐耳鹰. 野生动物，31（4）：191.

彭健. 2008. 奎屯垦区鸟类群落特征及影响因素研究. 北京：林业大学博士论文.

彭健，古丽江·贾满拜，胡德福. 2008. 奎屯市郊农作区夏季鸟类多样性特征研究. 安徽农业科学，36（21）：9083～9086.

彭健，金学林，冰梅等. 2008a. 新疆甘家湖自然保护区春季鸟类群落多样性研究. 四川动物，27（4）：666～670，675.

彭健，金学林，冰梅等. 2008b. 北麓天山鸟类生态分布及区系研究. 林业调查规划，33（4）：63～71.

钱燕文. 1959. 在新疆天山南坡小尤尔都斯见到鸟鼠同穴. 动物学杂志，3（7）：314～316.

钱燕文. 1995. 中国鸟类图鉴. 郑州：河南科学技术出版社.

钱燕文，关贯勋. 1963. 新疆鸟类的新纪录. 动物学报，15（1）：168.

钱燕文，张洁，汪松等. 1965. 新疆南部的鸟兽. 北京：科学出版社.

钱翌. 2001. 新疆的生物多样性及其保护对策. 新疆农业大学学报，24（1）：49～54.

乔德禄. 1997. 玛纳斯河流域的湿地及水禽. 干旱区研究，14（增刊）：68，72.

乔建芳，杨维康. 2001. 新疆木垒波斑鸨营巢成功率的初步研究. 动物学研究，22（2）：120～124.

乔建芳，杨维康. 2002. 新疆木垒波斑鸨卵的孵化温度及雌鸟孵化行为的初步研究. 动物学研究，23（3）：210～213.

乔建芳，杨维康，Combreau O. 2003. 新疆木垒波斑鸨的繁殖成功率. 动物学报，49（3）：310～317.

乔建芳，杨维康，高行宜等. 2004. 波斑鸨雏鸟生长发育初步研究. 干旱区研究，21（1）：85～89.

乔建芳，杨维康，姚军等. 2001. 新疆木垒波斑鸨（Chlamydotis undulata）营巢成功率的初步研究. 动物学研究，22（2）：120～124.

屈延华，雷富民，尹祚华. 2002. 雪鸡属鸟类栖息地在中国的分布. 动物学报，48（4）：471～479.

屈延华，雷富民，尹祚华. 2004. 白腰雪雀分类地位的商榷. 动物分类学报，29（1）：1～9.

阮禄章，文陇英，张立勋等. 2009. 雪鸡属分类地位探讨. 动物分类学报，34（1）：73～78.

尚玉昌. 1998. 行为生态学. 北京：北京大学出版社.

邵明勤，阿布力米提·阿布都卡迪尔，高行宜等. 2002. 鸟类行为研究进展. 干旱区研究，19（2）：75～79.

石玉林. 1989. 新疆资源开发综合考察报告集. 北京：科学出版社.

时磊. 2004. 棕尾鵟的繁殖生态学资料. 野生动物，25（2）：18，19.

时磊，冯晓峰. 2008. 新疆荒漠林人工招引猛禽防治鼠害研究. 新疆农业科学，45（1）：93～97.

时磊，冯晓峰，马立秀等. 2007. 阜康市人工招引猛禽防治荒漠林鼠害初报. 新疆农业大学学报，30（4）：16～20.

时磊，冯晓峰，依拉木江. 2004. 精河县荒漠林鼠害猛禽天敌招引初报. 新疆农业大学学报，27（01）：9～12.

时磊，海尔·哈孜，李刚等. 2003. 精河县荒漠林鼠害天敌调查报告. 新疆农业大学学报，26（03）：70～74.

时磊，周永恒. 2004. 察布查尔县陆栖脊椎动物生物多样性调查. 新疆农业大学学报，27（3）：6～10.

斯文赫定（Sven Hedin）. 1984. 亚洲腹地旅行记（李述礼译）. 上海：上海书店.

宋炳轩，许春来. 1989. 神秘的高原盆地. 乌鲁木齐：新疆人民出版社.

苏化龙. 2001. 中国的猎隼及其相关种. 生物学通报，36（3）：1，2.

苏化龙，陆军. 2001. 猎隼、阿尔泰隼和矛隼的研究与保护. 动物学杂志，36（6）：62～67.

孙德辉. 2001. 追寻黑颈鹤. 西部大开发，（2）：42，43.

孙林志. 1997. 赛里木湖的生物资源与保护对策. 生物多样性，5（专集）：112～116.

孙志成，李飞. 2009. 敦煌西湖保护区发现濒危鸟类——白尾地鸦. 干旱区地理，32（1）：2.

谭耀匡，桂千惠子. 1990. 中国鸟类学文献大全. （财）日本野鸟会.

唐锡阳. 1983. 天鹅之歌. 大自然，（4）：12～15.

唐跃，贾泽信. 1997. 长耳鸮（Asio otus）在新疆的繁殖和栖息. 地方病通报，12（增刊）：60.

田凤玲. 1999. 高原神鸟——黑颈鹤. 新疆环境保护，21（4）：63.

田秀华, 王进军. 2001. 中国大鸨. 哈尔滨: 东北林业大学出版社.

万本太, 徐海根, 丁晖等. 2007. 生物多样性综合评价方法研究. 生物多样性, 15 (1): 97~106.

万军, 马鸣, 鲍广途. 1988. 克孜勒苏平原地区冬候鸟观察. 干旱区研究, 5 (3): 30~34.

汪松, 解焱. 2004. 中国物种红色名录. 北京: 高等教育出版社.

王传波. 2005. 新疆青格达湖附近拍摄到繁殖的黑浮鸥. 中国鸟类观察, (41): 8.

王传波. 2007. 新疆甘家湖记录欧石鸻. 中国鸟类观察, (55): 24.

王春芳. 2008. 富蕴黑百灵 20 只. 中国鸟类观察, (64): 22.

王国英. 1958. 乌鲁木齐两种益鸟的初步观察. 新疆农业科学通报, (5): 174.

王晗, 李占武, 于非等. 2010. 新疆哈密地区粉红椋鸟繁殖行为及招引对策的初步研究. 动物学杂志, 45
　　(4): 139~143.

王和平. 2009. 中国观鸟记录中心. http: //birdtalker. net/

王家骏. 1984. 世界猛禽. 上海: 上海科学技术出版社.

王建华, 黄立军, 郑炯等. 1998. 人工招引粉红椋鸟控制蝗害技术推广. 新疆农业科学, 35 (5):
　　234~236.

王开锋, 张继荣, 雷富民. 2010. 中国动物地理亚区繁殖鸟类地理分布格局与时空变化. 动物分类学报,
　　35 (1): 145~157.

王岐山, 李凤山. 2005. 中国鹤类研究. 昆明: 云南教育出版社, 1~212.

王岐山, 马鸣, 高育仁. 2006. 中国动物志 (鸟纲, 第五卷). 北京: 科学出版社, 1~644.

王岐山, 颜重威. 2002. 中国的鹤、秧鸡和鸨. 南投: 国立凤凰谷鸟园.

王思博, 孙玉珍. 1993. 蒙古国大戈壁稀有野生动物自然保护区简介. 见: 内陆干旱区动物学集刊 (新疆
　　动物学会主编, No. 1). 干旱区研究, (增刊): 116~125.

王廷正, 方荣盛, 陈服官. 1983. 新疆阿尔泰北塔山地动物资源. 野生动物, (3): 53~55.

王香亭. 1990. 宁夏脊椎动物志. 银川: 宁夏人民出版社.

王香亭. 1991. 甘肃脊椎动物志. 兰州: 甘肃科学技术出版社.

王新军. 2003. 巴音布鲁克湿地鸟类名录. 巴州科技, (4): 29~34.

王秀玲. 1993. 乌鲁木齐鸟类名录. 见: 乌鲁木齐国土资源. 乌鲁木齐: 新疆人民出版社.

王永军. 2006. 夜幕下的猛禽——雕鸮. 天津: 天津出版社.

王正已, 米来, 马鸣等. 1995. 雪鸡与环境的相互关系. 石河子农学院学报, (4): 55~59.

王紫江, 吴金亮, 吴介云等. 1994. 红嘴鸥. 昆明: 云南科技出版社.

危骞. 2010. 红胸姬鹟. 中国鸟类观察, (4): 24-25.

卫威. 2006. 巴音布鲁克天鹅湖国家自然保护区出现大面积沙化. 草业科学, 23 (4): 75.

魏顺德, 马鸣. 1990. 塔里木盆地黑鹳 (*Ciconia nigra*) 的分布与繁殖. 八一农学院学报, 13 (1):
　　55~58.

文志敏. 2007. 新疆奎屯泉沟记录卷羽鹈鹕 11 只. 中国鸟类观察, (55): 24.

文志敏, 马鸣, 邢睿等. 2010. 新疆鸟类新纪录——尖尾滨鹬与长趾滨鹬. 四川动物, 29 (5): 675.

吴逸群. 2010. 蓝额红尾鸲的巢址与雏鸟特征. 四川动物, 29 (2): 188.

吴逸群, 马鸣, 刘迺发等. 2007. 新疆准噶尔盆地东缘猎隼的繁殖生态. 动物学研究, 28 (4):
　　362~366.

吴逸群, 马鸣, 徐峰等. 2006a. 新疆准噶尔盆地猎隼繁殖期食性及其对鼠类的防控. 新疆农业大学学报,
　　29 (2): 13~16.

吴逸群, 马鸣, 徐峰等. 2006b. 准噶尔盆地东部棕尾鵟繁殖生态学研究. 干旱区地理, 29 (2):

225～229.

吴渝生. 1983. 巴音布鲁克天鹅湖保护区. 野生动物,（3）：43～45.

武素功. 1991. 青海可可西里地区综合科学考察再报. 山地研究, 9（2）：93～98.

夏训诚. 1987. 罗布泊（Lop Nur）科学考察与研究. 北京：科学出版社.

夏训诚. 2007. 中国罗布泊. 北京：科学出版社.

夏训诚, Dregne H E. 1995. 沙漠的过去、现在和未来——塔克拉玛干沙漠国际科学大会论文集. 干旱区
　　研究（增刊）：1～606.

向礼陔. 1980. 新疆鸟类的新纪录. 新疆大学学报（自然科学版）,（2）：91～94.

向礼陔. 1982. 哈密林区食虫鸟类调查初报. 1～14.

向礼陔, 黄人鑫. 1986. 新疆阿尔泰山鸟类研究. 新疆大学学报（自然科学版）, 3（3）：90～107.

向礼陔, 黄人鑫. 1988. 新疆鸟类新纪录. 新疆大学学报（自然科学版）,（3）：60～64.

向礼陔, 黄人鑫. 1989. 新疆鸟类的两个新纪录. 新疆大学学报（自然科学版）, 6（1）：84, 85.

向余劲攻, 马志军, 杨岚等. 2009. 黑腹滨鹬亚种分类研究进展. 动物分类学报, 34（3）：546～553.

新华网. 2009. 新疆发现用于"监测全球禽流感"的环志天鹅. 中国动物检疫, 26（7）：76.

新疆动物学会. 1992. 生物学专集. 草食家畜（增刊）：1～146.

新疆动物学会. 1993. 内陆干旱区动物学集刊——纪念新疆动物学会成立三十周年专集. 干旱区研究（增
　　刊）：1～235.

新疆动物学会. 1997. 新疆动物学文集. 地方病通报,（增刊）：1～95.

新疆国土整治农业区划局. 1986. 新疆国土资源（第一分册）. 乌鲁木齐：新疆人民出版社.

新疆鸟害调查组. 1977. 新疆南部的麦田雀害及对有关除雀措施的讨论. 北京师范大学学报,（1）：
　　67～72.

新疆生态学会. 1997a. 中国干旱区生物多样性保护学术会议专集（二）. 新疆环境保护, 19（1）：1～84.

新疆生态学会. 1997b. 中国干旱区生物多样性保护学术会议专集（一）. 生物多样性, 5（专集）：
　　1～135.

新疆伊犁有害动物调查组. 1968. 伊犁鸟害调查及防除试验. 动物利用与防治,（4）：24, 25.

邢莲莲, 杨贵生. 1996. 内蒙古乌梁素海鸟类志. 呼和浩特：内蒙古大学出版社.

邢睿. 2010. 卡拉麦里：小天鹅 2 只. 中国鸟类观察,（71）：32.

邢睿, 李维东, 马鸣等. 2010. 新疆鸟类新纪录二种——东方鸻、剑鸻. 四川动物, 29（5）：545.

徐海根, 强胜, 韩正敏等. 2004. 中国外来入侵物种的分布与传入路径分析. 生物多样性, 12（6）：
　　626～638.

徐捷. 2006. 新疆唐布拉草原记录长脚秧鸡 16 只. 中国鸟类观察,（50）：24.

徐腊梅, 晋绿生, 杨景辉等. 2007. 新疆物候（候鸟）与气候因子关系分析. 沙漠与绿洲气象, 1（1）：
　　45～48.

许可芬. 1990a. 十一种鸟类的核型分析. 干旱区研究, 7（2）：35～39.

许可芬. 1990b. 欧斑鸠（Streptopelia turtur）的染色体组型及 G. C 带研究. 遗传, 12（2）：26, 27.

许可芬. 1991. 几种猛禽的相似核型. 见：中国鸟类研究（高玮主编）. 北京：科学出版社, 22～24.

许可芬, 阿不力米提, 高行宜等. 1992. 塔城盆地鸟类考察初报. 动物学杂志, 27（1）：14～19.

许可芬, 高行宜, 阿不力米提. 1990. 五种鸟类核型分析. 干旱区研究, 7（增刊）：78～80.

许可芬, 高行宜, 晁玉华. 1987. 大天鹅（Cygnus cygnus）的染色体组型. 动物学研究, 4（2）：110.

许可芬, 高行宜, 周波. 1987. 灰雁（Anser anser）与两种家鹅染色体组型的比较研究. 干旱区研究, 4
　　（4）：11～15.

许设科, 刘志霄, 许山. 1999. 灰蓝山雀 (*Parus cyanus*) 的繁殖生态. 见: 中国动物学会主编, 中国动物科学研究. 北京: 中国林业出版社, 545~548.

许设科, 许山. 1997. 戴胜的繁殖习性. 地方病通报 (增刊): 47, 48.

许设科, 许山, 刘志霄. 2000. 戴胜在新疆的繁殖习性. 动物学杂志, 35 (3): 24~26.

许维枢. 1995. 中国猛禽. 北京: 中国林业出版社.

许维枢. 1996. 中国野鸟图鉴. 台北: 翠鸟文化事业有限公司.

许维枢, 李湘涛. 2010. 中国鸟类研究简讯. Vols. 1~19.

许维枢, 颜重威. 1996. 中国野鸟图鉴. 台北: 翠鸟文化事业有限公司.

旭日干, 邢莲莲, 杨贵生. 2001. 内蒙古动物志. 呼和浩特: 内蒙古大学出版社.

颜重威. 2003. 第五届海峡两岸鸟类学术研讨会论文集. 台中: 国立自然科学博物馆.

颜重威, 诸葛阳, 陈水华. 2006. 中国的海鸥与燕鸥. 南投: 国立凤凰谷鸟园.

杨超, 雷富民, 黄原. 2010. 地山雀线粒体基因组全序列的测定和分析. 动物学研究, 31 (4): 333~344.

杨贵生, 邢莲莲. 1998. 内蒙古脊椎动物名录及分布. 呼和浩特: 内蒙古大学出版社.

杨岚, 雷富民. 2009. 鸟类宏观分类和区系地理学研究概述. 动物分类学报, 34 (2): 316~328.

杨岚, 文贤继, 韩联宪等. 1995. 云南鸟类志, 上卷, 非雀形目. 昆明: 云南科技出版社.

杨维康, 高行宜, 乔建芳等. 2009. 中国波斑鸨. 乌鲁木齐: 新疆科学技术出版社.

杨维康, 乔建芳. 2001. 新疆准噶尔盆地东部波斑鸨炫耀栖息地选择. 动物学研究, 22 (3): 187~191.

杨维康, 乔建芳. 2003. 新疆准噶尔盆地东部波斑鸨夏季栖息地选择. 干旱区研究, 20 (2): 135~138.

杨维康, 乔建芳, 高行宜等. 2000b. 准噶尔盆地东部波斑鸨 (*Chlamydotis undulata*) 繁殖栖息地的植被结构和功能. 干旱区研究, 17 (4): 17~22.

杨维康, 乔建芳, 高行宜等. 2001a. 新疆准噶尔盆地东部波斑鸨 (*Chlamydotis undulata*) 炫耀栖息地选择的研究. 动物学研究, 22 (3): 187~191.

杨维康, 乔建芳, 高行宜等. 2001b. 新疆准噶尔盆地东部波斑鸨 (*Chlamydotis undulata*) 秋季栖息地选择. 动物学研究, 22 (4): 298~302.

杨维康, 乔建芳, 高行宜等. 2005. 波斑鸨的生态生物学研究现状. 干旱区研究, 22 (02): 205~210.

杨维康, 钟文勤, 高行宜. 2000a. 鸟类栖息地选择研究进展. 干旱区研究, 17 (3): 71~78.

叶尔道来提. 1989. 巴音布鲁克草原研究专集. 干旱区研究 (增刊): 1~55.

叶尔道来提. 1991. 巴音布鲁克草原研究专集. 干旱区研究 (增刊): 1~56.

殷守敬, 马鸣, 徐峰. 2005a. 电子微芯片皮下注射技术在猎隼繁殖及迁徙研究中的应用快报. 四川动物, 24 (4): 585.

殷守敬, 马鸣, 徐峰等. 2005b. 棕尾鵟栖息地选择及繁殖生态学研究. 第八届中国动物学会鸟类学分会全国代表大会暨第六届海峡两岸鸟类学研讨会论文集.

殷守敬, 徐峰, 马鸣. 2005c. 我国西部珍稀濒危物种——白尾地鸦. 四川动物, 24 (1): 72~75.

于非, 季荣. 2007. 人工招引粉红椋鸟控制新疆草原蝗虫灾害的作用及其存在问题分析. 中国生物防治, 23 (增刊): 93~96.

俞家荷. 1987. 紫翅椋鸟 (*Sturnus vulgaris*) 的生态观察. 动物学杂志, (2): 25~28.

喻庆国, 韩联宪. 2007. 生物多样性调查与评价. 昆明: 云南科技出版社.

袁国映. 1988. 和田河中下游的脊椎动物. 干旱区地理, (2): 45~50.

袁国映. 1991. 新疆脊椎动物简志. 乌鲁木齐: 新疆人民出版社.

袁国映. 2008. 新疆生物多样性. 乌鲁木齐: 新疆科学技术出版社.

袁国映，郭凌. 1992. 巴音布鲁克保护区的大天鹅生态研究. 动物学杂志, 27 (3)：37～40.

袁国映，李红旭. 1990. 艾比湖湿地水禽现状及建设自然保护区的规划意见. 新疆环境保护, 12 (3)：
　　36～41

袁国映，袁磊. 2006, 新疆自然保护区. 乌鲁木齐：新疆科学出版社.

袁国映，张莉，陈丽. 2008. 西北干旱区乌鸦的生态作用及其保护措施. 新疆环境保护, 30 (4)：
　　14～16.

袁磊，孟剑英，萨根古丽等. 2007. 罗布泊野骆驼自然保护区生态环境问题及恢复措施. 新疆环境保护,
　　29 (1)：24～26.

扎特卡柏耶夫，卡德尔. 1990. 伊犁河下游鹈鹕鸟种群现状. 干旱区研究, 7 (4)：71～72.

张保卫，常青，朱立峰等. 2004. 基于 12S rRNA 基因的鹳形目系统发生关系. 动物分类学报, 29 (3)：
　　389～395.

张斌. 2003. 斑嘴鹈鹕. 野生动物, 24 (06)：38.

张成安，丁长青. 2008. 中国鸡形目鸟类的分布格局. 动物分类学报, 33 (2)：317～323.

张大铭，黄韶华. 1993. 新疆下野地垦区夏季鸟类群落结构研究初报. 干旱区研究 (增刊)：134～136.

张德衡. 2010. 白头硬尾鸭栖息地遭遇火劫. 中国鸟类观察, (74)：19.

张德衡，夏咏. 2008. 世界珍禽白头硬尾鸭再访边城. 中国鸟类观察, (61)：14, 15.

张帆，张会斌. 1991. 阿尔金山依协克帕提湖畔黑颈鹤观察初报. 云南地理环境研究, 3 (2)：92, 93.

张孚允. 1987. 中国鸟类环志年鉴 (1982-1985). 兰州：甘肃科学技术出版社.

张孚允，杨若莉. 1997. 中国鸟类迁徙研究. 北京：中国林业出版社.

张富春，许设科. 1992. 新疆阿尔泰山鸡类的初步研究. 草食家畜 (增刊)：101～105.

张桂林，马德新，王天祥等. 1996. 西藏阿里地区鸟类的生态地理分布. 新疆大学学报 (自然科学版),
　　13 (1)：74～83.

张国钢，刘冬平，江红星等. 2008. 青海省鸟类记录. 四川动物, 27 (1)：122.

张国强. 2009. 哈纳斯, 小嘴鸻 9 只；青河, 阿勒泰雪鸡 10 只. 中国鸟类观察, (69)：31.

张强，邹发生，张敏等. 2010. 中国画眉科鸟类分布格局探讨. 动物分类学报, 35 (1)：135～144.

张荣祖. 1999. 中国动物地理. 北京：科学出版社.

张晓爱，邓合黎. 1994. 高寒草甸 3 种雀形目雏鸟热调节机制的比较研究. 动物学研究, 15 (3)：
　　51～57.

张耀东. 2009. 白哈巴追寻黑琴鸡. 中国鸟类观察, (68)：9～13.

张荫荪，何芬奇. 1994. 对遗鸥分类地位问题的进一步论证. 动物分类学报, 19 (3)：378～382.

张渝疆，张大铭. 1997. 乌鲁木齐干旱区鸟类群落结构初步研究. 地方病通报 (增刊)：18～20.

张正旺，刘阳，孙迪. 2004. 中国鸟类种数的最新统计. 动物分类学报, 29 (2)：386～388.

赵勃. 2006. 新疆克拉玛依五五新镇记录到欧石鸻 2 只. 中国鸟类观察, (50)：24.

赵洪峰，高学斌，雷富民等. 2005. 中国受胁鸟类的分布与现状分析. 生物多样性, 13 (1)：12～19.

赵梅. 1994. 黑翅长脚鹬 (*Himantopus himantopus*) 繁殖习性的初步观察. 见：中国动物学会编. 中国
　　动物学会 60 周年纪念文摘汇编. 北京, 61.

赵学敏. 2005. 人、野鸟与禽流感. 北京：中国林业出版社.

赵正阶. 1995. 中国鸟类手册 (上卷：非雀形目). 长春：吉林科学技术出版社.

赵正阶. 2001. 中国鸟类志 (下卷：雀形目). 长春：吉林科学技术出版社.

赵志刚，许设科. 1989. 阿尔泰山普通松鸡 (*Tetrao urogallus*) 的繁殖生态. 新疆动物学会年会.

郑宝赉. 1965. 北疆鸟类调查报告. 见：钱燕文等. 新疆南部的鸟兽. 北京：科学出版社, 217～229.

郑宝赉. 1985. 中国动物志, 鸟纲（第八卷）. 北京：科学出版社.

郑光美. 1979. 红背伯劳（*Lanius collurio*）及其近缘种类的秋季换羽. 北京师范大学学报（自然科学版），(3)：108～110.

郑光美. 1995. 鸟类学. 北京：北京师范大学出版社.

郑光美. 2002. 世界鸟类分类与分布名录. 北京：科学出版社.

郑光美. 2005. 中国鸟类分类与分布名录. 北京：科学出版社.

郑光美, 王岐山. 1998. 中国濒危动物红皮书——鸟类. 北京：科学出版社.

郑光美, 颜重威. 2000. 中国鸟类学研究. 北京：中国林业出版社.

郑光美, 张正旺, 颜重威等. 1996. 中国鸟类学研究（论文集）. 北京：中国林业出版社.

郑强, 蒋卫. 1991. 穗鵖（*Oenanthe oenanthe*）的繁殖及食性的研究. 动物学杂志，26 (6)：12～15.

郑生武. 1994. 中国西北地区珍稀濒危动物志. 北京：中国林业出版社.

郑生武, 李保国. 1999. 中国西北地区脊椎动物系统检索与分布. 西安：西北大学出版社.

郑作新. 1964. 中国鸟类系统检索. 北京：科学出版社.

郑作新. 1976. 中国鸟类分布名录. 北京：科学出版社.

郑作新. 1987. 中国鸟类区系纲要. 北京：科学出版社.

郑作新. 1991. 中国动物志, 鸟纲. 第 6 卷. 北京：科学出版社.

郑作新. 1993. 中国经济动物志. 北京：科学出版社.

郑作新. 1997. 中国动物志, 鸟纲. 第一卷. 北京：科学出版社.

郑作新. 2000. 中国鸟类种和亚种分类名录大全（修订版）. 北京：科学出版社.

郑作新. 2002. 世界鸟类名称（拉丁名、汉文、英文对照）. 北京：科学出版社.

郑作新, 李德浩, 王祖祥等. 1983. 西藏鸟类志. 北京：科学出版社.

郑作新, 卢太春, 杨岚等. 2010. 中国动物志. 鸟纲，第十二卷. 北京：科学出版社.

中国动物学会. 1994. 中国动物学会 60 周年纪念文摘汇编. 北京：中国动物学会.

中国动物学会鸟类分会. 2008. 全国鸟类系统分类与演化学术研讨会暨郑作新院士逝世十周年纪念论文集. 福建长乐.

中国动物学会鸟类分会. 2009. 中国鸟类学研究——第十届全国鸟类学术研讨会暨第八届海峡两岸鸟类学术研讨会论文集. 哈尔滨.

中国科学院青藏高原综合科学考察队. 1999. 青藏高原喀喇昆仑山-昆仑山地区科学考察丛书（12 册）. 北京：科学出版社.

中国科学院青藏高原综合科学考察队（郑度主编）. 1999. 喀喇昆仑山-昆仑山地区自然地理. 北京：科学出版社.

中国科学院西北高原生物所（李德浩等）. 1989. 青海经济动物志. 西宁：青海人民出版社.

中国科学院新疆生物土壤沙漠研究所. 1991. 新疆动物研究. 北京：科学出版社.

中国科学院新疆生物土壤沙漠研究所. 2010. 干旱区研究（Arid Zone Research），Vols. 1～31.

中国科学院新疆生物土壤沙漠研究所阜康生态站. 1990. 荒漠生态系统研究专集. 干旱区研究，7（增刊）：1～124.

中国鸟类学会. 2004. 中国观鸟年报 2003. 北京：中国鸟类学会.

中国鸟类学会. 2005. 中国观鸟年报 2004. 北京：中国鸟类学会.

中国鸟类学会. 2006. 中国观鸟年报 2005. 北京：中国鸟类学会.

中国鸟类学会. 2007. 中国观鸟年报 2006. 北京：中国鸟类学会.

周海忠, 周文芳. 1980. 新疆鸟类新纪录. 博物，(1)：42.

周永恒，陈永国. 1985. 东昆仑-阿尔金山陆栖脊椎动物的地理分布特征. 八一农学院学报，(2)：1～10.

周永恒，黄人鑫，陈永国等. 1989. 森林鸟兽. 见：陆平，严赓雪主编. 新疆森林. 乌鲁木齐：新疆人民出版社，401～446.

周永恒，马鸣，万军等. 1987. 新疆鸟类新纪录. 八一农学院学报，10 (2)：24～32.

周永恒，王超民. 1984. 新疆鸟兽各一新纪录. 八一农学院学报，7 (2)：42～44.

周永恒，王伦. 1989. 新疆鸟类新纪录. 八一农学院学报，12 (2)：59～62.

周永恒，魏顺德，于怀忠等. 1993. 大麻鳽（*Botaurus stellaris*）生活习性的初步观察. 干旱区研究（增刊）：131-133.

周永恒，张扬，鞠喜山等. 1986. 新疆鸟类一新纪录——噪柳莺（*Phylloscopus sibilatrix*）. 八一农学院学报，9 (2)：85.

周永恒，张扬，鞠喜山等. 1994. 哈密盆地鸟类调查报告. 见：中国动物学会编. 中国动物学会 60 周年纪念文摘汇编. 北京：131.

周永恒，周斌，林宣龙. 2009. 新疆鸟类名录. 乌鲁木齐：新疆科学技术出版社.

朱成立，孙迪明，马鸣等. 2011. 新疆鸟类新纪录——北灰鹟. 四川动物，30 (1)：44.

朱果. 1986. 新疆珍贵动物漫忆. 野生动物，(1)：14～17.

Пржевальский Н М（普热瓦尔斯基，1888）. 走向罗布泊（黄健民 译. 1999）. 乌鲁木齐：新疆人民出版社.

Судиловская А М. 1936. Птицы Қашгарии. Лаб. Зоогеогр. Акад. Наук СССР，1～124.

Демнтьев Г П и Гладков Н А. 1951. Птицы Советского Союза. Госуд. изд. Сов. Наук，Москва.

Козлова Е В. 1961. Фауна СССР. Птицы. Том 2. Издательства Академии Наук СССР，Москва.

Юдин К А. 1965. Фауна СССР Птицы. Том Ⅱ выпуск1，часть1，Издательство Наука. Москва，Ленинград.

Иванов А И，Штегман Б Қ. 1964. Краткий Определитель Птиц СССР. Издательство Наука. Москва，Ленинград.

Ali S，Ripley S D. 1980. Handbook of the birds of India and Pakistan. Vols. 1～10. London：Oxford Univ. Press.

Angelov I，Mei Y，Ma M *et al*. 2006. Possible mixed pairing between Saker Falcon（*Falco cherrug*）and Barbary Falcon（*Falco pelegrinoides*）in China. *Falco*，(28)：14～15.

Archibald G. 2005. Observations of Black-necked Cranes. In Wang and Li：Crane Research in China. Kunming：Yunnan Education Publishing House，19～25.

Beaman M，Madge S. 1998. The handbook of bird identification for Europe and the Western Palearctic. London：Christopher Helm，A & B Black.

Besten J W D. 2004. Migratory of Steppe Eagles *Aquila nipalensis* and other raptors along the Himalayas past Dharamsala，India，in autumn 2001 and spring 2002. *Forktail*，20：9～14.

Bibby C，Jones M，Marsden S. 1998. Expedition field techniques：Bird Surveys. London：Expedition Advisory Centre.

BirdLife International. 1998. Checklist of globally threatened birds. British Birdwatching Fair.

BirdLife International. 2001. Threatened birds of Asia，the BridLife International Red Data Books. Part A & B. Cambridge：BridLife International.

BirdLife International. 2004. Important Birds Areas in Asia：Key sites for conservation. Cambridge：BridLife International.

Borecky S R. 1978. Evidence for removal of *Pseudopodoces humilis* from the Corvidae. *Bull. Brit. Orn. Club*, 98: 36, 37.

Braunlich A, Steudtner J. 2008. Hodgson's Bushchat *Saxicola insignis* in the Mongolian Altai. *BirdingAsia*, 9: 62~66.

Byers C, Olsson U, Curson J. 1995. Buntings and sparrows. Sussex: Pica Press.

Carey G J, Chalmers M L, Diskin D A *et al*. 2001. The avifauna of Hong Kong. Hong Kong: Hong Kong Bird Watching Society.

Chantler P, Gerald D. 1995. Swifts, a guide to the swifts and treeswifts of the World. Sussex: Pica Press.

Cheng T. 1987. A synopsis of the avifauna of China. Beijing: Science Press.

Chinese Science Bulletin. 2009. Scientists seeking truth behind birds immigrating east. *Chinese Science Bulletin*, 54 (10): 1806.

Cocker M, Mabey R. 2005. Birds Britannica. London: Chatto & Windus.

Collar N J, Crosby M J & Stattersfield A J. 1994. Birds to Watch 2: the World list of Threatened Birds. Cambridge: Birdlife International.

Couzens D. 2005. Identifying birds by behaviour. London: Harper Collins.

Cramp S. 1994. The birds of the Western Palearctic. Vols. 1~9. Oxford: Oxford University Press.

Crivelli A J, Krivenko V G, Vinogradov V G. 1994. Pelicans in the former USSR. *IWRB Publication*, 27: 1~151.

Судиловская А М (Sudilovskaja A M). 1936. Birds of Kashikari. Academy Hayk CCCP.

del Hoyo J, Elliott A, Sargatal J. 1993. Handbooks of the birds of the Would. Vol. 1. Barcelona: Lynx Edicions.

del Hoyo J, Elliott A, Sargatal J. 1996. Handbooks of the birds of the Would. Vol. 3. Barcelona: Lynx Edicions.

Delin H, Svensson L. 2008. Guide to birds of Britain and Europe. London: Philip's.

Dement'ev G P, Gladkov N A. 1966. Birds of the Soviet Union. Vols. 1~6. Jerusalem: Israel Program for Scientific Translations (Translated from Russian).

Dementiev G P, Gladkov N A. 1951. Birds of the USSR. Vols. 1~6. Moscow (In Russian).

de Schaueness R M. 1984. The Birds of China. Washington, D. C.: Simthsonian Inst. Press.

Dickinson E C. 2003. The Howard and Moore complete checklist of the birds of the world. 3rd Edition. Princeton, New Jersey: Princeton University Press.

Ding P, Ma M, Chen Y *et al*. 2010. Brief introduction of the Galliformes in Xinjiang. WPA 5th Symposium, Thailand.

Dissing H. 1989. Birds observed in Xinjiang Province, China, July-September 1989. (Unpub): 28~67.

Dixon A. 2005. Falcon population estimates: how necessary and accurate are they ? *Falco*, (25/26): 5~9.

Dolgushin I A, 1960. Birds of Kazakhstan. Vols. 1~5. Alma Ata. (In Russian).

Douglas M. 2007. Lake Aibi field investigation 29th October - 3rd November 2007. www. adb. org/prcm.

Duff D G, Backwell D N, Williams M D. 1991. The Relict Gull *Larus relictus* in China and elsewhere. *Forktail*, 6: 43.

Elphick J. 1995. Atlas of birds migration. London: Harper Collins Publishers.

Ernst S. 1996. Zweiter Beitrag Zur Vogelwelt des ostlichen Altai Mitt. Zool. Mus. Berlin 72 Suppl. *Ann*.

Orn, 20: 123~180.

Etchecopar R D, Hue F. 1978. Les Oiseaux de China. Les Editions du Pacifique, Papeete-Tahiti, I (Non passereaux): 1~585.

Evans M I. 1994. Important Bird Areas in the Middle East. Birdlife Conservation Series No. 2.

Feare C, Adrian C. 1999. Starlings and mynas. Princeton: Princeton University Press.

Fefelov I V. 2004. Hybridisation between Slender-billed Gull *Larus genei* and Black-headed Gull *Larus ridibundus* in Irkutsk, Russia. *Forktail*, 20: 96, 97.

Flint V E, Boehme R L, Kostin Y V *et al*. 1984. A field guide to birds of the USSR. Princeton: Princeton Univ. Press. (Translated from Russian).

Fox N C, Eastham C, Macdonald H. 1997. Handbook of Falcon Protocols. ERWDA/NARC, Carmarthen, UK.

Gaucher P, Paillat P, Chappuis C *et al*. 1996, Taxonomy of the Houbara Barstard *Chlamydotis undulata* subspecies considered on the basis of sexual display and genetic divergence. *Ibis*, 138 (2): 273~282.

Gebauer A, Jacob J, Kaiser M *et al*. 2004. Chemistry of the uropygial gland secretion of Hume's ground jay *Pseudopodoces humilis* and its taxonomic implications. *Journal of Ornithology*, 145 (4): 352~355.

Gebauer A, Kaiser M. 1994. Biology and behavior of General Asratic snow finches (*Montifringilla*) and mountain-steppe sparrows (*Pyrgilauda*). *J. Orn.*, 135 (1): 55~57.

Gebauer A, Kaiser M. 1999. New aspects of biology and systematics of snow finches (*Montifringilla* s. str) and mountain-steppe sparrows (*Pyrgilauda*, *Onychostruthus*) in China. Abstracts 2nd Meeting European Ornithologists Union. *The Ring*, 21: 207, 208.

Goodwin D. 1986. Crows of the World, 2nd edition. London: British Museum (Natural History).

Gou J, Zhang Y D. 2007. White-headed Duck *Oxyura leucocephala* breeding in northern Xingjiang, China. *BirdingASIA*, 8: 80, 81.

Grimmett R. 1991. Little known oriental bird: Biddulph's Ground Jay. *OBC Bull.*, 13: 26~29.

Grimmett R, Jones T A. 1989. Important Bird Areas in Europe. Cambridge: International Council for Bird Preservation (Technical Publication No. 9).

Grimmett R, Taylor H. 1992. Recent bird observations from Xinjiang Autonomous Region, China, 16 June to 5 July 1988. *Forktail*, 7: 139~146.

Gvozdev E V, Aliev S J. 1978. Red data book of Kazakh SSR (Vertebrates). Alma-Ata: Publishing House <Kainar>.

Hale W G. 1971. A revision of the taxonomy of the Redshank *Tringa totanus*. *Zoological Journal of the Linnean Society*, 50: 199~268.

Hardey J, Crick H, Wernham C *et al*. 2006. Raptors, a field guide to survey and monitoring. Edinburgh: Stationery Office.

Harvey W G. 1986a. A taste of Karamay. *OBC Bull.*, 4: 8~10.

Harvey W G. 1986b. Two additions to the avifauna of China. *Bull. Brit. Orn. Cl.*, 106: 15.

Hayman P, Marchant J, Prater T. 1998. Shorebirds: an identification guide to the waders of the World. London: Christopher Helm A & C Black.

He F Q, Zhang Y S, Wu Y. 1992. The distribution of the Relict Gull *Larus relictus* in Maowusu Desert, Inner Mongolia, China. *Forktail*, 7: 151~153.

Hellmayr C E. 1929. Birds of the James Simpson-Roosevelts Asiatic expedition. Field Museum of Natural

History，Publication 263：27～144.

Holt P. 2005. Birding in Xinjiang，China. www. sunbirdtours. co. uk.

Holt P. 2006. Birding in Xinjiang，China. www. sunbirdtours. co. uk.

Holt P. 2007. Birding in Xinjiang，China（2005～2007）. www. sunbirdtours. co. uk.

Holt P. 2008. Eight new ornithological records from Xinjiang，China. *Arid Land Geography*，31（2）：243～248.

Holt P，Gou J，Wang Q Y. 2010. Cattle Egret，Little Curlew，Long-toed Stint & Parasitic Jaeger - four new ornithological records from Xinjiang，China. *Arid Land Geography*，33（6）：743～748.

Hornskov J. 1995. Systematic list of birds seen in Xinjiang，from 3 June to 8 July 1995.（Unpub）.

Hornskov J. 2001. Xinjiang：bird species recorded on 23 May - 5 June 2001 visit.（Unpub）.

Howard R，Moore A. 1991. A complete checklist of the birds of the World. London：Academic Press.

Hughes B，Robinson J A，Green A J *et al*. 2006. International Single Species Action Plan for the Conservation of the White-headed Duck *Oxyura leucocephala*. Technical Series CMS No. 13 & AEWA No. 8.

Inskipp T，Lindsey N，Duckworth W. 1996. An annotated checklist of the birds of the Oriental Region. *OBC*，1～294.

IUCN. 2006. IUCN Red List of Threatened Species.（www. iucnredlist. org）.

Jackson H D. 2007. A review of the evidence for the translocation of eggs and young by nightjars（Caprimulgidae）. *Ostrich*，78（3）：561～572.

Jahnsgard P A. 1978. Ducks，geese and swans of the World. Lincoln and London：University of Nebraska Press.

Jahnsgard P A. 1981. Plovers，Sandpipers and Snipes of the World. Lincoln and London：University of Nebraska Press.

James H F，Ericson P G P，Slikas B *et al*. 2003. *Pseudopodoces humilis*，a misclassified terrestrial tit（Aves：Paridae）of the Tibetan Plateau：evolutionary consequences of shifting adaptive zones. *Ibis*，145：185～202.

Jonsson L. 1992. Birds of Europe with North Africa and the Middle East. London：Christopher Helm Ltd. and A & C Black Ltd.

Kamp J，Koshkin M A，Sheldon R D. 2010. Historic breeding of sociable lapwing in Xinjiang. *Chinese Birds*，1（1）：70～73.

Karyakin I V，Nikolenko E G，Barashkova A N *et al*. 2010. Golden Eagle in the Altai-Sayan Region，Russia. *Raptors Conservation*，18：82～152.

Koffijberg K，Schaffer N. 2006. International Single Species Action Plan for the Conservation of the Corncrake *Crex crex*. CMS Technical Series No. 14 & AEWA Technical Series No. 9.

Konig C，Weick F. 2008. Owls of the World，2nd edition. London：Christopher Helm.

Kraaijeveld K，Ma M，Komdeur J *et al*. 2007. Offspring sex ratios in relation to mutual ornamentation and extra-pair paternity in the Black Swan *Cygnus atratus*. *Ibis*，149（1）：79～85.

Lam C Y，Ma M. 1996. Birds seen in Xinjiang，May 1996. Hong Kong Bird Watching Society.

Lam C Y，Williams M. 1994. Weather and bird migration in Hong Kong. Hong Kong Bird Report 1993，139～169.

Launay F，Combreau O，Bowardi M. 1999. Annual migration of Houbara Bustard *Chlamydotis undulata macqueenii* from the United Arab Emirates. *Bird Conservation International*，9：155～161.

Lefranc N, Worfolk T. 1997. Shrikes: a guide to the shrikes of the World. Mountfield: Pica Press.

Lewthwaite R, Kilburn M, Ma M *et al*. 1998. Report on a birding trip to Xinjiang, China, 7~26 June 1998. (Unpub).

Li Y M, Gao Z, Li X *et al*. 2000. Illegal trade in the Himalyan region of China. *Biodiversity and Conservation* 9: 901~918.

Li Z D, Mundkur T. 2007. Numbers and distribution of waterbirds and waterlands in the Asia-Pacific region, results of the Asian waterbird census: 2002~2004. Waterlands International, Kuala Lumpur, Malaysia.

Londei T. 1998. Observations on Hume's Groundpecker, *Pseudopodoces humilis*. *Forktail*, 14: 74~75.

Londei T. 2000. Observations on Henderson's Ground Jay *Podoces hendersoni* in Xinjiang, China. *Bull. of British Ornithologists' Club*, 120 (4): 209~212.

Londei T. 2002. Humes's Groundpepcker *Pseudopodoces humilis*: the smallest corvid or the largest tit? *OBC Bulletin*, 36: 52, 53.

Lopez A, Mundkur T. 1997. The Asian waterfowl census, 1994~1996. Kuala Lumpur: Wetlands Internaional.

Ludlow F, Kinnear N B. 1933. A contribution to the ornithology of Chinese Turkestan. *Ibis*, 1933: 240~259; 440~473; 658~694.

Ludlow F, Kinnear N B. 1934. A contribution to the ornithology of Chinese Turkestan. *Ibis*, 1934: 95~125.

Ma M. 1993. The distribution and reproduction of black stork in Tarim Area, Xinjiang, China. *Asian Wetland News*, 6 (2): 19.

Ma M. 1997a. Captive breeding of snowcocks in Xinjiang, China. Abstracts of the International Symposium on Galliformes. Melaka, Malaysia, 56.

Ma M. 1997b. Notes on the captive breeding of snowcocks in Xinjiang. *Gazette*, 24: 10~12.

Ma M. 1998a. Observation on the breeding biology of Whooper Swans in Xinjiang, China. *Gazette*, 25: 61~64.

Ma M. 1998b. Xinjiang Ground-jay in the Taklimakan Desert. *OBC Bull*., (27): 57, 58.

Ma M. 1999a. Saker smugglers target western China. *Oriental Bird Club Bulletin*, 29: 17.

Ma M. 1999b. Greater Flamingo *Phoenicopterus ruber* and Rufous-tailed Scrub Robin *Cercotrichas galactotes*: two new species for China. *Forktail*, 15: 105, 106.

Ma M. 2000. Important Bird Areas (IBAs) with Globally Threatened Birds of Xinjiang, China. *Chinese Journal of Arid Land Research*, 10 (2): 281~284.

Ma M. 2001. A checklist of the birds in Xinjiang, China. *Arid Zone Research*, 18 (Suppl.): 10~16.

Ma M, Cai D. 1995. The distribution and reproduction of Swans in Xinjiang. *Chinese Journal of Arid Land Research*, 8 (2): 135~140.

Ma M, Cai D. 1999. Breeding ecology of Bar-headed Goose (*Anser indicus*) in Tianshan, Xinjiang. *Casarca*, 5: 177~181.

Ma M, Cai D. 2000. Swans in China. Maple Plain, Minnesota: the Trumpeter Swan Society, 1~105.

Ma M, Cai D. 2002. Threats to Whooper Swans in Xinjiang, China. (In Rees E C, Earnst S L, Coulson J, eds. Proceedings of the Fourth International Swan Symposium, 2001). *Waterbirds*, 25 (Special Publication 1): 331~333.

Ma M, Carey G., Leader P et al. 2001a. Birds recorded in Xinjiang, north-west China, 1998-2001. In press.

Ma M, Chen Y, Kedeerhan B et al. 2010b. Seasonal changes in the number of Relict Gulls (Larus relictus) at Ebinur Lake, western China. Journal of Arid Land, 2 (2): 151~155.

Ma M, Ding P, Li W et al. 2010c. Breeding Ecology and Survival Status of Golden Eagle Aquila chrysaetos in China. Raptors Conservation, 19: 81~91.

Ma M, Kai K H. 2004. Records of Xinjiang Ground-jay Podoces biddulphi in Taklimakan Desert, Xinjiang, China. Forktail, 20: 121~123.

Ma M, Kraaijeveld K. 2000. Recent records of waders in Xinjiang Uygur Autonomous Region, north-western China. International Wader Study Group Bulletin, 92: 25~29.

Ma M, Mei Y, Tian L et al. 2006a. The Saker Falcon in the desert of north Xinjiang, China. Raptors Conservation, (6): 58~64.

Ma M, Wang Q S. 2001. First breeding record of Little Gull Larus minutus in Xinjiang, China. Oriental Bird Club Bulletin, 34: 68.

Ma M, Wang Q S. 2002. New records of Corncrake Crex crex in Xinjiang, China. Forktail, 18: 158.

Ma M, Wei S D, Xu F et al. 2006b. Black Stork Ciconia nigra in Xinjiang, China. Biota, 7 (1-2): 57~64.

Ma M, Yang X. 1994. A study on avifauna in Karakorum and Kunlun Mountains. Proceedings of International Symposium on the Karakorum and Kunlun Mountains. (Chief Editors: Zheng Du, Zhang Q., Pan Y.). Beijing: China Meteorological Press, 328~332.

MacKinnon J, Phillipps K. 2000. A field guide to the birds of China. Oxford University Press.

Madge S, Burn H. 1994. Crows and jays: a guide to the crows, jays and Magpies of the World. London: Christopher Helm, A & C Black.

Madge S, Burn H. 1999. Wildfowl. London: Christopher Helm, A & C Black.

Mayr E and Cottrell G W. 1976. Check-list of birds of the World. Cambridge: Museum of Comparative Zoology.

McClure H E. 1974. Migration and survival of the birds of Asia. United States Medical Component, SEATO, Medical Research Laboratory, Bangkok, 1~476.

McGowan P J K. 1995. Partridges, Quails, Francolins, Snowcocks and Guineafowl. Gland: IUCN.

Menzbier M. 1885. On the birds of the Upper Tarim, Kashgaria. Ibis: 352~358.

Mlikovsky J. 1998. Genetic name of southern snowfinches. Forktail, 14: 85.

Mullarney K, Svensson L, Zetterstom D et al. 1999. Collins Bird Guide. London: HarperCollins.

Mundkur T, Taylor V. 1993. Asian waterfowl census 1993. Kuala Lumpur: AWB, and Slimbridge: IWRB.

Nichollsand M K, Clarke R. 1993. Biology and conservation of small falcons: proceedings of the 1991 Hawk and Owl trust conference. London: Hawk and Owl Trust.

Perennou C. 1992. Asian waterfowl census, 1990~1992. Slimbridge: IWRB.

Peters J. 1934. Check-list of the birds of the World. Cambridge Mass: Harvard University Press.

Petkov N, Hughes B, Gallo-Orsi U. 2003. Ferruginous Duck: From research to conservation. Sofia: Birdlife International, RSPB and TWSG.

Porter R F, Christensen S, Schiermacker-Hansen P. 1996. Field guide to the birds of the Middle East.

London: T &. A D Poyser Ltd. .

Potapov E, Banzragch S, Fox N and Barton N. 2001. Proceedings of the II International Conference on the Saker Falcon and Houbara Bustard. Ulaanbaatar, 1~4 July 2000, p. 1~240.

Potapov E, Fox N, Sumya D and Gombobaatar B. 2002. Migration studies of the Saker Falcon. *Falco*, 19: 3, 4.

Potapov E, Ma M. 2004. The highlander: the highest breeding Saker in the World. *Falco* 23: 10~12.

Potapov R L. 1993. New subspecies of the Himalayan Snowcock, *Tetraogallus himalayensis sauricus* subsp. nova. Russ. *J. Ornithol.*, 2 (1): 3~5.

Qu Y H, Lei F M, Yin Z H *et al*. 2002. Distribution patterns of snow finches (genus *Montifringilla*) in the Tibetan Plateau of China. *Avocetta*, 26 (1): 11~18.

Roberts T J. 1991. The birds of Pakistan. Vol 1 Karachi: Oxford Univ. Press.

Roberts, T. J. 1992. The birds of Pakistan. Vols2. Karachi: Oxford Univ. Press.

Rose P M, Scott D A. 1997. Waterfowl population estimates. Slimbridge: International Waterfowl and Wetlands Research Bureau.

Roselaar C S. 1992. A new species of mountain-finch Leucosticte from western Tibet. *Bull Brit Ornithol Club*, 112: 225~231.

Roselaar C S. 1994. Notes on Sillem's Mountain-finch, a recently described species from western Tibet. *Dutch Birding*, 16 (1): 20~26.

Scott D A. 1989. A directory of Asian wetlands. Gland and Cambridge: IUCN, 246~253.

Scully J. 1876. A contribution to the ornithology of eastern Turkestan. *Stray Feathers*, 4: 41~205.

Sharpe R B. 1891. Scientific Results of the Second Yarkand Mission-Aves. Calcutta &. London: Aves.

Sibley C G, Monroe B L. 1993. Supplement to the distribution and taxonomy of birds of the World. London: Yale University Press.

Sillem J A. 1934. Ornithological results of the Netherland Karakorum Expedition 1992/1930. *Org Club Nederl Vogelk*, 7: 1~48.

Sillem J A. 1935. Aves. In: P. C. Visser (editor). Wissenschftliche Ergebnisse der niederlandischen Expeditionen in den Karakorum und die angrenzenden Gebiete 1922, 1925 und 1929/1930: 452~499, Leipzig.

Snow D W, Perrins C M. 1998. The birds of the Western Palearctic. Vols 1, 2. Oxford: Oxford University Press.

Sonobe K, Usui S. 1993. A field guide to the waterbirds of Asia. Tokyo: Wild Bird Society of Japan.

Stacey P B, Koenig W D. 1990. Cooperative breeding in birds. Cambridge: Cambridge University Press.

Stepanyan L S. 1990. Conspectus of the ornithological fauna of the USSR. Moscow: Nauka.

Stepanyan L S. 1998. A new subspecies of *Garrulax lineatus* from the Badakhstan Mountain (Western Pamir). *Zool. Zh.*, 77 (5): 615~618.

Sudilovskaja A M (Судиловская А М). 1936. Birds of Kashikari. Academy CCCP.

Szekely T, Karsai I, Williams T D. 1994. Determination of clutch-size in the Kentish Plover *Charadrius alexandrinus*. *Ibis*, 136: 341~348.

Timmins R J, Mostafawi N, Rajabi A M. 2009. The discovery of Large-billed Reed Warblers *Acrocephalus orinus* in north-eastern Afghanistan. *BirdingAsia*, 12: 115~119.

Vaurie C. 1954. Systematic Notes of Palearctic Birds. *No.* 5. *Corvidae. Amer. Mus. Novit.*, 1668: 12,

13.

Vaurie C. 1959. The Birds of the Palearctic Fauna, Passeriformes. London: H. F. & G. Witherby LTD.

Vaurie C. 1960. Systematic notes on Palearctic birds. No. 39. Caprimulgidae: a new species of Caprimulgus. *Amer. Mus. Novit.*, 1985: 1~10.

Vaurie C. 1965. The birds of the Palearctic fauna. Non-Passeriformes. London: H. F. & G. Witherby Limited.

Vaurie C. 1972. Tibet and its birds. London.

Vinogradov V G., Auezov E M. 1994. Past and present distribution of pelicans in Kazakhstan. *IWRB Publication*, 27: 32~44.

Wassink A, Oreel G. 2007. The birds of Kazakhstan. Texel: De Cocksdorp.

Wilmore S B. 1974. Swans of the World. London: David & Charles, Newton Abbot.

Worfolk T. 2000. Identification of red-backed, isabelline and brown shrikes. *Dutch Birding*, 22 (6): 323~362.

Ye X D, Ma M. 2002. China 2001. *Falco*, 19: 5, 6.

Ye X T. 1991, Distribution and status of the Cinereous Vulture *Aegypius monachus* in China. *Birds of Prey Bulletin*, 4: 51~56.

Ye X T, Li D H. 1991. Past and future study of birds of prey and owls in China. *Birds of Prey Bulletin*, 4: 159~166.

Zhang B P. 1991. Physical environment and animal resources in the Alking Natural Protection Region (Kumukule Basin). *Journal of Arid Land Resources and Environment*, 5 (1): 87~95.

Zhatkanbayev A Z. 1994. Present status of pelicans in the Ili Delta, Kazakhstan. *IWRB Publication*, 27: 60~63.

Zhatkanbayev A Z. 1994. Some aspects of the ecology of *Pelecanus crispus* and *P. onocrotalus* in the Ili Delta, Kazakhstan. *IWRB Publication*, 27: 91~95.

Zheng D. 1994. Proceedings of international symposium on the Karakorum and Kunlun Mountains. Beijing: China Meteorological Press.

豆雁　丁进清

附录 I 新疆地名中英文对照

新疆鸟类类分布名录的地名系统参照了中华人民共和国地图出版社的双语地图和中国地图名录等，其外文的地名翻译（不一定源于英文）尊重历史沿袭和当地少数民族文化传统，约定成俗，并没有严格遵循现代汉语拼音的规则。例如，乌鲁木齐，外文地图上通常标 Urumqi，而不是 Wulumuqi，二者的区别很大；又如克拉玛依，写成 Karamay，而不用汉语拼音 Kelamayi。因此有必要罗列一二，举一反三，以免引起混乱。但本书不能覆盖全部。在引言里简单介绍了分布地点的写作规则，一是由南向北；二是按照省、地区（州）、市、县（团）四级顺序描述；三是大的地理单元穿插其间，如阿尔金山、昆仑山、喀喇昆仑山、帕米尔高原、塔里木盆地、博斯腾湖、塔里木河、罗布泊、天山、巴音布鲁克、伊犁河、艾比湖、准噶尔盆地、塔尔巴哈台山、乌伦古河、额尔齐斯河、阿尔泰山等，它们可能跨越或贯穿多个行政单位。书中还有上百个县级以下的地名，通常是附在相应的县名后面，以便查找。

喀什地区 Kashi Prefecture

喀什 Kashi（Kaxgar）City
喀什噶尔河 Kaxgar River
塔什库尔干 Taxkorgan（Tajik Autonomous County）
塔合曼 Tahman（Tagarma）
帕米尔高原 Pamirs Plateau
达不大 Dabudal
明铁盖 Mingtiegai（Mingteke）
克克吐鲁克 Kektuluk
红其拉甫 Kunjirap Pass
疏勒 Shule
疏附 Shufu
泽普 Zepu（Poskam）

叶城 Yecheng（Kargilik）
库地 Kudi（Kuda）
莎车 Shache（Yarkant）
叶尔羌河 Yarkant River
英吉沙 Yengisar
麦盖提 Markit
喀拉玛水库 Kalama Lake
伽师 Jashi（Payzawat）
西克尔水库 Xekar Lake
岳普湖 Yopurga
巴楚 Bachu（Maralwexi）
小海子水库 Xiaohaizi（Lake）

克孜勒苏柯尔克孜自治州（克孜勒苏自治州，克州）
Kizilsu Kirgiz Autonomous Prefecture（Ke Zhou）

阿图什 Artux City

乌恰 Wuqia（Ulugqat）

康苏 Kansu

托云 Tuoyun

木吉 Muji

吉根 Jigen

乌鲁克恰提 Ulugqat

波斯坦铁列克 Bostan Terek

阿克陶 Akto

盖孜河 Gez River

苏巴什 Subax Pass（Subashi）

布伦口 Bulungkol

布伦库勒（湖）Bulung Kol（Lake）

喀拉库勒（湖）Kara Kol（Lake）

阿合奇 Akqi

托什干河 Toxkan River

阿克苏地区 Aksu Prefecture

柯坪 Kalpin

乌什 Wushi（Uqturpan）

阿克苏 Aksu City

阿克苏河 Aksu River

阿拉尔 Aral

阿瓦提 Awat

塔里木河 Tarim River

温宿 Wensu

沙雅 Shaya（Xayar）

新和 Xinhe（Toksu）

拜城 Baicheng（Bay）

托木尔峰 Tomur Feng Mt.

木扎特河 Mozat（Muzat）River

克孜尔 Kizil

库车 Kuqa

大龙池 Dalongchi

巴音郭楞蒙古自治州（巴州）
Bayingolin Mongol Autonomous Prefecture（Ba Zhou）

轮台 Luntai（Bugur）

阳霞 Yangxia（Yengisar）

肖塘 Xiaotang

尉犁 Lopnur（Yuli）

恰拉水库 Qara Lake

东河滩 Donghetan

孔雀河 Kunqi（Konqi）River

罗布泊 Lop Nur（Lake）

阿尔干 Argan

米兰 Miran（Ancient City）

若羌 Ruoqiang（Qarkilik）

阿尔金山 Altun Mountains

昆仑山 Kunlun Mountains

瓦石峡 Waxxari

且末 Qiemo（Qarqan）

塔他让 Tatrang

车尔臣河 Qarqan River

塔中（石油基地）Tazhong（Taklimakan Center）

库尔勒 Korla City

普惠 Puhui（Puhuy）

和硕 Hoxud

焉耆 Yanqi

博湖（博斯腾湖）Bohu（Bagrax）

和静 Hejing

巴伦台 Balguntay

开都河 Kaidu（Karaxahar）River

巴音布鲁克 Bayinbuluk（Bayanbulak）

博斯腾湖 Bosten（Bagrax）Lake

和田地区 Hotan Prefecture

安迪尔 Andir

民丰 Minfeng（尼雅 Niya）

尼雅河 Niya River

叶亦克 Yeyik

于田 Yutian（克里雅 Keriya）

克里雅河 Keriya River

策勒 Qira

洛浦 Lop

和田 Hotan

和田河 Hotan River

墨玉 Moyu（Karakax）

皮山 Pishan（Guma）

固玛 Guma（Goma）

桑株 Sanju（Samzhub Pass）

喀拉喀什河 Karakax River

玉龙喀什河 Yurungkax River

伊犁地区 Ili Prefecture

巩乃斯河 Kunes River

那拉提 Narat

新源 Xinyuan（Kunes）

巩留 Gongliu（Tokkuztara）

昭苏 Zhaosu（Mongolkure）

特克斯 Tekes

特克斯河山谷 Tekes Mountain Valley

特克斯河 Tekes River

尼勒克 Nilka

伊犁河 Ili River

伊宁 Yining（Gulja）

察布查尔 Qapqal

霍城 Huocheng（Shuiding）

霍尔果斯 Horgars Pass

清水河 Qingshuihe

果子沟 Guozigou

博尔塔拉蒙古自治州（博州）
Bortala Mongol Autonomous Prefecture（Bo Zhou）

赛里木湖 Sayram（Sailim）Lake

温泉 Wenquan（Arixang）

博乐 Bole（Bortala）

博尔塔拉河 Bortala River

精河 Jinghe

艾比湖 Ebinur Lake

阿拉套山 Alataw Mountains

阿拉山口 Alataw Pass

塔城地区 Tacheng Prefecture

奎屯 Kuytun

沙湾 Shawan

乌苏 Usu

塔城 Tacheng（Qoqek）

裕民 Yumin（Karabura）

额敏 Emin（Dorbiljin）

托里 Toli

和布克塞尔（和丰）Hoboksar

克拉玛依市 Karamay City

独山子 Dushanzi

克拉玛依 Karamay City

艾里克湖 Alik Lake

乌尔禾 Urho

石河子市 Shihezi City

石河子 Shihezi

莫索湾 Mosuowan

昌吉回族自治州（昌吉）
Changji Hui Autonomous Prefecture

玛纳斯 Manas
玛纳斯湖 Manas Lake
呼图壁 Hutubi
昌吉 Changji
米泉 Miquan
阜康 Fukang
天池 Heavenly Lake（Tianchi）
博格达山 Bogda Mountain

吉木萨尔 Jimsar
卡拉麦里 Karamay Mountains
奇台 Qitai
芨芨湖 Jijihu
北塔山 Baytik Mountain
木垒 Mori
准噶尔盆地 Junggar Basin

乌鲁木齐市 Urumqi City

乌鲁木齐 Urumqi（Wulumuqi）
达坂城 Dabancheng
柴窝堡湖 Chaiwopuhu（Lake）

南山（天山）Nanshan（Tianshan）
后峡 Houxia
盐湖 Yanhu（Salt Lake）

阿勒泰地区 Altay Prefecture

吉木乃 Jeminay
白哈巴 Baihaba
哈巴河 Habahe（Kaba）
哈纳斯湖（喀纳斯湖）Kanas Lake
布尔津 Burqin
阿尔泰（阿勒泰）Altay City
北屯 Beitun
福海 Fuhai（Burultokay）
乌伦古湖 Ulungur Lake

布伦托海（乌伦古湖）Burultokay（Lake）
吉力湖 Jili Lake
富蕴 Fuyun（Koktokay）
恰库尔图 Qiakurtu（Qahurt）
吐尔洪 Turhong
青河 Qinghe（Qinggil）
布尔根河 Bulgen River
乌伦古河 Ulungur River
额尔齐斯河 Ertix River

哈密地区 Hami Prefecture

巴里坤 Barkol
老爷庙 Laoyemiao
伊吾 Yiwu（Araturuk）
淖毛湖 Naomaohu

下马崖 Xiamaya
三塘湖 Santanghu
哈密 Hami（Kumul）
南湖 Nanhu（South Lake）

雅满苏 Yamansu

口门子 Koumenzi

沁城 Qincheng

星星峡 Xingxingxia

七角井 Qijiaojing

吐鲁番地区 Turpan Prefecture

托克逊 Toksun

鄯善 Shanshan（Piqan）

吐鲁番 Turpan City

艾丁湖 Aydingkol（Lake）

其他 Others

塔克拉玛干沙漠 Taklimakan Desert

古尔班通古特沙漠 Gurbantunggut Desert

准噶尔盆地 Junggar Basin

塔里木盆地 Tarim Basin

天山 Tianshan Mountains

昆仑山 Kunlun Mountains

阿尔泰山 Altay Mountains

帕米尔高原 Pamir Plateau

喀喇昆仑山 Karakorum Mountains

准噶尔阿拉套 Junggar Alataw

阿尔金山 Altun Mountains

注：以上地名参考了地图出版社《中国地图名录》的地名索引。不作为划界的依据，亦不作为行政区划的
依据。

布伦托海的赤嘴潜鸭　王勇

附录 Ⅱ 考察年表

本书作者马鸣（1957～）研究员多年从事野生动物保护、鸟类分类学、生物多样性与动物生态学研究。曾经承担国家级重大项目 5 项、国际合作项目 11 项、国家自然科学基金项目 7 项，专题涉及地鸦、猎隼、金雕、鹳类、鸨类、天鹅等，足迹遍布西部沙漠和高山，包括青海、西藏、新疆、甘肃、内蒙古。曾前往拉脱维亚、澳大利亚、美国、日本、马来西亚、哈萨克斯坦、英国、瑞典、阿联酋、蒙古、巴基斯坦、泰国以及我国香港和台湾等地考察和学习。1996～2002年间任中国科学院巴音布鲁克生态站站长、研究所学术委员会委员。现为国家自然科学基金评审专家、新疆科协第七届委员、中国科学院研究生院教授（导师）、中国鸟类学会副理事长、新疆动物学会副理事长、《干旱区地理》和 *Chinese Birds* 编委、中国青藏高原研究会理事、IUCN 物种专家组成员、OBC 东方鸟类俱乐部成员等。已出版专著 10 余部，发表论文 120 余篇，科普文章 169 篇。以下摘要介绍历次野外考察情况。

1974 年：

4～7 月，参加中学社会实践活动，与新疆军区总医院的医师一起去奇台（天山）的碧流沟、半截沟采集中草药，如贝母、党参、玄参、雪莲等，积累了自然知识。

1976～1977 年：

高中毕业，参加社会实践，乌鲁木齐市永丰区（南山）、安宁渠军区农场接受锻炼。之后几年在新疆军区军工企业工作。

1981 年：

9 月，考入新疆八一农学院（新疆农业大学），生物学专业。

1983～1984 年：

参加新疆农业大学生物部天山云杉林实习林场、伊犁谷地巩乃斯林场动物学实习，采集鸟兽标本上千号。

1985 年：

3～6 月，与魏顺德先生等参加阿克苏地区包括天山托木尔峰保护区动物调查，采集鸟兽标本 400 余号。

7 月，大学毕业，进入中国科学院新疆生态与地理研究所从事鸟类生态学研究工作至今。

1986 年：

3 月，前往石河子、莫索湾、150 团调查，发现新疆新纪录家八哥（*Acrido-theres tristis*）。

4 月，博斯腾湖鸟类调查。

5 月，参加玛纳斯湖考察，与新疆大学黄培佑、周培之教授等一起翻越大沙丘，进入湖盆。

6～7 月，东疆哈密地区动物调查，与谷景和、高行宜研究员等在达坂城、吐鲁番、鄯善、哈密、巴里坤、伊吾、北塔山、青河、奇台考察，行程4200km，采集鸟类标本 295 号，约 84 种。

9 月，与阿不利米提、阿不来等展开乌鲁木齐地区鸟类秋季调查。

1987 年：

3～4 月，前往喀什、阿图什、阿克苏看标本，与万军、魏顺德合作考察。

6～9 月，参加喀喇昆仑山-昆仑山综合考察（附图 1），与冯祚建、武素功、武云飞、吴玉虎等前往喀什、帕米尔高原、乌恰、吉根、阿克陶、阿克塔什、喀拉库勒、塔什库尔干、麻扎、红其拉甫、明铁盖、喀喇昆仑山、恰克拉克、叶城、莎车、达木斯、西藏阿里。采集鸟类标本 321 号。

附图 1　喀喇昆仑山-昆仑山科学考察　梅宇

1988 年：

6～9 月，继续喀喇昆仑山-昆仑山综合科学考察（附图 2），与冯祚建、大场、武素功、费勇、卢春雷、邵小川等继续前往叶城、皮山、和田、策勒、奴尔、和田以南昆仑山、民丰、且末、阿羌、若羌、阿尔金山、库尔勒。采集鸟类标本 152 号。

附图 2　考察队在巍巍昆仑山上　梅宇

1989 年：

4～6 月，参加塔克拉玛干沙漠综合科学考察（附图 3），环绕塔里木盆地动物调查，地点是阿尔干、罗布庄、若羌、米兰、喀什达坂（阿尔金山）、瓦石峡、且末、安迪尔、民丰、于田、琼麻扎、策勒、和田、昆仑山、皮山、叶城、疏勒、买盖提、巴楚、阿克苏、上游水库、沙雅、帕满水库、尉犁、恰拉、塔里木河等。获得鸟类标本 285 号。

1990 年：

3～7 月，塔里木河、沙雅帕满黑鹳（*Ciconia nigra*）繁殖生态学调查（附图 4）。采集鸟类标本 140 余号。

9 月，去北京动物所查看标本，参观"野马还乡展览"。

附图 3　塔克拉玛干沙漠科学考察　马鸣

附图 4　塔里木河流域胡杨林中的黑鹳繁殖生态调查　马鸣

9～11月，上海学习，参加华东师大与美国斯密桑尼研究院联合举办的中美野生动物保护与管理研讨班。

1991年：

1月（包括1990年12月），从沙雅乘直升飞机进入塔中调查塔克拉玛干沙漠腹地鸟兽。之后在阿克苏、皮山、和田、墨玉、策勒等地调查冬季鸟类，采集鸟类标本110号。

1992年：

1～11月，首次获得国家自然科学基金资助项目"新疆巴音布鲁克湿地大天鹅（*Cygnus cygnus*）繁殖生态和种群动态研究"（编号：39170119）；参加者有陆健健、才代、井长林、闹日甫、巴吐尔汗等。首漂开都河。项目执行期3年，采集和整理鸟类标本450余号（包括1979年前后的），126种。

3月12日，在巴仑台与探险家余纯顺同住一旅店，交流野外考察经验。

6月，前往喀什参加国际昆仑会议。再次登上红其拉甫。

8月，陪同台北师大学者王颖教授考察南北疆。

1993年：

3～4月，出访我国香港、伦敦、斯德哥尔摩、拉脱维亚、里加，参加国际黑鹳（*Ciconia nigra*）会议。

9月，参加塔克拉玛干沙漠国际科学大会。

1994年：

4～6月，与吴焕宗等接待哈萨克斯坦科学院动物所的道桑诺夫、叶尔霍夫、洛巴乔夫、考夫肖尔等，考察伊犁、巴音布鲁克、塔里木盆地沙漠公路、博斯腾湖、吐鲁番等地。

6月，首次在塔里木河帕满水库对2只黑鹳（*Ciconia nigra*）进行了环志（金属环与塑料彩环）。

7～8月，与莫斯科大学尼古拉·佛莫佐夫联合考察且末昆仑山区（鼠兔、雪雀、地鸦）。

8月，与台湾青藏文化交流基金会的杨恩生、陈加盛考察卡拉麦里、乌伦古河、乌伦古湖、阿勒泰、哈纳斯湖、伊犁等地。

1995年：

3～4月，参加北京怀柔野生动物资源调查研讨班。

7月，出访哈萨克斯坦，联合考察阿拉木图、巴尔喀什湖（鹈鹕 *Pelecanus* sp. 调查）、伊犁河下游、霍尔果斯等地。

1996年：

4月，与高育仁、周放、李湘涛、韩联宪等参加香港观鸟大赛。考察米埔、后海湾（深圳湾）、九龙公园、维多利亚湾、大屿山。

4～5 月，途径上海华东师范大学，参与陆健健教授的水鸟调查项目。

5 月，与香港观鸟会林超英、黄天华、李伟基考察精河、伊犁、巴音布鲁克、库尔勒、沙雅、塔中、博湖、吐鲁番、天池、乌鲁木齐等地。行程约3000 km。

7 月，福海、奇台草原自然保护区考察。行程约 2000 km。

11～12 月，中日沙漠探险选线，和田、民丰、塔中、安迪尔、且末、若羌，行程 3000 km。

11 月，获得鸟类学最高奖——郑作新鸟类科学青年奖（第二届）。

1997 年：

2～3 月，中日塔克拉玛干沙漠探险与横穿，徒步 700 km。同行人中有早稻田大学的大仓良太、黑泽力等。

6～8 月，国家林业部下达的全疆野生动物普查，组员有周刚、叶尔波里等。地点：哈密、巴里坤、伊吾、敦煌。全程 7000 km。

9 月，出访马来西亚。与郑光美、张正旺、孙悦华、丁长青等先生一起参加国际鸡类（Galliformes）会议。

9～10 月，哈密、敦煌考察。

1998 年：

3～5 月，前往上海，与华东师范大学陆健健、何文珊等合作"浦东机场鸟害调查"，搜集到来自澳大利亚、新西兰、中国台湾、马来西亚等地的鸟环约 40枚（8～10 种）。

5～6 月，与北京动物所尹祚华先生合作考察小鸮（*Athene noctua*），地点：吐鲁番治沙站。

6 月，与香港观鸟会 R. Lewthwaite、J. A. Hockett、M. Kilburn 合作考察吐鲁番、博斯腾湖、库尔勒、普惠、轮台、沙漠公路、民丰、库车、沙雅、库车、巴音布鲁克、巩乃斯、伊犁、精河、克拉玛依、福海、布尔津、哈纳斯、白哈巴、哈巴河、福海、奇台、木垒，记录 200 多种，7000 km。

6～7 月，巴音布鲁克天鹅（*Cygnus cygnus*）种群繁殖考察，1500 km。阿克苏、温宿小鸮（*Athene noctua*）调查。往返 2500km。

8 月，接待我国台湾陈加盛一行，考察天池、哈纳斯、伊犁、巴音布鲁克、独山子、乌鲁木齐南山，行程 3000 km。

9～10 月，与香港观鸟会 Geoff Carey、Paul Leader、Tim Worfolk 等联合考察新疆鸟类。地点：吐鲁番、博斯腾湖、轮台、塔克拉玛干沙漠中心（塔中）、策勒、皮山（寻找中亚夜鹰 *Caprimulgus centralasicus* 考察）、叶城、昆仑山、喀喇昆仑山、巴楚、拜城、库车、新源、伊犁、乌苏、沙湾、天山北部等。行程 5400km。

　　11月，伊犁地区野生动物调查。与谷景和、艾热提、刘坪等调查察布查尔、霍城、尼勒克、新源、巩留、特克斯、伊宁鸟兽，行程3500 km。

　　12月，参加"亚洲重点鸟区"工作会议（北京），参与编写新疆重要鸟区42个。项目负责人陈承彦（Simba）、神山和夫、Mike Crosby、马嘉慧。

1999 年：

　　4～5月，中日（Temjin）巴音布鲁克天鹅湖考察（附图5）。之后与挪威人John O. Albertsen（留学北海道）合作考察新疆鸟类（如天鹅 *Cygnus cygnus*），伊犁、巴音布鲁克、库车、沙雅、轮台、沙漠公路、博斯腾湖、吐鲁番、乌鲁木齐、天池。行程逾6000km。

附图5　巴音布鲁克天鹅湖考察　马鸣

　　5～6月，与香港观鸟会林超英、黄天华、李慧珠、李锦昌等考察新疆野鸟，途经天池、吐鲁番、彩南、乌伦古河、青河、福海、布尔津、哈纳斯、哈巴河、和布克赛尔、精河、伊犁、新源、巴音布鲁克、库车、轮台等地，行程4400 km。记录到190 余种野鸟。

　　7月，与德国 Gunthard Dornbusch 夫妇考察天池、奇台、木垒、巴里坤、哈密、吐鲁番、博斯腾湖、轮台、塔中、库车、巴音布鲁克、巩乃斯、巴伦台、后峡、阜康、彩南。行程4200 km。记录到130 余种野鸟。

　　8～9月，接待动物所蒋志刚教授考察巩留保护区。与新疆农业大学周永恒教授合作，在吐鲁番治沙站等地调查。

10 月，主持国家自然科学基金资助项目"新疆白鹳与黑鹳（*Ciconia nigra*）繁殖生态、种群现状及近缘竞争的研究"（项目编号：39970132）。

11 月，与马映军、王让会、陈昌笃等合作，主持国家科技部的 973 项目"西部干旱区生态环境综合研究"（生物部分；编号：G1999043509）。

10 月～2000 年初，前往澳大利亚的墨尔本大学留学。兼访问学者，考察黑天鹅、鸻鹬类。合作者有 K. Kraaijeveld、C. Minton、Roz、Peter、S. Taylor、D. Graham、Ken Gosbell 等。

2000 年：

1 月，经悉尼前往东京，考察早稻田大学、钏路、厚岸、鹤居、弟子屈、硫磺山、北海道等地。与黑泽铁、J. Albertsen 同往，会见黑泽力、马场、大仓、宫田、上原野、佐博铁郎、大月等人（1997 年塔克拉玛干横穿队员）。

4 月，香港观鸟会"中国保护基金"批准白尾地鸦（*Podoces biddulphi*）的研究计划。考察阿克苏、上游水库、阿合奇、库车、轮台、肖塘鸟类。

5 月，日本野鸟会陈承彦先生建议开始"西部生物多样性及重要鸟区研究"项目。日本经团连自然保护基金和日本野鸟会资助。陪同英国鸟类学家 David Saunders 考察阿克苏、沙雅、帕满水库、库车（跃进水库）、克孜尔水库、大龙池。参与王岐山教授主持的《中国动物志》（鸟纲，第五卷：鹤，鸻，鸥）的编写。属于国家自然科学重大基金项目（No. 39899400）。我负责鸻鹬类 80 余种的写作。

6～7 月，与陈昌笃、尹林克、海鹰、张立运、唐志尧、王健、康尧臣等合作进行北疆生物多样性考察。包括阿尔泰、克拉玛依、塔城、精河、伊犁、石河子、昌吉等地区各县。

7 月，南疆鹳类考察：乌鲁木齐、阿克苏、阿图什、喀什、塔什库尔干、库车、拜城等。

8 月，与王岐山、胡小龙两位教授考察天池、北疆沙漠公路、一号冰川、吐鲁番、艾丁湖、火焰山。

9 月，秋季鸟类调查：阿克苏、塔里木农大（见到程军、任道泉）、胜利水库、喀什、莎车、泽普、博斯腾湖、焉耆（24 团）。

2001 年：

2 月，前往华盛顿、弗吉尼亚的 Airlie，参加第四届国际天鹅会议。主编英文版著作《Swans in China》，在美发行。

3～4 月，白尾地鸦和鹳类调查：库尔勒、轮台、塔河大桥、肖塘、塔中、民丰、安迪尔。

4～5 月，与波塔伯夫（Dr. Eugene Potapov）、叶晓堤合作进行隼类调查，地点在和硕、和静、库车、新和、阿克苏、温宿、巴楚、阿图什、乌恰、喀什等地。

5 月，与 Jesper Horskov 见面。他在伊犁发现白兀鹫（*Neophron perc-nopterus*）。

5～6 月，与香港观鸟会张浩辉、周智良、郭汉佳、方健华、何文辉、江明亮（台湾）等人考察吐鲁番、精河、艾比湖（甘家湖）、赛里木湖、伊犁、新源、巩乃斯、巴音布鲁克、库车、沙雅、轮台、塔克拉玛干沙漠（塔中）、库尔勒、博斯腾湖等。发现池鹭（*Ardeola bacchus*）。

6 月，与香港观鸟会 Judith Fruin-Ball、Lawrence Scott Johnstone 和 Edward Michael Southern Kilburn（吴敏）考察吐鲁番、博斯腾湖、库尔勒、轮台（塔克拉玛干沙漠）、库车、大龙池、巴音布鲁克、巩乃斯、伊犁、乌苏、布尔津、哈纳斯湖、哈巴河、福海、青河、恰库尔图。

7 月，与刘宁、巴特尔、闹日普等在巴音布鲁克考察大天鹅（*Cygnus cygnus*）。

8 月，与香港观鸟会 Paul Leader、Geoff Carey 和 Barry Williams 等考察和环志野鸟。地点为恰库尔图、青河、富蕴、吐尔洪、北屯、阿尔泰、哈巴河、布尔津、乌尔禾、克拉玛依、吐鲁番等地。捕捉和环志鸟类 233 只，约 34 种。

10 月，考察秋季鸟类迁徙：克拉玛依、乌尔禾、艾里克湖考察。全球绿色资助基金（Global Greengrants Fund/Tides Foundation）资助出版"新疆鸟类名录"。

10～11 月，克里雅河下游与圆沙古城探险。与新疆考古所和法国科学研究中心中亚考古所 Corinne Debaine-Francfort 等进入塔克拉玛干沙漠腹地考察。

2002 年：

4 月，前往中国科学院动物研究所、复旦大学、华东师范大学、上海师范大学、上海博物馆等查鸻形目的标本和资料。与王岐山、高育仁在广州编写中国动物志。

5～6 月，陪同国际鹳、鹮、琵鹭专家组主席 Dr. Malcolm C. Coulter 前往天山南北考察鹳类。

6～7 月，前往阿尔泰地区科学考察，额尔齐斯河与乌伦古河"两河源"保护区本底资源调查（附图 6）。记录鸟类约 110 种，包括斑脸海番鸭（*Melanitta fusca*）、北极潜鸟（*Gavia arctica*）和北噪鸦（*Perisoreus infaustus*）、鬼鸮（*Aegolius funereus*）、阿尔泰雪鸡（*Tetraogallus altaicus*）、岩雷鸟、黑琴鸡等。

9～10 月，前往阿拉山口、博乐、艾比湖、温泉等地考察。在艾比湖发现上万只水禽死亡。种类：翘鼻麻鸭（占 80% 以上）、凤头潜鸭、琵嘴鸭、赤颈鸭、绿翅鸭等。原因：盐湖缺乏食物，大风和盐尘等。盐尘可能造成呼吸障碍和代谢紊乱。

附图 6　额尔齐斯河流域观鸟　马鸣

10 月，得到国家自然科学基金委员会资助项目：塔克拉玛干白尾地鸦分布格局与繁殖生物学研究（项目号：30270211）。

11 月，与美国 Dr. Rodney Jackson 见面，商讨雪豹保护与合作研究。

12 月，与冯刚、王传波等一起参加"东洞庭湖观鸟大赛"。之后考察鄱阳湖白鹤、白枕鹤、鸿雁等。

10~12 月，与捷克专家共同监测黑鹳（*Ciconia nigra*）的迁徙（卫星示踪）。

2003 年：

1 月，与周华荣、袁国映、张超等前往若羌、阿尔金山、红柳沟、巴什考贡、茫崖、青海花土沟，考察 315 国道的选线和环境评价，冬候鸟调查。

2 月，参加国家自然科学基金资助项目《中国特有鸟类志》编写（No. 30270182）。

2 月，北疆机场鸟类调查项目开始启动。

3~5 月，与巴土尔汗、贾泽信、王传波前往塔克拉玛干沙漠考察白尾地鸦的巢、卵、雏鸟。地点：塔里木河、肖塘、沙漠公路、牙通古斯、安迪尔、民丰。

4~5 月，与英籍俄国人 Dr. Eugene Potapov 合作考察新疆、青海、西藏猎隼繁殖与分布状况。

6～7月，与香港 Paul Leader、Geoff Carey、英克劲考察阿尔泰、天山、昆仑山。行程 11 000km。观鸟 210 多种，环志鸟类 321 只，约 50 种。

8月，与香港观鸟会张浩辉、李锦昌、江明亮（台北）、何万邦、卢嘉孟等考察伊犁、塔城、阿尔泰等地鸟类。行程 4679km，记录 214 种鸟类。在乌伦古湖和青河环志 19 只，计 8 种。

9月，前往阿联酋的沙迦、迪拜、阿布扎比（Abu Dhabi），参加"猎隼国际保护会议"

12月，经香港飞台北、台中参加在国立自然科学博物馆召开的"第五届海峡两岸鸟类学术研讨会"。会后环岛考察阿里山、高雄、基隆等。

2004 年：

4月，前往呼图壁的雀尔沟考察，见到黑鹳（*Ciconia nigra*）。

5月，前往精河、霍城、伊宁、察布查尔、霍尔果斯考察。行程 1800km，记录 55 种鸟。

5月，与香港观鸟会林超英先生考察天池（天山博格达山）（附图 7）、后峡、一号冰川、库尔勒（塔里木河下游、孔雀河流域）、尉犁、罗布泊、若羌、阿尔金山、昆仑山、米兰古城、且末（车尔臣河流域）、民丰（尼雅河）、塔克拉玛干沙漠（塔中）、于田（克里雅河）、和田（玉龙喀什河、喀拉喀什河）、叶城、莎车（叶尔羌河流域）、喀什、帕米尔高原、塔什库尔干、红其拉甫、巴楚、阿克苏、吐鲁番等。里程 6000km，鸟类 141 种。包括白尾地鸦、黑尾地鸦、纵纹角鸮、长脚秧鸡、棕背伯劳（新疆新纪录）、灰柳莺等。

5月，与国际雪豹基金会的 Dr. Thomas McCarthy 会面，召开专家会议。

6月，与 Dr. Eugene Potapov 在青海和西藏考察猎隼。完成对 2003 年鸟巢的检查和对 10 余只幼隼的电子 ID 芯片注射。并增加藏北羌塘高原的穿越，起点格尔木，翻越唐古拉山，途经安多（那曲）、班戈、尼玛"无人区"、改则、革吉、噶尔（阿里地区、狮泉河）、日土、麻扎、喀喇昆仑山、昆仑山、叶城、喀什，总行程 7500km。

7月，前往喀什、英吉沙、叶城、皮山、和田、于田、民丰、塔中、库尔勒、焉耆、托克逊。行驶 2100km。途中 3 次记录白尾地鸦和黑尾地鸦活动，获得 1 号白尾地鸦标本（公路撞击）。

7～8月，青藏高原考察：成都、拉萨、林芝、日喀则、江孜等地。参加"第四届青藏高原国际学术研讨会"。会见郑度、孙鸿烈、边千韬、冯雪华等。

9月，与香港观鸟会卢嘉孟、何礼高、马嘉慧等联合考察天山一号冰川、巴轮台、巴音布鲁克、巩乃斯、那拉提、巩留、伊犁、精河、克拉玛依、哈纳斯、青河、阿尔泰、木垒等。行程 3500km，观鸟 146 种，包括大鸨、波斑鸨、黑鹳、

附图 7 天山考察 马鸣

天鹅、地鸦等。同期与 Paul Leader 和 Geoff Carey 考察白喉林莺（Lesser Whitethroats）的迁徙与分类研究，考察路线：吐鲁番、塔里木河等。行程 2100km。共捕获 98 只白喉林莺，可能含 3～4 个亚种。在吐鲁番，又有林柳莺（Wood Warbler）的记录。

9 月，与蒙古科学院 Dr. Bariushaa Munkhtsog 先生考察雪豹：木垒天山、奇台北塔山、青河（阿尔泰山）。

10 月，获得国家自然科学基金资助：猎隼（*Falco cherrug*）繁殖生物学及其种群状况研究（30470262）。

10～11 月，前往阿克苏、托木尔峰地区进行雪豹分布与密度调查，同时观测冬季鸟类。

2005 年：

2～3 月，访问伦敦和威尔士，参加猎隼工作会议（Saker Falcon Workshop）。

3 月，与夏勒博士（Dr. George B. Schaller）见面，交流关于帕米尔盘羊及其他物种考察。

3～6 月，北疆猎隼（*Falco cherrug*）繁殖调查，与 Dr. Andrew Dixon、

Mr. Dimitar Ragyov（保加利亚）、Dr. Nick Fox 等在准噶尔盆地（东部）、额尔齐斯河流域、阿尔泰山、北塔山、西部界山寻找隼窝（猛禽巢计 330 个）（附图 8）。

附图 8　猎隼考察　马鸣

6～7 月，雪豹调查：托木尔峰地区的三个河谷。印度的 ISLT 专家 Raghu 参加。

7 月，香港观鸟会卢嘉孟、何礼高、林志荣、马嘉慧、朱詠儿等再次来疆考察：阿尔泰、天山、吐鲁番、昆仑山、帕米尔高原，记录 130 多种鸟。

7～8 月，颜重威、余如季先生来新疆考察奇台硅化木园、阿尔泰、巴音布鲁克、一号冰川等。

8月，与武素功、方瑞征等前往哈纳斯湖、赛里木湖、伊犁河、巴音布鲁克、独山子考察，行程约 3200km。

10月，伊犁、昭苏、特克斯、霍城、赛里木湖、博乐、石河子、独山子考察。行程 2000km。

10~12月，与 Raghu（印度）、Kuban（吉尔吉斯）和 Toby（美）考察托木尔峰地区木扎特河流域雪豹数量与栖息地（71 天），使用 48 台红外线自动照相机。拍摄到石鸡等的照片 22 张。

2006 年：

4月，重启机场鸟撞研究项目：乌鲁木齐地窝堡国际机场鸟情与鸟击防范对策研究。

4~7月，猎隼项目：Andrew Dixon（英）、Istvan Balazs（Balu，匈牙利）、Ivaylo Angelov（Ivo，保加利亚）等前往卡拉麦里检查隼巢。

8月，前往托里（庙尔沟）、额敏、塔城、巴克图口岸、裕民、巴尔鲁克山、巴旦木保护区、阿拉湖（扎营边界）、阿拉山口、博乐、精河考察秋季鸟类。

9月，郑光美院士、台湾吴森雄先生等再次来疆考察。

10~11月，两次前往蒙古乌兰巴托，参加培训活动。

10~11月，与 Paul Holt 等在北疆观鸟：青格达、八一水库。同期与德国景观生态学家 Dr. Niels Thevs 会面。之后参与世界自然基金会（WWF）和野生生物贸易研究委员会（TRAFFIC）战略行动计划研讨会。马建章、解焱、张恩迪、徐宏发、徐玲、蒋志刚等参加。

2007 年：

2月，新疆观鸟会聚会，正式开展有组织的活动。

2月，环游南疆考察（附图 9）：库尔勒、库车、阿克苏、温宿、喀什、莎车、和田、民丰、轮台等。

4月，猛禽调查：卡拉麦里、北塔山、艾比山、吉木萨尔。记录当年猎隼巢 5 个、金雕 3 窝。

5月，与荷兰人皮也特（Piet Veel）等在南疆考察：吐鲁番、博斯腾湖、轮南塔里木河、塔中、民丰、昆仑山、且末、若羌、库尔勒、巴伦台、后峡、天山。3200km。

5~6月，南非的 Clide Carter 先生去喀什、帕米尔、和田、塔克拉玛干沙漠考察。

6~7月，中英青藏高原猎隼项目，与 A. Dixon、K. P. Stafford、C. Ashford 等考察哈密、大柴旦、西宁、青海湖、玛多、玉树、石渠（四川）、治多、曲麻莱、可可西里、五道梁、格尔木、都兰、兰州。行程约 9000km。首次利用卫星跟踪猎隼迁徙（2 只）；发现猎隼巢 17~20 个；发现大鵟巢 50 多个；

附图 9　在南疆与维吾尔族老大爷一起观鸟　马鸣

采集猎隼羽毛样品 17 组；对玛多和石渠电网猛禽调查（180km）；调查鸟类对青藏铁路桥梁的利用（300km）。

8 月，林业局艾比湖 GEF 生物多样性保护项目交流活动，与世界银行生物多样性专家 Tony Whitten 先生等交流。

9 月，英国 P. Holt 第四次来新疆观鸟。发现牛背鹭和短尾贼鸥等。

10 月，会见美国得克萨斯州 Charles Fisher 先生，退休来新疆观鸟，主要找地鸦。

10～12 月，寻找 2 只携有卫星跟踪器的渔鸥（*Larus ichthyaetus*），来自青海湖。8～11 月在青格达湖、乌拉泊、八一水库等停留。它们已经是第二年绕道来乌鲁木齐。

10～11 月，与英国人 Malcolm Douglas 考察艾比湖、温泉、赛里木湖、阿拉山口考察。世行、亚行、GEF 的多样性项目。记录到长尾鸭（*Clangula hyemalis*）、白尾海雕（*Haliaeetus albicilla*）、金雕（*Aquila chrysaetos*）、白头硬尾鸭（*Oxyura leucocephala*）、白眼潜鸭（*Aythya nyroca*）等约 70 种鸟。

2008 年：

1 月，与 Andrew、梅宇前往青海西宁、玛多、曲麻莱、治多考察猎隼越冬，同时调查电击、毒杀等。记录胡兀鹫（*Gypaetus barbatus*）、高山兀鹫（*Gyps*

himalayensis）、秃鹫（*Aegypius monachus*）等的冬季繁殖情况。

3月，开始重要荒漠和草原物种资源监测技术与示范"十一五"国家科技支撑项目。

4月，前往福海，考察"引额济乌"工程、乌伦古湖、额尔齐斯河、科克苏湿地等。乌伦古河断流 127～270 天。

4～7月，拉麦里与青河猎隼调查。包括攀雀与白领鸺调查。与英国和荷兰的行为学家 Dr Tamás Székely 教授、Mr. Dusan M. Brinkhuizen 合作考察攀雀（*Remiz coronatus*）、环颈鸺、遗鸥（*Larus relictus*）。行程约 6400 km。

8月，前往博乐、温泉、赛里木湖、果子沟、精河、独山子、独库公路考察。行程约 1700 km。

9月，前往轮台对塔里木河胡杨林、草湖的几个水库调查。之后在博斯腾湖观鸟。行程 1800km。

9月，参加福建系统分类会议。考察厦门、金门、福州、福清、长乐和武夷山等。朝圣"郑作新故地"。

10月，前往精河、博乐、阿拉山口、艾比湖考察鸟类。统计鸟类 70 余种，约 8～10 万只。之后会见托尼（Tony Whitten）和 Judith Schleicher 等，讨论 GEF 项目。

10～11月，在国际雪豹基金（SLT）和新疆保育（XCF）的支持下，进行南疆昆仑山雪豹调查（附图10、附图11）。涉及民丰、于田、策勒、和田、皮山等五县的约 11 个山谷。海拔 5300 m，行程 5100km。记录鸟类 110 种（马鸣等，2010）。

附图 10　昆仑山科学考察　马鸣

附图 11　昆仑山科学考察　梅宇

12 月，前往伊宁考察和拍摄雪豹，包括伊犁河天鹅越冬地调查。

2009 年：

1 月，会见周里明（Michael Zukosky），美国东华盛顿大学专家。

2～12 月，执行为期 5 年的国家科技支撑项目"中国重要生物物种资源监测和保育关键技术与应用示范"（2008BAC39B04）。逐月考察九家湾、白鸟湖、雅玛里克山、地窝堡、青格达湖、阜康（北沙窝）、石河子、奎屯、精河、阿拉山口、艾比湖保护区等。

6～7 月，白冠攀雀（*Remiz coronatus*）考察：北屯、青河、卡拉麦里。

9 月，举办机场鸟类学讲座，学员来自全疆各个机场。

9 月，参与雪花啤酒公司挑战乔戈里峰计划。在喀什逗留。

10 月，与马敬能（Dr. John MacKinnon）和 Dr. James Thorsell（IUCN）会见，"世界自然遗产地"评审，否定四湖泊申报计划。

11 月，与王传波、邢睿、文翠华等在南北疆开展白头硬尾鸭的数量和栖息地调查。英国皇家鸟类协会赞助，考察博斯腾湖、塔里木河、帕满水库、上游水库、和田河（沙漠公路）、叶城、叶尔羌河、莎车、麦盖提、巴楚、图木舒克、小海子等。行程 3900 km。记录 94 种鸟类。遇见白尾海雕、白尾地鸦、山鹛、白鹈鹕等。

11 月，第 6 次获得国家自然科学基金资助项目：金雕（*Aquila chrysaetos*）

繁殖生物学及其种群生存状况研究（30970340）。

2010 年：

1 月，中国第一个鸟类学正式刊物——*Chinese Birds* 创刊。被聘为第一届编委。主编为郑光美院士。

1 月，见何芬奇先生。讨论遗鸥的发现与未来计划。他在喀什等地考察。

3 月，前往天水为"兰州军区空军机场鸟撞培训班"讲课。学员来自新、甘、宁、陕、青等西北五省区 20 几个机场。

3 月，参加阿合奇"第三届猎鹰文化节"。该县约有 200 户养鹰户，上百只鹰雕参加表演，非常震撼。驯养种类包括金雕、苍鹰、猎隼、拟游隼等。加大了传统文化与现实物种保护的冲突。返回途中考察乌什燕子山、温宿大峡谷、拜城克孜尔、库车王府等。

3 月下旬，艾比湖春季鸟类调查。没有遇见遗鸥（*Larus relictus*）。

4 月，接待西班牙人劳尔（Raul Ramos Garcia），他前来伊犁谷地考察黄喉蜂虎，之后去喀什。

5～6 月，与袁国映、袁磊、张宇、程芸、萨根古丽等考察罗布泊野骆驼保护区鸟类。路线：鄯善、迪坎尔、嘎顺戈壁、白龙堆、土垠、楼兰、罗布泊、罗钾矿、阿奇克谷地、八一泉、彭加木纪念碑、库姆塔格沙漠、三垄沙、阿克塞（甘肃）、当金山口、苏干湖（青海）、安南坝、阿尔金山、拉配泉、三角滩、库木苏、索尔库里、巴什考贡、红柳沟、若羌、尉犁、库尔勒。在罗布泊发现黑颈鹤（*Grus nigricollis*）。

6～8 月，艾比湖遗鸥（*Larus relictus*）调查（附图 12），统计 8～10 只。

附图 12　艾比湖遗鸥科学考察——作者马鸣　胡宝文

8月，中国鸟类学会秘书长张正旺先生跟随林业支撑项目检查团来新疆卡拉麦里考察（附图13、附图14）。

附图13　凤头䴙䴘　向文军　　　　　附图14　短趾百灵　吕荣华

9月，中巴公路沿线探查。在喀什、塔什库尔干、苏斯特、罕萨（Hunza）、吉尔吉特、伊斯兰堡考察鸟类。

9月，秋季罗布泊考察（第二次）。路线：哈密、雅满苏、罗钾、库姆塔格沙漠、阿尔金山（老鼠沟）、若羌、库尔勒。观察鸟种56种。

10月，鸟兽学会成立30周年庆祝大会在北京召开。而立之年，中国的动物学研究进入新的阶段。

11月，前往泰国清迈参加第五届鸡形目大会。

天山巴音布鲁克大天鹅　王尧天

附录Ⅲ 新疆鸟类数量统计与比较（2010）

目 Orders	科 Families	中国鸟类 Birds in China（郑光美,2005）		新疆鸟类 Birds in Xinjiang（2010）	
		属 Genera	种 Species	属 Genera	种 Species
潜鸟目 Gaviiformes	潜鸟科 Gaviidae	1	4	1	1
鸊鷉目 Podicipediformes	鸊鷉科 Podicipedidae	2	5	2	5
鹱形目 Procellariiformes	（信天翁、鹱、海燕）3科	7	13	0	0
鹈形目 Pelecaniformes	鹲科 Phaethontidae	1	3	0	0
	鹈鹕科 Pelecanidae	1	3	1	2
	鲣鸟科 Sulidae	1	2	0	0
	鸬鹚科 Phalacrocoracidae	1	5	1	1
	军舰鸟科 Fregatidae	1	3	0	0
鹳形目 Ciconiiformes	鹭科 Ardeidae	10	23	7	7
	鹳科 Ciconiidae	3	5	1	2
	鹮科 Threskiornithidae	5	6	1	1
红鹳目 Phoenicopteriformes	红鹳科 Phoenicopteridae	1	1	1	1
雁形目 Anseriformes	鸭科 Anatidae	20	50	13	32
隼形目 Falconiformes	鹗科 Pandionidae	1	1	1	1
	鹰科 Accipitridae	21	49	12	28
	隼科 Falconidae	2	13	1	10
鸡形目 Galliformes	松鸡科 Tetraonidae	5	8	4	5
	雉科 Phasianidae	21	55	5	9
鹤形目 Gruiformes	三趾鹑科 Turnicidae	1	3	0	0
	鹤科 Gruidae	2	9	2	4
	秧鸡科 Rallidae	11	19	5	7
	鸨科 Otididae	3	3	3	3
鸻形目 Charadriiformes	水雉科 Jacanidae	2	2	0	0
	彩鹬科 Rostratulidae	1	1	0	0

目　Orders	科　Families	中国鸟类 Birds in China （郑光美,2005）		新疆鸟类 Birds in Xinjiang （2010）	
		属 Genera	种 Species	属 Genera	种 Species
鸻形目 Charadriiformes	蛎鹬科　Haematopodidae	1	1	1	1
	鹮嘴鹬科　Ibidorhynchidae	1	1	1	1
	反嘴鹬科　Recurvirostridae	2	2	2	2
	石鸻科　Burhinidae	2	2	1	1
	燕鸻科　Glareolidae	1	4	1	2
	鸻　科　Charadriidae	3	16	3	12
	鹬　科　Scolopacidae	18	48	14	31
	瓣蹼鹬科　Phalaropodidae	（与鹬科合并）		1	2
鸥形目 Lariformes(或与鸻形目合并)	贼鸥科　Stercorariidae	2	5	1	1
	鸥　科　Laridae	4	19	1	9
	燕鸥科　Sternidae	7	19	4	7
	剪嘴鸥科　Rynchopidae	1	1	0	0
	海雀科　Alcidae	3	4	0	0
沙鸡目 Pterocliformes	沙鸡科　Pteroclididae	2	3	2	3
鸽形目 Columbiformes	鸠鸽科　Columbidae	7	31	2	10
鹦形目 Psittaciformes	鹦鹉科　Psittacidae	3	7	0	0
鹃形目 Cuculiformes	杜鹃科　Cuculidae	8	20	1	2
鸮形目 Strigiformes	草鸮科　Tytonidae	2	3	0	0
	鸱鸮科　Strigidae	11	28	9	12
夜鹰目 Caprimulgiformes	蟆口鸱科　Podargidae	1	1	0	0
	夜鹰科　Caprimulgidae	2	7	1	3
雨燕目 Apodiformes	雨燕科　Apodidae	4	9	1	2
	凤头雨燕科　Hemiprocnidae	1	1	0	0
咬鹃目　Trogoniformes	咬鹃科　Trogonidae	1	3	0	0
佛法僧目 Coraciiformes	翠鸟科　Alcedinidae	7	11	1	1
	蜂虎科　Meropidae	2	6	1	1
	佛法僧科　Coraciidae	2	3	1	1
戴胜目 Upupiformes	戴胜科　Upupidae	1	1	1	1

续表

目 Orders	科 Families	中国鸟类 Birds in China (郑光美, 2005)		新疆鸟类 Birds in Xinjiang (2010)	
		属 Genera	种 Species	属 Genera	种 Species
犀鸟目 Bucerotiformes	犀鸟科 Bucerotidae	4	5	0	0
鴷形目 Piciformes	须鴷科 Capitonidae	1	8	0	0
	响蜜鴷科 Indicatoridae	1	1	0	0
	啄木鸟科 Picidae	12	30	5	8
雀形目 Passeriformes	阔嘴鸟科 Eurylaimidae	2	2	0	0
	八色鸫科 Pittidae	1	8	0	0
	百灵科 Alaudidae	6	15	5	12
	燕 科 Hirundinidae	4	12	4	5
	鹡鸰科 Motacillidae	3	20	2	15
	山椒鸟科 Campephagidae	3	10	0	0
	鹎 科 Pycnontidae	7	22	0	0
	雀鹎科 Aegithinidae	1	2	0	0
	叶鹎科 Chloropseidae	1	3	0	0
	和平鸟科 Irenidae	1	1	0	0
	太平鸟科 Bombycillidae	1	2	1	1
	伯劳科 Laniidae	1	13	1	7
	黄鹂科 Oriolidae	1	6	1	1
	卷尾科 Dicruridae	1	7	0	0
	椋鸟科 Sturnidae	8	18	3	4
	燕鵙科 Artamidea	1	1	0	0
	鸦 科 Corvidae	13	30	8	16
	河乌科 Cinclidae	1	2	1	2
	鹪鹩科 Troglodytidae	1	1	1	1
	岩鹨科 Prunellidae	1	9	1	5
	鸫 科 Turdinae	20	93	13	35
	鹟 科 Muscicapidae	9	34	2	5
	扇尾鹟科 Rhipiduridae	1	3	0	0
	王鹟科 Monarchinae	2	3	0	0

目　Orders	科　Families	中国鸟类 Birds in China （郑光美,2005）		新疆鸟类 Birds in Xinjiang （2010）	
		属 Genera	种 Species	属 Genera	种 Species
雀形目 Passeriformes	画眉科　Timaliidae	27	121	0	0
	鸦雀科　Paradoxornithidae	3	20	1	1
	扇尾莺科　Cisticolidae	3	10	1	1
	莺　科　Sylviidae	16	99	8	36
	戴菊科　Regulidae	1	2	1	1
	绣眼鸟科　Zosteropidae	1	3	0	0
	攀雀科　Remizidae	2	3	1	1
	长尾山雀科　Aegithalidae	1	5	1	1
	山雀科　Paridae	3	20	1	8
	䴓　科　Sittidae	1	11	1	1
	旋壁雀科　Tichodromadidae	1	1	1	1
	旋木雀科　Certhiidae	1	5	1	1
	啄花鸟科　Dicaeidae	1	6	0	0
	花蜜鸟科　Nectariniidae	5	12	0	0
	雀　科　Passeridae	5	13	5	10
	织雀科　Ploceidae	1	2	0	0
	梅花雀科　Estrildidae	3	5	0	0
	燕雀科　Fringillidae	16	57	12	32
	鹀　科　Emberizidae	6	31	3	18
合　计　Total	中国 24 目,101 科;新疆 21 目,65 科	429	1331	196	453
相当于全国鸟类的 比例 Proportion/%	87.5(目)　　64.4(科)	100	100	46	34

附录 Ⅳ 中文名索引

燕鸥　向文军

附录 V   学 名 索 引

白眉鸭　向文军

附录Ⅵ 英文名索引

致　　谢

特别要感谢提供野外考察报告、研究资料、项目经费、提出编写建议或共同参与野外考察者：温波、Paul Holt、Jesper Hornskov（叶思波）、林超英（Lam C. Y.）、Richard Lewthwaite、陈承彦（Simba Chan）、张浩辉（H. F. Cheung）、马嘉慧、杨路年、T. J. Roberts、杨恩生、陈加盛、Yoav Perlman（福西，以色列）、Carl D. Mitchell（美）、Edith L. Kao、Eileen C. Rees、Tim Worfolk、Paul Leader、Geoff Carey（贾知行）、郭汉佳（Hon-kai Kwok）、Taej Mundkur、Andrew Dixon 等。另外，黄天华、李伟基、David Saunders、沈天龙、李慧珠、陈慧敏、李锦昌、李玉莹、吴掌辉、卜玉燕、黄佩华、黄才安、Judith Fruin-Ball（傅丽贤）、Lawrence Scott Johnstone（江仕伦）、Edward Michael Southern Kilburn（吴敏）、Jim Hackett、周智良（Ada Chow）、刘国亮、周丽娟、方健华、何文辉、洪礼文、江明亮、王颖、颜重威、Barry Williams、卢嘉孟、马映军、王青育等直接参与了 1991～2010 年的野外考察活动。

还有一些国际友人关注我们的研究工作，并提供鸟类研究信息。包括 Mike Crosby、Hiroyoshi Higuchi（日本）、Clive Minton、Ken Gosbell、Ken Kraaijeveld（荷兰）、R. Jessop、Tiziano Londei（意）、John O. Albertsen（挪威）、约翰-马敬能、Eugene Potapov、Gunthard Dornbusch（德）、市田则孝、大谷隆司、黑泽力、黑泽铁、道桑诺夫、叶尔霍夫、洛巴乔夫、考夫肖尔、尼古拉·佛莫佐夫等。

感谢多年来的合作者：万军、李维东、才代、程军、任道泉、冯刚、李铁军、刘坪、辛国秦、程芸、赖宇宁、罗志通、马力、顾正勤、井长林、耐比西、马俊、巴特尔、林纪春、张赋华、罗宁、魏顺德、李都、程春、阿德里、海肉拉、王正己等。也要感谢早期研究者对新疆的动物研究做出的贡献，他们是向礼陔、巴吐尔汗、王国英、谷景和、王思博、周永恒、黄人鑫、陈永国、高行宜、王秀玲、袁国映、梁果栋、张大铭、王伦等。近年傅春利、侯兰新、蒋卫、张富春、余玉群、时磊、杜农、史军、许设科、刘志霄、阿不力米提、许可芬、贾泽信、叶晓堤、刘宁、兰欣、姚军、戴昆、胡德夫、范喜顺、翟荣仙、阿里甫、范勇、蔡新斌、海鹰、周刚、叶尔波里、崔大方、尹祚华、相桂权、黎唯、郑强、赵梅、李红旭、袁磊、萨根古丽、蔡新斌等也做了许多工作。

特别感谢各地鸟友，包括乌鲁木齐的王传波、苟军、张新民、秦云峰、杜利民、张德衡、张耀东、刘适、高兴、孙大欢、王春方、王胜、叶航天、甄金瓯、邹林鹰、夏咏、宁博、梁林、葛援礼、吴斌、包红刚、邢睿、文翠华、黄亚慧、何东、居来提、范琼燕、林宣龙等，博乐的克德尔汗、吴加清、高翔、李文华、热合曼、田向东等，阿尔泰地区的张国强、王勇、王音明、马东等，克拉玛依和奎屯的赵勃、文志敏、吕荣华、彭健、魏玉虎等，石河子的徐捷、王和平等，五家渠的曾源，昌吉的孙迪明、朱成立，喀什地区的买买提、张雪红、谢林东、向文军、李新宝、栾剑云、王磊娜、戴志刚、郭宏等，库尔勒（巴州）的王尧天、刘哲青、李金亮、雷洪、张健、冯萍、王斌等，还有外地的鸟友刘阳、李飞、聂延秋等。他们热衷于户外观鸟，收集了大量第一手资料，并为名录的修改提出中肯的意见。

　　这几年，我们有一批研究生参与到鸟类研究项目之中，如徐峰、吴逸群、买尔旦·吐尔干、梅宇、胡宝文、陈莹、丁鹏、张同、田磊磊、邵明勤等。他们直接参与了野外调查、鸟类文献搜集、资料录入、网络信息整合、图片鉴定、外事联络等工作。

　　国内著名学者郑光美、刘迺发、陆健健、高玮、张孚允、蒋志刚、张正旺、徐海根、陈昌笃、张荣祖、张新时、马勇、马建章、马克平、常家传、唐锡阳、杨岚、李桂垣、张词祖、梁崇岐、卢汰春、陈小麟、徐延恭、雷富民、何芬奇、解焱、苏立英、丁长青、杨贵生、邢莲莲、唐蟾珠、冯祚建、武素功、武云飞、吴玉虎、张学忠、韩联宪、周放、刘伯文、孙悦华、丁平、郑生武、杨晓君、王有辉、王会、马志军、苏化龙、田秀华、张劲硕、于晓平、阮向东、李保国等对我们的工作给予了帮助。已经去世的著名鸟类学家郑作新、赵正阶、谭耀匡、周本湘、高育仁、许维枢、楚国忠、王岐山等，生前都很关心边疆地区的鸟类调查活动。

　　特别指出，百忙之中，徐捷提供了石河子及周边地区的鸟类名录；文志敏编写了奎屯、乌苏、独山子的鸟类分布名录；赵勃整理了克拉玛依的鸟类名单；P. Holt 先生等的观鸟报告极其可贵；J. Hornskov 也传来了历次在青海和新疆的观鸟报告。在各观鸟记录网站（http://birdtalker.net/）查阅了苟军、王传波、邢睿、张国强等众多鸟友的报告。陈莹、丁鹏参与文献查阅和录入。

　　感谢中国科学院动物研究所和新疆生态与地理研究所、中国国家自然科学基金委员会、新疆动物学会、新疆林业厅及其野生动物保护协会、中国动物学会、中国鸟类学会、新疆生态学会、中国青藏高原研究会、香港观鸟会及环境保育基金、新疆自然保育基金、国际雪豹基金会、东方鸟类俱乐部（Oriental Bird Club）、全国鸟类环志中心、台北野鸟会、国立凤凰谷鸟园（南投）、日本野鸟会、哈萨克斯坦科学院动物所、莫斯科大学、国际鸟盟（BirdLife International-al）、湿地国际组织（Wetlands International）、美国天鹅协会（The Trumpeter Swan Society）、澳大利亚维多利亚鸻鹬组、墨尔本大学动物学系、IUCN /

WWF下设的各鸟类专家组（如国际天鹅专家组、雁鸭类、鹳类、鹭类、隼类、鸡类、鸻鹬类、雨燕专家组等）等国内外各级专业组织和部门的支持。

最后，要感谢国家科技支撑项目"中国重要生物物种资源监测和保育关键技术与应用示范"（2008BAC39B04）、国家自然科学基金项目（30470262，30970340）、全球绿色资助基金（Global Greengrants Fund/Tides Foundation）和国家科技部"国家重点基础研究发展规划项目"（G1999043509）给予的经费支持。

马　鸣

2010 年 12 月于乌鲁木齐

中国科学院新疆生态与地理研究所

新疆乌鲁木齐北京路 818 号（830011）

E-mail：maming@ms. xjb. ac. cn

鸟类的非繁殖期集群（野鸽群）　王勇